Steve Berry est avocat. Il vit aux États-Unis, dans l'État de Géorgie. Il a publié quatre romans aux éditions du Cherche Midi : *Le troisième secret* (2006), *L'héritage des Templiers* (2007), *L'énigme Alexandrie* (2008) et *La conspiration du Temple* (2009). Traduits dans plus de quinze langues, ses thrillers ont figuré sur la liste des best-sellers dès leur parution aux États-Unis.

LE TROISIÈME SECRET

DU MÊME AUTEUR
CHEZ POCKET

LE TROISIÈME SECRET
L'HÉRITAGE DES TEMPLIERS

STEVE BERRY

LE TROISIÈME SECRET

*Traduit de l'anglais (États-Unis)
par Jean-Luc Piningre*

LE CHERCHE MIDI

Titre original :
THE THIRD SECRET

Éditeur original : Ballantine Books, The Random House Publishing Group, New York, États-Unis

Le papier de cet ouvrage est composé de fibres naturelles, renouvelables, recyclables et fabriquées à partir de bois provenant de forêts plantées et cultivées durablement pour la fabrication du papier.

Le Code de la propriété intellectuelle n'autorisant, aux termes de l'article L. 122-5 (2º et 3º a), d'une part, que les « copies ou reproductions strictement réservées à l'usage privé du copiste et non destinées à une utilisation collective » et, d'autre part, que les analyses et les courtes citations dans un but d'exemple et d'illustration, « toute représentation ou reproduction intégrale ou partielle faite sans le consentement de l'auteur ou de ses ayants droit ou ayants cause est illicite » (art. L. 122-4).
Cette représentation ou reproduction, par quelque procédé que ce soit, constituerait donc une contrefaçon sanctionnée par les articles L. 335-2 et suivants du Code de la propriété intellectuelle.

© Steve Berry, 2005
© le cherche midi, 2006, pour la traduction française.
ISBN : 978-2-266-16772-7

*Pour Dolores Murad Parrish (1930-1992),
qui a quitté ce monde bien trop tôt.*

« Vous connaîtrez la vérité
et la vérité vous libérera. »
Jean,
Chapitre VIII, 32

« C'est la mission de l'Église
de protéger la vérité. »
Léon XIII,
Lettre encyclique *Sapientæ christianæ*

« La foi et la raison sont comme les deux ailes
qui permettent à l'esprit humain de s'élever
vers la contemplation de la vérité. »
Jean-Paul II,
Lettre encyclique *Fides et ratio*

PROLOGUE

*Fatima,
13 juillet 1917*

Le regard fixe, Lucia examinait la Vierge qui descendait du ciel. Comme les deux fois précédentes, elle apparaissait du côté du levant. C'était d'abord un point étincelant qui, émergeant d'une mer de nuages, se rapprochait à grande vitesse, et la forme grossissait dans un mouvement continu. La Vierge, scintillante, s'arrêta à deux mètres cinquante du sol, au-dessus du chêne vert.

Elle se tenait très droite, nimbée d'un voile cristallin qui la rendait plus radieuse encore que le soleil. Éblouie par tant de beauté, Lucia baissa les yeux.

La petite avait aujourd'hui une foule autour d'elle. Cela n'avait pas été le cas lors de la première apparition, deux mois plus tôt. Ce jour-là, elle gardait comme d'habitude ses moutons dans les champs, avec ses cousins Francisco, neuf ans, et Jacinta, sept ans. Elle-même en avait dix, et se sentait à juste titre l'aînée des trois. Francisco, à sa droite, bonnet de laine et pantalons longs, s'était agenouillé, imité à sa gauche par Jacinta, jupe, foulard et cheveux noirs.

Lucia remarqua de nouveau la foule, qui avait

commencé à se rassembler la veille. Beaucoup venaient des villages alentour, certains accompagnés par des enfants infirmes, comptant peut-être sur une guérison miraculeuse. Pour le père prieur de Fatima, ces apparitions étaient une supercherie, et il avait pressé tout le monde de ne pas y faire attention. « C'est l'œuvre du diable », avait-il dit. Personne ne l'avait écouté. Un paroissien l'avait même traité d'imbécile, puisque jamais le diable ne demanderait à quiconque de prier.

Une femme dans l'assistance se mit à crier. Qualifiant Lucia et ses cousins d'imposteurs, elle promettait que Dieu punirait leurs blasphèmes. Manuel Marto, le père de Jacinta et de Francisco, se tenait derrière les trois enfants. Lucia l'entendit exhorter cette voix à se taire. Manuel inspirait le respect dans toute la vallée car, contrairement à la plupart des habitants, sa connaissance du monde n'était pas confinée à la Serra de Aire. Son calme et son regard brun, perçant, rassuraient Lucia. C'était une bonne chose qu'il soit là parmi ces inconnus.

Elle s'efforça de ne prêter aucune attention aux cris, aux paroles qu'on lui jetait, de ne pas sentir non plus les odeurs de menthe et de pin, ou celle, piquante, du romarin sauvage. Elle se concentra entièrement sur la Vierge qui flottait devant ses yeux.

Jacinta, Francisco et elle étaient seuls à la voir. Des trois, pourtant, il n'y avait que les deux filles pour entendre ce qu'elle disait. Ce que Lucia trouvait étrange – pourquoi la Vierge refusait-elle ce droit à Francisco ? De plus, lors de sa première apparition, Marie avait bien fait comprendre qu'il n'irait au Ciel que s'il récitait plus souvent son rosaire.

Un vent léger parcourait le paysage bigarré de la vallée, la Cova da Iria. Couverte d'oliviers, de buissons toujours verts, elle appartenait pratiquement à la famille de Lucia. Ses herbes hautes donnaient un foin excellent, et on y cultivait la pomme de terre, le chou, le maïs.

Les champs étaient délimités par de simples alignements de pierre, pour la plupart effondrés. Cela arrangeait bien Lucia, car ainsi ses moutons et ceux de son oncle paissaient où ils voulaient. Comme Jacinta et Francisco, elle était chargée de surveiller les bêtes, et ils avaient l'habitude de passer leurs journées dans les champs, à jouer, à prier, à écouter Francisco qui s'entraînait sur son fifre.

La première apparition, deux mois plus tôt, avait tout bouleversé.

On les avait mitraillés de questions. Les non-croyants s'étaient moqués d'eux. Exigeant de Lucia qu'elle confesse son mensonge, sa mère l'avait elle-même conduite au prêtre de la paroisse. Après avoir écouté la jeune fille, il avait déclaré impossible que Notre-Dame descende du Ciel pour ne rien exiger d'autre qu'on récite le rosaire chaque jour. Depuis, Lucia ne trouvait de réconfort que dans la solitude.

Beaucoup s'étaient munis d'ombrelles et de parapluies pour se protéger du soleil. Quand le ciel s'assombrit soudain, ils les refermèrent et Lucia se redressa en criant :

— Retirez vos chapeaux car je la vois !

Les hommes obéirent aussitôt. Certains même se signèrent pour se faire pardonner leurs mauvaises manières.

Se retournant vers la vision, Lucia lui demanda :

— *Vocemecê que me quere ?*

Que voulez-vous de moi ?

— N'offensez pas davantage Dieu, Notre-Seigneur, qui est déjà très courroucé. Je veux que vous veniez ici le 13 du mois qui vient, que vous continuiez à réciter le chapelet tous les jours en l'honneur de Notre-Dame du Rosaire, pour obtenir la paix du monde et la fin de la guerre, parce qu'elle seule pourra vous secourir.

Lucia regardait fixement la Vierge, forme translucide teintée de jaune, de blanc et de bleu. Son beau visage était curieusement baigné de tristesse. Une robe tombait sur ses chevilles, sa tête était couverte d'un voile et on distinguait un rosaire, de perles semblait-il, entre ses doigts croisés. Elle parlait d'une voix douce, agréable, sans jamais hausser ni baisser le ton. Une voix apaisante. Une brise légère semblait produire le même effet sur la foule.

S'armant de courage, Lucia répondit :

— Je voudrais vous demander de nous dire qui vous êtes, et de faire un miracle pour que tout le monde croie que vous êtes apparue à nos yeux.

— Continuez à venir ici tous les mois. En octobre, je vous dirai qui je suis, ce que je veux, et je ferai un miracle que tous pourront voir pour croire.

Lucia avait réfléchi un mois entier à ce qu'elle allait dire. De nombreux villageois l'avaient implorée de parler à la Vierge au nom des affligés, qui n'auraient pas la force de venir eux-mêmes demander grâce. Elle repensa en particulier à une de ces familles :

— Pouvez-vous guérir le petit garçon de Maria Carreira, qui est infirme ?

— Je ne le guérirai pas. Mais je lui fournirai un moyen de subsistance pourvu qu'il dise le rosaire chaque jour.

Lucia trouvait étrange que la plus célèbre des saintes n'accorde sa pitié qu'à certaines conditions. Mais elle voulait bien comprendre que la dévotion, c'était important. Le prêtre de la paroisse rappelait sans cesse qu'il faut adorer Dieu pour avoir ses faveurs.

— Sacrifiez-vous pour les pécheurs, reprit l'apparition, et dites souvent à Jésus, spécialement lorsque vous ferez un sacrifice : « Ô Jésus, c'est par amour pour Vous, pour la conversion des pécheurs, et en réparation pour les péchés commis contre le Cœur immaculé de Marie. »

La Sainte Vierge ouvrit ses mains, puis ses bras, libérant une chaleur pénétrante qui enveloppa Lucia comme un beau soleil par une journée d'hiver. Lucia savoura cette sensation, mais elle s'aperçut bientôt que, loin de l'isoler avec ses deux cousins, le rayonnement s'étendait jusqu'au sol. Et la terre s'ouvrit.

C'était inattendu, différent de ce qu'elle avait éprouvé les fois précédentes. Elle était effrayée.

La vision magnifique d'une mer de feu s'étalait sous ses yeux. Bientôt des formes noires apparurent dans les flammes : on aurait dit des morceaux de bœuf tourbillonnant dans un horrible bouillon. On ne distinguait pas leurs visages, mais c'était bien des formes humaines qui faisaient rapidement surface, puis, aspirées au fond, poussaient des gémissements et des cris aigus. Cette danse macabre était épouvantable. Lucia sentit un frisson d'angoisse lui parcourir l'échine. Ballottées, incapables de résister, les pauvres âmes étaient dévorées par cet impitoyable brasier. D'autres formes apparurent, animales et odieuses. Lucia eut à peine besoin d'en reconnaître quelques-unes pour leur donner un nom. Des démons. C'est eux qui entretenaient le feu. La jeune fille vit que Francisco et Jacinta, les yeux gonflés de larmes, étaient aussi terrifiés qu'elle, et elle voulut les rassurer. Il y avait vraiment de quoi perdre tous ses moyens. Seulement, Lucia avait Notre-Dame devant elle.

— Regardez-la, dit-elle à ses cousins.

Ils obéirent. Une main sur les yeux, l'autre tendue vers le ciel, tous trois se détournèrent de l'horrible vision.

— Vous avez vu l'enfer où vont les âmes des pauvres pécheurs, dit la Vierge. Pour les sauver, Dieu veut établir dans le monde la dévotion de mon Cœur immaculé. Si l'on fait ce que je vais vous dire, beaucoup d'âmes seront sauvées et l'on aura la paix. La guerre va finir, mais si l'on ne cesse d'offenser Dieu, sous le règne de Pie XI en commencera une pire encore.

La vision d'enfer s'évanouit. En croisant de nouveau les mains, la Vierge aspira le curieux rayonnement de chaleur qui disparut aussi.

— Quand vous verrez une nuit illuminée par une lumière inconnue, sachez que c'est le grand signe que Dieu vous donne qu'Il va punir le monde de ses crimes, par le moyen de la guerre, de la famine et des persécutions contre l'Église et le Saint-Père.

Ces paroles perturbaient la jeune fille. Elle savait que, ces dernières années, une guerre avait dévasté l'Europe. Des hommes avaient quitté leurs villages pour se battre et beaucoup n'étaient pas revenus. Elle avait vu les familles accablées à l'église. Et voilà qu'on lui donnait le moyen de mettre un terme à toutes ces souffrances.

— Pour empêcher cela, continua la Vierge, je viens demander la consécration de la Russie à mon Cœur immaculé et la communion réparatrice des premiers samedis du mois. Si l'on écoute mes demandes, la Russie se convertira et l'on aura la paix. Sinon, elle répandra ses erreurs à travers le monde, provoquant des guerres et des persécutions contre l'Église. Les bons seront martyrisés, le Saint-Père aura beaucoup à souffrir, plusieurs nations seront anéanties. À la fin, mon Cœur immaculé triomphera. Le Saint-Père me consacrera la Russie qui se convertira, et il sera donné au monde un certain temps de paix.

Lucia se demandait ce qu'était la Russie. Quelqu'un, peut-être ? Une femme abominable, qu'il fallait sauver ? Ou alors un endroit ? Au-delà du sien, elle ne connaissait que deux noms de pays : la Galice et l'Espagne. Son monde, c'était le village de Fatima où vivait sa famille ; c'était le hameau voisin d'Aljustrel, où habitaient Francisco et Jacinta ; c'était la Cova da Iria où l'on faisait paître les bêtes et pousser les légumes ; enfin la grotte du Cabeço où, les deux années précédentes, un ange avait annoncé l'arrivée de la Vierge. Cette Russie devait être bien importante pour que Marie s'en soucie tant. Lucia voulut quand même savoir :

— Et le Portugal ?

— Au Portugal, se conservera toujours le dogme de la foi.

Lucia sourit. C'était réconfortant de savoir que, chez les anges, son pays était bien considéré.

— Quand vous réciterez le chapelet, poursuivit la Vierge, dites après chaque mystère : « Ô mon Jésus, pardonnez-nous, sauvez-nous du feu de l'enfer. Attirez au Ciel toutes les âmes, surtout celles qui en ont le plus besoin. »

Lucia acquiesça.

— J'ai autre chose à vous révéler, dit Notre-Dame.

Lorsqu'elle eut fini, elle demanda :

— Mais cela, ne le dites à personne.

— Même pas à Francisco ? s'étonna Lucia.

— Si. À lui, vous pouvez le dire.

Un long silence s'ensuivit. La foule ne bronchait pas. Debout ou agenouillés, les hommes, les femmes et les enfants avaient les yeux rivés sur les trois jeunes voyants. Des *voyants*. Lucia avait entendu prononcer ce mot quelque part. Beaucoup priaient à voix basse un chapelet serré dans leurs mains. Elle se rappela alors qu'aucun ne voyait ni n'entendait la Vierge. Il n'y avait qu'elle, Francisco et Jacinta. Et il leur faudrait témoigner sur leur seule foi.

Elle savoura un instant le silence. Il se dégageait de la Cova une profonde solennité. Même le vent s'était tu. Lucia eut soudain froid et ressentit le poids de la responsabilité qu'on venait de lui confier. Elle reprit son souffle et dit :

— Que me demandez-vous d'autre ?

— Aujourd'hui, je ne te demande rien d'autre.

La Vierge repartit lentement dans le ciel, toujours du côté du levant. Un bruit de tonnerre retentit au-dessus des têtes. Lucia restait debout et droite, mais elle tremblait.

— Elle s'en va ! cria-t-elle en levant le doigt.

Comprenant que la vision prenait fin, la foule se pressa peu à peu vers les enfants.

— À quoi ressemblait-elle ?
— Qu'a-t-elle dit ?
— Mais pourquoi as-tu l'air si triste ?
— Est-ce qu'elle va revenir ?

Les gens se précipitaient vers le chêne vert et Lucia, affolée, lâcha :

— C'est un secret. C'est un secret.
— Mais quoi ? hurla une femme. C'est bon signe ou pas ?
— Bon pour certains. Pour d'autres pas.
— Et tu ne nous diras rien ?
— C'est un secret, la Vierge nous a demandé de ne pas le répéter.

Prenant Jacinta dans ses bras, Manuel Marto commença à fendre la foule. Lucia saisit la main de Francisco et suivit avec lui Marto. Des hommes et des femmes leur emboîtèrent le pas, en posant mille autres questions. Mais ils avaient beau insister, Lucia ne répondait qu'une chose :

— C'est un secret. Un secret.

PREMIÈRE PARTIE

1

*Le Vatican, de nos jours
Mercredi 8 novembre, 6 h 15 le matin*

Mgr Colin Michener entendit à nouveau le bruit et referma son livre. Aucun doute, il y avait quelqu'un d'autre que lui.

Cela n'était pas la première fois.

Il se décala de son pupitre, balaya du regard la vaste bibliothèque dont les hauts rayonnages atteignaient le plafond. D'autres étagères se dressaient dans les étroits couloirs qui partaient de chaque côté. La grande pièce avait une aura, une mystique qu'elle devait pour beaucoup à son nom : L'*Archivio Segreto Vaticano*. Les Archives secrètes du Vatican.

Les volumes rangés là contenaient finalement peu de secrets, et Michener avait toujours trouvé ce nom étrange. Pour l'essentiel, ces fonds représentaient deux millénaires d'expansion religieuse, méticuleusement décrite. Ils témoignaient d'autres époques où les papes étaient aussi des rois, des guerriers, des politiciens, des amants. Tout compris, il y avait là quarante kilomètres d'étagères, riches de nombreux enseignements pour qui savait chercher.

Et Michener n'était pas n'importe quel chercheur.

Reportant son attention sur le bruit, il laissa son regard errer le long des fresques de Constantin, de Pépin et de Frédéric II, pour s'arrêter au fond de la pièce sur une grille en fer derrière laquelle régnaient le silence et l'obscurité. On ne pénétrait dans la Riserva que sur autorisation personnelle du pape, et seul l'archiviste-bibliothécaire de la Sainte Église en possédait la clef. Michener n'y était jamais entré lui-même. Il se contentait d'attendre respectueusement à l'extérieur lorsque son supérieur direct et exclusif, Clément XV, s'y aventurait. Il connaissait certains des précieux documents entreposés dans cette pièce sans fenêtre. La dernière lettre qu'avait écrite Marie Stuart, reine d'Écosse, avant d'être décapitée par Elisabeth Ire. Les requêtes de soixante-quinze seigneurs anglais qui avaient demandé au pape d'annuler le premier mariage d'Henri VIII. La confession signée de la main de Galilée. Le traité de Tolentino, imposé par Napoléon aux États pontificaux.

Michener examina les pilastres et les barreaux de la grille, surmontés d'une frise dorée qui représentait un feuillage et des animaux. La voûte de pierre, tout autour, datait du XIVe siècle. Rien n'était ordinaire à la Cité du Vatican. Chaque chose portait la marque d'un artiste renommé, d'un artisan de légende, d'hommes qui avaient œuvré des années durant pour satisfaire Dieu et leur pape.

Michener traversa rapidement la pièce. Le bruit de ses pas se réverbéra dans l'air confiné. Il s'arrêta devant le portail et sentit un courant d'air tiède. La partie droite de la grille était flanquée d'un énorme moraillon. Il s'assura que le solide verrou était bien enclenché. Il l'était.

Se retournant, il pensa qu'un membre du personnel s'était peut-être introduit dans les Archives. À son arrivée, il avait croisé un des scripteurs qui prenait congé. Ensuite, personne n'était autorisé à entrer quand

Michener était là : en tant que secrétaire papal, il se passait de baby-sitter. Cependant une multitude de portes permettait d'entrer ou de sortir, et il se demanda si le bruit de tout à l'heure ne provenait pas de quelques gonds vétustes. Ils auraient grincé une seconde avant de retrouver plus discrètement leur position initiale. Difficile à dire. Ici les sons étaient sans doute aussi nombreux et étranges que les manuscrits.

Il partit à droite vers l'un des longs couloirs, celui qui menait à la salle des Inventaires. Les plafonniers qui clignotaient en chemin formaient des halos successifs. On était au deuxième étage mais on avait l'impression de marcher sous terre.

Il ne s'aventura pas loin. Le bruit avait complètement disparu, et Michener revint sur ses pas.

C'était le début du jour – un jour de milieu de semaine, et il avait sciemment choisi cette heure-là pour travailler. Le risque était moins grand de gêner d'autres chercheurs à qui on avait accordé l'accès aux Archives. En outre, aussi tôt le matin, on n'attirait pas l'attention du personnel curial. Michener était en mission pour le Saint-Père – une mission confidentielle. Il venait de s'apercevoir qu'il n'était pas seul, et il aurait dû l'être. Lors de sa précédente visite, une semaine auparavant, il avait déjà perçu ce drôle de bruit.

Il vint retrouver son pupitre mais il garda un œil sur la salle. Au sol était représenté un zodiaque. Pratiquées en hauteur sur les murs, à des endroits choisis, plusieurs fentes permettaient au soleil de l'éclairer. Des siècles plus tôt, c'est ici même qu'on avait mis au point le calendrier grégorien. Aujourd'hui le soleil brillait par son absence. Le temps était orageux, froid, humide. Rome ruisselait sous la pluie et l'hiver approchait.

Michener avait disposé les volumes qu'il consultait depuis deux heures de façon à pouvoir les comparer entre eux. Pour la majeure partie, ils dataient des vingt dernières années, mais quatre étaient bien plus anciens : deux écrits en italien, le troisième en espagnol, le quatrième en portugais. Quatre langues que Michener lisait sans difficulté – l'une des nombreuses raisons pour lesquelles Clément XV avait depuis longtemps fait de lui son assistant personnel.

Les comptes rendus espagnol et italien offraient peu d'intérêt. L'un et l'autre paraphrasaient la première version, en portugais : *Étude complète et détaillée des apparitions rapportées de la Sainte Vierge Marie à Fatima, entre le 13 mai et le 13 octobre 1917.*

Le pape Benoît XV avait demandé ce rapport en 1922, dans le cadre de l'enquête générale conduite par l'Église sur certains événements dans une lointaine vallée du Portugal. Le manuscrit était, comme son nom l'indique, entièrement rédigé à la main. Il semblait aujourd'hui écrit en lettres d'or, car l'encre défraîchie avait viré au jaune – un jaune profond du plus bel effet. L'évêque de Leira, qui y avait consacré huit ans, avait fait un travail consciencieux. Les informations qu'il exposait devaient nourrir la controverse lorsque, en 1930, le Vatican déclarerait *dignes de foi* ces six apparitions de la Vierge à Fatima. Produites dans les années 50, 60, et 90, trois annexes étaient maintenant jointes au document initial.

En bon homme de loi, grand spécialiste du monde apostolique, Michener avait minutieusement décortiqué le tout. Il avait étudié le droit pendant sept ans à l'université de Munich, sans pour autant devenir avocat ou magistrat. Sa juridiction était ecclésiastique, ses décrets canoniques. Sa jurisprudence, couvrant deux millénaires, reposait davantage sur une compréhension des différentes époques que sur la *stare decisis*[1]. La formation

---

1. La technique dite du « précédent contraignant », en droit anglais. (*N.d.T.*)

difficile qu'il avait suivie révélait tout son intérêt dans le giron de l'Église. La logique propre du droit était bien souvent un allié précieux dans les nombreux méandres du fait religieux. Grâce à cette méthodologie éprouvée, il venait de trouver dans ce labyrinthe d'informations vieillottes ce que Clément XV lui avait demandé.

Il perçut de nouveau le bruit.

C'était entre le chuchotement et le couinement... Deux branches qui se frôlent sous le vent. Une souris qui détale...

Il se précipita vers l'endroit d'où cela semblait provenir et jeta un coup d'œil de chaque côté.

Rien.

Il y avait une porte ornementale en chêne massif à quinze mètres sur sa gauche. Il s'en approcha, vérifia qu'elle était verrouillée. Elle ne l'était pas. Il la poussa et les gonds grincèrent légèrement.

C'était donc ça.

Le couloir, derrière, était vide, mais un reflet sur le sol marbré attira son attention.

Il s'agenouilla.

Des traces d'humidité étaient nettement visibles : tels les cailloux du Petit Poucet, des gouttelettes d'eau formaient deux pistes devant la porte des Archives. L'aller et le retour. On distinguait ici et là des grains de poussière, des miettes de feuilles ou d'herbe.

Du regard, Michener suivit leur direction. Les gouttelettes s'arrêtaient au bout d'une série d'étagères. Dehors, la pluie continuait de marteler le toit.

Ces minuscules flaques ne laissaient aucune place au doute.

C'était de toute évidence des empreintes de pas.

2

7 heures 45 le matin

Comme Michener s'y était attendu, le cirque médiatique s'installait assez tôt. Depuis la fenêtre, il regardait les camions-remorques des équipes de télévision, qui arrivaient lentement place Saint-Pierre et gagnaient leurs places désignées. Le bureau de presse du Saint-Siège l'avait informé la veille qu'environ quatre-vingts accréditations avaient été distribuées à des journalistes américains, anglais, français, italiens et allemands, qui désiraient assister à l'audience. La plupart d'entre eux travaillaient pour la presse écrite. Plusieurs chaînes de télévision avaient également demandé, et obtenu, la permission de diffuser des images en direct. Prétextant un documentaire en préparation, la BBC avait fait des pieds et des mains pour planter ses caméras à l'intérieur du tribunal, ce qu'on lui avait refusé. L'affaire tournait au spectacle – et voilà ce qu'il en coûtait de s'attaquer à une célébrité.

La Pénitencerie apostolique – l'un des trois tribunaux du Vatican – était la seule à pouvoir décréter l'excommunication. Le droit canon disposait pour cela de nombreux motifs : hérésie, avortement, violation du secret de la confession, violence physique contre la personne du pape, consécration illicite d'un évêque, profanation de l'Eucharistie... Et celui qu'on allait examiner aujourd'hui : l'absolution par le prêtre de sa ou son « complice » dans une relation sexuelle.

Le père Thomas Kealy de l'église Saint-Pierre-Saint-Paul de Richmond, en Virginie, avait commis l'inconcevable. Trois ans plus tôt, il s'était lié ouvertement avec une femme, puis il s'était absous avec elle devant une assemblée de fidèles. Cette mise en scène avait eu un impact retentissant, d'autant plus que Kealy reprochait constamment à l'Église catholique son intransigeance au sujet du célibat. Depuis longtemps, des prêtres et des théologiens contestaient sur ce point la position de Rome, dont la réponse habituelle consistait à attendre que ça se tasse. De fait, pour la plupart, les brebis galeuses quittaient l'Église ou rentraient dans le rang. Pas le père Kealy. Il avait eu l'audace de publier trois livres – l'un devenu un best-seller international – qui réfutaient directement la doctrine catholique. Michener n'ignorait rien des angoisses institutionnelles générées par ces positions. Car c'était une chose qu'un prêtre s'oppose au Vatican, mais c'en était une autre qu'il soit écouté.

Et Kealy était écouté.

Bel homme, intelligent, c'était en outre un formidable orateur. Ses apparitions en divers points du globe lui avaient valu un grand nombre de disciples. Tout mouvement a besoin d'un chef et, apparemment, les partisans d'une réforme de l'Église en voyaient un dans ce prêtre courageux. Le site Internet qu'il avait créé recevait plus de vingt mille visites par jour, dont celle, quotidienne et vigilante, de la Pénitencerie. Enfin, un an plus tôt, Kealy avait fondé une association internationale – CREATE : Catholics Rallying for Equality Against Theological Eccentricities[1] – qui se flattait de réunir plus d'un million

---

1. « Mouvement égalitaire des catholiques contre l'excentricité théologique ». *To create* veut dire « créer ». (*N.d.T.*)

de membres, principalement en Amérique du Nord et en Europe.

Ses initiatives et son aplomb avaient enhardi nombre d'évêques américains. Souscrivant à ses points de vue, une fraction non négligeable d'entre eux avait bien failli l'année précédente dénoncer publiquement la philosophie moyenâgeuse, sinon archaïque, que Rome s'entêtait à perpétuer. Comme Kealy se plaisait à le répéter, l'Église américaine traversait une crise qu'il fallait attribuer à des idées vieillottes, à des prêtres déshonorés, et à l'arrogance de ses dirigeants. Ses arguments portaient, notamment celui selon lequel *le Vatican aimait l'Amérique pour son argent, mais rejetait son influence.* Kealy représentait un certain bon sens populaire qui avait les faveurs de bien des Occidentaux. C'était devenu une célébrité. Aujourd'hui le challenger était en quelque sorte confronté au tenant du titre, et leurs débats allaient faire la une des journaux du monde entier.

Une confrontation d'une autre sorte attendait pour l'instant Michener.

Se détournant de la fenêtre, il dévisagea Clément XV, son vieil ami qui paraissait vraiment au bout du rouleau. Au point qu'il dut chasser cette idée de son esprit.

— Comment allez-vous ce matin, Très Saint-Père ? lui demanda-t-il en allemand.

En tête à tête, ils s'exprimaient toujours dans la langue natale de Clément. Presque personne ne parlait couramment l'allemand dans le palais pontifical.

Le pape saisit sa tasse de porcelaine et savoura une gorgée d'expresso.

— Ce décor est souverain, et pourtant vivre là-dedans est chaque jour plus frustrant.

Ces remarques acerbes n'étaient pas en soi une nouveauté, mais le ton était de plus en plus incisif. Clément reposa sa tasse.

— Vous avez trouvé ce que je cherchais aux Archives ?

Hochant la tête, Michener fit un pas vers lui.

— Le premier rapport sur Fatima, sans doute ?

— Oui, entre autres. Mais il y a des choses plus pertinentes.

Une fois de plus, Michener se demanda pourquoi le pape attachait tant d'importance à ces vieilleries, mais il n'en dit rien.

Clément sembla lire dans ses pensées :

— Vous ne posez jamais de questions, n'est-ce pas ?

— Si vous vouliez vraiment que je sache ce qui vous préoccupe, vous m'en auriez parlé.

En trois ans, le pape avait terriblement changé. Il paraissait sans cesse plus distant, plus pâle, plus fragile. Certes, il était depuis toujours mince, de petite taille, mais il semblait rétrécir. L'épaisse masse de cheveux bruns qu'il arborait jadis n'était plus qu'un duvet grisâtre. Il n'avait plus ce visage radieux qui, souriant au balcon de Saint-Pierre le jour de son élection, avait fait la une des journaux et des magazines. C'était aujourd'hui une caricature décharnée. Les joues s'étaient creusées, et sur l'une d'elles la petite tache de vin autrefois indiscernable avait grossi au point que le bureau de presse du Vatican la gommait sur tous les clichés. Les pressions et les responsabilités du Saint-Siège avaient imprimé leur marque, vieillissant prématurément un homme qui, il n'y a pas si longtemps, pratiquait régulièrement l'alpinisme dans les Alpes bavaroises.

Regardant la tasse d'expresso toute seule sur son plateau, Michener se rappela le temps où son ami prenait un vrai petit déjeuner avec saucisse, pain noir et yaourt.

— Pourquoi ne mangez-vous rien ? L'intendant dit que vous n'avez rien avalé, hier soir.

— C'est qu'on se ferait du souci pour moi…

— Où est passé votre appétit ?

— Et insistant, avec ça…

— Ce n'est pas en éludant mes questions que vous allez me rassurer.

— Et qu'est-ce qui vous inquiète, Colin ?

Colin pouvait mentionner les deux rides verticales qui creusaient le front de Clément, la pâleur effrayante de sa peau, les veines saillantes qui parcouraient ses poignets et ses mains. Mais il se contenta de répondre :

— Votre santé, Très Saint-Père, c'est tout.

Clément sourit.

— C'est formidable, les gens comme vous qui ne s'énervent jamais.

— Rien ne sert d'argumenter avec le pape.

— Ah, cette prétendue infaillibilité ! J'avais oublié : j'ai toujours raison.

Michener décida de relever le défi :

— Non, pas toujours.

Clément s'esclaffa.

— Vous avez trouvé le nom que je cherchais, aux Archives ?

Michener passa une main dans sa soutane et retira les notes qu'il avait prises avant d'entendre ce fameux bruit. Il les tendit à Clément :

— Quelqu'un traînait encore là-bas.

— Cela ne devrait pas vous étonner. La solitude n'existe pas, ici.

Le pape lut silencieusement et répéta à haute voix :

— Le père Andrej Tibor.

Michener savait ce qu'on attendait de lui :

— C'est un prêtre à la retraite qui vit en Roumanie. J'ai trouvé son dossier. Le Vatican lui envoie sa pension à une adresse là-bas, c'est la même depuis des années.

— Je veux que vous alliez le voir.

— Allez-vous m'expliquer pourquoi ?

— Pas encore.

Clément était extrêmement soucieux depuis trois mois. Il faisait de son mieux pour le cacher, mais peu de choses échappaient à Michener, son ami depuis vingt-quatre ans. Colin se souvenait précisément du jour où cela avait commencé. Ces appréhensions avaient suivi une visite aux Archives – la *Riserva* – et au vieux coffre-fort derrière la grille fermée.

— Puis-je savoir quand vous me donnerez vos raisons ?

Le pape se leva.

— Prions d'abord.

Ils sortirent du bureau. Ils longèrent en silence un couloir du troisième étage et atteignirent bientôt une grande porte ouverte, donnant sur une chapelle en marbre blanc. Ses vitraux, d'une beauté resplendissante, représentaient le chemin de la Croix. Clément venait chaque matin méditer ici quelques minutes, et personne ne devait l'interrompre. On attendait qu'il ait terminé de converser avec Dieu.

Michener s'était mis au service de cet homme sec et nerveux, de son vrai nom Jakob Volkner, à l'époque où celui-ci avait été nommé archevêque de Cologne. Accédant à la pourpre cardinalice, Volkner était ensuite devenu secrétaire d'État du Vatican. Michener ne l'avait pas quitté : séminariste, puis prêtre et enfin monsignor, il s'était élevé avec son protecteur. Trente-quatre mois plus tôt, le Sacré Collège des cardinaux avait choisi Volkner pour être le deux cent soixante-deuxième successeur de saint Pierre. Il avait aussitôt fait de Michener son secrétaire personnel.

Un secrétaire qui connaissait bien la vie de son patron. Jakob avait grandi dans l'agitation et la confusion de l'Allemagne d'après-guerre. Il avait exercé ses talents de diplomate dans des endroits aussi explosifs que Dublin, Le Caire, Le Cap ou Varsovie. C'était un homme d'une infinie patience et d'une attention de tous les instants. Au cours de leurs longues années de collaboration, jamais Michener n'avait douté de sa foi et de sa force de caractère. Il pensait depuis longtemps que, s'il avait la moitié de ses qualités, sa propre vie serait plus facile.

Clément finit ses prières, se signa, puis baisa la croix pectorale qui ornait sa soutane blanche. Il n'aurait pas une seconde de répit aujourd'hui. Il quitta son prie-Dieu et resta un instant devant l'autel. Dans l'angle de la chapelle, Michener attendit silencieusement qu'il le rejoigne.

— Je vais rédiger une lettre d'explications pour le père Tibor. Vous êtes officiellement mandaté par le pape pour obtenir certaines informations.

Cela n'éclairait en rien la nécessité subite de ce voyage en Roumanie.

— Quand voulez-vous que je parte ?
— Demain. Après-demain au plus tard.
— Je crains que ça ne soit le meilleur moment. Un légat ne pourrait-il pas s'en charger ?
— Je vous assure, Colin, que je ne mourrai pas en votre absence. J'ai peut-être mauvaise mine, mais je ne suis pas malade.

Ce que les médecins avaient confirmé la semaine précédente. S'appuyant sur de nombreuses analyses, ils avaient déclaré le pape exempt de toute maladie invalidante. En privé, cependant, le médecin personnel de Clément avait fait savoir qu'il était rongé par le stress. De fait, sa santé se dégradait de mois en mois. Quelque chose, certainement, le perturbait au plus haut point.

— Je n'ai jamais dit que vous étiez malade, Votre Sainteté.
— Oui, mais ça se voit là.

Le vieil homme désignait les yeux de Michener.

— Je sais lire dans ce regard, depuis le temps.

Colin avait récupéré ses notes.

— Pourquoi voulez-vous prendre contact avec ce prêtre ?

— J'aurais dû le faire la première fois où je suis allé à la *Riserva*, mais je n'ai pu m'y résoudre ce jour-là.

Le pape s'interrompit.

— Mais voilà, aujourd'hui, je n'ai plus le choix et j'ai pris une décision.

— Le chef suprême de l'Église catholique romaine serait-il à court d'alternatives ?

Le pape se détourna et contempla le crucifix au mur. Disposés chacun d'un côté de l'autel, les deux gros cierges dégageaient une vive lumière.

— Vous serez au tribunal, ce matin ? demanda Clément, toujours le dos tourné.

— Vous ne répondez pas à ma question.

— Le chef suprême de l'Église catholique romaine répond quand ça lui chante.

— Je crois me souvenir que vous m'avez demandé d'assister à cette audience. Donc, oui, j'y serai, quelque part avec les journalistes.

— Et elle sera là aussi ?

Michener savait précisément à qui le vieil homme faisait allusion.

— Je sais qu'elle a obtenu une accréditation pour un journal ou un autre.

— Vous savez ce qui l'amène ici ?

Colin fit signe que non :

— Je vous l'ai déjà dit. J'ai appris par hasard qu'elle serait là, c'est tout.

Clément se retourna vers lui.

— Un heureux hasard, tout de même.

Michener se demandait pourquoi le pape s'attardait là-dessus.

— Il est normal que vous vous en souciiez, Colin. Elle fait partie de votre vie, et c'est une partie qu'il ne faut pas oublier.

Clément connaissait toute l'histoire pour la bonne raison que Michener avait un jour eu besoin d'un confesseur. Il l'avait trouvé en la personne de l'archevêque de Cologne, qui était déjà son plus proche compagnon. Michener venait de violer son vœu de chasteté – ce serait la seule et unique fois en vingt-cinq ans de prêtrise. Il était prêt à quitter les ordres et Volkner, l'en dissuadant, lui avait expliqué que, pour se fortifier, l'âme devait reconnaître ses faiblesses. Qu'il ne gagnerait rien à rendre la robe. Douze années avaient passé et Colin devait admettre que son ami avait eu raison. Devenu secrétaire papal, il l'aidait maintenant depuis bientôt trois ans à gérer cette grande mosaïque de personnalités et de cultures qu'est l'Église catholique. Son entière dévotion était cependant fondée sur un serment qu'il avait prêté à Dieu et son Église. Un serment qu'il avait brisé, et pourtant cela ne semblait en rien incommoder Clément. Cette ambiguïté taraudait Michener depuis un moment.

— Je n'ai rien oublié, dit-il à voix basse.

Le pape se rapprocha de lui et lui posa la main sur l'épaule.

— Ne regrettez pas ce qui n'est plus. C'est malsain. Contre-productif.

— Les mensonges me mettent mal à l'aise.

— Dieu vous a pardonné, vous n'avez besoin de rien d'autre.

— Comment pouvez-vous être sûr que Dieu m'ait pardonné ?

— Je le sais, c'est tout. Si vous ne croyez pas votre infaillible pontife, qui allez-vous croire ?

Le commentaire, facétieux, était livré avec un sourire – lequel suggérait de ne pas prendre ces choses-là trop à cœur.

Michener sourit à son tour.

— Vous êtes impossible.

Clément retira sa main.

— Oui, mais si aimable.

— Je tâcherai de m'en souvenir.

— Souvenez-vous-en. Ma lettre pour le père Tibor sera bientôt prête. Je compte sur une réponse écrite mais s'il préfère parler, écoutez-le, posez toutes les questions que vous jugerez utiles, et racontez-moi. Entendu ?

Michener ne sachant pas ce qui le conduisait là-bas, il se demandait quelles questions il pourrait bien poser. Il répondit simplement :

— J'ai bien compris, Votre Sainteté.

Clément souriait encore.

— Bien sûr, Colin. Comme d'habitude.

3

11 heures le matin

Michener entra dans la chambre du tribunal. Couvert de marbre blanc et gris, le hall d'entrée était orné de plusieurs mosaïques de couleur aux motifs géométriques, témoins de quatre siècles d'histoire ecclésiastique.

Deux gardes suisses en civil étaient en faction devant les portes de bronze. Ils s'inclinèrent en reconnaissant Michener qui arrivait volontairement une heure en retard. Il savait que sa présence ferait jaser et espérait ainsi minimiser les conséquences – de fait, il était rare que quelqu'un d'aussi proche du pape assiste à une audience.

Clément avait insisté pour qu'il lise les trois livres de Kealy. Michener lui avait rapporté, en privé et en quelques mots, le caractère provocant de leur propos. Clément n'avait pas voulu les lire lui-même, trop conscient des inévitables spéculations que ce geste entraînerait. Il avait cependant manifesté un vif intérêt pour ces ouvrages. Prenant place au fond du tribunal, Michener voyait aujourd'hui pour la première fois le visage de Thomas Kealy.

L'accusé était seul à une table. La trentaine passée, il avait un visage plaisant, jeune, une épaisse chevelure châtain avec des reflets roux. Il souriait régulièrement, quoique d'un sourire qui semblait calculé. Quelque chose de malicieux se dégageait de son attitude. Michener avait lu ce que le tribunal avait rédigé à son sujet : tous les procès-verbaux le décrivaient comme un anticonformiste très content de lui. *L'opportuniste dans toute sa splendeur*, avait même conclu un des greffes. Quoi qu'il en soit, Michener ne pouvait s'empêcher d'apprécier ses arguments, convaincants à bien des égards.

C'était le cardinal Alberto Valendrea, secrétaire d'État du Vatican, qui menait l'interrogatoire. Michener n'aurait pas aimé se trouver à la place de Kealy, qui avait contre lui un jury solide. Autant que le secrétaire papal pût en juger, il était composé des évêques et des cardinaux les plus conservateurs de l'Église. Des hommes qui récusaient les enseignements du concile Vatican II et qui, de plus, n'avaient pas une considération débordante pour Clément XV. Valendrea, en particulier, était connu pour sa stricte adhésion au dogme. Les membres du tribunal arboraient ostensiblement le costume ecclésiastique, violet pour les évêques, pourpre pour les cardinaux. Siégeant en hauteur, derrière une table de marbre semi-circulaire et sous un tableau de Raphaël, ils dominaient l'accusé.

— Nul n'est plus éloigné de Dieu que l'hérétique, affirmait le cardinal Valendrea.

Sa voix, basse et puissante, se réverbérait dans le tribunal sans aucun besoin d'amplification.

— Il me semble au contraire, Éminence, que le plus dangereux des hérétiques est celui qui se cache, répondit Kealy. Ce n'est pas mon cas. Je ne fais pas mystère de mes divergences, et je crois précisément qu'un débat ouvert serait bénéfique à l'Église.

Valendrea brandit trois livres. Michener n'eut aucun mal à reconnaître les couvertures : c'était ceux de l'accusé.

— Tout cela n'est qu'hérésie, dit le cardinal. Il n'y a pas d'autre mot, et il n'y a pas d'autre point de vue.

— Parce que je soutiens que les prêtres ont droit au mariage ? Que des femmes peuvent embrasser les ordres ? Qu'un prêtre peut aimer son épouse, ses enfants et Dieu, tout comme les autres fidèles ? Qu'il n'est pas sûr, en outre, que le pape soit infaillible ? Le pape est un homme et l'erreur est humaine, que je sache ! C'est donc cela, votre hérésie ?

— Je doute que quiconque affirmerait le contraire dans ce tribunal.

Non, bien évidemment, personne n'affirma le contraire.

Michener observait l'Italien qui remuait sur sa chaise. Petit, trapu, Valendrea avait tout d'une borne d'incendie. La frange de cheveux blancs qui lui barrait le front contrastait étrangement avec son teint d'olive. Sa relative jeunesse – soixante ans – semblait un luxe dans une curie dominée par des hommes âgés. Il n'avait d'ailleurs rien de la solennité onctueuse généralement associée aux princes de l'Église. Valendrea fumait deux paquets de cigarettes par jour et sa cave à vin faisait des envieux. Il était *persona grata* dans divers cercles européens assez fermés. Issu d'une famille riche, il savait que l'essentiel de sa fortune lui reviendrait puisqu'il était l'aîné.

La presse l'avait depuis longtemps déclaré *papabile* : son âge, son rang et son rayonnement le rendaient éligible à la fonction suprême. Quasiment personne n'ignorait que cet Italien prenait toutes les dispositions utiles pour le prochain conclave. Il s'efforçait de convaincre les hésitants, de désarmer ses éventuels opposants. Sous la pression d'un certain nombre de cardinaux, Clément avait été forcé de le nommer secrétaire d'État, le poste le plus influent après le sien. Un geste intelligent qui lui permettait de concilier différents bords. Le pape avait dit à l'époque : *il faut que nos amis soient proches de nous, mais nos ennemis plus encore.*

Valendrea posa ses mains sur le marbre : devant lui, aucune note. Il se passait, on le savait, d'ouvrages de référence.

— Père Kealy, nombreux sont ceux qui, au sein de l'Église, estiment que le concile Vatican II est un échec. Vous êtes l'illustration patente de cet échec. Les membres du clergé n'ont à revendiquer aucune liberté d'expression. Le monde recèle trop d'opinions diverses pour en faire étalage. L'Église ne parle que d'une seule voix, et cette voix est celle du Saint-Père.

— Nombreux sont ceux, aussi, pour qui le célibat des prêtres et l'infaillibilité papale sont des erreurs de doctrine. Des vestiges d'une époque où l'illettrisme était la règle, où l'Église était corrompue, et…

— Ces conclusions ne m'appartiennent pas. Quant à ceux dans l'Église qui seraient de cet avis, à supposer qu'il y en ait, ils sont censés garder leurs idées pour eux.

— La crainte est un puissant bâillon, Éminence.

— Il n'y a pas de crainte à avoir.

— Vu la place que j'occupe en ce moment, vous me permettrez d'émettre un autre avis.

— Ce tribunal ne sanctionne pas ce que pense le clergé, mon père, seulement ce qu'il fait. Votre organisation est une insulte à l'Église que vous devez servir.

— Si je n'avais aucun égard pour elle, Éminence, j'aurais rendu ma robe tout simplement et sans rien dire. Il se trouve au contraire que je l'aime assez pour contester certains de ses principes.

— Ah vraiment ? Et vous pensiez que l'Église resterait les bras ballants pendant que vous parjurez vos vœux, que vous vous affichez avec une femme, que vous vous absolvez de vos péchés…

Valendrea brandissait à nouveau la littérature de Kealy.

— ... et que vous racontez tout ça dans le détail ? C'est une provocation !

— Croyez-vous honnêtement que tous les prêtres respectent le célibat ? demanda Kealy.

La question retint l'attention de Michener. Il s'aperçut que les journalistes tendaient l'oreille autour de lui.

— Ce que je crois importe peu, répondit le cardinal. Il s'agit du devoir de chaque prêtre, et chaque prêtre a prêté serment devant Dieu et l'Église. Un serment doit être tenu. Celui qui manque à ses engagements doit partir de lui-même ou y être contraint.

— Avez-vous respecté le vôtre, Éminence ?

Michener sursauta. C'était d'une audace folle, mais Kealy ne se faisait probablement pas d'illusion sur le sort qui l'attendait. Alors, finalement, pourquoi pas ?

Incrédule, Valendrea hochait la tête.

— Vous croyez servir votre cause en m'attaquant personnellement ?

— Non, c'est une simple question.

— Oui, mon père. J'ai respecté le mien.

Kealy était impassible :

— Je vois mal ce que vous auriez pu répondre d'autre.

— Insinuez-vous que je suis un menteur, en plus ?

— Non, Éminence. J'affirme tout bonnement qu'aucun prêtre, aucun cardinal, aucun évêque n'oserait jamais révéler ses sentiments profonds. Nous sommes en effet tenus de répéter ce que l'Église nous inculque. Je ne sais pas si vous avez un cœur, ni ce qu'il vous dit.

— Vous êtes un hérétique, Kealy. Mes sentiments personnels n'ont rien à voir avec ça.

— Il semblerait donc, Éminence, que vous m'eussiez déjà jugé.

— Ce jugement n'est pas tant le mien que celui de votre Dieu. Lequel est infaillible. Ou peut-être remettez-vous en cause cet aspect-là des choses ?

— Quand Dieu a-t-il interdit aux prêtres de connaître l'amour avec un partenaire ?

— Un partenaire ? Pourquoi ne dites-vous pas simplement une femme ?

— L'amour n'a pas de frontière, Éminence.

— Un partisan de l'homosexualité, par-dessus le marché !

— Je soutiens que chaque individu est libre d'écouter son cœur.

Valendrea leva les yeux au ciel.

— Auriez-vous oublié, mon père, que votre ordination est une union avec le Christ ? Votre identité véritable découle entièrement de cette union, et il en va de même pour tous les membres de ce tribunal. Vous devez être l'image vivante et transparente du Christ.

— Comment pourrions-nous la connaître, cette image ? Personne ici n'a vécu à son époque !

— C'est l'image que l'Église en donne, mon père !

— Ça ne serait pas plutôt celle que l'homme a créée – ou du moins certains hommes – pour arranger les choses à leur façon ?

Valendrea fulminait.

— Votre arrogance est stupéfiante. Allez-vous me dire que le Christ ne s'est pas lui-même imposé le célibat ? Qu'il n'a pas placé l'Église au-dessus de tout ? Qu'il n'a pas consacré son union avec elle ?

— Je ne sais rien des préférences sexuelles du Christ, Éminence. Et vous non plus par la même occasion.

Valendrea hésita un instant avant de répondre :

— Ce célibat, mon père, est un don de vous-même. C'est l'expression de votre sacerdoce, conformément à la doctrine chrétienne. Une doctrine que vous semblez peu disposé à comprendre. Mais peut-être en êtes-vous incapable ?

L'accusé se lança dans d'autres attaques contre le dogme, et Michener laissa son attention flotter un instant. Il ne voulait pas regarder, se répétait qu'il n'était pas là pour ça, pourtant il scruta rapidement la centaine de personnes présentes. Ses yeux s'arrêtèrent sur une femme assise deux rangs derrière Kealy.

Remarquablement épais et brillants, ses cheveux avaient eu autrefois la couleur de minuit. Ils sentaient le citron frais, se rappela Michener. Elle les portait maintenant courts, avec un dégradé et des mèches, à la mode du moment. Il ne la voyait que de trois quarts, mais il reconnut tout de suite son nez effilé et ses lèvres minces. Elle avait hérité ce teint – café au lait très clair – de sa mère, une Rom roumaine qui avait épousé un Hongrois. Son nom, Katerina Lew, signifiait « pure lionne », une description que Michener trouvait fort appropriée. Elle avait un tempérament de feu et des convictions bien ancrées...

Ils s'étaient rencontrés à Munich alors qu'à trente-trois ans il terminait ses études de droit. Elle en avait vingt-cinq, et elle hésitait entre une carrière de journaliste ou de romancière. Il était prêtre, elle le savait, et ils étaient ensemble depuis presque deux ans lorsqu'elle avait exigé qu'il se décide. *C'est ton Dieu ou c'est moi*, avait-elle dit.

Il avait choisi Dieu.

— Père Kealy, poursuivait Valendrea, la foi catholique est d'une nature telle qu'on ne peut rien lui ajouter, rien lui retrancher : ou on la possède tout entière, ou on ne la possède pas du tout. Un catholique à mi-temps, cela n'existe pas. La piété ne peut être altérée. Nos principes sont entiers et purs comme Dieu lui-même.

— Je crois reconnaître certains mots de Benoît XV, dit Kealy.

— Votre savoir vous honore, mais votre hérésie m'attriste. Un homme aussi intelligent que vous semblez l'être doit comprendre que l'Église ne peut tolérer aucune dissidence. En tout cas, elle ne le fera pas. Eu égard, surtout, à la nature des vôtres.

— Ce que vous exprimez en réalité, c'est que l'Église a peur du débat.

— Non. Je dis que l'Église établit ses règles. Si elles ne vous conviennent pas, alors réunissez assez de voix pour élire un pape qui se charge de les changer. Faute de quoi, vous ferez ce qu'on vous dit.

— Ah ! j'avais oublié. L'infaillibilité papale. Sa conception de la foi est par définition parfaite. Je ne fais là que reprendre le dogme, n'est-ce pas ?

Michener remarqua qu'aucun autre membre du tribunal n'avait encore ouvert la bouche. Apparemment, le secrétaire d'État serait aujourd'hui le seul inquisiteur. Les autres lui étaient dévoués, il y avait peu de chances qu'ils défient leur chef spirituel. En outre, Kealy se faisait suffisamment de mal tout seul. Ils n'avaient même pas besoin de se joindre à l'interrogatoire : il leur mâchait le travail.

— Exactement, répondit Valendrea. L'infaillibilité papale est un des principes fondamentaux de cette institution.

— Une autre de ces doctrines qui ont l'homme pour seul auteur...

— En aucun cas. C'est un dogme inséparable de l'Église.

— Je suis un homme qui aime Dieu et son Église, dit Kealy. Je ne partage certainement pas toutes les idées de celle-ci, mais je ne vois pas en quoi cela mériterait l'excommunication. Le dialogue est par essence propice à la sagesse et à l'action. De quoi l'Église a-t-elle tant peur ?

— Mon père, nous ne sommes pas ici pour palabrer sur la liberté d'expression. Le Vatican n'est pas l'Amérique où la Constitution garantit ce droit. Nous sommes ici pour juger trois choses : votre comportement honteux avec une femme, l'absolution publique de vos péchés et votre dissidence manifeste. Trois choses qui vont droit à l'encontre des décrets de votre Église.

Les yeux de Michener revinrent se poser sur Kate – il avait employé avec elle ce diminutif, par référence à son Irlande natale. Assise bien droite, son carnet sur les genoux, elle écoutait le jeu animé des questions et des réponses avec la plus grande attention.

Il repensa aux deux dernières semaines qu'ils avaient passées ensemble en Bavière, entre deux sessions universitaires. C'était l'été, et ils avaient choisi une auberge dans un village des Alpes, cerné par les neiges éternelles de plusieurs sommets. Il savait bien qu'il commettait une faute, mais Kate lui révélait une partie de lui-même dont il avait jusque-là ignoré l'existence. Comme venait de le rappeler le cardinal Valendrea, l'union du prêtre avec le Christ et son Église était l'essence du célibat ecclésiastique. Un prêtre était censé n'être dévoué qu'à eux. Et pourtant, depuis cet été-là, Michener se demandait pour quelle raison, vraiment, il ne pourrait aimer l'Église, Dieu et une femme aussi. Qu'avait dit Kealy ? *Comme les autres fidèles.*

Il sentit qu'on le regardait. Interrompant sa rêverie, il s'aperçut que Kate avait tourné la tête et le dévisageait.

Elle affichait toujours cette force de caractère qui l'avait tant séduit. Quelque chose d'asiatique dans les yeux, la bouche légèrement pincée, et un menton fin, très féminin. Il n'y avait rien d'anguleux dans ce visage. Le tempérament, en revanche, c'était autre chose. Il étudia son expression, tenta de deviner son état d'esprit. La colère ? Non. L'amertume ? Non plus. Pas d'affection pour autant. Son regard ne semblait rien dire, même pas bonjour. C'était embarrassant de se trouver si près d'un souvenir. Pas n'importe lequel. Sans doute s'attendait-elle à sa présence et préférait-elle, justement, ne révéler aucun sentiment – pour ne pas lui donner cette satisfaction. Il y avait certes longtemps de ça, mais leur séparation avait été brutale.

Elle se retourna vers le jury et il sentit son malaise se dissiper.

— Père Kealy, dit Valendrea, je vous demande simplement : abjurez-vous votre hérésie ? Reconnaissez-vous que vos actes s'opposent aux lois de l'Église et de Dieu ?

Le prêtre se rapprocha du bord de la table.

— Je ne crois pas qu'aimer une femme soit contraire à la loi divine. Ce n'est pas un péché pour moi, alors demander le pardon serait une absurdité. Ensuite, pour ce qui est du mouvement que je préside et de mes opinions, j'ai parfaitement le droit de les faire connaître et je n'ai pas d'excuses à fournir. Je ne fais strictement rien de mal, Éminence.

— Mon père, vous êtes un insensé. Je me suis efforcé de vous ouvrir les portes de la rémission. L'Église sait être indulgente et elle doit l'être. Mais la contrition se conçoit dans les deux sens, voyez-vous. Apparemment, vous n'avez aucune velléité de faire pénitence.

— Je me passe de votre pardon.

Résigné, Valendrea hochait la tête.

— Vos offenses m'affligent profondément. Les vôtres comme celles de vos acolytes. Votre cause est en réalité celle du Malin.

4

13 heures 05

Valendrea espérait que sa prestation réussie au tribunal tempérerait une mauvaise humeur qui, il le devinait, irait croissante. Curieux qu'un moment d'euphorie puisse se dissiper aussi vite, dès la première contrariété.

— À votre avis, Alberto, lui demandait Clément XV, j'ai le temps de saluer la foule ?

Le pape lui montrait la fenêtre ouverte et le balcon.

Pour le cardinal, honorer ces gens rassemblés place Saint-Pierre était une perte de temps. Ça l'énervait visiblement. La police civile du Vatican avait pourtant mis Clément en garde, mais ce vieil imbécile ne tenait compte d'aucun avertissement. La presse, qui le répétait constamment, le comparait à Jean XXIII. En effet, ils avaient bien des points communs. Tous deux étaient montés sur le trône pontifical âgés de presque quatre-vingts ans. Jean XXIII n'y était resté que cinq ans : on n'en attendait guère plus de Clément. Et tous deux étonnaient tout le monde.

Valendrea n'aimait pas beaucoup plus les termes choisis que cette fenêtre inspirait trop souvent aux journalistes : *l'esprit ouvert de Sa Sainteté, sa modestie, sa franchise, ce charisme chaleureux.* Un pape n'a pas besoin d'être populaire, mais cohérent, constant, conséquent. Le cardinal avait vu d'un sale œil Clément faire fi des usages consacrés. Ses assistants ne s'agenouillaient plus devant lui. Peu embrassaient la bague du pêcheur. Et il employait rarement la première personne du pluriel, contrairement à ses prédécesseurs pendant deux millénaires. Nous sommes au XXIe siècle, se plaisait-il à dire.

Il n'y avait pas si longtemps, aucun pape n'aurait pris place devant une fenêtre ouverte – et le cardinal s'en souvenait bien. Cela n'était pas qu'une question de sécurité. Des apparitions moins fréquentes créaient facilement une aura, entretenaient le mystère, et rien ne nourrit autant la foi et l'obédience qu'un émerveillement passager.

Valendrea servait la papauté depuis près de quatre décennies. Il s'était élevé rapidement dans la curie et il avait porté la calotte rouge avant l'âge de cinquante ans, ce qui faisait de lui l'un des cardinaux les plus jeunes de l'époque moderne. Il tenait aujourd'hui le deuxième poste de l'Église catholique romaine – secrétaire d'État –, en vertu de quoi il avait l'œil sur toutes les activités du Saint-Siège. Cela ne lui suffisait pas. Il voulait la fonction suprême. Car ce jour-là, personne ne pourrait s'opposer à ses décisions. Il serait infaillible, incontestable.

Pape.

— C'est une si belle journée, lui fit remarquer Clément. On dirait bien qu'il ne pleut plus. Ça me rappelle le bon air de chez nous, dans les montagnes. La fraîcheur des Alpes bavaroises. Quel dommage de rester enfermé comme ça.

Le pape mit un pied dans l'alcôve donnant sur le balcon, d'où on ne le voyait pas encore de l'extérieur. Il portait une chasuble de lin blanc, posée sur les épaules par-dessus la traditionnelle soutane, blanche également. Il avait aux pieds des chaussures rouges, et sur son crâne presque chauve, la calotte blanche. Sur un milliard de catholiques dans le monde, c'était le seul prélat autorisé à s'habiller ainsi.

— Sa Sainteté préférera peut-être se montrer après la réunion. D'autres rendez-vous m'attendent, et le tribunal m'a pris toute ma matinée.

— Cela ne durera qu'une minute, dit Clément.

Valendrea savait que l'Allemand s'amusait à le narguer. La fenêtre laissait entrer le bourdonnement de Rome, la rumeur sans pareille de ses trois millions d'âmes et de leurs véhicules.

Clément écouta un instant.

— Elle fait un drôle de bruit, cette ville.

— Notre bruit.

— Ah ! j'oubliais presque. C'est que vous êtes italien, avant tout.

Valendrea se trouvait près du lit à colonnes en chêne massif, aux entailles et aux rayures si nombreuses qu'elles semblaient l'œuvre de l'ébéniste. Une couverture au crochet, usée, en ornait une extrémité, et deux énormes oreillers l'autre. Les différents meubles – armoire, commode, bureau, tables – étaient également de style bavarois, peints de couleurs gaies. On n'avait pas eu de pape allemand depuis le XIe siècle. Clément XV s'était inspiré de son homonyme Clément II et ne s'en cachait pas. Ce Clément-là avait pourtant été empoisonné, disait-on. Valendrea pensait souvent que l'actuel vicaire du Christ ferait mieux de ne pas l'oublier.

— Vous avez peut-être raison, dit le souverain pontife. La foule peut attendre. Nous avons à faire, n'est-ce pas ?

S'engouffrant dans la pièce, une brise légère souleva quelques papiers sur le bureau. Valendrea se pencha pour les maintenir à leur place, à côté de l'ordinateur. Clément ne l'avait pas encore allumé. Il était le premier pape à réellement maîtriser l'informatique – ce qui plaisait également à la presse. Pour une fois, Valendrea n'y avait rien trouvé à redire. Les ordinateurs et les télécopieurs étaient bien plus faciles à surveiller que les lignes téléphoniques.

— On m'a rapporté que vous étiez plein de verve, ce matin, dit Clément. Quelle sera la décision du tribunal ?

Le cardinal comprit que Michener avait fait son rapport. Il avait vu le secrétaire papal à l'audience.

— J'ignorais que Sa Sainteté éprouvait un intérêt si vif pour l'objet des débats.

— C'est le contraire qui serait curieux. Quand on voit tous ces cars de télévision en bas sur la place... Mais répondez à ma question, je vous prie.

— Le père Kealy ne nous laisse guère le choix. Il sera excommunié.

Le pape serra ses mains dans son dos.

— Il n'a montré aucun regret ?

— Une telle arrogance confine à l'insulte. Il a osé s'en prendre à notre autorité.

— Ça vaudrait peut-être la peine d'être étudié, ce qu'il dit.

La suggestion prit le cardinal au dépourvu. Des années de diplomatie lui avaient appris à masquer sa surprise en embrayant tout de suite sur une question.

— Mais à quoi servirait une peine... aussi peu orthodoxe ?

— Pourquoi voulez-vous que tout serve toujours à quelque chose ? Il serait bon parfois d'écouter un point de vue qui s'oppose au nôtre.

Valendrea resta de marbre.

— Il n'est pas question d'ouvrir un débat sur le célibat. C'est la doctrine de l'Église depuis cinq siècles. Pour arriver à quoi ? L'ordination des femmes ? Le mariage des prêtres ? La pilule contraceptive ? Dénoncer tous les dogmes les uns après les autres ?

S'approchant du lit, Clément examina le portrait médiéval de Clément II accroché au mur. Le cardinal savait qu'on était allé le chercher dans une des immenses caves du Vatican, d'où il n'était pas ressorti depuis des siècles.

— C'était l'évêque de Bamberg. Un homme simple qui se fichait bien de régner à Rome.

— Seulement, c'était le confident du roi, commenta Valendrea. Avec des relations dans le monde politique. Il s'est trouvé à point nommé au bon endroit.

Clément se retourna vers le secrétaire d'État.

— Comme moi, je suppose ?

— Inspirée par le Saint-Esprit, une majorité écrasante de cardinaux a souhaité votre accession au trône.

Un nouveau sourire énervant apparut sur les lèvres de Clément.

— Peut-être vaut-il mieux dire qu'aucun des autres candidats, y compris vous-même, n'a pu réunir assez de votes pour l'obtenir, ce trône ?

Apparemment, les chamailleries commençaient de bonne heure aujourd'hui.

— Vous êtes un ambitieux, Alberto. Vous semblez croire que cette soutane blanche fera votre bonheur. Je vous assure que vous vous trompez.

Ils avaient déjà eu ce genre de conversation, toutefois leurs propos se teintaient depuis quelque temps d'une certaine animosité. Les deux hommes se connaissaient suffisamment bien. Leurs liens n'étaient pas amicaux et ne le seraient jamais. Les gens imaginaient que leurs relations avaient un caractère sacré, l'un étant cardinal et l'autre pape, qu'ils étaient deux âmes pieuses dévouées aux besoins de l'Église. Cela amusait beaucoup Valendrea. C'étaient en réalité deux personnalités extrêmement différentes, rapprochées par un jeu politique. À leur décharge, ils ne s'étaient jamais réellement affrontés. Valendrea était trop intelligent pour ça – le pape n'ayant besoin de se disputer avec personne. Et

Clément savait que nombre de ses cardinaux apportaient leur soutien au secrétaire d'État.

— Très Saint-Père, je ne vous souhaite rien d'autre qu'une vie longue et prospère.

— Vous mentez assez mal.

Valendrea en avait assez de ces attaques.

— Quelle importance ? dit-il. Vous ne serez pas là pour le prochain conclave. Cette perspective ne devrait pas vous inquiéter.

Clément haussa les épaules.

— Elle ne m'inquiète pas. Je serai enterré sous cette basilique, comme tant d'autres qui ont occupé ce poste avant moi. En effet, peu m'importe qui me succédera. Quoique celui-ci ferait bien d'être attentif.

Le vieil homme était-il au courant de quelque chose ? Mais de quoi ? Ces insinuations bizarres devenaient chez lui monnaie courante.

— Le Saint-Père serait-il contrarié par quelque chose ? dit le secrétaire d'État.

Clément braqua sur lui un regard de braise.

— Vous êtes un opportuniste, Alberto. Un politicien calculateur. Je vais vous décevoir et vivre encore dix ans !

Au diable les faux-semblants, pensa Valendrea, qui déclara :

— J'en doute.

— Et j'espère finalement que vous hériterez de la charge. Vous trouverez ça fort différent de ce que vous imaginez. Qui sait, ça tombera peut-être sur vous ?

Le cardinal était intrigué :

— Qu'est-ce qui tombera sur moi ?

Le pape ne dit plus rien pendant quelques instants. Puis :

— Eh bien, d'être le prochain pape, évidemment. De quoi voulez-vous que je parle ?

— Et qu'est-ce qui vous tracasse ?

— Nous sommes des ballots, Alberto, tous autant que nous sommes. De majestueux ballots, mais rien d'autre que ça. L'infinie sagesse du Seigneur dépasse de loin notre triste entendement.

— Nos fidèles seront certainement tous du même avis.

— Campés sur le dogme comme nous le sommes, nous brisons l'existence d'individus comme ce père Kealy. Ce n'est après tout qu'un prêtre, et qui écoute sa conscience.

— Il m'a plutôt l'air d'un opportuniste, pour reprendre votre expression. D'un papillon attiré par les projecteurs. Je ne doute pas que, le jour de son ordination, il comprenait très bien les préceptes de l'Église.

— De l'Église ? Ce sont des hommes comme vous et moi qui proclament la bonne parole. Des hommes comme vous et moi qui en punissent d'autres, lorsqu'ils violent nos règles. Je me pose souvent la question de savoir si nos précieux dogmes chrétiens reflètent bien la pensée du Tout-Puissant – ou si ça ne serait pas plutôt celle du clergé ?

Cette interrogation s'ajoutait à quantité d'autres. Clément avait décidément un comportement étrange depuis quelque temps. Le cardinal se demanda s'il valait la peine d'approfondir mais, supposant qu'on le mettait à l'épreuve, fournit la seule réponse dont il fût capable :

— La parole de Dieu et les dogmes de l'Église sont pour moi une seule et même chose.

— Bonne réponse. La sainte lettre alliée au saint style. Malheureusement, Alberto, ce credo-là causera un jour votre perte.

Sur ce, le pape se retourna et mit un pied sur le balcon.

5

Michener se promenait au soleil de la mi-journée. La pluie avait cessé et, filant vers l'est, un avion laissait une traînée blanche dans des carrés de ciel bleu parcouru de nuages. Sur les pavés de la place Saint-Pierre, des flaques témoignaient encore de l'orage matinal. Comme une infinité de lacs dans un paysage trop vaste. Les équipes de télévision étaient toujours là, en train pour nombre d'elles de transmettre un reportage dans leur pays d'origine.

Il avait quitté le tribunal avant la fin de la séance. Un de ses assistants lui avait confié que les échanges houleux entre le cardinal Valendrea et le père Kealy avaient encore duré presque deux heures. Michener se demandait à quoi servait vraiment cette audience. La décision d'excommunier Kealy avait sûrement été prise bien avant qu'on le convoque à Rome. Rares étaient les accusés de l'Église qui se donnaient la peine de confronter leur jury, c'est pourquoi Kealy avait probablement fait le voyage pour attirer l'attention sur son organisation. D'ici à quelques semaines, déclaré *hors de la communion*, il ne serait qu'un exclu de plus à qualifier l'Église de dinosaure en voie d'extinction.

Michener reconnaissait parfois que certains critiques, comme Kealy, n'avaient peut-être pas tout à fait tort.

Près de la moitié des catholiques du monde entier se trouvaient aujourd'hui en Amérique latine. Si l'on ajoutait l'Asie et l'Afrique, la proportion atteignait les trois quarts. C'était un défi quotidien de garder les faveurs de cette majorité globale sans se mettre à dos les Européens, et au premier rang d'entre eux, les Italiens. Aucun chef d'État sur cette terre n'avait à gérer une situation aussi complexe. C'est pourtant ce que faisait l'Église catholique romaine depuis deux millénaires – aucune autre institution humaine ne pouvait se flatter de la même chose.

Michener avait devant lui une des plus grandioses réalisations de l'Église. Ceinte par les magnifiques colonnades du Bernin, disposées en double hémicycle, cette place était extraordinaire. La Cité du Vatican l'avait toujours impressionné. Il s'y était rendu pour la première fois une douzaine d'années plus tôt, en tant que vicaire de l'archevêché de Cologne. Ses relations avec Katerina Lew venaient de se terminer, sa vertu était entamée, et il avait pris la décision de se consacrer uniquement à l'Église. Il se rappela dans quel état il avait visité les quarante-quatre hectares de l'enclave fortifiée – émerveillé par tant de majesté, fruit de vingt siècles d'aménagements successifs.

Le minuscule État n'était pas planté sur l'une des sept collines de la Rome antique, mais sur le mont Vatican, certainement plus célèbre aujourd'hui que l'Aventin ou le Palatin. Ses citoyens étaient moins de trois cents, et la moitié à peine avait l'autorisation de résider sur place. Moins nombreux encore étaient ceux qui possédaient le passeport officiel de la Cité. Personne n'y était jamais né, peu y étaient morts à part les papes, et ceux-ci n'y étaient pas tous enterrés. Le gouvernement du Vatican était une des dernières monarchies absolues de ce monde, et Michener trouvait assez ironique que le représentant du Saint-Siège à l'ONU n'ait pu signer la Déclaration universelle des droits de l'homme.

Seulement, la liberté de culte n'existait pas au sein de la Cité du Vatican.

En contemplant la place ensoleillée, il remarqua, au-delà des camions et des antennes de télévision, plusieurs personnes qui levaient les yeux vers la droite. Quelques-unes crièrent : *Santissimo Padre!* – le Saint-Père. Suivant leur regard, Michener aperçut le troisième étage du palais apostolique, et le visage de Clément XV entre les volets de bois d'une fenêtre en angle.

Des badauds lui firent signe, et il leur répondit.

— Ça te fascine toujours, hein ? dit une voix de femme.

Il se retourna. Katerina Lew se trouvait à environ un mètre. Il s'était douté qu'elle le retrouverait d'une façon ou d'une autre. Elle se rapprocha et se réfugia avec lui sous les colonnes du Bernin.

— Toujours le même, on dirait. On nage dans l'amour du Seigneur. Ça se voyait dans tes yeux, au tribunal.

Il pensa à sourire, mais se ravisa : c'était en fait une épreuve qui se présentait à lui.

— Comment vas-tu ?

Le visage de Kate se radoucit. Il le remarqua et poursuivit :

— La vie t'apporte tout ce que tu attendais ?

— Je ne peux pas me plaindre. Non, je n'ai pas de raison. Ça ne servirait d'ailleurs à rien. C'est toi-même qui disais ça.

— Bonne résolution.

— Comment savais-tu que je serais là ce matin ? dit-elle.

— Je suis tombé sur ta demande d'accréditation il y a quelques semaines. Alors, qu'est-ce qui t'intéresse tant chez le père Kealy ?

— On ne s'est pas parlé depuis quinze ans et c'est tout ce que tu trouves à dire ?

— La dernière fois qu'on s'est vus, tu m'as demandé

de ne plus jamais parler de nous. Comme quoi il n'y avait pas de nous. Seulement moi et mon Dieu. Je préfère donc éviter le sujet.

— Je t'ai dit ça le jour où tu m'as annoncé que tu retournais chez ton archevêque. Que tu voulais consacrer ta vie aux autres. Que tu étais un prêtre de l'Église catholique…

Comme ils étaient vraiment très près l'un de l'autre, Michener recula d'un bon pas, toujours à l'ombre de la colonnade. Il aperçut la coupole de Michel-Ange au sommet de la basilique, qui séchait au soleil maintenant resplendissant de la fin d'automne.

— Tu es toujours aussi douée pour ne pas répondre aux questions, dit-il.

— Je suis ici parce que Tom Kealy me l'a demandé. Ce n'est pas un imbécile et il sait très bien ce que le tribunal va décider.

— Tu écris pour qui en ce moment?

— J'écris en mon nom. Nous travaillons tous les deux sur un livre.

Kate écrivait bien, notamment la poésie, un don qu'il lui avait envié. En fait, il s'intéressait toujours à elle et il avait glané de petites choses à son sujet, à droite et à gauche. Elle avait notamment « pigé » pour quelques quotidiens européens, jamais longtemps. Elle avait aussi eu un poste aux États-Unis. Il avait plus d'une fois reconnu sa signature au bas d'une page. Ce qu'elle rédigeait était souvent plus proche de la chronique que de l'article de fond, et elle avait une préférence pour le domaine religieux. Lorsqu'il retrouvait sa trace, il regrettait de ne pouvoir boire un café avec elle, mais c'était impossible. Il avait fait un choix, il ne fallait pas revenir en arrière.

— Je n'étais pas étonnée d'apprendre que le pape te prenait pour secrétaire, dit-elle. J'ai toujours su que ton Volkner te garderait près de lui.

Elle avait brusquement une expression fuyante et il comprit qu'elle s'efforçait de maîtriser ses émotions. Quinze années plus tôt, Kate avait souvent eu cette expression. Michener était à l'époque un prêtre étudiant, tourmenté et ambitieux, déjà lié au destin de cet évêque allemand dont beaucoup pensaient qu'il pourrait devenir cardinal. Il était maintenant question que Clément l'introduise dans le Sacré Collège. Il n'était de toute façon pas rare que le secrétaire papal quitte sa fonction avec une calotte rouge. Et Michener le souhaitait. Il voulait être un prince de l'Église, participer au prochain conclave dans la chapelle Sixtine, sous les fresques de Michel-Ange et de Botticelli. Avoir une voix, un vote.

— Clément est un homme bon, dit-il.

— C'est un imbécile, déclara-t-elle d'une voix posée. Tes braves cardinaux l'ont mis sur le trône en attendant que l'un d'eux soit en position de prendre sa place.

— Tu as l'air bien sûre de toi ?

— Je me trompe ?

Irrité, il se détourna d'elle pour reprendre ses esprits. Du regard, il suivit un instant un groupe de marchands ambulants à l'extrémité de la place avec leurs souvenirs. Kate avait gardé son caractère revêche, ce goût pour les propos mordants et amers. Il n'en avait rien oublié. Elle aurait bientôt quarante ans, et la maturité n'avait pas entamé son tempérament passionné. C'est une des choses qu'il n'avait jamais aimées chez elle, mais bizarrement ça lui manquait aussi. La franchise était une qualité inconnue au Vatican. Les gens qui entouraient Michener savaient mentir avec la plus grande conviction. Un peu de sincérité ne faisait donc pas de mal à l'occasion. Au moins, l'expression simple de la vérité permettait de savoir à quoi s'en tenir. C'était ferme, sans détour, pas comme ces sables mouvants auxquels il s'était finalement habitué.

— Clément est un homme bon, chargé d'une mission quasi impossible à remplir, dit-il.

— Évidemment, si cette bonne mère l'Église savait plier un peu de temps en temps, les choses seraient sans doute plus simples. Régner sur un milliard de fidèles n'est déjà pas une mince affaire. Mais les convaincre qu'on est le seul homme sur terre qui ne se trompe jamais, c'est peut-être beaucoup pour un homme seul, justement.

Michener n'était pas d'humeur à défendre le dogme, encore moins place Saint-Pierre. Deux gardes suisses, coiffés de leur morion à crête et armés d'une hallebarde, déambulaient à quelques mètres. Il les regarda poursuivre leur chemin vers l'entrée principale de la basilique. Les six grandes cloches sous la coupole étaient pour l'instant muettes, mais le jour n'était peut-être pas loin où elles annonceraient la mort de Clément XV. Il y pensa. L'insolence de Katerina était d'autant plus exaspérante. En se rendant au tribunal, puis en acceptant de parler avec elle, il avait commis deux erreurs. Il savait donc maintenant quoi faire :

— Je suis content de t'avoir revue, Kate.

Et il partit.

— Salaud.

Elle prononça le mot juste assez fort pour qu'il l'entende.

Il se retourna en se demandant si elle le pensait vraiment. Comme en conflit avec elle-même, elle faisait la moue. Il se rapprocha très près et lui dit à voix basse :

— Nous n'avons pas échangé un mot depuis des années, et tout ce que tu trouves à me dire, c'est que l'Église est une horreur. Si tu la méprises à ce point, à quoi bon pondre tous tes articles ? Écris plutôt le roman dont tu parles depuis toujours. Je m'étais dit que, peut-être, peut-être..., tu aurais mis un peu d'eau dans ton vin. Je m'aperçois que ce n'est pas le cas.

— Oh, un miracle, voilà que tu te soucies de moi ! Quand tu as mis fin à nos relations, mes sentiments étaient bien le cadet de tes soucis.

— Sommes-nous obligés d'en repasser par là ?

— Non, Colin. Certainement pas.

Battant en retraite, elle ajouta :

— Ce serait parfaitement inutile. Comme tu dis, je suis contente de t'avoir revu.

Elle était blessée. Des sentiments pénibles revenaient à la surface et Kate s'employait visiblement à les étouffer.

Michener observa de nouveau le palais pontifical. Un groupe plus nombreux de passants criaient le nom du pape et le saluaient. Clément leur rendait leurs saluts de bonne grâce. Plusieurs équipes de télévision avaient branché leurs caméras pour enregistrer la scène.

— C'est *lui*, Colin, dit Katerina. C'est *lui*, ton problème. Même si tu ne le sais pas.

Elle partit sans lui laisser le temps de répondre.

6

15 heures

Valendrea ajusta le casque sur sa tête, pressa la touche « PLAY » du magnétophone à bandes, et écouta la conversation qu'avaient tenue plus tôt Michener et Clément XV. Les mouchards installés dans les appartements du pape fonctionnaient parfaitement. Il y en avait quantité d'autres dans le palais apostolique. Valendrea avait veillé à leur installation juste après l'élection de Clément. Cela ne lui avait posé aucun problème puisque, en tant que secrétaire d'État, il était le responsable de la sécurité du Vatican.

Clément, évidemment, avait raison : Valendrea souhaitait que son pontificat dure un peu plus longtemps, assez pour s'assurer les voix supplémentaires dont il aurait besoin au conclave. Il y avait encore quelques hésitants. Le Collège cardinalice se composait aujourd'hui de cent soixante membres, dont quarante-sept âgés de plus de quatre-vingts ans. Quarante-sept qui ne pouvaient voter, quatre-vingts ans étant la limite d'âge instaurée par la Constitution apostolique. Ce qui n'empêchait pas les autres de vieillir. Donc, en l'état actuel des choses, le secrétaire d'État comptait raisonnablement sur quarante-cinq voix. Un bon début mais ça ne faisait pas une élection, loin de là. La dernière fois, il avait ignoré le proverbe Tel entre pape au conclave qui en sort cardinal. Il ne fallait plus prendre de risques. Le matériel d'écoute n'était qu'un des volets d'une stratégie visant à rassembler les brebis galeuses, notamment parmi les cardinaux italiens. Mais que d'indiscrétions les princes de l'Église échangeaient-ils chaque jour ! C'étaient des pécheurs comme tout le monde, et ces âmes-là devaient être purifiées ! Valendrea savait comment les ramener sur le chemin de la pénitence.

Il est normal que vous vous en souciiez, Colin. Elle fait partie de votre vie, et c'est une partie qu'il ne faut pas oublier.

Retirant son casque, il dévisagea l'homme assis à ses côtés. Le père Paolo Ambrosi lui était fidèle depuis plus de dix ans. Son nez busqué, sa mâchoire anguleuse le faisaient ressembler à un faucon, et l'analogie ne s'arrêtait pas au physique. Petit et mince, avec des cheveux gris fins, Ambrosi souriait rarement, riait encore moins. Il affectait toujours un air solennel qui plaisait à Valendrea. Cette gravité feinte cachait en fait de l'ambition, de la ferveur, deux traits de caractère qui avaient la faveur du cardinal.

— Ils me font rire, Paolo, à parler allemand tout le temps, comme s'ils étaient les seuls à le comprendre.

Valendrea arrêta le magnétophone. Il ajouta :

— Notre bon pape semble se soucier d'une femme que Michener connaîtrait. Parlez-moi d'elle.

Ils étaient assis dans un cabinet sans fenêtre au deuxième étage du palais apostolique, quelque part dans l'immense surface allouée à la secrétairerie d'État. Les magnétophones et le récepteur étaient rangés dans une armoire fermée à clef. Le cardinal ne craignait pas, de toute façon, qu'on découvre ses appareils. Le palais comportait plus de dix mille pièces, salles d'audience et couloirs, protégés pour la plupart par des portes verrouillées. Le risque était infime de voir quelqu'un entrer dans ce bureau d'une dizaine de mètres carrés.

— Elle s'appelle Katerina Lew. Ses parents sont roumains, ils ont fui le pays avec elle alors qu'elle n'avait pas vingt ans. Son père a enseigné le droit. Elle a suivi des études supérieures à l'université de Munich et au Collège national de Belgique. Elle est sortie diplômée des deux. Puis elle est revenue en Roumanie à la fin des années 1980, et elle était là quand Ceausescu a été exécuté. C'est une révolutionnaire, fière de l'être.

Valendrea perçut un certain amusement derrière la remarque.

— Elle a rencontré Michener à Munich quand ils étaient tous deux étudiants. Ils ont eu une aventure qui a duré environ deux ans.

— Comment savez-vous tout ça ?

— Michener et le pape se disent des tas de choses.

Valendrea se contentait des morceaux de choix, mais Ambrosi écoutait soigneusement tout ce qui était enregistré.

— Vous ne m'en avez jamais parlé ? dit le cardinal.

— Cela paraissait sans importance. Mais voilà que le Saint-Père s'intéresse à ce qui se passe au tribunal, maintenant…

— J'ai peut-être sous-estimé Michener. Il a l'air humain, après tout. Un homme, avec un passé… Un homme qui a commis des fautes. J'aime bien cet aspect-là. Racontez-moi la suite.

— Katerina Lew a travaillé pour diverses publications européennes. Elle se présente comme journaliste, mais c'est surtout une bonne plume qui écrit un peu n'importe où. Elle a pigé pour *Der Spiegel*, le *Herald Tribune* et le *Times* de Londres. Ça ne dure jamais longtemps. Elle s'intéresse aux mouvements de gauche et à tout ce qui perturbe l'ordre religieux. Elle aime bien bouffer du curé, quoi. Voire de l'imam ou du rabbin. Elle a écrit trois livres en collaboration, deux sur le parti vert allemand, un sur l'Église catholique française. Aucun des trois ne s'est bien vendu. Elle est intelligente, mais elle manque de rigueur.

Valendrea sentait venir ce qu'il avait envie de savoir :

— Elle a de l'ambition, je suppose ?

— Elle s'est mariée deux fois après sa rupture avec Michener. Là non plus, elle ne fait pas dans le long terme. C'est elle qui est allée chercher le père Kealy. Elle travaillait en Amérique depuis deux ans, elle est arrivée un beau jour dans son bureau et voilà : ils sont ensemble.

Cela intéressait vivement le cardinal.

— Ils couchent ?

Ambrosi haussa les épaules.

— Difficile à dire. Mais elle a l'air d'aimer les prêtres, alors sans doute que oui.

Valendrea coiffa de nouveau les écouteurs et remit le magnétophone en marche. La voix de Clément XV résonna entre ses oreilles. *Ma lettre pour le père Tibor sera bientôt prête. Je compte sur une réponse écrite, mais s'il préfère parler, écoutez-le, posez toutes les questions que vous jugerez utiles, et racontez-moi.* Il retira le casque.

— Qu'est-ce qu'il nous prépare, ce vieux fou ? Ça veut dire quoi d'envoyer Michener chez un curé de quatre-vingts ans ? À quoi ça rime ?

— Ce vieux curé est le seul homme encore vivant, avec Clément, à avoir vu de ses yeux les documents de la *Riserva* sur les secrets de Fatima. C'est Jean XXIII lui-même qui a montré au père Tibor le texte original de sœur Lucia.

Valendrea tressaillit imperceptiblement au nom de Fatima.

— Vous savez où il est, ce père Tibor ?
— J'ai une adresse en Roumanie.
— Il faut surveiller ça de près.
— Apparemment. C'est intrigant.

Le cardinal ne donnerait pas d'explication. Du moins jusqu'à ce qu'il y soit obligé.

— On aura peut-être besoin de quelqu'un pour suivre Michener.

Ambrosi sourit.

— Katerina Lew, par exemple ?

Valendrea rumina un instant la question.

— Nous allons y réfléchir, Paolo.

7

20 heures 30

Michener s'approcha de l'autel papal de la basilique Saint-Pierre, fermée jusqu'au lendemain. Le silence n'était perturbé que par les équipes de nettoyage, en train de lustrer des milliers de mètres carrés de dalles et de mosaïques. Adossé à l'épaisse balustrade, il regarda les employés qui enlevaient les saletés, passaient leurs serpillières sur les escaliers de marbre. Le tombeau de saint Pierre, centre artistique et théologique de toute la chrétienté, se trouvait juste sous ses pieds. Se retournant, il leva la tête vers le *baldacchino* à colonnes torses du Bernin, puis vers la coupole de Michel-Ange qui couronnait l'autel. *Telles les deux mains rassemblées de Dieu*, avait joliment remarqué un observateur.

Repensant au concile Vatican II, il imagina la nef autour de lui encombrée de gradins pour recevoir quelque trois mille cardinaux, prêtres, évêques et théologiens de presque toutes les traditions ecclésiastiques et familles spirituelles. En 1962, Michener était un jeune élève d'une école catholique sur la rive du fleuve Savannah, dans le sud-ouest de la Géorgie. Il avait fait sa première communion et la communion solennelle serait pour bientôt. Ce qui se passait à Rome, à cinq mille kilomètres de là, ne signifiait rien pour lui. Des années plus tard, il avait vu un reportage sur la séance inaugurale du concile. Voûté sur le trône papal, Jean XXIII avait exhorté les conservateurs et les progressistes à travailler dans l'unité *qui donnera à la Cité terrestre de pouvoir être établie à la ressemblance de la Cité céleste dont le roi est la vérité.* Ce geste n'avait pas de précédent : un monarque absolu réunissait ses subordonnés pour qu'ils donnent leur avis sur la meilleure façon de tout changer. Trois années de suite, les délégués avaient débattu sur la liberté de culte, le judaïsme, la laïcat, le mariage, les cultures chrétiennes et la prêtrise. L'Église s'en était retrouvée profondément modifiée. Certains pensaient que ce n'était pas assez, d'autres bien trop.

Trop et pas assez – comme la vie de Michener.

Né en Irlande, élevé en Géorgie, il avait commencé ses études aux États-Unis, pour les terminer en Europe. Cette dernière avait refaçonné son esprit. Ce qui n'empêchait pas la curie, majoritairement italienne, de le considérer comme un Américain. Michener était assez vif pour saisir tous les sous-entendus, toutes les menaces voilées qui planaient dans l'enceinte du Vatican. Trente jours après son arrivée dans le palais pontifical, il appliquait déjà les quatre règles essentielles de survie dans la cité des papes. *Premièrement : se passer d'idées personnelles. Deuxièmement : si par hasard une idée émergeait quand même, la garder pour soi. Troisièmement : ne jamais se confier à personne, encore moins à une feuille de papier. Quatrièmement : ne signer sous aucun prétexte ce qu'on aurait bêtement décidé d'écrire.*

Contemplant à nouveau l'intérieur de la basilique, il ne put que s'émerveiller devant ses proportions harmonieuses, cet équilibre architectural quasi parfait. Soixante-deux papes étaient enterrés sous le chœur, et il avait espéré, ce soir, trouver un peu de sérénité au-dessus de leurs tombes.

Mais le comportement de Clément continuait de l'inquiéter.

Il retira de sa soutane deux feuilles de papier pliées. Au cours de ses recherches, il s'était concentré sur les trois messages de la Vierge à Fatima, dont le contenu pouvait bien être à l'origine de ce qui affectait le pape. Il déplia les feuilles et relut le premier secret, tel que l'avait rédigé sœur Lucia :

Notre-Dame nous montra une grande mer de feu, qui paraissait se trouver sous la terre et, plongés dans ce feu, les démons et les âmes, comme s'ils étaient des braises transparentes, noires ou bronzées, avec une forme humaine. Ils flottaient dans cet incendie, soulevés par les flammes, qui sortaient d'eux-mêmes, avec des nuages de fumée. Ils retombaient de tous côtés, comme les étincelles retombent dans les grands incendies, sans poids ni équilibre, avec des cris et des gémissements de douleur et de désespoir qui horrifiaient et faisaient trembler de frayeur. Les démons se distinguaient par leurs formes horribles et dégoûtantes d'animaux épouvantables et inconnus, mais transparents et noirs. Cette vision dura un moment...

Le deuxième secret était la suite logique :

Notre-Dame nous dit : Vous avez vu l'enfer où vont les âmes des pauvres pécheurs. Pour les sauver, Dieu veut établir dans le monde la dévotion à mon Cœur immaculé. Si l'on fait ce que je vais vous dire, beaucoup d'âmes seront sauvées et on aura la paix. La guerre va finir. Mais si l'on ne cesse d'offenser Dieu, sous le pontificat de Pie XI en commencera une autre pire encore. Lorsque vous verrez une nuit illuminée par une lumière inconnue, sachez que c'est le grand signe que Dieu vous donne qu'Il va punir le monde de ses crimes par le moyen de la guerre, de la faim et des persécutions contre l'Église et le Saint-Père. Pour empêcher cette guerre, je viendrai demander la consécration de la Russie à mon Cœur immaculé et la communion réparatrice des premiers samedis. Si on accepte mes demandes, la Russie se convertira et on aura la paix ; sinon elle répandra ses erreurs à travers le monde, provoquant des guerres et des persécutions contre l'Église. Les bons seront martyrisés, le Saint-Père aura beaucoup à souffrir, diverses nations seront détruites. À la fin, mon Cœur immaculé triomphera. Le Saint-Père me consacrera la Russie, qui se convertira, et il sera concédé au monde un certain temps de paix.

Le troisième message était le plus hermétique de tous :

Après les deux parties que j'ai déjà exposées, nous avons vu sur le côté gauche de Notre-Dame, un peu plus en hauteur, un ange avec une épée de feu dans la main gauche ; elle scintillait et émettait des flammes qui, semblait-il, devaient incendier le monde ; mais elles s'éteignaient au contact de la splendeur qui émanait de la main droite de Notre-Dame en direction de lui ; l'ange, indiquant la terre avec sa main droite, dit d'une voix forte : « Pénitence ! Pénitence ! Pénitence ! » Et nous vîmes dans une lumière immense qui est Dieu – quelque chose de semblable à la manière dont se voient les personnes dans un miroir quand elles passent devant – un évêque vêtu de blanc, nous avons eu le pressentiment que c'était le Saint-Père. Divers autres évêques, prêtres, religieux et religieuses montaient sur une montagne escarpée, au sommet de laquelle il y avait une grande croix en troncs bruts, comme s'ils étaient en chêne-liège avec leur écorce ; avant d'y arriver, le Saint-Père traversa une grande ville à moitié en ruine et, à moitié tremblant, d'un pas vacillant, affligé de souffrance et de peine, il priait pour les âmes des cadavres qu'il trouvait sur son chemin ; parvenu au sommet de la montagne, prosterné à genoux au pied de la grande croix, il fut tué par un groupe de soldats qui tirèrent plusieurs coups avec une arme à feu et des flèches ; et de la même manière moururent les uns après les autres les évêques, les prêtres, les religieux et religieuses et divers laïcs, hommes et femmes de classes et de catégories sociales différentes. Sous les deux bras de la croix, il y avait deux anges, chacun avec un arrosoir de cristal à la main, dans lequel ils recueillaient le sang des martyrs et avec lequel ils irriguaient les âmes qui s'approchaient de Dieu.

Ces phrases étaient mystérieuses, sibyllines. Comme certains poèmes, on pouvait les interpréter de différentes façons. Des théologiens, des historiens – et quelques enragés, amateurs de conspirations – avaient pendant des décennies planché dessus. Fort de toutes ces analyses, de quoi pouvait-on être certain ? D'une chose : ces secrets perturbaient gravement Clément XV...

— Père Michener ?

Il se retourna.

L'une des sœurs qui avaient préparé son repas du soir arrivait à grands pas.

— Pardonnez-moi, le Saint-Père souhaiterait vous voir.

Michener mangeait en général avec Clément, mais aujourd'hui le pape avait reçu à dîner un groupe d'évêques mexicains au Collège nord-américain. Michener consulta sa montre. Clément était rentré tôt.

— Je vous remercie, ma sœur. Je le rejoins dans ses appartements.

— Il n'y est pas.

Voilà qui était étrange.

— Il est à l'*Archivio Segreto Vaticano*. À la *Riserva*. Il vous demande de le retrouver là-bas.

Masquant sa surprise, Michener répondit :

— Entendu, j'y vais tout de suite.

Il longea les couloirs vides jusqu'aux Archives. Clément était encore à la *Riserva*. Décidément, ça n'en finissait pas. Michener savait très bien ce qu'y faisait le pape, sans comprendre ce qui le motivait. En chemin, il se remémora une fois de plus les événements de Fatima.

En 1917, la Vierge Marie s'était montrée à trois pastoureaux dans une grande vallée, la Cova da Iria, située au Portugal à proximité du village de Fatima. Jacinta et Francisco Marto, âgés respectivement de sept et neuf ans, étaient frère et sœur. Lucia dos Santos, leur cousine germaine, avait, elle, dix ans. La mère de Dieu était apparue six fois entre mai et octobre, toujours le 13 du mois, au même endroit, à la même heure. Lors de sa dernière apparition, les milliers de personnes rassemblées avaient vu le soleil danser dans le ciel, un signe que leur envoyait le Tout-Puissant pour authentifier les visions des enfants.

Plus de dix ans s'étaient écoulés avant que l'Église déclare ces apparitions *dignes de foi*. À cette date, cependant, deux des jeunes voyants étaient décédés. Jacinta et Francisco étaient morts de la grippe dans les treize mois suivant la dernière apparition. Lucia, en revanche, avait vécu très vieille. Dieu ne l'avait rappelée à lui que récemment et elle avait passé son existence recluse dans différents couvents. La Vierge lui avait d'ailleurs prédit ces événements : *Jacinta et Francisco, je les emmènerai bientôt, mais toi, tu resteras ici pendant un certain temps. Jésus veut se servir de toi afin de me faire connaître et aimer*, avait-elle déclaré.

Au mois de juillet, sainte Marie avait confié trois secrets aux petits voyants. Lucia avait révélé elle-même les deux premiers, avant de les inclure dans ses Mémoires, publiés au début des années 40. Seules Jacinta et Lucia avaient entendu la Vierge prononcer le troisième. Pas Francisco, curieusement – mais Lucia avait reçu l'autorisation de le lui répéter. Malgré les demandes insistantes de l'évêque, les trois enfants avaient refusé d'en parler. Jacinta et Francisco avaient emporté le secret dans la tombe. Toutefois, en octobre 1917, le garçon avait lâché devant un journaliste que le troisième secret concernait « le bien des âmes et que nombreux seraient tristes s'ils savaient ».

Lucia avait donc été l'unique détentrice du dernier message de la Vierge.

Malgré une bonne santé générale, elle avait failli mourir en 1943 d'une vilaine pleurésie. L'évêque local, Mgr da Silva, lui avait alors demandé de coucher le troisième secret par écrit, puis de le garder dans une enveloppe cachetée avec de la cire. Lucia avait refusé mais, en janvier 1944, la Vierge lui était apparue au couvent de Tuy pour lui affirmer que c'était la volonté de Dieu. Le secret devait être transmis.

Lucia avait obéi et inséré son texte dans une enveloppe fermée. À la question de savoir quand le secret devait être divulgué, elle répondait tout simplement : en 1960. L'enveloppe a été confiée à Mgr da Silva qui l'a incluse dans une seconde, plus grande. Après l'avoir également cachetée à la cire, il l'a déposée dans le coffre-fort du diocèse où elle est restée pendant treize ans.

En 1957, le Vatican a obtenu que tous les écrits de sœur Lucia soient expédiés à Rome, y compris le troisième secret. Dès réception, le pape Pie XII a placé l'enveloppe contenant celui-ci dans un coffret en bois portant l'inscription *SECRETUM SANCTI OFFICII* – Secret du

Saint-Office. Le coffret est resté deux ans sur le bureau de Pie XII qui ne l'a jamais ouvert.

On a fini par le faire en août 1959, et on a remis la double enveloppe, toujours hermétiquement scellée, à Jean XXIII. En février 1960, le Vatican annonçait, par un court communiqué, que le troisième secret de Fatima ne serait pas dévoilé. Sans autre explication. Par ordre du pape, le texte manuscrit de sœur Lucia a été replacé dans le coffret et entreposé dans la *Riserva*. Tous les successeurs de Jean XXIII ont visité les Archives et ouvert ledit coffret, mais aucun d'entre eux n'a révélé les informations contenues.

Jusqu'à Jean-Paul II.

Échappant de justesse au tir d'un assassin en 1981, Jean-Paul II a conclu qu'une main bienveillante – maternelle – avait dévié la trajectoire de la balle. Dix-neuf ans plus tard, pour témoigner sa reconnaissance à Notre-Dame, il a ordonné que le contenu du troisième message soit rendu public. Pour couper court aux conjectures, on a diffusé en même temps un exposé de quarante pages, censé élucider les métaphores de la Vierge. La presse s'est emparée du sujet un moment avant de l'oublier.

C'en était fini des spéculations.

Pratiquement personne ne parlait plus de l'affaire.

Sauf Clément XV qui ne pensait qu'à ça.

Michener entra dans les Archives. Le préfet le salua brièvement d'un signe de tête. La vaste salle de lecture était plongée dans l'obscurité. Une lueur jaunâtre brillait tout au fond, et la grille de fer était ouverte.

Devant celle-ci se trouvait le cardinal Maurice Ngovi, les bras croisés sur sa soutane rouge. Cet homme portait sur son visage les marques d'une vie d'épreuves. Il était grand, mince, et ses cheveux gris, crépus, se raréfiaient. Ses lunettes à monture d'acier soulignaient un regard toujours soucieux. À soixante-deux ans seulement, il était archevêque de Nairobi, et le plus âgé des cardinaux africains. Ce n'était pas un de ces évêques honoraires, sans juridiction épiscopale, mais un membre actif du clergé, en charge des populations catholiques africaines, majoritaires au sud du Sahara.

Il avait dû renoncer à des tâches et à un engagement quotidiens quand Clément l'avait appelé à ses côtés. Clément l'avait mis à la tête de la Congrégation pour l'éducation catholique. Depuis, en relation étroite avec les évêques et les prêtres, Maurice Ngovi s'occupait des multiples aspects de l'enseignement religieux. Il travaillait d'arrache-pied pour que les nombreux établissements – écoles, universités, séminaires – se conforment aux directives du Saint-Siège. De telles responsabilités avaient longtemps été synonymes d'affrontement, et le préfet de la Congrégation n'était pas toujours apprécié hors des frontières italiennes. Mais l'esprit de renouveau inspiré par Vatican II avait permis d'apaiser les tensions, et des hommes comme Maurice Ngovi savaient négocier, même éviter bien des conflits sans pour autant renoncer à leur autorité.

C'était une personnalité conciliante, qui de plus aimait le travail bien fait, deux raisons pour lesquelles Clément l'avait placé à ce poste. Le pape souhaitait faire valoir les mérites de ce brillant cardinal. Six mois plut tôt, il l'avait aussi nommé camerlingue. Cela impliquait que Ngovi gérerait le Saint-Siège à la mort de Clément, pendant les deux semaines qui précèdent l'élection pontificale. Le camerlingue exerçait une fonction intermédiaire, protocolaire, quoique essentielle lors du conclave où tout converge vers lui.

Michener et Clément avaient plusieurs fois abordé ce sujet : le prochain pape. L'histoire montrait que le candidat idéal parlait plusieurs langues, était à l'abri de toute controverse et connaissait bien les rouages de la curie.

La préférence allait souvent aux évêques issus d'un pays de deuxième plan – donc pas d'une grande puissance. Après trois années productives à Rome, Maurice Ngovi réunissait tous ces critères. Et les cardinaux du tiers-monde se posaient sans cesse la question : *le moment était-il venu d'élire un pape de couleur ?*

Michener approchait de l'entrée de la *Riserva*. Clément se trouvait à l'intérieur devant l'antique coffre-fort. L'épais double battant était ouvert sur les casiers et les étagères de bronze. Le pape avait retiré un coffret en bois d'un casier, et tenait une feuille de papier dans ses mains tremblantes. Michener savait que le texte original de sœur Lucia, en portugais, était rangé dans ce coffret, avec la traduction italienne qui avait été faite pour Jean XXIII en 1959. Le prêtre chargé de la traduction était alors une jeune recrue de la secrétairerie d'État.

Le père Andrej Tibor.

Michener avait parcouru à ce sujet les journaux officiels de la curie. Ils révélaient que le père Tibor avait remis personnellement son interprétation écrite à Jean XXIII. Celui-ci l'avait lue, puis il avait ordonné qu'on scelle le coffret avec la traduction à l'intérieur.

Aujourd'hui, Clément XV voulait reprendre contact avec ce Tibor.

— Ça finit par ressembler à une psychose, murmura Michener en observant la scène.

Le cardinal Ngovi ne répondit rien. Il le prit par le bras et le conduisit vers une rangée d'étagères un peu plus loin. Ngovi était l'une des rares personnes au Vatican en qui Michener et Clément avaient une absolue confiance.

— Que faites-vous ici ? lui demanda Michener.

— Je suis aux ordres.

— Je croyais que Clément passait la soirée au Collège nord-américain, dit Michener à voix basse.

— Il y était, mais il est parti précipitamment. Il m'a

appelé il y a une demi-heure en me demandant de le rejoindre.

— C'est la troisième fois en deux semaines qu'il vient là. Ça va finir par se savoir.

Ngovi acquiesça.

— Une chance que le coffre-fort contienne toutes sortes de choses. Ça brouille un peu les pistes, dit l'Africain.

— Je ne suis pas rassuré, Maurice. Il se comporte d'une façon étrange.

En privé, les deux hommes oubliaient le protocole et s'appelaient par leurs prénoms.

— C'est vrai. Chaque fois que je lui pose une question, il me répond par une devinette, dit Ngovi.

— Je viens de passer un mois à étudier toutes les apparitions mariales documentées. J'ai vu tous les comptes rendus existants des témoins et des voyants. Je n'aurais jamais cru que le Ciel nous rendait aussi souvent visite. Clément veut connaître le détail de chaque apparition, lire le moindre mot prononcé par Marie. En revanche, il refuse de me dire pourquoi.

Hochant la tête d'un air perplexe, Michener poursuivit :

— D'un jour à l'autre, Valendrea sera au courant.

— Il n'est pas au palais ce soir. Il sort avec Ambrosi.

— Ça ne fait rien. Il le saura de toute façon. Je me demande parfois s'il n'a pas des informateurs dans tout le Vatican.

Il y eut plusieurs claquements secs dans la *Riserva* – le bruit d'un casier, puis le double battant du coffre qu'on refermait. Clément revint un instant plus tard :

— Il faut trouver le père Tibor.

D'un pas, Michener rejoignit le pape :

— J'ai son adresse précise en Roumanie. Elle était dans les registres.

— Quand partez-vous ?

— Demain soir ou après-demain matin, selon le vol que je trouverai.

— Je veux que ce voyage reste entre nous. Vous êtes en vacances, entendu ?

Michener acquiesça. La voix de Clément était à peine un chuchotement. C'était étrange.

— Pourquoi parler si bas ? demanda l'Américain.

— Je ne m'en rendais pas compte.

Michener décela une certaine irritation dans le ton – comme quoi il n'était pas là pour s'attarder sur ce genre de détails.

— Colin : Maurice et vous avez toute ma confiance et vous êtes bien les seuls. Notre ami le cardinal Ngovi ne peut pas se rendre à l'étranger sans attirer l'attention. Son visage est maintenant trop connu. Il n'y a donc que vous pour vous en occuper.

D'un geste, Michener désigna la *Riserva*.

— Pourquoi revenez-vous ici tout le temps ?

— Ces écrits me hantent.

Ngovi intervint :

— En l'an 2000, Sa Sainteté le pape Jean-Paul II a révélé au monde le troisième message de Fatima. Une commission, composée de prêtres et d'universitaires, s'est chargée auparavant d'en faire l'analyse. Je faisais partie de cette commission. Le document original a été photographié et reproduit partout.

Clément ne répondit pas.

— La commission cardinalice pourrait peut-être donner son avis sur la question, aider à résoudre le problème ? dit Ngovi.

— C'est bien les cardinaux que je crains le plus.

Michener demanda à son tour :

— Mais qu'espérez-vous apprendre de ce vieil homme en Roumanie ?

— Il m'a envoyé quelque chose qui requiert toute mon attention.

— Je ne me souviens pas d'avoir reçu quoi que ce soit de lui.

— C'est arrivé par la valise diplomatique. Dans une enveloppe cachetée du nonce de Bucarest. L'expéditeur indiquait qu'il avait traduit le message de la Vierge pour le pape Jean.

— Mais c'est arrivé quand? dit Michener.

— Il y a trois mois.

Au moment, à peu près, où Clément avait commencé à se rendre à la *Riserva*, se rappela Michener.

— Je sais aujourd'hui qu'il dit vrai et je préfère garder le nonce à l'écart de tout ça. J'ai besoin que vous alliez en Roumanie et que vous vous fassiez vous-même une opinion du père Tibor. Votre avis compte beaucoup pour moi.

— Très Saint-Père…

Clément leva la main.

— Je ne veux plus entendre de questions.

On sentait la colère poindre derrière ces mots. Pourtant Clément était d'un caractère égal.

— Entendu, dit Michener. J'irai trouver le père Tibor, Votre Sainteté. Comptez sur moi.

Le pape jeta un coup d'œil rapide vers la *Riserva*.

— Mes prédécesseurs ont fait une lourde erreur.

— À quel propos, Jakob? demanda Ngovi.

Clément se retourna vers lui. Son regard était distant et triste.

— À propos de tout, Maurice.

8

21 heures 45

Valendrea était ravi de sa soirée. Il avait quitté le Vatican deux heures plus tôt, dans une des voitures officielles avec le père Ambrosi. Ils avaient dîné chez Marcello, un de ses restaurants favoris. La *ribollita*, une soupe toscane à base de haricots, avec de nombreux autres légumes et des croûtons de pain, lui rappelait son enfance. Le cœur de veau braisé aux fonds d'artichaut était sans conteste le meilleur de Rome. Enfin, le sorbet au citron, avec cette sublime sauce mandarine, avait de quoi damner un saint. Habitué de longue date, Valendrea choisissait toujours la même table au fond de la salle. Le patron connaissait bien ses goûts en matière de vins et faisait en sorte qu'il ne soit jamais dérangé. C'était d'ailleurs une exigence absolue.

— La nuit est douce, dit Ambrosi, face à lui à l'arrière de la Mercedes.

La limousine avait convoyé bien des diplomates dans la Cité éternelle – même le président des États-Unis, venu en visite à l'automne dernier. Une paroi de verre dépoli isolait l'arrière du véhicule. Toutes les vitres étaient teintées, à l'épreuve des balles, et le châssis et la carrosserie blindés.

— En effet, dit le secrétaire d'État.

Il tira sur sa cigarette, savoura l'effet de la nicotine après un repas décidément excellent.

— Que savons-nous du père Tibor ?

Pensant qu'elle lui servirait plus tard, il utilisait déjà la première personne du pluriel que les papes avaient employée pendant des siècles. Jean-Paul II avait été le premier à y renoncer, et Clément XV l'avait officiellement décrétée obsolète. Si ce dernier était déterminé à rejeter les usages consacrés, Valendrea se proposait de les remettre dès que possible au goût du jour.

Il s'était contraint pendant le dîner à ne pas aborder le sujet qui le préoccupait. Il avait d'ailleurs pour règle de ne jamais parler des affaires du Vatican en dehors de celui-ci. Valendrea avait vu trop d'hommes pris au piège de leurs propres indiscrétions – il avait même précipité la chute de certains. Mais la Mercedes était en quelque sorte une extension du territoire pontifical, et Ambrosi s'assurait tous les jours qu'on n'y avait pas caché de micros.

Le lecteur de CD jouait une douce mélodie de Chopin. C'était relaxant, mais aussi un moyen de se soustraire à des instruments d'écoute plus sophistiqués.

— Il s'appelle Andrej Tibor, répondit Ambrosi. Il a été employé au Vatican de 1959 à 1967. Ensuite, ce n'était plus qu'un prêtre insignifiant, au service de diverses congrégations. Il a pris sa retraite il y a une vingtaine d'années et il vit aujourd'hui en Roumanie. On lui envoie son chèque de pension tous les mois, il le pose lui-même à la banque.

Valendrea tira goulûment une autre bouffée de sa cigarette.

— La question qui se pose, c'est pourquoi Clément s'intéresse tant à ce vieux curé.

— Il y a certainement un rapport avec Fatima.

Ils avaient quitté la via Milano et filaient maintenant vers le Colisée, par la via dei Fori Imperiali. Valendrea appréciait que Rome soit ainsi attachée à son passé. Il imaginait quelle satisfaction en avaient tiré les empereurs et les papes d'antan, appelés à régner sur une ville aussi grandiose, aussi spectaculaire. Le jour viendrait où, à son tour, ce plaisir-là lui reviendrait. La barrette rouge du cardinal ne lui suffisait pas et ne lui suffirait jamais. Il voulait porter le *camauro*, réservé aux papes, que Clément avait délaissé en le qualifiant d'anachronique. Justement, cette coiffure de velours rouge, bordée d'hermine, serait l'un des nombreux signes du vrai retour de la papauté impériale. Ce jour-là, les catholiques occidentaux et leurs coreligionnaires du tiers-monde n'oseraient plus remettre en cause les dogmes du christianisme. Malheureusement, l'Église se préoccupait plus aujourd'hui de s'adapter au monde que de promouvoir la foi. L'islam, l'hindouisme, le bouddhisme et d'innombrables cultes protestants happaient ses fidèles les uns après les autres. Tout ça était l'œuvre du diable. La seule vraie Église apostolique traversait une crise, et Valendrea savait ce qu'il lui fallait en réalité : une main ferme. Pour que les prêtres obéissent, que les brebis se rassemblent, que les revenus augmentent. Cette main-là, ce serait évidemment la sienne.

Il en sentit une autre qui tapotait sur son genou et il se détourna de la fenêtre.

— Éminence, on y est presque, dit Ambrosi.

Le secrétaire d'État regarda à nouveau dehors. La voiture s'engageait dans une petite rue colorée, pleine de cafés, de restaurants et de boîtes de nuit. C'était la via Frattina et ses trottoirs pleins de joyeux fêtards.

— Elle est descendue à cet hôtel, un peu plus loin, dit Ambrosi. J'ai trouvé son adresse au bureau de la sécurité. C'était sur sa demande d'accréditation.

Comme d'habitude, Ambrosi avait consciencieusement fait son travail. Valendrea avait hésité à prendre contact directement avec Katerina Lew. Mais, dans cette rue passante et à cette heure-ci de la nuit, le risque était minime d'être reconnu. Maintenant, il fallait trouver un moyen d'aborder cette fille, ce qui était moins simple. Valendrea n'avait pas spécialement envie de se présenter à l'hôtel, ni de monter dans une chambre. Ambrosi non plus. Ils comprirent soudain que cela ne serait pas nécessaire.

— Dieu doit nous seconder dans notre mission, dit le cardinal en montrant d'un geste une femme à la démarche légère.

Elle rejoignait l'entrée de l'hôtel, bordée de lierre.

Ambrosi sourit.

— Tout cela est bien synchronisé.

Ils demandèrent au chauffeur de rattraper la jeune femme avant qu'elle passe la porte. Ce qu'il fit.

Valendrea pressa un bouton pour baisser sa vitre :

— Madame Lew, je suis le cardinal Alberto Valendrea. Peut-être me reconnaissez-vous ? J'étais au tribunal ce matin.

Elle s'arrêta net et examina l'intérieur de la voiture. Elle n'était pas très grande, avec un corps souple. Ce port de tête, cette façon de se tenir droite, de réfléchir – les épaules relevées, le cou tendu – suggéraient une force de caractère que sa petite taille ne laissait pas deviner. Elle gardait cependant quelque chose de nonchalant, comme si rencontrer un prince de l'Église – un de ses plus célèbres cardinaux, excusez du peu – n'avait rien de si extraordinaire. Valendrea vit son pressentiment confirmé : cette femme était certainement mue par l'ambition. Ce qui le détendit instantanément. Les choses allaient sans doute être plus simples qu'il ne le pensait.

— Croyez-vous que nous puissions discuter un instant ? Dans cette voiture ?

Elle sourit une seconde.

— Comment refuser une si gracieuse invitation... du secrétaire d'État du Vatican ?

Il ouvrit la portière et se plaça sur le siège face à la banquette, pour que Mme Lew puisse monter. Elle se glissa à l'intérieur, déboutonna sa veste fourrée et s'assit. Ambrosi referma aussitôt et la Mercedes redémarra.

Elle s'arrêta un peu plus loin dans une allée étroite à l'abri des regards. Valendrea eut à peine besoin de demander au chauffeur qu'il descende. Celui-ci se planta naturellement à l'entrée de l'allée pour interdire l'accès à tout autre véhicule.

— Je vous présente le père Paolo Ambrosi, mon premier assistant à la secrétairerie.

Katerina accepta la main qu'Ambrosi lui tendait. Le cardinal vit s'adoucir le regard de son complice, suffisamment du moins pour mettre leur invitée en confiance. Paolo savait gérer ce type de situation avec beaucoup de naturel.

Valendrea poursuivit :

— Nous voulions vous parler d'une affaire importante, et nous espérions pouvoir bénéficier de votre aide.

— Quelqu'un de votre rang ? Je me demande en quoi je pourrais vous aider, Éminence.

— Vous avez assisté à l'audience ce matin. Je suppose que le père Kealy y souhaitait votre présence ?

— Ah, c'est donc cela ? Vous craignez les réactions de la presse ?

Valendrea prit un air modeste.

— Vous n'étiez pas la seule journaliste, loin de là, et je vous assure qu'il ne s'agit pas de cela. Pour ce qui est du père Kealy, notre décision est prise et de toute évidence ni vous, ni lui, ni la presse dans son ensemble n'avez d'illusions à ce sujet. Ce qui nous concerne est bien plus important qu'un hérétique de plus.

— C'est une déclaration officielle ?

Il s'autorisa un sourire.

— J'oubliais que vous étiez journaliste. Non, madame

Lew, rien de tout cela n'est officiel. Toujours intéressée ?

Il attendit silencieusement qu'elle prenne une décision. C'était le moment crucial : d'un côté le bon sens, de l'autre l'ambition.

— Entendu, dit-elle. Cela restera entre nous. Allez-y.

Jusque-là, tout se passait bien. Une chance.

— C'est à propos de Colin Michener.

Elle ne put retenir une expression de surprise.

— Oui, j'ai eu vent de vos anciennes relations avec le secrétaire papal. Cela n'est pas insignifiant, puisqu'il s'agit d'un prêtre. De ce rang-là, pour ne rien arranger.

— Il y a très longtemps de ça.

Ce qui sonnait comme un démenti. Peut-être Mme Lew discernait mieux maintenant, pensait-il, le caractère *non officiel* de cette discussion – il s'agissait d'elle, bien plus que de Valendrea.

— Paolo était là cet après-midi, quand vous avez retrouvé Michener place Saint-Pierre. On ne peut guère appeler ça d'heureuses retrouvailles. Vous l'auriez même traité de salaud, paraît-il ?

Katerina dévisagea rapidement Ambrosi.

— Place Saint-Pierre ? Je ne me souviens pas d'avoir vu votre assistant, dit-elle.

— C'est en effet une place aux vastes proportions, fit Ambrosi à voix basse.

— Vous vous demandez sans doute, reprit Valendrea, comment il a fait pour vous entendre ? C'est que Paolo lit très bien sur les lèvres. Assez pratique dans certaines situations, non ?

Elle ne semblait pas savoir quoi répondre, et il la laissa hésiter un instant.

— Madame Lew, je ne cherche pas à vous faire peur. Il se trouve que le père Michener entreprend bientôt un voyage à la demande du pape. C'est à cette occasion que j'ai besoin de votre concours.

— En quoi vous servirait-il ?

— Il nous faudrait quelqu'un pour surveiller ses allées et venues, et nous rapporter ce qu'il fait. Vous me paraissez toute désignée pour ça.

— Pourquoi le ferais-je ?

— Parce qu'il fut un temps où vous étiez proche de lui. Peut-être même l'aimiez-vous. Et l'aimez-vous toujours, allez savoir ? Le père Michener n'est malheureusement pas le seul prêtre à avoir connu une femme, comme on dit dans la Bible. Un signe de ces temps corrompus. Ces hommes se moquent de leurs engagements envers Dieu.

Il s'interrompit, puis :

— Sans parler des sentiments que ces femmes peuvent éprouver à leur égard. J'ai l'impression que vous seriez très affectée s'il devait arriver quelque chose à Colin Michener...

Il laissa les mots produire leur effet.

— Nous craignons justement que quelque chose se produise, et qui lui vaudrait du tort. Rien de physique, rassurez-vous, mais de nature à dégrader ses relations avec l'Église. Sa... carrière en serait probablement compromise. Je m'efforce de lui épargner ça. Maintenant, je vous propose cette mission à vous, parce que si je la confiais à quelqu'un d'autre au Vatican, ça se saurait dans l'heure. Ce serait donc voué à l'échec. J'aime bien le père Michener. Il serait dommage de le voir briser ses ailes si tôt. Vous êtes en mesure de le protéger, tout en restant dans l'ombre. C'est pour cela que j'ai pensé à vous.

Katerina fit un geste vers Ambrosi.

— Pourquoi ne pas l'envoyer, lui ?

Cette fille avait du cran, se dit Valendrea, impressionné.

— Le bon père Ambrosi est bien trop connu pour que je le charge de cette affaire. Par un heureux concours de circonstances, c'est vers la Roumanie que s'envole Michener, un pays que vous connaissez bien. Vous pourriez donc vous y trouver sans trop éveiller ses soupçons.

— Et la raison de ce voyage ?

Valendrea repoussa la question d'un geste.

— Nous ne voulons pas orienter votre regard. Contentez-vous de bien observer et de nous rapporter les faits. Ils n'en seront que plus véridiques.

— En d'autres termes, vous ne voulez pas me le dire ?

— Exactement.

— Et de mon côté, ça me rapporterait quoi ?

Valendrea s'esclaffa et prit un cigare dans le vide-poches.

— Malheureusement, Clément XV sera bientôt rappelé à Dieu. Le prochain conclave n'est pas si loin. À cette date, vous seriez assurée d'avoir un ami dans la place. Vous disposeriez de nombreuses informations, et vos articles auraient un certain poids. Vous retrouverez peut-être la considération de certains éditeurs qui préfèrent en ce moment se passer de votre plume.

— Je dois être impressionnée par ce que vous savez à mon sujet ?

— Je ne cherche pas à vous impressionner, madame Lew. Je voulais simplement obtenir votre aide – en échange de faveurs que bien des journalistes demanderaient à genoux.

Il alluma son cigare et savoura la première bouffée. Il ne prit pas la peine d'ouvrir sa vitre malgré l'épaisse fumée qu'il dégageait.

— Ça doit vous tenir à cœur, cette affaire, dit Katerina.

Valendrea décida d'instiller un peu de vérité dans cette conversation.

— Suffisamment pour que je descende dans les rues de Rome. Je vous promets que, de mon côté, je tiendrai mon engagement. Le prochain conclave va être quelque chose de monumental, et vous pourrez compter sur des informations très fiables. Qui plus est, de première main.

Elle semblait négocier avec elle-même. Peut-être avait-elle pensé à faire de Michener le correspondant idéal, la source autorisée dont elle aurait besoin dans ses articles ? Voilà qu'on lui présentait une alternative. L'offre était alléchante, et le travail aisé. Le cardinal ne lui demandait pas de voler, de mentir ou de tricher. Simplement de se rendre dans son pays natal pour y filer un ex-amant pendant quelques jours.

— Laissez-moi réfléchir, dit-elle finalement.

Le cardinal tira une nouvelle bouffée de son cigare.

— Je ne perdrais pas trop de temps, à votre place. Michener doit partir incessamment. Je vous téléphone demain à votre hôtel. Disons, à quatorze heures.

— Si je dis oui, demanda-t-elle, comment vous ferai-je parvenir mes observations ?

Valendrea lui montra Ambrosi.

— Mon assistant vous retrouvera. N'essayez sous aucun prétexte de prendre contact avec moi, compris ? Il s'en occupera.

Ambrosi croisa ostensiblement les mains sur sa soutane noire. Valendrea le laissa savourer l'instant. Mme Lew devait comprendre qu'on ne se moquait pas de cet homme, et le geste d'Ambrosi était largement significatif. Une qualité que le secrétaire d'État appréciait chez lui : Paolo était en privé aussi réservé qu'efficace.

Valendrea passa une main sous son siège, d'où il retira une enveloppe qu'il tendit à Katerina.

— Dix mille euros. Pour les avions, l'hôtel et ce que vous voudrez. Je vous demande votre aide, mais quand même pas de puiser dans vos fonds. Si votre réponse est non, vous garderez ça pour le dérangement.

Il tendit le bras devant elle et ouvrit la portière.

— Ce fut un plaisir, madame Lew.

Elle descendit de voiture, l'enveloppe en main. Se tournant vers elle, le cardinal lui indiqua :

— Prenez à gauche au bout de l'allée, votre hôtel n'est pas loin.

Elle s'éloigna sans rien dire.

Il referma la portière en murmurant :

— Elle veut nous faire mariner un peu, c'était prévisible. Mais je ne doute pas de sa réponse.

— C'était presque trop simple, dit Ambrosi.

— C'est bien la raison pour laquelle je veux que vous alliez aussi en Roumanie. Il vous sera plus facile de la surveiller, elle, que Michener. Un industriel de nos amis met un de ses petits avions à notre disposition. Vous le prendrez demain matin. Vous précédez Michener là-bas et vous les attendez. Il devrait y être demain soir, après-demain matin au plus tard. Vous gardez discrètement un œil sur elle et vous vous assurez qu'elle nous a bien compris. Nous en voulons pour notre argent.

Ambrosi hocha la tête.

Le chauffeur remontait l'allée et il reprit sa place derrière le volant. Ambrosi frappa doucement sur la paroi de verre et la voiture repartit en marche arrière.

Valendrea pensait avoir assez travaillé pour la journée. Il était temps de se détendre.

— Maintenant que le plus gros est fait, que diriez-vous d'un bon cognac avant d'aller se coucher, Paolo ? Avec un peu de Tchaïkovski, peut-être ?

9

23 heures 50

Katerina se détacha de Thomas Kealy. Elle se sentait mieux. Il l'attendait quand elle était rentrée, et elle avait pu lui relater sa rencontre inopinée avec le cardinal Valendrea.

— C'était bon, Katerina, lui dit-il. C'est toujours bon, avec toi.

Elle distinguait à peine son profil dans l'obscurité. Les doubles rideaux n'étaient pas tout à fait fermés et il y avait de la lumière dans la rue.

— Le matin, on m'enlève ma robe, et le soir ma chemise, dit-il. Au moins, le soir, c'est une jolie femme qui s'en occupe.

— Ça rend l'épreuve plus supportable ?

Il s'esclaffa.

— On pourrait dire ça.

Tom Kealy savait tout de ses relations avec Colin Michener. Ç'avait été un soulagement de pouvoir se confier à lui. Il était après tout bien placé pour comprendre. Katerina avait fait le premier pas, elle avait débarqué un jour dans sa paroisse pour lui demander une interview. Elle travaillait alors aux États-Unis pour plusieurs périodiques au confluent des idées de gauche et des changements religieux. Ses articles lui avaient rapporté un peu d'argent, de quoi surtout couvrir ses frais, et elle pensait que le « cas » Kealy lui permettrait de prétendre à mieux. Beaucoup mieux.

Car Kealy s'opposait à Rome, et la nature de cette opposition ne laissait pas insensibles la plupart des catholiques occidentaux. L'Église nord-américaine essayait désespérément de garder ses fidèles. Les scandales qui avaient éclaté autour des prêtres pédophiles avaient sérieusement entaché sa réputation, et la relative indifférence de Rome à ce sujet n'avait fait qu'aggraver le problème. L'attachement au principe du clergé célibataire, et l'interdit maintenu sur la contraception et l'homosexualité la rendaient encore plus impopulaire.

Kealy avait invité Kate à dîner le premier soir et, avant peu, l'invitation s'était étendue à son lit. C'était un compagnon stimulant, physiquement et intellectuellement. Il ne voyait plus sa maîtresse précédente depuis un an. Leurs relations avaient fait grand bruit et l'intéressée n'en demandait pas tant – encore moins d'être au cœur d'une prétendue révolution religieuse. Peu désireuse d'endosser le même costume, Katerina restait plutôt discrète. Elle avait enregistré de nombreuses heures d'entretiens avec Kealy qui allaient lui fournir, espérait-elle, la trame d'un excellent ouvrage. Il avait pour titre provisoire *Contre le célibat des prêtres*. Elle se proposait de façonner un argumentaire populaire contre cette règle qui, à en croire Thomas, était aussi utile à l'Église qu'« une brosse à dents à une chauve-souris ». Son excommunication servirait d'outil marketing. *Un prêtre défroqué pour son opposition à Rome milite pour une réforme de l'Église.* Certes, l'argument avait déjà été utilisé, mais Kealy avait un ton neuf et une certaine franchise qui plaisait aux masses. CNN envisageait même de l'engager comme commentateur lors du prochain conclave. Il connaissait bien les rouages du Vatican, et il ne manquerait pas de battre en brèche les idées conservatrices qui réapparaissaient toujours en période d'élection. Tout bien considéré, Katerina et Kealy profitaient mutuellement de leur union. Mais voilà qu'aujourd'hui le secrétaire d'État du Vatican faisait son intrusion dans leur vie à tous deux.

— Et Valendrea ? Que penses-tu de son offre ?

— C'est un vaniteux qui pourrait bien succéder à Clément XV, répondit Kealy.

Il n'était pas le seul à faire ce pronostic. La proposition du cardinal en était d'autant plus alléchante.

— Ce que fait Colin a l'air de beaucoup l'intéresser, dit Kate.

Kealy prit appui sur un coude avant de répondre :

— Je dois admettre que ça m'intrigue aussi. Qu'est-ce qui peut bien l'appeler en Roumanie, le secrétaire papal ?

— Il y a des tas de choses intéressantes en Roumanie, figure-toi.

— Oh, mais c'est qu'on serait susceptible...

Sans verser à outrance dans le patriotisme, Katerina était roumaine et fière de l'être. Ses parents avaient fui le pays quand elle n'était encore qu'une adolescente, et elle y était rentrée pour aider à déboulonner l'infâme Ceausescu. Elle se trouvait à Bucarest lorsqu'il avait prononcé son dernier discours devant le bâtiment du Comité central. Ce discours était en réalité une mise en scène visant à démontrer que le gouvernement communiste avait le soutien des ouvriers. Ça avait fini en émeute. Kate entendait encore les hurlements de la foule quand la police avait chargé, tandis que les haut-parleurs diffusaient des acclamations et des applaudissements préenregistrés.

— Tu auras peut-être du mal à le croire, dit-elle, mais on ne fait pas la révolution maquillé devant une caméra de télévision. Ni en lançant des slogans provocateurs sur l'Internet. Ni encore en couchant avec une femme. Les vraies révolutions s'accompagnent d'un bain de sang.

— Les temps ont changé, Katerina.

— L'Église changera moins facilement.

— Tu as vu tous les journalistes ce matin ? C'est comme si le monde entier était venu à l'audience. Les gens vont être choqués par ce qui m'arrive.

— Et s'ils s'en fichaient ?

— On a plus de vingt mille visiteurs par jour sur notre site Web, c'est donc qu'on ne les laisse pas indifférents. Les mots ont un certain pouvoir.

— Les balles aussi. J'étais là-bas quelques jours avant les fêtes de Noël, quand des Roumains ont sacrifié leur vie pour renverser un dictateur et son épouse immonde.

— Tu aurais tiré toi-même si on te l'avait demandé, non ?

— Sans hésitation. Ceausescu a détruit mon pays. La passion, Tom, voilà ce qui nourrit la révolte. Les passions sont toujours violentes.

— Alors, qu'est-ce que tu vas faire avec Valendrea ?

Elle soupira.

— Je n'ai pas le choix. Il faut que je dise oui.

Il s'esclaffa.

— On a toujours le choix. Mais voyons… C'est peut-être l'occasion de renouer des liens avec Colin Michener, peut-être…

Elle en avait trop dit à Thomas et elle s'en rendait compte. Il lui avait promis de ne rien répéter à personne, mais elle n'était pas rassurée. Bien sûr, l'affaire s'était déroulée il y avait longtemps, mais cela ne changeait rien : toute révélation, vraie ou fausse, pouvait coûter sa carrière à Colin. Et même si elle lui en voulait de l'avoir abandonnée, elle ne ferait jamais rien contre lui.

Elle resta silencieuse un instant à contempler le plafond. Valendrea avait parlé d'une chose qui pourrait valoir du tort à Michener. Si elle était capable de l'aider tout en préservant ses propres intérêts, où était le problème ?

— Je vais y aller.

— Tu mets la main dans un nid de vipères, dit gentiment Kealy, rieur. Mais je te crois assez forte pour te mesurer à ce diable d'homme. Je t'assure qu'il tient davantage du diable que du bon Dieu, ce Valendrea. C'est un salopard ambitieux.

Elle ne put résister :

— Tu t'y connais en la matière.

Kealy était lui aussi d'une arrogance stupéfiante. Rien ne semblait l'impressionner. Pas plus l'audience de ce matin, devant une brochette de prélats solennels, que la perspective de perdre son froc. Peut-être était-ce cette insolence qui l'avait attirée, d'ailleurs ? Mais Tom devenait fatigant. Elle se demandait si la prêtrise avait jamais signifié quoi que ce soit pour lui. Au moins, on ne pouvait pas mettre en doute la dévotion de Michener. Kealy ne vivait que dans l'instant. Cela étant, de quel droit se permettait-elle de juger ? Elle avait jeté son dévolu sur lui par intérêt, et il se servait d'elle en retour. Tout était susceptible de changer très vite. Quelques heures plus tôt, elle avait discuté avec le secrétaire d'État du Saint-Siège. Cet homme voulait lui confier une tâche qui pouvait la mener très loin. Voire lui rouvrir la porte des éditeurs qui ne voulaient plus entendre parler d'elle.

Elle se sentit brusquement vibrer d'impatience.

Les événements inattendus de la soirée étaient un puissant stimulant. D'autres perspectives d'avenir miroitaient dans l'esprit de Kate. Le plaisir qu'elle venait de partager avec Kealy paraissait d'autant plus agréable. Et cela n'était peut-être pas fini.

10

Turin
Jeudi 9 novembre, 10 heures 30 le matin

Depuis l'hélicoptère, Michener observa un instant la ville qui s'étendait sous ses yeux. Turin était enveloppée d'une fine couche de brouillard que le soleil matinal dissipait lentement. Au nord, le Piémont s'étendait jusqu'au Val d'Aoste, niché entre la France et l'Italie, avec ses longues vallées fertiles sous les hautes silhouettes des Alpes.

Clément était assis à ses côtés face à leurs deux gardes du corps. Le pape venait bénir le saint suaire de Turin, avant qu'on range de nouveau celui-ci en lieu sûr. Il était exposé depuis Pâques et Clément aurait dû assister à la cérémonie inaugurale. Une visite en Espagne, programmée antérieurement, l'en avait empêché. Il fut donc décidé qu'il viendrait à Turin pour le dernier jour de l'exposition, rendant hommage à la sainte relique comme de nombreux papes avant lui pendant des siècles.

L'hélicoptère vira à gauche pour entamer sa descente. Au sol, la circulation matinale encombrait la via Roma jusqu'à la piazza San Carlo. Turin était un grand centre industriel, dédié surtout à l'automobile – une ville d'entrepreneurs semblable à celles que Michener avait connues dans son enfance dans le sud de la Géorgie. Là-bas, c'était l'industrie papetière.

Le Duomo San Giovanni dressa bientôt devant eux ses hautes flèches drapées de brume. La cathédrale avait été construite à la fin du XVe siècle en hommage à saint Jean-Baptiste. Le saint suaire n'était toutefois conservé dans la chapelle royale de la cathédrale que depuis la fin du XVIe.

Les patins de l'hélicoptère se posèrent doucement sur la chaussée humide.

Michener détacha sa ceinture tandis que les rotors s'arrêtaient en produisant leur gémissement caractéristique. Les deux gardes attendirent que les pales soient parfaitement immobiles pour faire glisser la porte de la cabine.

— On y va ? demanda Clément.

Le pape avait très peu parlé depuis leur départ de Rome. Cela lui arrivait fréquemment en voyage, et Michener y était habitué.

Il sortit le premier de l'appareil, suivi par Clément. Une immense foule bordait le périmètre de sécurité. Il faisait frais, mais le pape n'avait pas voulu porter de pardessus. C'était toujours un spectacle impressionnant de le voir dans sa soutane blanche, ornée de la croix pectorale. Le photographe papal se mit aussitôt à prendre des dizaines de photos qui, le soir même, seraient communiquées à la presse. Clément salua la foule qui l'acclama.

— Il vaudrait mieux ne pas s'attarder, chuchota Michener.

Les services de la sécurité avaient répété plusieurs fois que la piazza présentait des risques. Selon eux, l'affaire devait impérativement se limiter à « un aller et retour ». Seules la cathédrale et la chapelle avaient été passées au peigne fin, et elles n'étaient gardées que depuis la veille. Programmée longtemps à l'avance, la visite du pape avait été annoncée par tous les journaux, et la prudence conseillait de ne pas traîner.

— Une seconde, répondit Clément en continuant de se montrer à la foule. Ils sont venus voir leur pontife, alors qu'ils le voient.

Les papes s'étaient toujours déplacés librement d'un bout à l'autre de la Péninsule – une faveur appréciée par les Italiens qui, après tout, hébergeaient l'Église catholique depuis presque deux mille ans. Clément prit donc son temps pour saluer les Turinois.

Après quoi il se dirigea vers la cathédrale, suivi par Michener qui restait volontairement en retrait, afin que le clergé local puisse être photographié avec le pape.

L'archevêque Gustavo Bartolo attendait à l'intérieur, vêtu d'une soutane de soie violette et d'une ceinture de même couleur. Il avait un air espiègle, des cheveux blancs et ternes, et une grosse barbe. Michener s'était souvent demandé s'il affectait volontairement cette allure de prophète. Bartolo n'avait pas la réputation d'un grand intellectuel, ni d'un guide spirituel. C'était plutôt un subordonné sans imagination. Le prédécesseur de Clément l'avait nommé archevêque de Turin et élevé au Sacré Collège, mais c'était surtout pour qu'il garde le saint suaire.

C'était aussi l'un des plus chauds partisans de Valendrea. À coup sûr, Bartolo voterait pour lui lors du prochain conclave. Aussi Michener s'amusa de voir le pape se diriger droit vers lui, puis lui présenter sa main, la paume vers le haut. Bartolo ne pouvait évidemment ignorer le protocole. Sous les regards des sœurs et des prêtres, l'archevêque n'eut d'autre choix que de s'agenouiller pour embrasser l'anneau papal. Clément, d'une façon générale, se moquait bien de tout le cérémonial, et de ce geste en particulier – dans ce genre de situation, une fois les portes refermées sur les officiels de l'Église, une poignée de main suffisait. Le pape rappelait donc son autorité à l'archevêque. Michener perçut une certaine irritation dans le regard de Bartolo, qui reprit vite contenance.

Clément feignit de ne rien en voir. Il lança aussitôt une ou deux plaisanteries qui firent sourire la petite assemblée réunie. On échangea quelques propos, après quoi il bénit les deux douzaines de personnes présentes et prit leur tête en direction de la chapelle.

Les suivant à distance, Michener laissa le reste de la cérémonie se dérouler sans lui. Son rôle voulait qu'il se tienne prêt à intervenir en cas de besoin, sans participer directement. Il remarqua qu'un des prêtres du diocèse restait lui aussi en retrait. Il reconnut l'assistant, petit et chauve, de Bartolo.

— Le Saint-Père nous fera-t-il l'honneur de déjeuner avec nous ? demanda l'assistant en italien.

Poli mais sec, le ton révélait une animosité sous-jacente qui déplut à Michener. À l'évidence, le prêtre n'était pas un inconditionnel du pape. Et il ne faisait rien pour masquer son antipathie envers ce monsignor américain, un homme qui se retrouverait certainement sans emploi une fois disparu l'actuel vicaire du Christ. Le prêtre pensait surtout aux services que lui rendrait alors son supérieur. Après tout, Michener s'était lui-même élevé au sein de l'Église grâce à un ex-évêque allemand qui avait pris du grade.

— Si on arrive à respecter l'horaire, le pape restera pour déjeuner. On est d'ailleurs un peu en avance. Vous avez reçu les consignes, pour le menu ?

Un rapide hochement de tête :

— On a fait ce qui était demandé.

Clément n'aimait pas beaucoup la cuisine italienne, ce que le Vatican cachait de son mieux. On expliquait que le pape avait certaines habitudes alimentaires qui n'avaient rien à voir avec sa nationalité ni sa fonction.

— Faisons quelques pas, peut-être ? proposa Michener.

Il se garderait bien d'aborder quelque sujet qui touche de près ou de loin à l'Église. Son influence, de toute façon, déclinait chaque jour proportionnellement à la santé du pape.

Il avança dans la cathédrale, et le prêtre revêche lui emboîta le pas. Apparemment, il s'était trouvé un ange gardien pour la journée.

Clément se trouvait dans le chœur où était suspendue une cage de verre rectangulaire. Elle protégeait une bande d'étoffe claire d'un peu plus de quatre mètres de longueur, mise en valeur par un éclairage indirect. On y reconnaissait l'image floue d'un homme allongé, avec les empreintes du dos et du torse – comme si le corps avait été posé puis recouvert avec la même étoffe. Le personnage, barbu, avait de longs cheveux en bataille et les mains jointes au niveau des reins. La tête et les poignets portaient des marques de blessures, la poitrine était balafrée, le dos flagellé.

Que cela soit l'image du Christ ou pas était affaire d'appréciation personnelle – ou de foi. Michener avait du mal à croire qu'une pièce de lin sergé puisse rester intacte pendant deux mille ans. Cette relique était comparable à ce qu'il venait de lire attentivement pendant deux mois au sujet des apparitions mariales. Il avait épluché tous les comptes rendus des « voyants » affirmant avoir reçu une visite du Ciel. Après avoir écarté les canulars purs et simples, les envoyés du pape avaient établi trois catégories : erreurs, hallucinations, problèmes psychologiques. Seulement, il restait deux douzaines de cas que les enquêteurs n'avaient pas réussi à résoudre entièrement. Ceux-là échappaient à toute rationalisation, et l'on était réduit à accepter qu'il s'agissait d'apparitions de la Vierge. Ces fameuses apparitions déclarées *dignes de foi*.

Comme celles de Fatima.

L'expression *digne de foi* était d'ailleurs ambiguë, car si le terme de foi était synonyme de confiance, il se référait implicitement à la foi chrétienne. Dans le cas du linceul, seule la seconde était sollicitée.

Clément pria dix bonnes minutes devant le suaire. Michener remarqua qu'on prenait du retard sur l'horaire, mais personne n'osa interrompre le pape. Pas un mot ne fut dit jusqu'à ce qu'il se lève finalement. Alors il se signa et suivit Bartolo dans la chapelle de marbre noir. L'archevêque ne demandait pas mieux, semblait-il, que lui faire les honneurs de son immense cathédrale.

La visite n'aurait pu durer qu'une demi-heure, mais Clément posa une foule de questions et voulut faire la connaissance de tout le personnel. L'horaire était mis à mal, et Michener poussa un soupir de soulagement en voyant le pape reprendre la tête du cortège vers le bâtiment voisin où le déjeuner les attendait.

Clément s'arrêta devant la salle à manger et demanda à Bartolo :

— Y a-t-il un endroit où je pourrais m'entretenir avec mon secrétaire ?

L'archevêque le conduisit vers une petite pièce sans fenêtre qui devait servir de vestiaire. Le pape referma la porte sur lui et Michener, puis il sortit de sa soutane une enveloppe bleu pâle. Michener reconnut la couleur du papier à lettres dont Clément se servait pour sa correspondance privée. Il l'avait trouvé dans un magasin à Rome et le lui avait offert pour Noël.

— Voilà, je veux que vous apportiez cette lettre au père Tibor en Roumanie. S'il ne peut pas ou s'il ne veut pas faire ce que je lui demande, faites-la disparaître avant de rentrer à Rome.

Michener saisit l'enveloppe.

— Entendu, Très Saint-Père.

— Ce brave Bartolo est fort hospitalier, n'est-ce pas ? dit Clément en souriant.

— Il a peut-être baisé l'anneau papal, mais je doute qu'il mérite ses trois cents indulgences.

Une tradition qui s'était longtemps maintenue : à condition d'embrasser *dévotement* la bague du souverain pontife, on se voyait accorder un certain nombre d'indulgences. C'était une invention des papes du Moyen Âge. Mais cherchaient-ils par là à s'auréoler de prestige ou à pardonner les péchés ? Michener s'était parfois posé la question. On parlerait aujourd'hui de culte de la personnalité.

Clément s'esclaffa.

— J'ai idée que ce bon archevêque a plus de trois cents péchés à se faire pardonner. C'est l'un des grands alliés de Valendrea. Si le Toscan arrive au trône, Bartolo aura peut-être la secrétairerie d'État. Ce que je trouve en soi effrayant. Il ne devrait même pas être évêque de ce diocèse.

Clément étant parti pour discuter franchement, Michener lui répondit sans gêne :

— Vous devez nommer au conclave autant d'amis que vous le pourrez et lui barrer la route.

— Vous voulez votre chapeau rouge, n'est-ce pas ?

— Vous le savez bien.

Le pape montra l'enveloppe du doigt.

— Alors d'abord, faites ça pour moi.

— Vous ne voulez toujours pas me dire ce qui vous inquiète ?

Clément se tourna vers les vêtements ecclésiastiques, pendus à leurs cintres devant un mur.

— Croyez-moi sur parole, Colin, vous n'avez pas envie de savoir.

— Je pourrais peut-être me rendre utile ?

— Vous ne m'avez pas parlé de votre conversation avec Katerina Lew. Comment l'avez-vous trouvée, après tout ce temps ?

Il changeait encore de sujet.

— C'était plutôt tendu, nous ne nous sommes pas dit grand-chose.

Étonné, Clément fronça les sourcils.

— Ah bon ? Cela ne pouvait pas se passer autrement ?

— Katerina a certaines idées fixes. Elle en veut notamment à l'Église.

— Comment le lui reprocher, Colin ? Elle vous aimait sûrement, et elle a dû accepter de renoncer à vous. Se faire prendre sa place par une autre femme, c'est une chose, mais par Dieu, c'est un peu plus difficile... Ça n'a certainement rien d'agréable.

Pourquoi, une fois de plus, le pape faisait-il référence au passé de Michener ?

— Cela n'a plus d'importance maintenant, dit ce dernier. Elle mène sa vie et moi la mienne.

— Cela n'exclut pas que vous puissiez être amis. Échanger des idées, des sentiments. Cette forme de plaisir qu'on ressent avec ceux qui nous sont vraiment proches. L'Église n'interdit ce plaisir d'aucune manière.

La solitude faisait partie des risques du métier de prêtre. Michener avait eu plus de chance que certains – ébranlé après son aventure avec Katerina, il avait eu Volkner pour l'écouter et lui donner l'absolution. Kealy avait fauté lui aussi, mais il allait être excommunié. Cette sanction ne semblait pas avoir les faveurs du pape.

Clément se rapprocha des cintres et soupesa quelques-uns des vêtements de messe.

— J'étais enfant de chœur quand j'étais petit à Bamberg. Je garde un souvenir précieux de cette époque. La guerre était finie et il fallait tout reconstruire. Par bonheur, la cathédrale a échappé aux bombes. J'y ai toujours vu une heureuse métaphore. Malgré tout le mal dont les hommes sont capables, on l'avait épargnée.

Michener ne répondit rien. Ces propos devaient certainement mener quelque part. Sinon pourquoi le pape abordait-il ce sujet ? Rien ne s'y prêtait spécialement.

— J'adorais cette cathédrale. Elle a tenu une grande

place dans ma jeunesse. J'entends encore le chœur entonner ses cantiques. C'était une fête pour l'âme. J'aimerais pouvoir être enterré là-bas. Mais ça n'est pas possible, n'est-ce pas ? Un pape doit rester à Saint-Pierre. Je me demande qui a établi cette règle ?

Clément, songeur, paraissait vraiment ailleurs. À qui parlait-il vraiment ?

Michener se rapprocha de lui.

— Jakob, dites-moi ce qui ne va pas.

Relâchant l'étole de prêtre qu'il examinait, Clément joignit deux mains tremblantes devant Michener.

— Vous êtes d'une naïveté folle, Colin. Vous ne comprenez donc pas ? Non, vous ne comprenez pas !

Il parlait entre ses dents, la bouche presque immobile.

— Vous imaginez peut-être que nous échappons une seconde à leurs oreilles indiscrètes ? Vous ne mesurez pas l'ambition de Valendrea ! Le Toscan est au courant de nos moindres gestes et de nos moindres paroles. Et vous voulez être cardinal ? Il faudrait que vous ayez une idée claire des responsabilités que cela suppose. Comment voulez-vous que je prenne cette décision si vous n'êtes pas capable de voir des évidences ?

Depuis qu'ils se connaissaient, les deux hommes s'étaient rarement dit un mot plus haut que l'autre. Là, Michener ne pouvait douter : le pape lui faisait la leçon. Et sèchement. Pourquoi, c'était une autre question.

— Nous ne sommes que des hommes, Colin. Je ne suis pas plus infaillible que vous. Nous prétendons être les princes de l'Église, soi-disant au service de Dieu, mais c'est nous-mêmes que nous servons. Cet imbécile de Bartolo, qui nous attend dehors, en est l'exemple parfait. La seule chose qui le motive, c'est la date de ma mort. Sa vie changera peut-être ce jour-là. Mais la vôtre sûrement.

— J'espère que vous gardez ce genre de déclaration pour nos tête-à-tête.

Clément saisit avec douceur la croix pectorale suspendue à son cou. Le geste sembla le calmer. Il ne tremblait plus.

— Je m'inquiète pour vous, Colin. Vous êtes comme un dauphin enfermé dans un aquarium. On s'est occupé toute votre vie de la propreté de l'eau et on vous a nourri correctement. Mais on va bientôt vous lâcher au large. Je ne sais pas comment vous allez vous en sortir.

Michener n'aimait pas cette condescendance.

— Je sais plus de choses que vous ne croyez.

— Non, vous sous-estimez totalement Valendrea. Cet homme n'est pas une créature de Dieu. Ça ne serait pas le premier pape de ce genre : cupide et vaniteux, un de ces abrutis pour qui le pouvoir sert de réponse à tout. Je croyais que l'Histoire nous en avait donné assez, de ceux-là, mais je me trompais. Vous pensez être de taille à lutter contre lui ?

Clément hochait la tête d'un air de regret.

— Non, Colin. Vous ne serez pas à la hauteur. Vous êtes trop décent. Trop confiant.

— Pourquoi me dites-vous tout cela ?

— Parce que c'est nécessaire.

Clément se rapprocha de lui. Ils n'étaient plus qu'à quelques centimètres l'un de l'autre.

— Alberto Valendrea mènera cette Église à sa perte – si et moi et mes prédécesseurs ne l'avons pas déjà fait. Vous voulez savoir sans cesse ce qui ne va pas ? Alors je vais vous dire une chose : oubliez un peu ma santé et faites ce que je vous demande. Est-ce clair ?

Michener était interloqué par tant de brusquerie. Il avait après tout quarante-sept ans. Il était monsignor. Secrétaire papal. Un serviteur dévoué. Pourquoi son vieil ami doutait-il subitement de sa fidélité et de ses capacités ? Il préféra ne pas pousser la discussion plus loin.

— Parfaitement, Très Saint-Père.

— Maurice Ngovi est ce qu'il vous restera de plus proche de moi. Pensez-y dans les jours qui viennent.

Clément recula d'un bon pas.

— Quand partez-vous en Roumanie ? dit-il d'une voix plus douce.

— Demain matin.

Le pape hocha la tête puis sortit de sa soutane une deuxième enveloppe, de même couleur que la première.

— Parfait. Voudrez-vous me poster cela, je vous prie ?

En saisissant l'enveloppe, Michener lut rapidement le nom de la destinataire : Irma Rahn. C'était une amie d'enfance de Clément, avec qui il correspondait régulièrement et depuis de longues années.

— Je m'en occupe.

— Ici.

— Pardon ?

— Voudrez-vous me poster cela ici ? À Turin. Et vous-même, s'il vous plaît. Ne confiez cette lettre à personne.

Michener postait toujours lui-même le courrier de Clément. C'était entendu, il n'avait pas besoin qu'on le lui précise. Il s'abstint à nouveau d'objecter.

— Évidemment, Très Saint-Père. Je la posterai moi-même. D'ici.

11

Le Vatican, 13 heures 15

Valendrea se rendit directement au bureau de l'archiviste. Le cardinal responsable de l'*Archivio Segreto Vaticano* n'était certes pas un de ses alliés. Mais peut-être aurait-il le bon sens de ne pas se fâcher avec un des successeurs pressentis de Clément XV... L'archiviste était nommé par le pape et ses fonctions prenaient fin à la mort de celui-ci. On était donc maintenu selon le bon vouloir des vicaires successifs de Dieu, et Valendrea savait fort bien que l'archiviste tenait à son poste.

Valendrea entra calmement dans le vaste cabinet et referma derrière lui la double porte de bronze. L'homme était à son bureau, en plein travail.

Le cardinal archiviste leva les yeux sans rien dire. À bientôt soixante-dix ans, il avait les joues tombantes, le front haut et courbé. Espagnol de naissance, il avait passé toute sa vie à Rome au service de l'Église.

Le Sacré Collège regroupait trois catégories de cardinaux. Les cardinaux-évêques encadraient les sept diocèses de Rome, les cardinaux-prêtres dirigeaient les diocèses extérieurs, et les cardinaux-diacres étaient employés à plein temps par la curie. L'archiviste était le doyen des cardinaux-diacres et, en tant que tel, il avait le privilège d'annoncer le nom du nouveau pape après son élection, depuis le balcon de Saint-Pierre. Valendrea se moquait bien de ces honneurs-là. Ce qui comptait surtout, c'est que le vieil archiviste avait de l'influence sur une poignée de cardinaux-diacres, lesquels n'avaient pas encore choisi qui ils soutiendraient au prochain conclave.

Valendrea s'approcha du bureau. Le vieil homme ne s'était pas levé à son arrivée et le regardait d'un sale œil.

— Oh, ça pourrait être pire... lui dit Valendrea.

— Pas sûr, dit l'archiviste.

Le ton était donné.

— Je suppose que le pape est encore à Turin ?

— Je ne serais pas ici autrement, répondit Valendrea.

L'Espagnol poussa un long et profond soupir.

— Je veux que vous m'ouvriez la *Riserva* et le coffre-fort, dit le secrétaire d'État.

L'archiviste finit par se lever.

— Il n'en est pas question.

— Vous pourriez être plus raisonnable.

— Vos menaces me laissent indifférent. Le pape est seul habilité à entrer dans la *Riserva*, c'est comme ça et pas autrement.

— Personne ne sera au courant. Et je ne serai pas long.

— J'ai prêté un serment envers l'Église et j'ai une haute idée de mes fonctions. Ces deux choses comptent pour moi plus que vous ne le croyez.

— Écoutez-moi, mon vieux. J'ai une mission à remplir, de la plus haute importance. Pas pour moi, pour l'Église. Cela suppose des mesures extraordinaires.

Un vilain mensonge, quoique assez percutant, pensait-il.

— Eh bien, n'hésitez pas à demander au Saint-Père

qu'il vous permette d'entrer. Je peux toujours téléphoner à Turin ?

Dans ce cas, le moment de vérité :

— J'ai une déclaration signée de votre nièce. Elle semblait fort heureuse de me la fournir, d'ailleurs. Elle jure devant le Tout-Puissant que vous avez absous sa fille. Sa fille qui s'est fait avorter. Comment avez-vous pu faire ça, Éminence ? C'est de l'hérésie.

— Je suis au courant de vos agissements. Le père Ambrosi a été très convaincant avec ma famille. J'ai absous cette femme parce qu'elle allait mourir et qu'elle craignait l'enfer. Elle avait droit à la miséricorde de Dieu comme à celle d'un prêtre.

— Dieu, le mien comme le vôtre, condamne l'avortement. L'avortement est un meurtre. Vous n'aviez aucun droit d'accorder ce pardon. Le Saint-Père pensera la même chose.

Visiblement, le vieil homme s'était arrangé avec sa conscience. Valendrea remarqua quand même un léger tremblement des paupières – signe, sans doute, d'une angoisse contenue.

Tout bravache qu'il était, le cardinal-archiviste ne l'impressionnait pas. Cet homme avait passé sa vie à classer des papiers et des dossiers, à faire respecter des règlements abscons, à bloquer la route de quiconque avait le courage de défier le Saint-Siège. Il s'inscrivait dans une longue tradition de *scrittori*, dévoués corps et âme à la protection des Archives papales. Ils vous rappelaient par leur seule présence que, si on vous donnait le droit d'entrer, ça n'était pas pour consulter ce que vous vouliez. Et les Archives, c'était comme l'archéologie, il fallait fouiller longtemps, profondément, avant de trouver quelque chose d'intéressant. Cela faisait quelques dizaines d'années, pas plus, que le Vatican offrait un accès à ses précieux documents. La véritable mission du cardinal-archiviste, pensait Valendrea, était en fait de protéger l'Église, même de ses propres princes.

— Faites ce que vous voulez, Alberto. Allez crier mes hérésies sur les toits. Mais je ne vous laisse pas entrer dans la *Riserva*. Vous y accéderez quand vous serez pape. Si tant est que ça arrive.

Valendrea avait peut-être sous-estimé ce gratte-papier. Sous le masque de la placidité, l'homme avait un caractère en béton. Le secrétaire d'État décida d'en rester là. Au moins pour l'instant. L'archiviste pourrait se révéler utile dans les mois à venir.

Valendrea repartit vers la double porte.

— On en reparlera quand je serai pape, dit-il.

Il se retourna avant de sortir :

— On verra si vous m'êtes aussi dévoué.

12

Rome, 16 heures

Katerina était montée dans sa chambre peu après le déjeuner. Elle attendait. Le cardinal Valendrea avait promis de l'appeler à 14 heures et il n'avait pas tenu parole. Sans doute pensait-il que dix mille euros suffisaient à la planter devant le téléphone. Qu'en prononçant le nom de Colin Michener, il s'assurait ses services. Cela ressemblait fort à une manipulation et elle n'aimait pas ça.

D'un autre côté, Kate allait bientôt se trouver à court de ressources. Les articles qu'elle avait vendus aux États-Unis ne constituaient pas une rente. Elle était fatiguée de vivre aux crochets de Thomas Kealy, qui s'amusait probablement de cette dépendance. Il avait gagné beaucoup d'argent avec ses trois livres, et le prochain était susceptible de se révéler plus rentable encore. Il était devenu une personnalité de premier plan dans le monde religieux, et cela lui plaisait. La célébrité lui faisait l'effet d'une drogue, un phénomène compréhensible jusqu'à un certain point. Katerina connaissait certaines facettes que ses adeptes ignoraient pour la plupart. Il fallait être un bon écrivain pour communiquer des sentiments, et Kealy n'était pas un bon écrivain. Ses trois ouvrages avaient été rédigés par des « nègres » – ce qu'elle seule et l'éditeur savaient. Évidemment, Kealy préférait garder ça secret. En réalité, il n'existait pas. Cet homme était une illusion – une illusion acceptée par quelques millions de personnes, à commencer par lui-même.

Tout le contraire de Michener.

Elle regrettait son agressivité d'hier. Elle s'était promis en arrivant à Rome que, s'ils devaient se croiser, elle ferait attention à ses paroles. Après tout, le temps avait passé, et ils avaient poursuivi leurs existences, chacun de son côté. Mais Katerina avait compris en le voyant au tribunal qu'il avait laissé une marque indélébile sur ses sentiments. Difficiles à admettre en son for intérieur, ces choses-là se manifestaient vite lors d'une confrontation directe. La rancœur les poussait à la surface.

La veille au soir, Kealy dormant déjà, elle s'était demandé si le chemin tortueux qu'elle avait emprunté depuis douze ans n'était pas finalement un prélude à ces retrouvailles. Elle n'avait pas fait carrière à proprement parler, sa vie personnelle n'était pas un succès, et la voilà qui attendait un coup de téléphone de la deuxième personnalité la plus importante de l'Église catholique. Avec la perspective de jouer un double jeu auprès d'un homme qu'elle aimait toujours énormément…

Ses confrères de la presse italienne lui avaient appris que Valendrea était un personnage des plus complexes. Il appartenait à l'une des plus riches et des plus puissantes familles d'Italie. Il comptait au moins deux papes et cinq cardinaux parmi ses ancêtres ; ses oncles et ses frères étaient des personnalités connues de la sphère politique et du commerce international. Le clan Valendrea possédait des palais et toutes sortes de biens immobiliers ; il servait de mécène à des artistes contemporains. La famille avait joué finement pendant la dictature mussolinienne, et plus encore dans l'après-guerre, caractérisée par une grande instabilité politique. On recherchait volontiers les faveurs de ces industriels, de ces financiers, et ils réfléchissaient soigneusement avant d'apporter leur soutien à quiconque.

Selon l'*Annuario pontificio*, Alberto Valendrea, soixante ans, était diplômé de l'université de Florence, de l'université catholique du Sacré-Cœur et de l'académie de droit international de La Haye. Il avait rédigé quatorze traités dans de nombreux domaines. Son mode de vie supposait des revenus bien supérieurs aux trois mille euros mensuels alloués par l'Église à ses princes. Malgré les réticences de celle-ci à l'égard du monde séculier, Valendrea était actionnaire de plusieurs conglomérats italiens, et il siégeait au conseil d'administration de différentes entreprises. Sa jeunesse relative était souvent considérée comme un avantage. C'était un fin politique, dominateur et sûr de lui. Il avait exploité sagement les possibilités offertes par son poste de secrétaire d'État, et il était bien connu des médias. Il n'était pas hostile, loin de là, aux moyens de communication modernes et il savait présenter au public une image claire et cohérente. C'était aussi un dogmatique opposé en tout point aux progrès de Vatican II – il ne s'en était pas caché au tribunal. Et en bon traditionaliste, il trouvait que l'Église n'était plus gérée comme il le fallait.

Les confrères italiens de Kate étaient presque tous d'accord sur un point : Valendrea partait favori pour la succession de Clément. Non parce qu'il avait le profil idéal d'un pape, mais parce qu'il n'y avait personne d'aussi influent que lui. Au dire de tous, il n'avait d'ailleurs que cette idée en tête : le prochain conclave.

Seulement, il était déjà parti favori trois ans plus tôt et il avait perdu.

La sonnerie du téléphone sortit brusquement Katerina de ses pensées.

Elle regarda l'appareil et résista à l'impulsion de répondre aussitôt. Qu'il marine un peu, ce Valendrea, si c'était bien lui.

Elle se décida à la sixième sonnerie.

— Vous me faites attendre ? demanda-t-il.

— C'est moi qui attends.

Petit rire à l'autre bout du fil.

— Vous me plaisez, madame Lew. Vous avez de la personnalité. Alors dites-moi, qu'avez-vous décidé ?

— Comme si vous aviez besoin de demander.

— C'est plus poli.

— Vous ne donnez pas l'impression de perdre du temps avec les détails…

— Vous ne témoignez guère de respect à un cardinal de la sainte Église…

— Vous mettez vos chaussures le matin comme tout le monde.

— Hm, vous ne m'avez pas l'air très catholique, madame Lew…

C'est elle qui riait maintenant.

— À ce qu'il paraît, c'est les voix des cardinaux que vous recherchez, pas les brebis égarées.

— J'ai bien fait de porter mon choix sur vous. Nous allons sûrement nous entendre.

— Qui vous dit que je n'ai pas branché un magnétophone ?

— Vous renonceriez à une chance aussi exceptionnelle ? Ça m'étonnerait. Sans parler d'éventuelles retrouvailles avec le bon père Michener. Tout ça à mes frais, d'ailleurs. Non, non. Vous êtes sûrement tout excitée.

Une telle arrogance n'était pas sans rappeler Thomas Kealy. Katerina se demanda pourquoi elle attirait ce genre de personnalités. Ils étaient la suffisance incarnée.

— Quand dois-je partir ?

— Le secrétaire papal s'envole demain matin. Il sera

à Bucarest à l'heure du déjeuner. J'ai pensé que vous pourriez le précéder et prendre un avion ce soir.

— Où dois-je aller ?

— Le père Michener rend visite à un prêtre retraité du nom d'Andrej Tibor. Il s'occupe d'un orphelinat dans le village de Zlatna, à une soixantaine de kilomètres au nord de Bucarest. Vous connaissez, peut-être ?

— J'en ai entendu parler.

— Il vous sera facile d'apprendre ce que Michener fait là-bas. Le pape lui a confié une enveloppe à remettre à ce Tibor. Vous grandiriez beaucoup dans mon estime si vous pouviez me dire ce qu'elle contient.

— Rien que ça ?

— Vous ne manquez pas de ressources, madame Lew. Pourquoi ne pas recourir à ces charmes dont le père Kealy semble si friand ? Je ne doute pas que vous ayez tout ce qu'il faut pour faire un succès de votre mission.

Et il raccrocha.

13

Le Vatican, 17 heures 30

Valendrea regardait par la fenêtre de son bureau au deuxième étage. Dans les jardins du Vatican, les hauts cèdres, les pins parasols et les cyprès ignoraient superbement le départ de l'été. Depuis le XIVe siècle, les papes avaient parcouru ces allées pavées, bordées de laurier et de myrte, sous le regard bienveillant des bronzes et des statues.

Il se rappela l'époque où il avait découvert les jardins. Tout juste sorti du séminaire, il était appelé au seul endroit du monde où il avait réellement envie d'être. Les allées grouillaient alors de jeunes prêtres en quête d'un devenir. À cette époque, la papauté était dominée par les Italiens. Mais Vatican II avait tout changé, et Clément XV poussait les choses encore plus loin. Chaque jour, prêtres, évêques et cardinaux descendaient du troisième étage avec de nouvelles consignes du Saint-Père. L'État pontifical accueillait toujours davantage d'Occidentaux, d'Africains, d'Asiatiques. Valendrea s'efforçait de ralentir la cadence mais, tant que Clément serait là, il n'aurait d'autre choix que de suivre ses instructions.

Les Italiens étaient déjà minoritaires dans le Collège

cardinalice – Paul VI, ancien cardinal de Milan, avait été l'un des derniers papes de cette nationalité. Valendrea avait eu la chance de se trouver à Rome à la fin de son pontificat. En 1983, il avait été élevé à la fonction d'archevêque : Jean-Paul II lui avait enfin donné son chapeau noir. Le Polonais cherchait probablement ainsi à s'assurer les bonnes grâces des locaux.

Peut-être cela cachait-il quelque chose ?

Valendrea était connu pour ses idées conservatrices, mais c'était un travailleur acharné. Jean-Paul l'avait nommé préfet de la Congrégation pour l'évangélisation des peuples. À sa tête, il avait coordonné les activités des missionnaires dans le monde, supervisé la construction des églises, redéfini les limites des diocèses et veillé à l'éducation des catéchistes et du clergé. Ces fonctions l'avaient exposé à tous les aspects de la vie catholique et lui avaient permis, lentement mais sûrement, de s'allier de nombreux hommes susceptibles de devenir cardinaux. Valendrea n'avait jamais oublié la leçon de son père : *tout service rendu doit être récompensé.*

La vérité même.

À confirmer bientôt.

Il se détourna de la fenêtre.

Ambrosi était déjà parti pour la Roumanie. C'était la seule personne avec qui Valendrea se sentait réellement à l'aise, et il lui manquait déjà. Ambrosi semblait le comprendre à tout point de vue, appréciait son tempérament et ses motivations. Il y avait tant à faire à chaque instant, et il fallait constamment trouver la bonne mesure. En outre, la probabilité de l'échec était toujours plus forte que celle du succès.

Tout simplement, il n'y avait pas beaucoup d'occasions de devenir pape ! Valendrea avait participé à un conclave et le prochain n'était sans doute pas si lointain. S'il ne sortait pas vainqueur de celui-ci, le nouveau pape régnerait trop longtemps – à moins d'une mort subite

– pour qu'il soit encore en mesure de postuler. Passé quatre-vingts ans, Valendrea se retrouverait hors course, ni électeur ni éligible. Il regrettait que Paul ait accepté cette règle. Et il pouvait bien enregistrer tous les secrets du Vatican sur ses magnétophones, rien n'y changerait.

Il regarda le portrait de Clément XV au mur. C'était irritant de le voir là constamment, mais le protocole l'exigeait. Valendrea aurait préféré une photographie de Paul VI. Italien de naissance, romain de tempérament, latin de caractère, il avait été un brillant pontife. Il n'avait concédé que de petites choses, ne s'était compromis que pour satisfaire les entêtés. Voici comment Valendrea, lui aussi, conduirait les affaires de l'Église. Donner peu, garder plus. En fait, depuis hier, il n'arrêtait pas de penser à Paul. Qu'avait dit Ambrosi au sujet du père Tibor ? *À part Clément, c'est la seule personne encore vivante à avoir vu ce qu'il y a dans la* Riserva *à propos des secrets de Fatima.*

Faux.

Valendrea se transporta dans le passé. Jusqu'en 1978.

— Venez, Alberto, suivez-moi.

Prenant lentement appui sur son genou droit, Paul VI se leva. Le vieil homme avait beaucoup souffert ces dernières années, enchaînant bronchites, grippes, problèmes vésiculaires et une grave maladie du rein. On l'avait opéré de la prostate. Des doses massives d'antibiotiques étaient venues à bout des infections, mais le système immunitaire en avait pâti. Le pape avait perdu beaucoup de forces. Son arthrite le faisait terriblement souffrir, et Valendrea en était sincèrement navré. La fin approchait, tout cela ressemblait à une agonie.

Paul quitta son appartement et se dirigea à petits pas vers l'ascenseur privé du troisième étage. Il était tard, c'était une nuit de mai pluvieuse et le palais apostolique était plongé dans le silence. D'un geste, le pape renvoya les gardes, leur expliquant qu'il revenait tout de suite et que son assistant l'accompagnait. Nul besoin d'avertir les deux secrétaires papaux.

Sœur Giacomina apparut à sa porte. Elle était affectée aux appartements du pape à qui elle servait aussi d'infirmière. L'Église avait décrété de longue date que les femmes employées par le clergé devaient être d'âge canonique. Valendrea s'en amusait – cela voulait dire laides et vieilles.

— Où allez-vous, Très Saint-Père ? dit-elle, comme à un enfant sorti de sa chambre sans demander la permission.

— Ne vous inquiétez pas, ma sœur. J'ai à faire.

— Il faut vous reposer, vous le savez.

— Je n'en ai que pour un instant. Je me sens très bien, et il faut que je m'occupe d'une chose. Le père Valendrea saura s'occuper de moi.

— Pas plus d'une demi-heure, entendu ?

Paul sourit.

— Promis. Je serai au lit dans une demi-heure.

La sœur réintégra sa chambre et il repartit vers l'ascenseur avec Valendrea. Arrivé au rez-de-chaussée, Paul traversa une série de couloirs jusqu'à l'entrée des Archives.

— Cela fait des années que je remets cela à plus tard, Alberto. Il est temps que je m'en occupe, maintenant.

Paul avançait en s'aidant de sa canne. Marchant près de lui à petits pas, Valendrea était affecté de voir le grand homme ainsi réduit. Fils d'un parlementaire, Giovanni Battista Montini avait gravi les échelons de la curie jusqu'au poste de secrétaire d'État. Placé ensuite à la tête de l'archevêché de Milan, il l'avait gouverné d'une main sûre et efficace, et attiré l'attention du Sacré Collège, alors majoritairement italien. Les cardinaux avaient vu en lui le successeur naturel du bon

Jean XXIII. Paul VI avait été un excellent pape dans la période difficile qui avait suivi Vatican II. Il allait manquer cruellement à l'Église, et à Valendrea aussi. Ce dernier avait eu la chance, dernièrement, de profiter souvent de sa présence. Le vieux guerrier semblait apprécier la compagnie du jeune Valendrea. On parlait même de le nommer évêque, et l'intéressé espérait que le pape y veillerait avant d'être rappelé à Dieu.

Ils arrivèrent aux Archives où le préfet s'agenouilla devant Paul VI.

— Que me vaut cet honneur, Très Saint-Père ?

— Ouvrez la Riserva, *je vous prie.*

Cela plaisait à Valendrea : le pape répondait à une question par un ordre. Le préfet alla rapidement chercher un trousseau d'énormes clefs, puis il précéda les deux hommes dans l'obscurité. Ils le suivirent lentement. Le préfet déverrouilla une grande grille et alluma plusieurs lampes à incandescence, pas très puissantes. Valendrea connaissait la règle : on n'entrait ici que sur ordre du pape. C'était un endroit sacré, réservé aux vicaires du Christ. Seul Napoléon avait violé ce sanctuaire, une insulte qu'il avait chèrement payée, finalement.

Paul pénétra dans la pièce sans fenêtre et montra le coffre-fort noir.

— Ouvrez ceci.

Le préfet s'exécuta. Il manipula quelques cadrans et les deux battants s'écartèrent sans produire aucun bruit.

Paul prit place dans l'un des trois fauteuils.

— Ce sera tout, dit-il.

Le préfet les laissa.

— Mon prédécesseur, expliqua le pape, a été le premier à lire le troisième secret de Fatima. Après quoi, à ce qu'on m'a dit, il a demandé que la chose soit entreposée sous scellé dans ce coffre. Cela fait quinze ans que je résiste à l'impulsion de l'ouvrir.

Valendrea était assez perplexe.

— Le Vatican n'a-t-il pas déclaré en 1967 que le secret ne serait pas divulgué ? Cette décision aurait été prise sans vous consulter ?

— La curie colle souvent mon nom sur des choses dont j'ai à peine connaissance. J'ai eu vent de cette affaire, oui. Mais après.

Valendrea se demanda s'il n'avait pas commis une gaffe. Il se promit de faire attention à ce qu'il disait.

— Toute cette histoire est stupéfiante, dit Paul. La mère de Dieu qui apparaît à ces trois pastoureaux. Pas à un prêtre, ni à un évêque, ni encore à leurs parents. Elle choisit trois petits illettrés. À croire qu'elle a une préférence pour les humbles et les soumis. Peut-être le Ciel veut-il nous dire quelque chose ?

Valendrea savait dans quelles circonstances le message de la Vierge à Fatima était parvenu au Vatican.

— Je n'ai jamais trop prêté attention à ce que nous rapporte cette bonne sœur Lucia. Je l'ai rencontrée en 1967, à Fatima. On m'a reproché d'y être allé. Les réformistes disaient que c'était une régression après Vatican II. Qu'il ne fallait pas insister sur les phénomènes surnaturels. Ni placer Marie au-dessus de l'Église et du Seigneur. Mais j'avais ma petite idée.

Valendrea remarqua le regard farouche du pape. Le vieux guerrier n'avait pas jeté toutes ses armes.

— J'avais senti que les jeunes aimaient Marie. Que le sacré avait encore un sens pour eux. Il était donc valable que je me rende là-bas. Je leur montrais que leur pape se souciait d'eux. Et j'ai eu raison, Alberto. Marie est plus appréciée aujourd'hui que jamais.

Paul, qui adorait la Vierge, s'était fréquemment référé à elle pendant son pontificat. Trop, peut-être, avaient avancé certains.

Le pape tendit la main vers le coffre-fort.

— *Le quatrième casier à gauche, Alberto. Ouvrez-le et donnez-moi ce qu'il contient.*

Valendrea obéit. À l'intérieur se trouvait un coffret en bois, cacheté à la cire avec, semblait-il, l'écusson papal de Jean XXIII et la mention SECRETUM SANCTI OFFI-CII *– secret du Saint-Office. Il porta le coffret à Paul, qui le recueillit dans ses mains tremblantes avant de l'étudier.*

— *On dit qu'on doit la mention à Pie XII et le cachet à Jean. Il m'incombe aujourd'hui de voir ce qu'il y a là-dedans. Voulez-vous bien briser la cire, Alberto ?*

Valendrea chercha un outil adéquat autour de lui. Faute d'en trouver un, il se servit du bord tranchant d'un battant du coffre-fort. Cela fait, il rendit le coffret à Paul.

— *Ingénieux, dit le pape.*

Valendrea était ravi.

Paul posa le coffret en équilibre sur ses genoux et sortit une paire de lunettes des profondeurs de sa soutane. Il les chaussa, ouvrit le coffret et en retira plusieurs papiers, pliés en deux groupes. Il mit le premier groupe de côté et déplia le second. Valendrea remarqua qu'une feuille blanche, récente, enveloppait l'autre, ancienne et jaunie par le temps. Les deux étaient couvertes d'une écriture manuscrite.

Le pontife parcourut la feuille jaunie.

— *Voici ce que sœur Lucia nous a écrit en portugais, dit-il. Malheureusement, je ne comprends pas cette langue.*

— *Moi non plus, Très Saint-Père.*

Paul lui tendit la feuille : une vingtaine de lignes, jadis tracées à l'encre noire et maintenant grisâtres. Cela n'était pas rien de penser que seuls sœur Lucia – déclarée digne de foi – et Jean XXIII avaient posé leurs mains sur ce papier.

Paul avait l'autre dans les siennes.

— *Et voici la traduction.*
— *Une traduction, Très Saint-Père ?*
— *Jean ne comprenait pas non plus le portugais. Il a demandé à ce qu'on lui fasse une traduction en italien.*

Cela, Valendrea l'ignorait. Il fallait donc ajouter d'autres empreintes digitales – celles d'un membre quelconque de la curie qui avait dû jurer de ne rien révéler, et qui était certainement mort aujourd'hui.

Paul déplia la seconde feuille et commença à lire. Son visage exprimait une vague curiosité.

— *Je n'ai jamais été doué pour les devinettes.*

Le pape rassembla les deux premières feuilles puis saisit les autres.

— *Il semblerait que la suite se trouve là.*

Il les déplia. Ici encore, une feuille récente en recouvrait une ancienne.

— *Toujours du portugais.*

Le pape regarda bien les deux papiers.

— *Ah ! l'italien est ici. C'est donc traduit aussi.*

Valendrea observait Paul qui sembla brusquement très inquiet. Les sourcils froncés, le front plissé, le pape respirait par à-coups tandis qu'il lisait la traduction.

Il gardait le silence et Valendrea n'osa pas l'interroger.

Paul lut le message une deuxième, puis une troisième fois.

Il humecta du bout de la langue ses lèvres craquelées. Il semblait complètement abasourdi. Valendrea prit peur. Il avait devant lui le premier pape à avoir fait pratiquement le tour de la terre. Le premier depuis Pierre à avoir foulé le sol de Jérusalem. Cet homme avait résisté à une armée de prêtres et à leurs ardeurs révolutionnaires. Il s'était rendu au siège des Nations unies où il avait déclaré : « Jamais plus la guerre ! » Il s'était élevé contre la contraception et il avait maintenu sa position malgré un concert de protestations.

Réaffirmant la nécessité du célibat des prêtres, il avait excommunié les dissidents. Il avait échappé à un assassinat aux Philippines ; il avait condamné le terrorisme ; il avait célébré personnellement la messe des funérailles de son ami Aldo Moro, éliminé par les Brigades rouges. C'était un pontife déterminé, quelqu'un qu'on n'ébranlait pas facilement. Et pourtant ce qu'il venait de lire l'affectait grandement.

Il replia les quatre feuilles deux par deux, les remit dans le coffret dont il fit claquer le couvercle.

— Rangez-moi ça, murmura-t-il, les yeux baissés.

Des miettes de cire rouge séchée constellaient sa soutane blanche. Il les fit voler – s'en débarrassant comme d'un germe infectieux.

— J'ai commis une erreur. Je n'aurais jamais dû venir ici.

Il sembla alors se ressaisir et retrouva sa contenance habituelle.

— Une fois de retour là-haut, vous rédigerez une note. Je veux que vous scelliez à nouveau ce coffret. Vous et personne d'autre. Ensuite plus personne ne rentre à la Riserva *sous peine d'excommunication. Il n'y aura pas d'exception.*

Pas d'exception, sauf pour un autre pape, pensait Valendrea. Clément pouvait se rendre dans la *Riserva* autant qu'il voulait.

Et il ne s'en privait pas.

Valendrea savait depuis longtemps que le texte de sœur Lucia avait été traduit. En revanche, il n'avait appris que la veille le nom du traducteur.

Le père Andrej Tibor.

Trois questions se disputaient ses pensées.

Qu'est-ce qui attirait Clément XV irrésistiblement aux Archives ? Pourquoi le pape cherchait-il à prendre contact avec Tibor ? Plus important encore, quelles informations ce lointain prêtre détenait-il ?

Pour l'instant, Valendrea n'en savait strictement rien.

Mais d'une façon ou d'une autre, Colin Michener, Katerina Lew et Ambrosi allaient lui apporter des réponses dans les prochains jours.

DEUXIÈME PARTIE

14

*Bucarest,
Vendredi 10 novembre, 11 heures 15 le matin*

Michener descendait la passerelle métallique de l'aéroport d'Otopeni. Le tarmac paraissait huileux. Son vol de la British Airways, direct depuis Rome, était à moitié plein. C'était l'un des quatre avions, seulement, garés dans le terminal.

Il ne s'était rendu qu'une fois en Roumanie, à l'époque où il travaillait à la secrétairerie d'État. Il était alors affecté au Conseil des affaires publiques de l'Église, chargé de la diplomatie pontificale, en d'autres termes de la politique extérieure. Et son supérieur n'était autre que le cardinal Jakob Volkner.

Depuis la fin de la Seconde Guerre mondiale, un litige opposait le Vatican à l'Église orthodoxe roumaine, celle-ci s'étant approprié plusieurs monastères de tradition latine. La liberté de culte était réapparue après la chute du régime communiste, sans régler toutefois le problème de la rétrocession. Faute d'une solution définitive, le débat était souvent houleux entre les catholiques et les orthodoxes. Après la destitution de Ceausescu, Jean-Paul II avait entamé un dialogue avec le gouvernement roumain et s'était même fendu d'une visite officielle. Les progrès étaient lents. Michener avait participé à la suite des négociations. Le gouvernement semblait commencer à réagir positivement. Le pays comptait vingt-deux millions de fidèles orthodoxes, contre environ deux millions de catholiques seulement. Ces derniers parvenaient cependant à mieux se faire entendre. Clément avait signifié son intention de procéder lui aussi à une visite, mais c'était impossible avec ce conflit sous-jacent.

Ce n'était là qu'un exemple des affaires complexes auxquelles Michener consacrait l'essentiel de son temps. Il n'était plus vraiment un prêtre : son statut oscillait entre celui de ministre, de diplomate, de confident – trois fonctions qui disparaîtraient au dernier soupir de Clément. Alors sans doute il retrouverait sa charge initiale. Éventuellement comme missionnaire – ce qui ne serait pas plus simple. Ngovi lui avait parlé du Kenya. L'Afrique offrirait un repli idéal à l'ex-secrétaire papal, dans l'éventualité surtout où Clément mourrait sans l'avoir créé cardinal.

Il chassa ces incertitudes de son esprit en arrivant au terminal de l'aéroport. Le changement d'altitude était sensible, l'air froid comme immobile. Le pilote avait annoncé avant d'atterrir qu'il faisait un peu moins de dix degrés. Le ciel était barré par une bonne épaisseur de nuages bas qui interdisaient au soleil de rayonner.

Michener entra dans le bâtiment et se dirigea vers le contrôle des passeports. Il ne pensait rester qu'un jour ou deux, c'est pourquoi il n'avait emporté qu'un petit sac de voyage. Clément lui ayant recommandé la plus grande discrétion, il portait des vêtements civils : jean, pull-over et veste.

Le passeport du Vatican l'exemptait de tout visa. Une fois passé la douane, il loua une voiture chez Eurodollar, où l'employé lui indiqua sommairement le chemin de

Zlatna. Michener comprenait assez de roumain pour ne pas se perdre dans ses explications.

Il n'était pas spécialement enthousiaste à l'idée de parcourir seul les routes d'un des pays les plus pauvres d'Europe. En se documentant la veille, il avait prêté attention aux mises en garde. Voyager de nuit était déconseillé dans les campagnes. Michener aurait volontiers demandé assistance au nonce de Bucarest. Un employé aurait pu lui servir de chauffeur et de guide, mais Clément n'avait pas voulu en entendre parler. Il monta donc dans la Ford Fiesta de location, un rien cabossée, quitta l'aéroport et finit par trouver la direction de Zlatna.

*

Katerina examinait la place centrale de la petite ville et ses pavés inégaux. Il en manquait un certain nombre, et beaucoup s'érodaient visiblement. Les gens traversaient la place d'un pas vif, certainement mus par des préoccupations plus urgentes que l'état de la chaussée.

Arrivée à Zlatna deux heures plus tôt, elle en avait passé une troisième à réunir autant d'informations que possible sur le père Andrej Tibor. Il fallait faire preuve d'un minimum de tact et de prudence pour ne pas trop éveiller la curiosité. Selon Valendrea, l'avion de Michener atterrissait peu après onze heures du matin, et il faudrait deux bonnes heures à l'envoyé du pape pour couvrir les cent quarante-quatre kilomètres qui séparaient Bucarest de Zlatna. Kate consulta sa montre : treize heures vingt. À condition que son avion soit à l'heure, Michener ne devrait pas tarder.

C'était à la fois étrange et rassurant de retrouver la Roumanie. Katerina était née à Bucarest, où elle avait grandi, mais elle avait passé une grande partie de son enfance dans les montagnes des Carpates, au cœur de la Transylvanie. Le pays dont elle se souvenait n'était pas celui des livres d'épouvante, mais une contrée aux forêts profondes, avec de vieux châteaux forts, des personnages pittoresques et chaleureux. À la croisée des cultures allemande et hongroise, avec une touche tzigane. Son père était un descendant de colons saxons qui, au XIIe siècle, avaient aidé à repousser les envahisseurs tatars. Après avoir subi toute une série de despotes hongrois et de monarques roumains, ces Européens de longue date avaient été massacrés par les communistes après la Seconde Guerre mondiale.

Du côté maternel, les grands-parents de Kate étaient tziganes. Les communistes avaient opposé à cette population une propagande haineuse semblable à celle de Hitler contre les Juifs. En découvrant Zlatna avec ses maisons de bois, ses portiques sculptés, sa gare pittoresque, Katerina s'était rappelé leur village. Contrairement à celui-ci, Zlatna avait été épargnée par les tremblements de terre et avait survécu au régime de Ceausescu. Comme les deux tiers des petites bourgades de campagne, le village des grands-parents avait été méthodiquement détruit, et ses habitants relogés dans d'affreuses habitations communautaires. Le grand-père et la grand-mère avaient dû subir l'humiliation de démolir eux-mêmes leur maison. Titre du programme gouvernemental : L'efficacité marxiste au service de la paysannerie. Et peu de Roumains, en vérité, avaient pleuré la disparition des villages tziganes. Kate repensa aux visites que, petite, elle avait rendues à ses grands-parents dans leur nouvel et triste appartement. La vie n'y était plus, elle avait disparu avec la mémoire des générations passées, on leur avait volé leur âme. C'était l'idée, évidemment. Bien des années plus tard, la même chose devait porter en Bosnie le nom d'épuration ethnique. Ceausescu avait coutume d'en parler comme d'une adaptation nécessaire à la modernité. Pour Katerina, ce n'était que pure folie.

Le spectacle de Zlatna devant elle, avec ses bruits et ses couleurs, réveillait ces douloureux souvenirs.

Un commerçant venait de lui révéler l'existence de trois orphelinats d'État à proximité de la ville. Celui que dirigeait le père Tibor était considéré comme le pire des trois. Situé à l'ouest de Zlatna, il hébergeait des enfants atteints de maladies incurables, et pour la plupart en phase terminale. Une autre conséquence de la politique désastreuse de l'ancien dictateur.

Sûr de lui, il avait prohibé la contraception et proclamé qu'à l'âge de quarante-cinq ans toutes les femmes du pays devaient avoir donné naissance à au moins cinq enfants. Résultat, la Roumanie en comptait plus que leurs parents pouvaient en nourrir et, partout dans les rues, on voyait des gamins abandonnés. Le SIDA, la tuberculose, les hépatites et la syphilis ne les épargnaient pas. D'une façon générale, les orphelinats qui étaient apparus d'un bout à l'autre du pays servaient purement et simplement de débarras. On confiait à des inconnus la tâche de s'occuper de ces enfants non désirés.

Kate avait également appris que le père Tibor était d'origine bulgare et qu'il aurait bientôt quatre-vingts ans – sinon plus, personne n'en était vraiment sûr. Il avait la réputation d'un homme pieux qui avait renoncé à sa retraite, pour se consacrer à ces jeunes âmes avant que Dieu les rappelle à lui. Quel courage fallait-il avoir, se demandait-elle, pour consoler des enfants condamnés, pour dire à un gosse de dix ans qu'il rejoindrait bientôt un monde meilleur. Depuis toujours athée, Katerina ne croyait pas à l'existence de celui-ci. La religion et Dieu étaient des créations de l'homme. Pour elle, les choses étaient avant tout politiques, il n'y avait pas d'explications à trouver dans la foi. Le meilleur moyen de régenter les masses consistait bien sûr à placer au-dessus de leurs têtes quelque puissance divine, redoutable et omnipotente. Katerina préférait croire en elle-même, en ses

129

propres capacités, aux opportunités à saisir sur terre. La prière, c'était bon pour les faibles et les paresseux. Elle s'en passait très bien.

Elle jeta un coup d'œil à sa montre. Treize heures trente-deux.

Il était temps de se rendre à l'orphelinat.

Elle traversa la place.

Elle n'avait pas encore décidé de ce qu'elle allait faire une fois Michener arrivé.

Mais elle trouverait bien quelque chose.

*

Michener ralentit en apercevant l'orphelinat. En suivant l'autoroute sur la plus grande partie du trajet, il s'était étonné de voir les quatre voies aussi bien entretenues. La route secondaire qu'il avait empruntée ensuite était une autre histoire. Le bas-côté était mal stabilisé, la chaussée pleine de nids-de-poule, et des panneaux de signalisation contradictoires l'avaient plusieurs fois égaré. Quelques kilomètres auparavant, il avait passé l'Olt qui formait une gorge superbe entre deux forêts. Le paysage avait changé à mesure qu'il progressait vers le nord. Des collines basses et finalement des montagnes avaient succédé aux champs cultivés. Michener avait plusieurs fois distingué les fumées noires des usines qui s'élevaient au-dessus de l'horizon.

Un boucher à Zlatna l'avait renseigné sur le père Tibor, et ses indications était bonnes. L'orphelinat était un bâtiment de deux étages, couvert de tuiles rouges. Le toit était constellé de taches noires, œuvre sans doute de cet air acide, soufré, qui irritait la gorge. Les fenêtres étaient protégées par des barreaux, et les vitres, pour la plupart, consolidées avec du ruban adhésif. Un certain nombre étaient couvertes de chaux blanche, et il se demanda pourquoi. Pour empêcher de regarder dehors, ou à l'intérieur ?

Il entra dans l'enceinte du parc et s'y gara.

Le sol était sec sous d'épaisses mauvaises herbes. Une balançoire et un toboggan rouillaient dans un coin. Un ruisseau noir et boueux bordait le mur du fond. Peut-être était-ce lui qui dégageait cette odeur nauséabonde ? Michener l'avait sentie à peine il ouvrait sa portière. Vêtue d'une robe marron qui lui tombait sur les chevilles, une sœur assez âgée apparut à la porte.

— Bonjour, ma sœur, je suis le père Colin Michener. Je suis venu m'entretenir avec le père Tibor.

Il s'adressait à elle en anglais. Il lui sourit en espérant qu'elle comprenait.

Elle joignit ses deux mains et s'inclina légèrement.

— Bienvenue, mon père. À vous voir, je n'aurais pas pensé que vous étiez prêtre.

— Je suis en congé. Je n'ai pas pris ma soutane.

— Êtes-vous un ami du père Tibor ?

Elle parlait sans accent un anglais excellent.

— Pas exactement. Dites-lui que je suis un confrère.

— Il est là. Veuillez me suivre.

Elle hésita.

— Pardon, mon père, êtes-vous déjà venu dans un de ces endroits ?

La question paraissait étrange.

— Non, ma sœur.

— Alors, si vous pouvez, soyez indulgent avec les enfants.

Il fit signe que oui et s'engagea derrière elle dans l'escalier. Cinq étages de marches délabrées, dans une odeur affreuse d'urine, de selles et d'abandon. Il respira à petits coups en refoulant ses haut-le-cœur. Il pensa à protéger son nez et sa bouche d'une main, mais il se ravisa. Le geste aurait eu quelque chose d'une insulte. Il foulait des débris de verre et il remarqua la peinture qui pelait le long des murs.

Les enfants sortirent en masse de différentes pièces. Il devait y en avoir une trentaine, tous des garçons, d'âges divers – trois à quatre ans pour les plus jeunes, quinze pour les plus âgés. Tous avaient le crâne rasé. À cause des poux, expliqua la sœur. Quelques-uns boitaient, d'autres semblaient atteints de problèmes psychomoteurs. Beaucoup étaient certainement myopes, un certain nombre bégayaient. Ils le palpèrent de leurs mains crevassées, crièrent pour attirer son attention. Leurs voix étaient rauques, mal assurées. Ils parlaient plusieurs dialectes dérivés du russe ou du roumain. Ils lui demandèrent qui il était, ce qu'il venait faire là. Il avait appris que, en majorité, ils étaient voués à une mort proche, ou gravement handicapés. Leurs vêtements rendaient la scène vaguement surréaliste. On avait mis ce qu'on avait trouvé sur ces carcasses efflanquées : des robes, parfois sur un pantalon, et leurs pieds étaient nus. Ils n'étaient que des os et des yeux. Pratiquement édentés. Les bras, les jambes, le visage couverts de plaies. Michener prit garde. Il avait lu la veille que les gamins des rues étaient souvent infectés par le HIV.

Il aurait voulu leur dire que Dieu veillait sur eux, qu'ils ne souffraient pas pour rien. Avant qu'il ouvre la bouche, un grand homme en habit de prêtre, quoique sans le col romain, apparut dans le couloir. Un petit se cramponnait désespérément à son cou. Le vieil homme avait les cheveux presque rasés. Tout dans son apparence – le visage, le port de tête, la démarche – laissait deviner une immense gentillesse. Il portait des lunettes à monture métallique, ses yeux ronds et bruns étaient couronnés d'épais sourcils blancs. Il était très maigre avec des bras vigoureux et musclés.

— Père Tibor ? demanda Michener en anglais.
— Vous seriez un confrère ? répondit-il.

Il parlait avec un accent de l'Est.

— Je suis le père Colin Michener.

Le vieux prêtre posa l'enfant à terre.

— C'est l'heure où nous soignons Dimitru. Votre visite est-elle si importante que je doive remettre cela à plus tard ?

Il y avait quelque hostilité dans le ton.

— Le pape a besoin de votre aide.

Tibor retint son souffle.

— Va-t-il enfin se rendre compte de ce qu'on subit ici ?

Michener aurait voulu discuter seul avec le prêtre. En tout cas pas devant ces enfants accrochés à ses basques, et encore moins devant la sœur.

— Il faut que je vous parle en tête à tête.

Sans trahir aucune émotion, Tibor dévisagea longuement son hôte. Michener en faisait autant, impressionné par la santé de ce vieil homme. Il n'osait pas espérer être en si bonne forme au même âge.

— Occupez-vous des petits, ma sœur. Et je vous confie Dimitru.

La sœur prit Dimitru dans ses bras et emmena les autres avec elle. Le père Tibor lança quelques instructions en roumain, dont Michener comprit une partie seulement. Il demanda :

— Quel genre de traitement lui donnez-vous, au petit ?

— On lui masse les jambes et on essaie de le faire marcher, tout simplement. Cela ne sert sans doute à rien, mais nous n'avons rien d'autre.

— Pas de médecins ?

— Nous sommes déjà contents quand nous parvenons à les nourrir, ces gosses. La médecine, on ne connaît pas, ici.

— Mais pourquoi faites-vous cela, alors ?

— Une telle question est surprenante dans la bouche d'un prêtre. Ces enfants ont besoin de nous.

Michener était abasourdi par ce qu'il venait de voir.

— Et c'est comme ça dans tout le pays ?

— Même tel qu'il est, cet endroit n'est pas le pire. On a dû se retrousser les manches pour le rendre vivable. Presque sans aide du gouvernement, et encore moins de l'Église.

— Vous êtes venu ici de votre propre initiative ?

Le prêtre hocha la tête.

— J'ai entendu parler de ces orphelinats après la révolution. J'ai pensé que c'était ma place. Il y a dix ans de cela et je suis toujours ici.

Tibor gardait ce ton cassant. Michener s'étonna :

— Pourquoi cette agressivité ?

— Je me demande ce que le secrétaire papal vient chercher chez un vieux bonhomme comme moi.

— Vous savez qui je suis ?

— Je ne vis pas dans le désert.

Cet homme n'était pas un imbécile. Cela n'était peut-être pas tout à fait un hasard si Jean XXIII avait pensé à lui pour traduire le texte de sœur Lucia.

— Le Saint-Père m'a confié une lettre pour vous.

Tibor prit gentiment Michener par le bras.

— C'est bien ce que je redoutais. Allons dans la chapelle.

Ce qu'il appelait une chapelle était une pièce minuscule au fond du couloir, avec des panneaux de placoplâtre en guise de plancher. Les murs de pierre étaient nus, les poutres du plafond semblaient sur le point de s'effondrer. Le seul objet de culte était un unique vitrail qui représentait la Vierge, les bras ouverts, apparemment prête à accueillir dans son sein les malheureux du monde entier.

Tibor l'examina un instant.

— Je l'ai sauvée de la destruction. Elle se trouvait dans une église de la région, qui devait être rasée. Un de nos volontaires de l'été dernier l'a installée ici. Elle plaît beaucoup aux enfants.

— Vous connaissez la raison de ma visite, n'est-ce pas ?

Tibor ne répondit pas.

Michener sortit l'enveloppe bleue de sa poche et la tendit au prêtre.

Celui-ci la saisit et se rapprocha du vitrail. Il la décacheta et en retira le mot de Clément, qu'il tint assez loin de ses yeux. La relative obscurité de la pièce ne rendait pas la lecture facile.

— Il y a longtemps que je n'ai pas lu de l'allemand. Mais enfin, c'est comme le piano, dit-on.

Et il lut jusqu'au bout.

— Quand j'ai adressé ma première lettre au pape, j'espérais qu'il ferait simplement ce que je lui demandais, et puis c'est tout.

Michener aurait bien voulu savoir de quoi il s'agissait. Mais il était censé poser une question avant tout :

— Vous pouvez répondre au Saint-Père ?

— J'ai toutes sortes de réponses pour lui. Laquelle dois-je lui donner ?

— Vous êtes seul qualifié pour prendre cette décision.

— Si ça pouvait être aussi simple...

Le regard du prêtre revint trouver la Vierge.

— Elle ne nous facilite pas la tâche.

Il resta un instant silencieux, puis se retourna vers son visiteur.

— Vous restez un peu à Bucarest ?

— Si vous me le demandez, oui.

Tibor rendit l'enveloppe à Michener.

— Il y a un restaurant facile à trouver, le Café Krom, près de la Piata Revolutiei. Donnons-nous rendez-vous à vingt heures. Je vais réfléchir et vous aurez votre réponse.

15

Michener repartit à Bucarest, hanté par cet orphelinat.

Comme nombre de ces enfants, il n'avait pas connu ses parents biologiques. Sa vraie mère était originaire de Clogheen, un petit village d'Irlande au nord de Dublin. Il ne l'avait appris qu'à l'âge adulte. Elle n'avait pas vingt ans lorsqu'elle était tombée enceinte, et elle n'était pas mariée. Elle ignorait en outre qui était le père – voilà du moins la version qu'elle avait soutenue obstinément. Il ne pouvait être question d'avortement, et la société irlandaise d'alors traitait les mères célibataires par le mépris, sinon par la violence.

C'est donc l'Église qui prenait le relais.

L'archevêque de Dublin appelait cela les *maisons des naissances*. C'était en réalité des dépotoirs. Voilà d'où Michener était sorti. Ces maisons étaient toutes gérées par des sœurs acariâtres pour qui les futures mères étaient des criminelles. Rien à voir avec celle qui aidait le père Tibor à Zlatna.

Astreintes à des tâches avilissantes avant comme après l'accouchement, les jeunes femmes travaillaient dans des conditions affreuses, pour un salaire ridicule ou inexistant. On les battait parfois, on les nourrissait à peine. C'était aux yeux de l'Église des pécheresses qu'il fallait punir pour leur salut. Beaucoup étaient des paysannes qui n'avaient pas les moyens d'élever un enfant. Certaines, des maîtresses dont les amants cherchaient à se débarrasser, sans reconnaître, évidemment, leur progéniture. D'autres encore, des épouses légales qui avaient eu la mauvaise idée de tomber enceintes malgré l'interdiction de leurs maris. Leur dénominateur commun à toutes était la honte. Elles voulaient à tout prix éviter l'opprobre qu'on ne manquerait pas de leur jeter, à elles et à leur famille si elles en avaient une.

Les bébés restaient dans ces *maisons* un an, parfois deux, pendant lesquels on les sevrait peu à peu. C'est-à-dire, surtout, qu'on les retirait à leur mère. Celles-ci n'étaient prévenues que la veille de la séparation définitive – et un couple d'Américains arrivait le lendemain matin. Seuls des catholiques pouvaient prétendre à l'adoption. Ils devaient s'engager à élever l'enfant dans le droit chemin de l'Église, et à ne pas divulguer ses origines. Les donations à la Sacred Heart Adoption Society, qui chapeautait le tout, étaient appréciées mais pas obligatoires. On pouvait révéler aux petits qu'ils étaient adoptés mais, dans ce cas, il fallait préciser que leurs vrais parents étaient morts. Un point de vue qu'approuvaient la plupart des mères biologiques – espérant ainsi qu'avec le temps elles n'auraient plus à rougir de leur erreur. Personne n'avait besoin de savoir qu'elles avaient renoncé à leur enfant.

Michener gardait un vif souvenir du jour où il avait visité la maison où il était né. C'était un bâtiment gris en pierre à chaux, situé dans une vallée boisée du nom de Kinnegad, à proximité de la mer d'Irlande. En déambulant seul dans cette bâtisse déserte, il avait imaginé une mère affolée, cachée dans un couloir, la veille du jour fatidique où on lui enlèverait son bébé. Elle cherchait le courage de lui dire adieu, et cela sans comprendre pourquoi Dieu – ou l'Église – lui infligeait cette souffrance. Quel péché avait-elle réellement commis ? Si c'en était un, pourquoi était-elle la seule à payer ? Pourquoi pas le père aussi ? Pourquoi la déclarait-on coupable, elle et pas lui ?

Et tout le chagrin.

Depuis une fenêtre du dernier étage, il avait fixé d'un air absent les mûriers en contrebas. La brise qui trouait le silence se réverbérait dans les pièces vides, comme autrefois les cris des enfants. Derrière cette vitre, Michener avait ressenti le déchirement d'une mère apercevant pour la dernière fois son bébé, puis voyant la portière d'une voiture qu'on ouvrait et refermait à jamais. Sa vraie mère avait été l'une de ces femmes. Qui était-elle, où était-elle, il ne le saurait jamais. À quelques exceptions près, les enfants ignoraient leur nom de famille, pour éviter tout recoupement. Le peu qu'il avait appris sur lui-même lui venait d'une vieille sœur à la mémoire défaillante.

Plus de deux mille enfants avaient ainsi quitté l'Irlande, parmi lesquels un minuscule nourrisson aux cheveux clairs, aux yeux verts et vifs, à destination de Savannah en Géorgie. Le père adoptif de Michener était avocat, et sa nouvelle mère entièrement dévouée au petit. Il avait grandi au bord de l'Atlantique dans un quartier de la haute bourgeoisie. Excellent élève à l'école, il avait marché dans les brisées de son père en étudiant le droit. Mais il avait aussi décidé d'être prêtre. Ses parents adoptifs en avaient été ravis. Puis il était parti pour l'Europe où il avait trouvé le réconfort auprès d'un vieil évêque qui l'aimait comme un fils. Il était maintenant l'assistant dévoué de cet homme, élu pape de cette même Église qui avait montré en Irlande un de ses visages les plus abjects.

Michener avait adoré ses parents adoptifs. Respectant leur engagement, ils lui avaient expliqué que ses vrais père et mère avaient disparu. Sa deuxième mère ne lui avait révélé la vérité que sur son lit de mort – confession d'une sainte femme à son prêtre de fils. Elle avait espéré que Dieu et Colin lui pardonneraient.

Son visage m'a hantée pendant des années, Colin. Je comprends ce qu'elle a ressenti quand nous t'avons enlevé. Tout le monde disait que c'était pour le mieux. J'ai essayé de m'en convaincre aussi. Mais je l'imagine toujours.

Il n'avait pas su quoi répondre.

Nous voulions tellement un enfant. L'évêque répétait que, sans nous, tu aurais mené une vie misérable. Personne ne se serait occupé de toi. Mais je la vois toujours dans mon esprit. Je voudrais lui dire que je suis navrée. Que je t'ai bien élevé. Je t'ai aimé comme elle l'aurait fait. Peut-être nous pardonnerait-elle alors.

Il n'y avait rien à pardonner. La société était coupable, l'Église était coupable, mais pas la fille d'un agriculteur de Géorgie, qui ne pouvait pas avoir d'enfants. Elle n'avait rien fait de mal. Et elle avait prié Dieu avec insistance pour qu'il lui accorde la paix.

Michener repensait rarement au passé, cependant l'orphelinat venait de réveiller tout ça. Sentant encore l'odeur nauséabonde qui y flottait, il ouvrit sa fenêtre pour laisser s'engouffrer un vent glacial.

Les gosses de Zlatna ne découvriraient jamais l'Amérique. Ils ne sauraient jamais ce qu'est un enfant désiré et aimé. Leur monde se limitait à un jardin plein de mauvaises herbes, leurs fenêtres avaient des barreaux, leur maison était mal chauffée et sans lumière. Et c'est là qu'ils allaient mourir, seuls et oubliés de tous, avec la maigre affection de quelques sœurs et d'un vieux curé.

16

Michener trouva un hôtel à l'écart de la Piata Revolutiei et du quartier universitaire. C'était un établissement modeste à proximité d'un square pittoresque. Les chambres étaient étroites, mais propres, et de style Art déco, ce qui était assez surprenant. Il avait dans la sienne un lavabo dont l'eau, contre toute attente, était agréablement chaude. La douche et les WC, communs, se trouvaient dans le couloir.

Assis devant son unique fenêtre, il terminait la pâtisserie et le Coca light qu'il avait achetés en route pour calmer une petite faim jusqu'au dîner. Un carillon sonnait quelque part cinq heures de l'après-midi.

Il avait posé la lettre de Clément sur le lit. Maintenant que Tibor l'avait lue, il était censé la brûler sans en prendre connaissance. Clément lui faisait confiance, et il ne l'avait jamais trompé. Sa seule et unique faute avait été sa relation avec Katerina. Il avait rompu son vœu de célibat, trahi l'Église, offensé Dieu. À cela, il ne pouvait y avoir de pardon. Pourtant Clément était d'un autre avis.

Vous croyez être le seul prêtre à avoir succombé ?
Ça ne change rien à l'affaire.
Colin, le pardon symbolise notre foi. Vous avez péché

et il faut vous repentir. Mais cela n'est pas assez pour ruiner votre vie. Est-ce si grave que ça, d'ailleurs ?

Il se voyait encore regarder avec curiosité l'archevêque de Cologne. Mais qu'est-ce qu'il racontait ?

Vous sentiez-vous en tort, Colin ? Qu'en disait votre cœur ?

La réponse à ces deux questions était non, ce jour-là comme aujourd'hui. Il avait aimé Katerina, et cela, il ne pouvait le nier. Michener venait de perdre sa mère lorsqu'il l'avait rencontrée, et il se trouvait soudain aux prises avec son passé. Kate l'avait accompagné à la maison des naissances de Kinnegad. Ils avaient longé ensemble les falaises rocheuses qui surplombent la mer d'Irlande. Lui prenant la main, elle lui avait expliqué que ses parents adoptifs l'avaient aimé. Qu'il avait eu de la chance de tomber sur des gens intelligents, sensibles, affectueux. Et elle avait raison. Pourtant il ne pouvait s'empêcher de penser à sa vraie mère. De condamner une société où les femmes étaient obligées de sacrifier leurs bébés pour poursuivre une vie « normale ».

Qu'est-ce qui pouvait justifier cela ?

Il termina son Coca et regarda de nouveau l'enveloppe. Son meilleur ami Clément, auprès de qui il avait passé la moitié de sa vie, était en difficulté.

Il prit une décision. Il était temps de faire quelque chose.

Il saisit l'enveloppe et en retira la lettre. Elle était écrite en allemand, de la main du pape lui-même.

Père Tibor,
J'ai pris connaissance des services que vous avez rendus au Très Saint et Révérend Jean XXIII. Votre première lettre m'a grandement préoccupé. « Pourquoi l'Église ment-elle ? » demandiez-vous. Je ne voyais aucunement ce que vous vouliez dire. Votre deuxième lettre m'a éclairé sur le dilemme qui vous tourmente.

J'ai examiné la reproduction du troisième secret, jointe à la première lettre, et j'ai lu votre traduction à maintes reprises. Ces preuves écrites étant entre vos mains, pourquoi aviez-vous choisi de ne rien révéler ? Même après que Jean-Paul II nous a éclairés sur le troisième secret ? Si vos arguments sont valables, pourquoi avez-vous gardé le silence ? Certains vous accuseraient de mystification, d'outrage ou de parjure, et je sais qu'il n'en est rien. Pourquoi, je ne saurais l'expliquer. Sachez que je vous crois. Je vous envoie mon secrétaire, un homme digne de confiance. Dites au père Michener ce que vous estimerez utile. Il me rapportera vos paroles, à moi et rien qu'à moi. Si vous n'avez rien à lui transmettre, dites-le-lui aussi. Je comprends que vous soyez révolté contre l'Église. J'entretiens parfois certaines réflexions qui nous rapprochent. Mais, comme vous le savez, il est mille choses à prendre en compte. Voudrez-vous bien, je vous prie, laisser ce mot et cette enveloppe au père Michener ? Je vous remercie pour le concours précieux, quel qu'il soit, que vous déciderez de nous offrir. Que Dieu soit avec vous, mon père.

Clemens PP XV
Servus servorum Dei

C'était la signature complète du souverain pontife – pape Clément XV, serviteur des serviteurs de Dieu –, celle qui paraphait tous les documents officiels.

Michener se sentit coupable de trahir la confiance de son ami. Seulement, à l'évidence, il y avait un problème. Le père Tibor avait suffisamment impressionné le pape pour qu'il envoie son secrétaire sur place afin de juger la situation. *Ces preuves écrites étant entre vos mains, pourquoi aviez-vous choisi de ne rien révéler ?*

Quelles preuves ?

J'ai examiné la reproduction du troisième secret,

jointe à la première lettre, et j'ai lu votre traduction à maintes reprises.

Ces deux pièces se trouvaient-elles dans la *Riserva* ? Dans ce coffret en bois que Clément revenait constamment ouvrir ?

Impossible de l'affirmer.

Michener ne savait toujours rien.

Il remit la lettre dans son enveloppe, sortit dans le couloir et se rendit aux toilettes où il déchira le tout soigneusement. Puis il tira la chasse pour qu'il n'en reste plus rien.

*

Katerina entendait Michener marcher à l'étage au-dessus. Ses yeux suivirent la direction des pas sur le parquet, de la chambre au couloir.

L'important étant de savoir où il séjournait, elle l'avait suivi de Zlatna à Bucarest. Elle s'occuperait plus tard d'apprendre ce qu'il avait dit au père Tibor. Colin avait préféré descendre dans un petit hôtel éloigné du centre-ville, ce qui ne l'avait pas surprise. De même, il avait évité la résidence du nonce, près de Centru Civic, et c'était prévisible. Valendrea avait bien précisé qu'il ne s'agissait pas d'une visite officielle.

En traversant Bucarest en voiture, elle avait reconnu avec tristesse l'uniformité des immeubles de brique jaune, dignes du 1984 d'Orwell. Ceausescu avait démoli l'histoire de cette ville avec ses bulldozers, libérant de l'espace pour des aménagements forcément « grandioses ». Il fallait croire que de la dimension, naissait la beauté, et peu importe si les nouvelles constructions, mal conçues, étaient détestées par les habitants. Le tout avait de plus coûté trop cher, c'était donc vraiment jeter l'argent par les fenêtres. L'État avait décrété que la population apprécierait le plan d'urbanisation – faute de quoi quelques « ingrats » s'étaient retrouvés en prison, voire fusillés.

Katerina avait quitté la Roumanie six mois après l'exécution du tyran, fusillé lui aussi. Elle était restée le temps de participer aux premières élections jamais organisées dans le pays. Les communistes revenant au pouvoir, elle avait compris que les choses mettraient un temps infini à changer et elle voyait bien aujourd'hui qu'elle avait eu raison. La Roumanie était baignée d'une tristesse profonde. Elle l'avait perçue à Zlatna, et dans les rues de Bucarest aussi. On aurait cru une veillée funèbre généralisée. Mais il ne fallait condamner personne. Qu'avait-elle fait de sa propre vie depuis douze ans ? Finalement assez peu. Préférant la garder près de lui, son père l'avait encouragée à travailler pour les nouvelles presses du pays, dites libérées, mais cette agitation incessante l'avait lassée. L'enthousiasme de la révolte était de toute façon retombé. Les finitions n'intéressaient pas Katerina – c'est le gros œuvre qu'elle aimait. Elle était donc partie à travers l'Europe, elle avait rencontré et perdu Colin Michener, puis elle s'était rendue aux États-Unis où elle avait trouvé Thomas Kealy.

Aujourd'hui, en quelque sorte, elle bouclait la boucle.

L'homme qu'elle avait autrefois aimé marchait au-dessus de sa tête.

Comment allait-elle découvrir ce qui l'avait amené là ? Qu'avait dit Valendrea ? *Pourquoi ne pas recourir à ces charmes dont le père Kealy semble si friand ? Je ne doute pas que vous ayez tout ce qu'il faut pour faire un succès de votre mission.*

Connard.

Mais le cardinal n'avait pas tout à fait tort. L'approche la plus directe était sans doute la meilleure. Kate connaissait bien les faiblesses de Michener.

Elle s'en voulait déjà d'être réduite à en profiter.

Quel autre choix avait-elle ?

Elle se leva et gagna la porte de sa chambre.

17

Le Vatican, 17 heures 30

Pour un vendredi, Valendrea en avait tôt fini avec les audiences. Le dîner prévu le soir à l'ambassade de France avait été annulé au dernier moment – l'ambassadeur était retenu à Paris pour une urgence. Le secrétaire d'État était donc libre toute la soirée, ce qui ne lui arrivait pas si souvent.

Après le déjeuner, il avait passé avec Clément un moment assez pénible. Ils devaient étudier ensemble des questions d'ordre diplomatique, mais ils n'avaient fait que se chamailler. Leurs relations se détérioraient rapidement, et le risque d'une confrontation publique pesait davantage chaque jour. Clément ne lui avait quand même pas demandé sa démission. Il espérait certainement que Valendrea, prétextant des divergences d'ordre spirituel, la présenterait de lui-même.

Cela n'aurait pas lieu.

Cette réunion avait entre autres pour but de préparer la visite du secrétaire d'État américain, prévue deux semaines plus tard. Washington souhaitait bénéficier de l'appui du Saint-Siège pour lancer différentes initiatives au Brésil et en Argentine. L'Église exerçait réellement une influence en Amérique du Sud, et Valendrea s'était montré favorable, dans ce contexte, à une association entre le Vatican et les États-Unis. Mais Clément refusait d'en entendre parler. De ce point de vue, il était tout l'opposé de Jean-Paul II. En public, le Polonais prônait l'indépendance de l'Église, mais il faisait en réalité ce qu'il voulait. Ce que Valendrea appelait une diversion : Moscou et Varsovie s'étaient bercées d'illusions, avec pour résultat la chute du communisme. Le cardinal était bien placé pour savoir ce que le chef spirituel d'un milliard de fidèles était en mesure d'apporter à un État donné. Il était regrettable de ne pas utiliser ce pouvoir, mais Clément avait décrété que le Saint-Siège et les États-Unis ne concluraient aucune alliance. Les Argentins et les Brésiliens résoudraient leurs problèmes eux-mêmes.

On frappa à la porte de l'appartement.

Valendrea était seul, son majordome étant parti à sa demande chercher un pot de café. Il traversa le bureau, gagna le vestibule et ouvrit la grande porte qui donnait sur le couloir. Deux gardes suisses s'y trouvaient, dos au mur, de part et d'autre de la double porte. Entre eux se dressait le cardinal Maurice Ngovi.

— Je me demandais, Éminence, si nous pourrions nous entretenir un moment ? Je me suis rendu à la secrétairerie où l'on m'a dit que vous vous étiez retiré pour la soirée.

Ngovi parlait doucement, d'une voix égale, avec une politesse affectée, due certainement à la présence des gardes. Comme Michener arpentait la campagne roumaine, Clément l'avait probablement relégué au rang de garçon de courses.

Valendrea le pria d'entrer et indiqua aux gardes qu'on ne devait pas les déranger. Puis il mena Ngovi dans son bureau privé, où il l'invita à prendre place sur le canapé.

— Je vous proposerais bien un café, mais le majordome est parti en chercher et il n'est pas revenu.

— Je m'en passerai. Je suis venu parler.

Valendrea s'assit à son tour.

— Que me veut Clément ?

— Rien. C'est moi qui ai besoin de savoir. Pour quelle raison vous êtes-vous rendu aux Archives, aujourd'hui ? En cherchant à intimider le cardinal-archiviste : un acte gratuit, injustifié...

— J'ignorais que les Archives dépendaient de la Congrégation pour l'éducation catholique.

— Répondez à ma question.

— Clément voulait bien quelque chose, donc.

Ngovi ne répondit pas – une tactique irritante à laquelle l'Africain avait souvent recours. Le secrétaire d'État l'avait déjà remarqué. Le but du jeu était de faire parler l'interlocuteur, et Valendrea était parfois tombé dans le piège.

— Vous prétendiez avoir une mission de la plus haute importance pour l'Église ? Une mission qui suppose des mesures extraordinaires ? De quoi s'agit-il ?

Valendrea se demanda si cet âne bâté d'archiviste avait tout répété. Jusqu'à cet avortement qu'il avait pardonné ? Non, sûrement pas, ce vieil imbécile n'était pas téméraire. Quoique... Le secrétaire d'État jugea de toute façon que l'attaque était la meilleure défense :

— Vous le savez aussi bien que moi : le pape ne pense qu'à ces histoires de Fatima. Il retourne sans arrêt à la *Riserva*.

— C'est une prérogative du souverain pontife. Nous n'avons pas à nous en mêler, dit Ngovi.

Valendrea se pencha vers son visiteur.

— Le secret a été révélé au monde entier. Pourquoi notre bon pape se soucie-t-il de ça ?

— Je vous répète que cela ne nous regarde pas.

L'explication qu'a donnée Jean-Paul II était largement suffisante. Pour ma curiosité, du moins.

— Vous faisiez partie de la commission, n'est-ce pas ? Celle qui a analysé le texte et rédigé l'interprétation pour le communiqué de presse ?

— J'en suis même honoré. Il y avait longtemps que ce dernier message de la Vierge m'intriguait.

— Ça a été une terrible déception. En fait de révélation, il n'y avait pas grand-chose, à part le devoir de pénitence et le rappel de la foi, objecta Valendrea.

— Et une tentative d'assassinat sur la personne du pape.

— Ce qui explique pourquoi l'Église n'a rien voulu en dire pendant des décennies. Pour qu'un malade mental ne s'imagine pas chargé de cette mission.

— En effet, nous avons conclu que Jean XXIII avait tenu ce raisonnement lorsqu'il a exigé que le message soit scellé, dit Ngovi.

— Et la prédiction de la Vierge s'est réalisée. Un fou a voulu attenter aux jours de Paul VI, et ensuite le Turc a tiré sur Jean-Paul II. Mais j'aimerais bien savoir, quand même, pourquoi Clément se sent obligé de relire sans cesse le texte original ?

— Une fois de plus : cela ne nous regarde pas.

— Sauf si nous étions appelés à devenir pape, vous ou moi, dit Valendrea.

Ngovi allait-il mordre à l'hameçon ? Valendrea attendit et la réponse ne tarda pas.

— Nous ne le sommes pour l'instant ni vous ni moi. Et vous avez tenté d'enfreindre la loi canonique.

L'Africain parlait toujours d'une voix égale. Cet homme ne sortait-il jamais de ses gonds ?

— Vous voulez m'excommunier ?

Ngovi n'hésita pas :

— Si je pouvais y arriver, je le ferais.

— Alors je serais obligé de démissionner, et vous

seriez le prochain secrétaire d'État. Ça vous plairait, n'est-ce pas, Maurice ?

— La seule chose qui me plairait, c'est de vous renvoyer à Florence chez vos Médicis. Vous n'auriez jamais dû en partir.

Valendrea choisit la prudence. Ngovi était un provocateur-né. Un don qu'il mettrait certainement en œuvre lors du conclave pour obtenir les réactions voulues.

— Je ne suis pas un Médicis, je suis un Valendrea.

— Depuis que leur étoile a pâli, sûrement. J'imagine que vos ancêtres étaient déjà opportunistes.

Le secrétaire d'État prit la situation pour ce qu'elle était – une joute orale entre les deux principaux concurrents à l'élection papale. Il savait que Ngovi serait son adversaire le plus acharné. Valendrea avait enregistré et écouté les conversations de plusieurs cardinaux qui, dans leurs bureaux clos du Vatican, croyaient s'exprimer loin des oreilles indiscrètes. L'archevêque de Nairobi était un dangereux rival, d'autant plus qu'il ne prétendait pas ouvertement au trône. Lorsqu'on lui posait la question, cette grande asperge la repoussait d'un geste évasif et couvrait Clément XV de louanges. Valendrea n'était pas dupe. L'événement, s'il avait lieu, serait un triomphe. Ngovi, fervent nationaliste, déclarait à qui voulait l'entendre que l'Afrique méritait beaucoup mieux que son sort actuel. Et y avait-il meilleur endroit au monde que le Saint-Siège pour initier des réformes tant souhaitées ?

— Laissez tomber, Maurice, dit Valendrea. Il faut courir avec les gagnants. Car vous entrerez au prochain conclave comme vous en sortirez : cardinal. Je vous le garantis.

— Ce n'est pas ça qui m'ennuie. Plutôt que vous soyez élu.

— Je sais que vous les tenez bien, vos Noirs. Mais ils ne représentent que huit votes. Ce n'est pas ça qui m'arrêtera.

— Si le scrutin est serré, c'est assez pour faire pencher la balance du bon côté.

C'était la première fois, en fait, que Ngovi abordait le sujet. Y avait-il anguille sous roche ?

— Où est ce bon père Ambrosi ? demanda l'Africain.

C'était donc l'objet de cette visite. Clément avait envoyé un informateur.

— Où est ce bon père Michener ? répliqua Valendrea.

— En vacances, m'a-t-on dit.

— Eh bien, Paolo aussi. Ils sont peut-être partis ensemble ? suggéra le secrétaire d'État avec un petit rire.

— J'espère que Colin a de meilleurs amis.

— Paolo a d'*excellents* amis, dit Valendrea.

Pourquoi le pape s'inquiétait-il de l'absence d'Ambrosi ? En quoi cela le regardait-il ? Peut-être Valendrea sous-estimait-il le Teuton.

— Vous savez, Maurice, je plaisantais tout à l'heure, car vous feriez un excellent secrétaire d'État. Et la place vous attend si vous soutenez la bonne personne.

Ngovi gardait ses mains jointes sur sa soutane.

— Combien d'autres personnes avez-vous appâtées comme ça ?

— Celles seulement qui ont quelque chose à me donner.

L'archevêque se leva.

— Permettez-moi de vous rappeler la Constitution apostolique, Éminence. Elle interdit de faire campagne pour le conclave. Vous et moi sommes tenus de respecter la loi.

Ngovi se dirigea vers le vestibule.

Sans se lever, Valendrea rétorqua :

— À votre place, j'oublierais le protocole, Maurice. Nous serons bientôt tous dans la chapelle Sixtine, et le destin vous y attend peut-être. Maintenant, quel destin, c'est à vous de voir.

18

Bucarest, 17 heures 50

Michener tressauta en entendant frapper. À part Clément et le père Tibor, personne ne savait qu'il se trouvait en Roumanie. Et ni l'un ni l'autre ne pouvait deviner qu'il était descendu précisément à cet hôtel.

Il se leva, ouvrit la porte et, contre toute attente, découvrit Katerina Lew.

— Par quel miracle es-tu là ?

Elle sourit.

— Un secret au Vatican n'est déjà plus un secret. Ce n'est pas toi qui le disais ?

C'était surtout ennuyeux. Il ne manquait plus que ça : une journaliste le filait. S'il devait l'apprendre, Clément serait atterré. Qui avait bien pu renseigner Katerina ?

— Je regrette ce que j'ai dit place Saint-Pierre, poursuivit-elle. Je m'en veux de m'être comportée ainsi.

— Tu es venue jusqu'à Bucarest pour t'excuser ?

— Il faut qu'on parle, Colin.

— Ce n'est pas le moment.

— J'aurais cru que si. On m'a dit que tu étais en vacances.

Michener la fit entrer et referma la porte. Le monde

était vraiment petit depuis quelque temps. Ce qui amena la réflexion suivante : si Katerina était aussi bien informée, que penser de Valendrea ? Il fallait appeler Clément et l'avertir – il y avait des taupes au Vatican. Michener se rappela soudain ce que le pape lui avait dit la veille à Turin. *Le Toscan est au courant de nos moindres gestes et de nos moindres paroles.* Donc il savait déjà.

— Colin, nous n'avons pas de raison de nous quereller. Je comprends beaucoup mieux maintenant ce que nous avons vécu. Et j'aurais pu gérer la situation un peu plus finement, je suis d'accord.

— Voilà autre chose.

Elle ne réagit pas à l'ironie.

— Je n'ai jamais cessé de penser à toi. C'est même la raison pour laquelle je suis venue à Rome. Pour te voir.

— Pas pour Tom Kealy ?

— J'ai eu une aventure avec lui.

Elle hésita avant de poursuivre.

— Mais Tom Kealy, ça n'est pas toi.

Elle se rapprocha.

— Je n'ai pas honte d'avoir été sa maîtresse. De plus, pour une journaliste, son cas ne manque pas d'intérêt. Il faut savoir saisir les opportunités.

Elle l'enveloppait de son regard comme elle seule en était capable.

— Mais j'ai besoin de savoir. Pourquoi étais-tu au tribunal ? Si j'en crois Tom, un secrétaire papal ne perd pas son temps avec ce genre d'histoires.

— Je pensais que tu y serais.

— Tu étais content de me voir ?

Il réfléchit et dit :

— Tu n'avais pas l'air spécialement réjouie de m'y trouver.

— J'étais inquiète, je me demandais comment tu réagirais.

— Et toi, tu n'as pas réagi du tout.

Elle fit quelques pas vers la fenêtre.

— Ce que nous avons partagé n'est pas commun, Colin. Rien ne sert de le nier.

— De le ressasser non plus.

— Ce n'est pas ce que je voulais dire. Nous avons mûri, tous les deux. J'espère que nous sommes plus intelligents. Pourquoi ne serait-on pas amis ?

Il était venu en Roumanie en mission pour le pape. Il se retrouvait brusquement devant cette femme qu'il avait aimée et qui le forçait à confronter ses sentiments. Le Seigneur le mettait-il encore à l'épreuve ? Car la présence de Katerina, si près de lui, ne le laissait pas insensible. Comme elle venait de l'insinuer, ils avaient autrefois tout partagé. Elle avait été une aide merveilleuse alors qu'il se débattait avec son passé, entre l'ombre d'une vraie mère, disparue, et celle du père biologique qui l'avait ignoré. Grâce à Kate, il avait coupé l'herbe sous le pied à d'affreux démons. Mais d'autres réapparaissaient à présent. Michener entendit sa conscience plaider pour une trêve. Était-ce si dangereux ? Il répondit :

— Je ne demande pas mieux.

Kate portait un pantalon noir serré sur ses jambes fines, un gilet à chevrons et une veste en cuir, noirs également. Un costume de rebelle, de révolutionnaire. Son regard n'avait rien d'évasif. Elle se tenait bien droite sur ses deux jambes. Peut-être un peu trop. Mais, derrière la façade, c'était quelqu'un de réel avec de vraies émotions. Le genre de personne qui lui manquait.

Il se sentit en proie à un curieux émoi.

Des années plus tôt, il s'était isolé dans les Alpes pour faire le point, et de la même façon qu'aujourd'hui elle avait frappé à sa porte. En sa présence, il devenait plus difficile de réfléchir. Il s'en souvint.

— Que faisais-tu à Zlatna ? demanda-t-elle. On m'a dit que c'est affreux, cet orphelinat avec le vieux prêtre.

— Tu y es allée ?

Elle hocha la tête.

— Je t'ai suivi plus ou moins.

Voilà qui ne le rassurait pas non plus, mais il n'en dit rien.

— Il fallait que je voie cet homme.

— Tu veux en parler ?

Oui, il avait besoin d'en parler et Katerina paraissait sincèrement intéressée. Peut-être pourrait-elle l'aider à nouveau ?

— Ça restera entre nous ?

Elle sourit, rassurante.

— Bien sûr, Colin, ça reste entre nous.

19

20 heures

Michener précédait Katerina à la porte du Café Krom. Ils venaient de passer deux heures dans sa chambre. Brièvement, il lui avait fait part de l'état de Clément et des raisons qui l'amenaient en Roumanie. Il n'avait pas dit, en revanche, qu'il avait lu la lettre adressée à Tibor. Michener ne confiait ses préoccupations intimes qu'à une personne : le cardinal Ngovi. Et même avec lui, il fallait être prudent. Au Vatican, il en était des alliances comme des marées : elles changeaient de jour en jour. L'ami d'aujourd'hui était susceptible d'être votre ennemi le lendemain. Katerina n'était pas liée à ces intrigues – mais les messages de la Vierge à Fatima ne lui étaient pas inconnus. Quand Jean-Paul II avait révélé le dernier en 2000, elle avait écrit un article pour un magazine danois. Elle s'était surtout intéressée à un cercle d'illuminés pour lesquels le troisième secret était une vision apocalyptique. Ils voyaient dans les obscures métaphores de la Vierge le signal d'une fin imminente. Dans son article, Kate dénonçait leurs extrapolations et les idées folles d'un certain nombre de sectes. Michener, cela dit, ne savait plus trop qui était fou et qui ne l'était pas. Il avait vu dans quel état

Clément revenait de ses visites à la *Riserva*. Il espérait que, par son intervention, le père Tibor serait capable de mettre un terme à ces divagations.

Le prêtre les attendait, attablé près d'une fenêtre. Dehors, les gens et les voitures paraissaient enveloppés d'un halo jaunâtre. La soirée était brumeuse. Situé dans le centre-ville à proximité de la Piata Revolutiei, le café était plein. La foule des vendredis soir. Tibor avait troqué sa soutane contre un blue-jean et un pull-over à col roulé. Il se leva quand Michener lui présenta Katerina.

— Mme Lew est attachée à mon bureau. Je l'ai priée de bien vouloir prendre des notes pendant notre entretien.

Un petit mensonge, bien sûr, mais Kate avait des qualités d'écoute et d'observation qui pouvaient se révéler précieuses. C'est pourquoi il lui avait demandé de l'accompagner.

— Si le secrétaire papal en a décidé ainsi, dit Tibor, je ne vais pas m'y opposer...

Le ton était léger, courtois, et Michener espéra que son interlocuteur serait moins cassant que lors du premier contact. Le prêtre attira l'attention de la serveuse et commanda deux autres bières. Puis il glissa une enveloppe sur la table.

— Voici ma réponse à Clément.

Michener laissa la lettre où elle était.

— J'y ai pensé tout l'après-midi, expliqua Tibor. Je voulais être net et précis, alors j'ai écrit ce que j'avais à dire.

La serveuse plaça deux grandes chopes de bière brune sur leur table. Michener et Katerina en goûtèrent chacun une gorgée. Le prêtre en était déjà à sa deuxième chope – la première était vide devant lui.

— Je n'avais plus pensé à Fatima depuis des lustres, dit-il simplement.

Katerina posa la première question.

— Vous avez travaillé longtemps au Vatican ?

— Huit ans, sous Jean XXIII et ensuite Paul VI. Après quoi, je suis redevenu un prêtre ordinaire.

— Étiez-vous là-bas quand Jean XXIII a pris connaissance du troisième secret ? demanda Michener, d'une façon détournée, pour ne pas révéler qu'il avait ouvert l'enveloppe de Clément.

Tibor fixa un long moment la fenêtre avant de répondre.

— Oui, j'étais là.

— Mon père, le pape est terriblement inquiet et je ne sais pas ce qui le préoccupe. Pourriez-vous m'aider à comprendre ?

— En effet, il y a de quoi être inquiet.

Michener feignit la nonchalance :

— Je ne suis pas très bon avec les devinettes…

Le vieil homme hocha la tête d'un air de regret :

— Quarante ans après, je ne comprends toujours pas moi-même.

Ses yeux restaient mobiles tandis qu'il parlait. Il n'avait pas l'air sûr de ce qu'il voulait dire.

— Sœur Lucia était une sainte femme. L'Église a été en dessous de tout.

— Comment ça ? dit Katerina.

— Rome l'a pratiquement murée dans un cloître. Rappelez-vous, en 1959 elle était seule avec Jean XXIII à connaître le troisième secret. Le Vatican a aussitôt exclu qu'elle reçoive des visites, sinon de ses parents proches, et on lui a interdit de mentionner les apparitions à quiconque.

— Mais elle était là quand Jean-Paul II a révélé le secret à tout le monde en 2000, dit Michener. Elle était sur l'estrade pendant qu'on lisait le document.

— Elle avait plus de quatre-vingt-dix ans. À ce qu'on m'a rapporté, elle ne voyait plus très bien et elle n'entendait plus grand-chose. N'oubliez pas qu'on lui interdisait toujours de s'exprimer sur le sujet. Elle n'a fait aucun commentaire, absolument aucun.

Michener avala une nouvelle gorgée de bière.

— Le Vatican a-t-il vraiment mal agi envers elle ? Ne voulait-on pas la protéger d'une armée de fous furieux qui l'auraient assiégée de questions ?

Tibor croisa ses bras sur sa poitrine.

— Évidemment... Je vois que ces choses-là vous échappent. Vous n'êtes pas un produit de la curie pour rien.

Michener étant tout l'inverse, il ne goûtait pas ce genre d'accusation.

— Le pape que je sers n'est pas dans les meilleurs termes avec toute la curie.

— Le Vatican exige une obéissance absolue. Faute de quoi vous recevez une lettre de la Pénitencerie apostolique qui vous ordonne de venir à Rome rendre compte de vos actes. Nous faisons ce qu'on nous dit. Sœur Lucia était une religieuse modèle : elle a fait ce qu'on lui a dit. Croyez-moi, Rome a voulu absolument l'empêcher de parler aux journalistes. Jean l'a réduite au silence parce qu'il n'avait pas le choix. Et les autres papes ont fait la même chose après lui pour les mêmes raisons.

— Si j'ai bonne mémoire, Paul VI et Jean-Paul II lui ont tous les deux rendu visite. Et Jean-Paul est allé la consulter avant de rendre public le dernier secret. Je me suis entretenu avec certains des évêques et des cardinaux qui faisaient partie de la commission. Elle a authentifié le document...

— Quel document ? coupa Tibor.

Drôle de question.

— Accusez-vous l'Église de l'avoir falsifié ? D'avoir menti ? demanda Katerina.

Le vieux prêtre empoigna sa chope.

— Nous ne le saurons jamais. Sœur Lucia, Jean XXIII

et Jean-Paul II ne sont plus de ce monde. Tous trois ont disparu, et il n'y a plus que moi.

Michener ne tenait pas à épiloguer là-dessus.

— Dites-nous alors ce que vous savez. Que s'est-il passé quand Jean XXIII a pris connaissance du secret ?

Tibor se cala sur sa chaise et sembla considérer la question avec le plus grand intérêt. Il lâcha finalement :

— D'accord, je vais vous raconter exactement ce qui s'est passé.

— *Comprenez-vous le portugais ? demanda Mgr Capovilla.*

Assis, Tibor leva la tête. Depuis dix mois qu'il travaillait au Vatican, aucune des personnalités du troisième étage ne lui avait encore adressé la parole. Encore moins le secrétaire de Jean XXIII.

— *Oui, mon père.*

— *Le Saint-Père requiert votre assistance. Voulez-vous prendre un bloc de papier, un stylo, et me suivre ?*

Mgr Capovilla précéda le jeune prêtre jusqu'à l'ascenseur et monta avec lui au troisième, où il le fit entrer dans l'appartement privé du pape. Jean XXIII était derrière son bureau. Sur celui-ci, un coffret en bois était ouvert, et l'on distinguait le sceau à la cire qui avait été brisé. Le pape tenait deux feuilles volantes dans ses mains.

— *Père Tibor, pourriez-vous lire ceci ? demanda-t-il.*

Tibor prit les deux feuilles et les parcourut rapidement sans accorder trop d'importance au sens. Il voulait seulement s'assurer qu'il comprenait.

— *Oui, Très Saint-Père.*

Un sourire apparut sur le visage du gros homme – ce sourire charismatique qui galvanisait les catholiques du monde entier. La presse l'appelait le « bon pape Jean » et il s'en réjouissait. Pendant la maladie de

Pie XII, le palais pontifical était resté dans l'obscurité, tous rideaux fermés. Aujourd'hui les persiennes étaient grand ouvertes au soleil de l'Italie, signe d'un renouveau à l'attention des visiteurs de Saint-Pierre. Devenu Jean XXIII, l'ancien patriarche de la cité des doges imprimait sa marque.

— Voudriez-vous vous asseoir près de la fenêtre et me traduire le tout en italien ? demanda Jean. Séparément, une feuille après l'autre, comme pour l'original.

Tibor passa presque une heure à s'assurer que sa traduction était fidèle. L'écriture manuscrite était de toute évidence celle d'une femme. Et elle s'exprimait dans un portugais suranné, très XIXe siècle. Les langues, comme les peuples et les cultures, évoluaient avec le temps. Mais Tibor avait étudié le portugais pendant de nombreuses années, et la tâche qu'on lui confiait était relativement simple.

Le laissant travailler tranquillement, Jean discuta à voix basse avec son secrétaire. Une fois terminé, le jeune prêtre confia ses traductions au pape. Il étudia sa réaction tandis qu'il lisait le premier feuillet. Rien. Jean passa au second. Le silence s'installa un instant.

— Cela n'intéresse pas mon pontificat, affirma tranquillement Jean XXIII.

Vu ce qu'il venait d'apprendre, Tibor trouva le commentaire plutôt curieux, mais il n'en dit rien.

Le pape plia chacune des traductions avec l'original pour former deux lots distincts. Il se tut encore un moment, et Tibor ne bougeait pas. Installé depuis neuf mois seulement sur le trône de saint Pierre, Jean XXIII avait profondément bouleversé le monde catholique. C'était l'une des raisons pour lesquelles le jeune prêtre avait rejoint Rome. Il voulait participer à ces changements. Le monde semblait prêt à les accueillir – et Dieu à y pourvoir.

Sans arrêter de se balancer sur son siège, Jean joignit ses mains épaisses devant sa bouche.

— *Père Tibor, je veux que vous juriez, devant Dieu et votre pape ici présent, que vous ne révélerez à personne ce que vous venez de lire.*

Tibor comprenait l'importance de ce qu'on lui demandait.

— *Vous avez ma parole, Très Saint-Père.*

Jean le fixait avec ses yeux humides, d'un regard droit, jusqu'au fond de l'âme. Tibor sentit un frisson lui parcourir l'échine. Il n'avait qu'une envie : se lever et s'en aller.

Le pape parut lire dans ses pensées.

— *N'ayez crainte, ajouta Jean. Je ferai ce qui est en mon pouvoir pour exaucer les vœux de la Vierge Marie.*

*

— Je n'ai plus jamais reparlé à Jean XXIII, conclut Tibor.

— Et aucun pape n'est jamais revenu vers vous ? demanda Katerina.

Le vieux prêtre fit signe que non.

— J'ai donné ma parole à Jean et je l'ai tenue. Jusqu'à il y a trois mois.

— Qu'avez-vous écrit au pape ?

— Vous ne savez pas ?

— Pas en détail.

— Clément ne veut peut-être pas que vous le sachiez.

— Il ne m'aurait pas envoyé ici, dans ce cas.

Tibor montra Katerina.

— Il veut la mettre au courant, elle aussi ?

— Moi, j'y tiens, dit Michener.

Tibor le jaugea d'un œil critique.

— Je regrette de devoir refuser, mon père. J'ai écrit à Clément et à personne d'autre.

— Vous dites que Jean XXIII ne vous a plus jamais adressé la parole. Mais vous, vous n'avez pas tenté de reprendre contact avec lui ?

Le vieux prêtre répondit par la négative :

— Quelques jours après notre entrevue, Jean a convoqué le concile Vatican II. Je me souviens bien de l'annonce officielle. J'ai pensé que c'était sa réponse.

— Mais encore ?

Tibor refusa d'en dire plus.

Michener, qui avait terminé sa bière, en aurait bien commandé une autre, mais il s'abstint. Il étudia certains des visages autour d'eux trois en se demandant si quiconque leur prêtait attention. Il repoussa aussitôt cette pensée.

— Mais quand Jean-Paul II a révélé le secret…

Tibor se raidit.

— Oui, et alors ? dit-il.

Ce ton sec, à la limite de l'impolitesse, devenait fatigant.

— Eh bien, le monde connaît aujourd'hui le message de la Vierge, non ?

— On a parfois accusé l'Église d'arranger la vérité.

— Vous insinuez que le Saint-Père a menti ? dit Michener.

Tibor ne répondit pas tout de suite.

— Je n'insinue rien. La Vierge est apparue sur terre à maintes reprises. On aurait dû finir par comprendre la leçon.

— Quelle leçon ? Je viens de passer des mois à étudier toutes ses apparitions en deux mille ans. C'est à chaque fois un phénomène particulier.

— Vous n'avez pas étudié assez attentivement, alors, dit Tibor. Moi aussi, j'ai passé des années à lire tout ça. La Vierge est l'émissaire du Ciel, elle exprime à chaque fois la volonté du Seigneur. Elle nous offre sa sagesse, elle nous éclaire sur la conduite à suivre, et nous nous obstinons bêtement à ne pas l'écouter. Même après La Salette, au milieu du XIXe siècle.

Michener connaissait le détail de cette autre apparition, près d'un village haut perché des Alpes. En 1846, deux jeunes bergers, Maximin et Mélanie, auraient eu une vision. Les événements rapportés n'étaient pas sans rappeler Fatima – une scène de la vie pastorale, un globe de feu qui descend du ciel, l'image d'une femme qui parle à des enfants.

— Si je me souviens bien, dit Michener, ces deux petits étaient dépositaires d'un secret qui a été rédigé plus tard pour être soumis à Pie IX. Ultérieurement, les enfants ont publié leur propre version. On les a accusés d'enjoliver les choses et le scandale a entaché toute l'affaire.

— Vous pensez que les apparitions de La Salette et de Fatima sont liées ? dit Katerina.

Tibor était visiblement énervé.

— Je n'affirme rien. Le père Michener a accès aux Archives. Avez-vous établi une relation entre les deux ? demanda-t-il à ce dernier.

— J'ai examiné le dossier La Salette. Pie IX n'a fait aucun commentaire après avoir lu les secrets, mais il a interdit leur publication. Les textes originaux sont mentionnés dans les papiers personnels du pape, qui ne sont plus aux Archives.

— J'ai cherché moi aussi ces textes en 1960, et je n'ai rien trouvé non plus. Mais il reste des indices qui donnent une idée de leur contenu.

Michener savait à quoi le prêtre faisait référence :

— J'ai vu les témoignages de plusieurs personnes qui étaient là quand Mélanie a rédigé son compte rendu. Elle leur a demandé comment s'écrivaient des mots comme *infailliblement*, *souillé*, et *antéchrist*.

Tibor corrobora.

— Pie IX a lui-même donné quelques indications, dit Michener. Une fois lu le message de Maximin, il a déclaré : « Voilà toute la candeur et la simplicité d'un enfant. » Puis il a lu celui de Mélanie. Alors il a pleuré et dit : « J'ai moins à craindre de l'impiété que de l'indifférence. Ce n'est pas sans raison que l'Église s'affirme militante, et c'est son capitaine qui se trouve devant vous. »

— Vous avez bonne mémoire, reconnut Tibor. Mélanie a mal pris la réaction du pape. « Ce secret devrait lui faire plaisir, a-t-elle dit. Un pape doit aimer souffrir. »

Michener se souvint des décrets rendus à l'époque par l'Église, qui interdisaient aux fidèles d'évoquer La Salette, quelles que soient les circonstances, sous peine de sanctions.

— Père Tibor, les visions de La Salette n'ont pas été reconnues comme celles de Fatima.

— Parce que les textes des voyants ont disparu. On ne peut donc que spéculer. Et on n'a pas de commentaires non plus, l'Église ayant veillé à les supprimer. Juste après l'apparition, Maximin rapportait que les propos de la Vierge étaient favorables à certains, funestes pour d'autres. Lucia a employé les mêmes termes quelques années après Fatima. « Bon pour certains. Pour d'autres pas. »

Le prêtre vida sa chope. Il semblait apprécier l'alcool.

— Maximin et Lucia avaient tous deux raison, dit-il. Bon pour certains, mauvais pour d'autres... Il serait temps qu'on prête attention aux paroles de Notre-Dame.

— Que voulez-vous dire ? demanda Michener, irrité.

— À Fatima, la volonté du Ciel a été exprimée clairement. Je n'ai pas lu le secret de La Salette, mais j'imagine très bien ce qu'il contient.

Ces devinettes commençaient à fatiguer Michener qui décida de pousser le vieux prêtre dans ses retranchements :

— Je sais très bien ce que dit la Vierge dans le

deuxième secret, en ce qui concerne la consécration de la Russie et les conséquences à subir si cela n'était pas fait. Je reconnais que cela ne laisse pas beaucoup de place à l'ambiguïté, mais...

— Mais aucun pape, coupa Tibor, aucun évêque n'a consacré la Russie jusqu'à Jean-Paul II ! Pensez à ce qui s'est passé entre 1917 et 1984 : le triomphe du communisme ! Des millions de gens morts en son nom ! La Roumanie mise à feu et à sang par des pillards ! Qu'avait dit la Vierge ? Les bons seront martyrisés, le Saint-Père aura beaucoup à souffrir, plusieurs nations seront anéanties. Tout ça parce que les papes n'en font qu'à leur tête au lieu de suivre les ordres du Seigneur.

Tibor laissait éclater sa colère.

— En 1984, la Russie était consacrée et, six ans après, c'était la chute du communisme...

Il se massa les tempes.

— Jamais Rome n'a formellement reconnu une seule apparition mariale. Au mieux, l'Église les a déclarées *dignes de foi*. Elle refuse d'admettre que les voyants ont quelque chose d'important à dire.

— Cette prudence est salutaire, objecta Michener.

— Salutaire ? répéta Tibor. L'Église vérifie les apparitions, encourage les fidèles à y croire, pour réfuter ensuite le contenu des messages ? Ça n'est pas contradictoire, selon vous ?

Michener ne répondit pas.

— Réfléchissez un peu, poursuivit le prêtre. Depuis le premier concile du Vatican en 1870, le pape est réputé infaillible en matière de doctrine. Qu'adviendrait-il de ce principe, à votre avis, si brusquement les déclarations d'un paysan de dix ans pesaient plus lourd dans la balance ?

Michener n'avait encore jamais considéré le problème sous cet aspect.

— L'Église perdrait toute autorité, voilà ce qui se

passerait ! assena Tibor. Les fidèles iraient chercher un guide spirituel ailleurs. Rome ne serait plus le centre de l'univers. Mais de cela personne ne parle. Le devoir premier de la curie consiste à se maintenir. Depuis toujours.

— Mais, père Tibor, intervint Katerina, les secrets de Fatima donnent des informations précises en termes de dates et de lieux. Le nom de Pie XI et celui de la Russie y figurent en toutes lettres. Un pape s'y voit menacé de mort. L'Église ne peut pas prendre ces choses à la légère, donc elle fait preuve de circonspection. Ces prétendus secrets se démarquent tellement des Évangiles qu'ils sont en soi suspects.

— Bien vu. Nous autres humains avons tendance à ignorer ce qui n'a pas l'heur de nous plaire. Le ciel en aura peut-être conclu qu'il faut nous mettre les points sur les i.

Une certaine agitation transparaissait sur le visage du vieux prêtre. Michener voyait ses mains nerveuses, crispées sur sa chope de bière vide. Un silence pesant conclut ces dernières paroles. Tibor se pencha finalement vers ses interlocuteurs en leur montrant l'enveloppe posée sur la table.

— Dites au Saint-Père de faire ce que la Vierge nous demande. Sans discuter et sans remettre à plus tard.

Il parlait d'une voix plate, sans émotion.

— Faute de quoi, expliquez-lui que le Ciel nous attend bientôt, lui et moi, et qu'il sera jugé seul responsable.

20

22 heures

Michener et Katerina descendirent de la rame et, quittant la station de métro, retrouvèrent la nuit glaciale. Ils avaient devant eux, baignée d'une lumière jaunâtre, la façade usée et en pierre de l'ancien palais royal de Roumanie. Emmitouflés dans d'épais manteaux de laine, les gens se pressaient sur les pavés mouillés de la Piata Revolutiei. La circulation était lente dans les rues environnantes. L'air froid avait goût de charbon.

Michener observait Katerina qui balayait la place du regard. Ses yeux s'arrêtèrent sur l'ancien siège du Parti communiste – un monolithe de l'époque stalinienne – et plus précisément sur le balcon.

— C'est là que Ceausescu a fait son fameux discours ce soir-là, dit-elle.

Elle indiqua le nord de la place :

— J'étais dans ce coin, là-bas. Tu parles d'un spectacle ! Ce gros prétentiard sous les projecteurs qui se disait aimé de tous.

Sans doute trop dérisoire maintenant pour mériter la lumière, l'imposant bâtiment restait dans l'obscurité.

— La télévision transmettait son discours dans tout le

pays. Il était très content de lui, seulement on s'est mis à scander : « Timisoara, Timisoara… »

Michener avait entendu parler de cette ville de l'ouest de la Roumanie, où un prêtre isolé avait enfin trouvé le courage de s'élever contre le tyran. L'Église orthodoxe réformée – à la solde du gouvernement – lui avait retiré sa charge, et c'est alors que les émeutes avaient éclaté partout. Six jours plus tard, c'était au tour de cette place que Michener avait devant lui.

— Tu aurais vu la tête qu'il a faite, Ceausescu, poursuivit Katerina. Il était pris de court, il avait l'air perdu, et ça a été le détonateur. On a forcé les barrières de police, et… c'était le point de non-retour.

Elle baissa la voix.

— Les tanks n'ont pas mis longtemps à arriver. Puis les lampes à incendie, et finalement ils ont tiré de vraies balles. J'ai perdu beaucoup d'amis ce soir-là.

Les mains enfoncées dans ses poches, Michener l'écoutait. Kate s'enorgueillissait d'avoir participé à l'événement. Lui-même était fier d'elle.

— Je suis content que tu sois là, dit-il.

Elle se tourna vers lui. Bras dessus, bras dessous, plusieurs couples traversaient la place.

— Tu m'as manqué, Colin.

Il avait lu jadis qu'on rencontrait tous quelqu'un, un jour ou l'autre, qui savait nous toucher au fond de nous-mêmes. C'est pourquoi, dans les périodes difficiles, le cœur et le cerveau cherchaient à retrouver cette sensation, à se fortifier d'un souvenir qui semblait jamais ne faire défaut. Voilà ce que représentait Katerina pour lui. La question qui l'embarrassait était de savoir pourquoi l'Église, ou Dieu, ne lui procuraient pas le même réconfort.

Elle se rapprocha de lui.

— Qu'est-ce qu'il voulait dire, le père Tibor ? Qu'est-ce que la Vierge nous demande ?

— J'aimerais bien le savoir.
— Tu pourrais essayer.

Le sous-entendu était clair. Michener sortit de sa poche l'enveloppe que lui avait confiée le vieux prêtre.

— Tu sais bien que je ne peux pas l'ouvrir.
— Pourquoi ? On la mettra dans une autre enveloppe et Clément ne se doutera de rien.

Michener avait déjà succombé à la tentation en lisant la lettre du pape. C'était assez pour aujourd'hui.

— Mais moi, je n'aurais que ça en tête.

Sa réponse manquait de conviction. Il remit quand même l'enveloppe dans sa poche.

— Clément sait s'entourer de serviteurs loyaux, il faut lui reconnaître ça, dit Kate.
— C'est mon pape et je le respecte.

Elle fit une de ces grimaces dont elle avait le secret.

— Et tu vas passer ta vie au service des autres ? Qu'est-ce qu'il devient, Colin Michener, là-dedans ?

Il s'était posé la même question bien des fois, ces dernières années. Que devenait-il réellement ? Cardinal ? Le prestige de la pourpre, et on s'arrêtait là ? Il fallait des hommes comme le père Tibor pour remplir leur devoir de prêtre. Michener sentit de nouveau sur lui les mains des orphelins, la puanteur de ce désespoir là-bas.

Un sentiment de culpabilité l'envahit.

— Je tiens à ce que tu le saches, Colin : je ne dirai rien de toutes ces choses à personne.
— Même pas à Tom Kealy ?

Les mots étaient sortis trop vite de sa bouche, et son intonation était ambiguë.

— Jaloux ? releva Kate.
— Pourquoi ? Je dois l'être ?
— Il faut croire que j'ai un faible pour les prêtres.
— Fais attention avec lui. C'est le genre de type qui serait parti en courant de cette place au premier coup de fusil.

Katerina se raidit et il le remarqua.

— Contrairement à toi, dit-il.

Elle sourit.

— Nous étions cent à rester immobiles devant un tank.

— J'ai du mal à me le représenter. L'idée qu'on puisse te faire du mal…

Elle le regarda d'un air étrange.

— Plus qu'on ne m'en a déjà fait ?

*

De retour à l'hôtel, elle le raccompagna à sa porte puis elle redescendit un étage jusqu'à la sienne. Elle lui avait donné rendez-vous au petit déjeuner, avant qu'il reprenne l'avion pour Rome. Michener ne s'était pas étonné qu'elle séjourne juste en dessous, et Kate ne lui avait pas dit que, plus tard le lendemain, elle rentrait également dans la ville sainte – elle avait laissé sa prochaine destination dans le vague.

Kate commençait à regretter son engagement auprès du cardinal Alberto Valendrea. Elle avait cru faire un choix professionnel, mais non : cela consistait à trahir un homme qu'elle aimait toujours. Rien d'autre. C'était plus que gênant de mentir à Colin. Elle pensa que son père aurait honte d'elle. Une pensée terriblement déstabilisante – Kate décevait beaucoup ses parents depuis quelque temps.

Elle glissa la clef dans la serrure et entra dans sa chambre.

Le sourire tordu de Paolo Ambrosi l'accueillit à l'intérieur. Katerina tressaillit, mais se reprit aussitôt. Devant ce genre d'individu, il valait mieux ne pas manifester sa peur. Elle s'était d'ailleurs attendue à le rencontrer bientôt. Valendrea avait bien dit qu'il la retrouverait. Elle referma la porte, retira son manteau et se dirigea vers la lampe de chevet.

— Laissons plutôt les lumières éteintes, suggéra Ambrosi.

Ce dernier, en civil, portait un pull-over à col roulé et un pantalon noirs. Il avait seulement déboutonné son manteau. Elle haussa les épaules et posa le sien sur le lit.

— Qu'avez-vous appris ?

Elle réfléchit brièvement, puis lui donna une version abrégée de sa visite à l'orphelinat, et de ce que Michener lui avait confié à propos de Clément. Elle gardait pour elle certains points importants. Elle termina sur l'entretien qu'ils avaient eu avec Tibor, dont elle rapporta les propos concernant la Vierge.

— Il faut que vous lisiez la réponse de Tibor, dit Ambrosi.

— Colin ne veut pas l'ouvrir.

— Débrouillez-vous.

— Comment ça, débrouillez-vous ?

— Allez dans sa chambre. Séduisez-le. Vous ouvrirez l'enveloppe quand il dormira.

— Faites-le vous-même ! Je suis sûre que vous aimez les prêtres encore plus que moi.

Il se jeta sur elle, la saisit à la gorge et la plaqua sur le lit. Il avait la peau froide et moite. Puis il l'immobilisa complètement en posant un genou sur sa poitrine. Il était plus robuste qu'elle ne l'aurait cru.

— Je n'ai pas la patience de Mgr Valendrea envers les petites mijaurées de votre espèce. Je vous rappelle que nous sommes en Roumanie, pas à Rome, et que des gens disparaissent ici tout le temps sans raison. J'ai besoin de savoir ce que le père Tibor a écrit au pape. Si vous ne faites pas votre travail, je risque de m'emporter, la prochaine fois.

Il pesa de tout son poids sur elle.

— Je vous retrouverai demain, et où que vous soyez.

Elle aurait voulu lui cracher à la figure, mais la main qui lui serrait le cou l'en empêchait.

Il relâcha son étreinte, se leva et prit la direction de la porte.

Katerina porta ses deux mains à sa gorge, retrouva son souffle et bondit.

Le prêtre fit volte-face.

Elle se figea en voyant l'arme qu'il tenait au poing.

— Espèce de sale mafieux !

Il haussa les épaules.

— L'histoire nous apprend que la frontière n'est pas toujours nette entre le bien et le mal. Bonne nuit.

Il ouvrit la porte et partit.

21

Le Vatican, 23 heures 40

Entendant frapper à la porte de sa chambre à coucher, Valendrea écrasa sa cigarette. Cela faisait une heure qu'il lisait ce bouquin passionnant. Il adorait les romans policiers américains. C'était une porte de sortie idéale après toutes ces journées protocolaires où le moindre mot comptait. Chaque nuit, le cardinal se réfugiait avec délectation dans les intrigues et les faux-semblants. Ambrosi lui achetait des collections entières de polars.

— Entrez.

Le visage du majordome apparut à la porte.

— Je viens de recevoir un appel, Éminence. Le Saint-Père vient d'arriver à la *Riserva*. Vous souhaitiez en être informé.

Valendrea ôta ses lunettes et referma son livre.

— Bien, ce sera tout.

Le domestique repartit.

À la hâte, le secrétaire d'État trouva un sweat-shirt, un pantalon et une paire de chaussures de sport, puis il se dirigea vers l'ascenseur privé. Arrivé au rez-de-chaussée, il traversa les couloirs vides du palais apostolique. Le silence était complet à l'exception du léger bourdonnement des caméras de surveillance, pivotant sur leur axe dans les hauteurs – et de ses semelles en caoutchouc. Il ne risquait pas qu'on le voie – le palais était verrouillé toute la nuit.

Il entra aux Archives, ignora le préfet à la porte, déambula entre les murs d'étagères jusqu'à la grille en fer de la *Riserva*. Vêtu d'une soutane de lin blanc, Clément XV lui tournait le dos dans le petit espace éclairé.

Le vieux coffre-fort était ouvert. Valendrea ne fit rien pour masquer sa présence. Le moment était venu d'un vrai face à face.

— Entrez, Alberto, dit le pape sans se retourner.

— Comment savez-vous que c'est moi?

Clément le regarda alors.

— Qui voulez-vous que ce soit?

Le cardinal se montra en pleine lumière. Il pénétrait pour la première fois dans ce lieu depuis 1978. À l'époque, quelques lampes à incandescence luttaient difficilement contre l'obscurité. Elles étaient aujourd'hui remplacées par des néons. Le même casier, à gauche, était ouvert – le coffret qu'il contenait aussi. Il restait autour quelques fragments de cire rouge – le sceau que Valendrea avait lui-même brisé.

— J'ai appris que vous étiez venu ici avec Paul, dit le pape.

Il désigna le coffret de bois.

— Vous étiez là quand il a ouvert ceci. Dites-moi, Alberto, comment a-t-il réagi, votre vieux guerrier? A-t-il seulement plissé les yeux, ou était-il affolé par les propos de la Vierge?

Pour rien au monde Valendrea ne donnerait à Clément la satisfaction de savoir toute la vérité.

— Paul était un de ces papes que vous ne serez jamais.

— C'était un obstiné, un homme intransigeant. Il aurait pu accomplir de grandes choses, mais il n'a écouté que son orgueil.

Clément saisit une feuille de papier, dépliée, posée à côté du coffret :

— Il a lu ce message, et il s'est opposé à la volonté de Dieu.

— Il allait mourir trois mois plus tard. Que vouliez-vous qu'il fasse ?

— Ce que la Vierge lui demandait, tout simplement.

— Mais quoi, Jakob ? Quelle importance ? Le troisième secret de Fatima prêche la foi et la pénitence, un point, c'est tout. Que reprochez-vous à Paul ?

— Quel beau menteur vous faites.

Valendrea sentit une fureur aveugle s'emparer de lui.

— Vous êtes fou ? dit-il à Clément.

Celui-ci se rapprocha de lui.

— Je sais que vous êtes venu une deuxième fois dans cette pièce, murmura-t-il.

Le cardinal ne répondit pas.

— Les archivistes conservent des registres très précis. Depuis des siècles, ils consignent scrupuleusement tout accès à la *Riserva*. Le soir du 19 mai 1978, vous y êtes entré avec Paul. Pour y réapparaître une heure plus tard, mais seul.

— J'étais là sur ordre du pape à l'exclusion de tout autre motif. J'obéissais à ses ordres.

— Je n'en doute pas, vu ce qu'il y avait dans ce coffre.

— Il m'a prié de le sceller et de le remettre dans son casier.

— Seulement, avant de faire tout ça, vous avez lu ce qu'il y avait dedans. Et qui pourrait vous en vouloir ? Vous étiez un jeune prêtre, affecté à l'appartement papal. Vous adoriez votre Paul, et il était sûrement bouleversé par le compte rendu de ces petits pastoureaux. Ils avaient vu la Vierge...

— Vous n'en savez rien, coupa Valendrea.

— Dans ce cas, si je me trompe, c'est qu'il était plus bête que je ne le crois.

Clément jeta un regard dur au secrétaire d'État.

— Vous avez tout lu, et ensuite vous en avez fait disparaître une partie. Voyez-vous, il y avait autrefois quatre feuilles de papier dans ce coffret. Deux écrites par sœur Lucia en 1944. Deux rédigées par le père Tibor en 1960, lorsqu'il a traduit les trois secrets. Une fois le coffret refermé par vos soins, personne ne l'a plus ouvert jusqu'en 1981, quand Jean-Paul II a pris connaissance du troisième. Cela en présence de plusieurs cardinaux. Leurs témoignages confirment que le sceau était intact. Tous attestent aussi qu'il ne restait à l'intérieur que deux feuilles de papier, une portant l'écriture de sœur Lucia, l'autre celle du père Tibor. Dix-neuf ans plus tard, en 2000, quand Jean-Paul a finalement publié le texte, il n'y avait toujours que ces deux feuilles de papier. Comment expliquez-vous cela ? Que sont devenues les deux autres feuilles qui se trouvaient là en 1978, Alberto ?

— Vous dites n'importe quoi !

— Eh non. Malheureusement pour vous et pour moi. Car une chose vous a échappé. Le père Tibor, qui a traduit ces textes pour Jean XXIII, a d'abord recopié le troisième secret sur son bloc avant de faire ce qu'on lui demandait. Puis il a arraché la page, pour l'avoir sous les yeux pendant qu'il traduisait sur la suivante. Ensuite il a donné le tout à son pape. Le père Tibor a comme moi cette fâcheuse habitude d'appuyer fort sur son stylo. Et il s'est aperçu que, par transparence, il pouvait reconstituer sa traduction, en s'aidant au besoin d'un crayon noir pour la faire apparaître en relief. Ensuite, à partir de sa traduction, il n'a eu aucun mal à reconstituer le texte original. Que voici.

Clément avait la feuille en main.

Valendrea gardait un visage de marbre.

— Puis-je la voir ?

Clément sourit.

— Si vous voulez.

Figé cette fois par l'appréhension, le cardinal prit la page qu'on lui tendait. Elle comptait une dizaine de lignes, en portugais – qu'il était toujours incapable de lire. Toutefois, malgré le temps passé, il reconnut l'écriture fine, presque féminine, du père Tibor.

— Sœur Lucia était de langue maternelle portugaise, poursuivit Clément. Sans être graphologue, j'ai comparé les documents, ceux de l'époque et ceux d'aujourd'hui, et je n'ai aucun doute. Le père Tibor a gardé les mêmes tics d'écriture.

— A-t-il également envoyé la traduction ? demanda Valendrea, qui s'efforçait de ne pas trahir ses émotions.

— Bien sûr, dit tranquillement Clément. Mais elle se trouve dans le coffret. À sa place.

— Les photos du texte original de sœur Lucia ont été publiées dans le monde entier en 2000. Le père Tibor aurait pu simplement imiter le style, rétorqua Valendrea en agitant la feuille. Qui nous garantit que cela n'est pas une mystification ?

— J'étais sûr que vous diriez ça. C'est drôle, non ? Mais cela n'en est pas une, nous le savons aussi bien l'un que l'autre.

— C'est pour ça que vous revenez constamment ici ?

— Que feriez-vous à ma place ?

— J'ignorerais toute cette affaire.

Clément hocha la tête. Son expression avait quelque chose de condescendant et de comminatoire à la fois.

— En m'envoyant ce texte, le père Tibor m'a posé cette simple question : *pourquoi l'Église ment-elle ?* Vous connaissez la réponse. Personne n'a menti. Car personne n'était au courant le jour où Jean-Paul II a communiqué le troisième secret au reste du monde. Je veux dire que, à part vous et le père Tibor, personne ne connaissait la totalité du texte.

Valendrea recula d'un pas, sortit son briquet de sa poche et mit feu au papier qu'il avait encore en main. Lorsqu'il le lâcha, ce n'était plus qu'une flamme.

Clément ne fit rien pour l'arrêter.

Le cardinal piétina les cendres comme si elles étaient l'œuvre du diable. Puis il fusilla Clément du regard.

— Donnez-moi la traduction de ce foutu curé !

— Non, Alberto. Elle reste dans le coffret.

Valendrea était prêt à pousser violemment le vieil homme pour faire comme il l'entendait, mais le préfet de nuit apparut à la porte et ne lui en laissa pas le temps.

— Refermez le coffre-fort, dit Clément au gardien.

Celui-ci s'exécuta sans attendre.

Le pape prit le cardinal par le bras et l'escorta hors de la pièce. Valendrea ne pensait qu'à se libérer mais, en présence du préfet, il ne pouvait qu'obéir. Il attendit donc d'arriver dans le couloir, hors des regards indiscrets, pour se dégager.

Alors le pape lui dit :

— Je voulais que vous sachiez ce qui vous attend.

Valendrea était perplexe :

— Pourquoi ne m'avez-vous pas empêché de brûler cette feuille ?

— C'était parfait, n'est-ce pas, Alberto ? Il suffisait d'enlever deux bouts de papier dans la *Riserva*. Hm ? Ni vu ni connu. Paul VI, âgé, allait bientôt rejoindre les autres papes dans la crypte. Sœur Lucia était réduite au silence, et elle est morte en emportant son secret. À part eux deux, personne ne sait ce que renfermait le coffret, sinon peut-être un obscur prêtre bulgare, polyglotte à ses heures. En 1978, le temps avait passé, et l'obscur prêtre bulgare disparu de vos pensées. Il ne restait plus que vous pour avoir lu ce texte. Mais on reconnaît volontiers que certains objets ont tendance à se perdre, dans la *Riserva*... C'est pourquoi, même s'il refaisait surface, le Bulgare polyglotte, il ne pouvait rien prouver sans les pages en question. Il n'y aurait plus que de vagues ouï-dire.

Valendrea n'allait pas contester cette argumentation. Une seule chose le préoccupait :

— Pourquoi ne m'avez-vous pas empêché de brûler cette feuille ?

Le pape hésita un instant avant de répondre :

— Vous verrez, Alberto.

Et Clément s'en alla à pas traînants, tandis que le préfet de nuit claquait, puis verrouillait la grille en fer.

22

*Bucarest,
Samedi 11 novembre, 6 heures le matin*

Katerina avait mal dormi. Ambrosi n'y était pas allé de main morte, elle avait mal à la gorge et elle était folle de rage contre Valendrea. En se réveillant, elle avait d'abord pensé à envoyer le secrétaire d'État se faire voir, pour pouvoir dire toute la vérité à Michener. Mais dans ce cas-là, elle le savait, l'armistice qu'elle avait conclu la veille avec lui était condamné. Colin ne voudrait jamais croire qu'elle avait accepté de collaborer avec Valendrea dans le seul but de reprendre contact avec lui. Il n'y verrait qu'une trahison.

Tom Kealy ne s'était pas trompé au sujet du cardinal. *Un salopard ambitieux.* Plus que ça, ruminait-elle en se massant le cou, les yeux fixés sur le plafond. La chambre était encore plongée dans l'obscurité. Kealy avait affirmé également qu'il existait deux sortes de cardinaux — ceux qui voulaient être pape et ceux qui le voulaient *vraiment*. Il avait raison. Elle ajouta une troisième catégorie : ceux qui étaient mus par une ambition démesurée.

Comme Alberto Valendrea.

Elle se détestait elle-même. Michener avait conservé

en lui une part d'innocence qu'elle avait violée. Il était ce qu'il était, il croyait ce qu'il croyait. C'était peut-être d'ailleurs cela qui l'avait attirée au début. Malheureusement, l'Église catholique romaine s'opposait au bonheur de ses membres. Pour Rome, le passé était garant d'un futur identique. Le Vatican était une plaie et Valendrea un fléau.

Elle avait dormi tout habillée et cela faisait maintenant deux heures qu'elle attendait patiemment. Soudain, dans la pièce au-dessus, le plancher de bois craqua. Katerina suivit du regard la direction des pas tandis que Michener circulait dans sa chambre. Elle entendit l'eau couler brièvement dans le lavabo et devina la suite. Un instant plus tard, la porte du dessus s'ouvrit, se referma, et les pas continuèrent dans le couloir.

Elle se leva, sortit sur le palier qu'elle traversa silencieusement. Elle arriva dans l'escalier au moment où la porte des toilettes claquait à l'étage supérieur. Elle monta doucement les marches et hésita à la dernière. Le bruit de l'eau, rassurant, crépita dans la douche. Alors, courant sur le tapis usé qui couvrait le plancher inégal, Kate se précipita jusqu'à la chambre de Michener en espérant que la porte ne serait pas verrouillée.

Elle s'ouvrit.

À l'intérieur, elle repéra vite le sac de voyage, puis le manteau et les vêtements que Colin avait portés la veille. Fouillant une poche après l'autre, elle trouva facilement l'enveloppe du père Tibor. Michener ne traînait jamais sous la douche et il fallait faire vite. Elle décacheta la lettre :

Très Saint-Père,
Jean XXIII m'a demandé de prêter serment et j'ai tenu parole pour l'amour de Dieu. Il y a quelques mois, cependant, un événement m'a poussé à reconsidérer les choses. Il s'agit d'un de nos orphelins, qui est mort.

Alors qu'il pleurait de douleur, les tout derniers jours, il m'a demandé si le paradis existait et si Dieu lui pardonnerait ses péchés. Je ne voyais vraiment pas de quels péchés il voulait parler, mais je lui ai répondu que Dieu pardonnait tout. Ce petit aurait voulu que je lui explique pourquoi. La mort ne m'en a pas laissé le temps. J'ai compris alors que, moi aussi, j'avais besoin d'être pardonné. Très Saint-Père, la promesse que j'ai faite au pape signifiait beaucoup pour moi. Je l'ai respectée pendant plus de quarante ans, mais il ne faut pas jouer avec le Ciel. Ce n'est pas moi qui vais vous recommander – à vous, le vicaire du Christ – la conduite à suivre. À vous de prendre une décision en votre âme et conscience, en tenant compte des enseignements de notre Seigneur et Sauveur. Je pose tout de même la question : la patience du Ciel a-t-elle des limites ? N'y voyez aucune irrévérence de ma part. Vous avez sollicité mon concours, je vous le donne avec humilité.

Katerina lut la lettre une deuxième fois. Le père Tibor était aussi mystérieux par écrit qu'il l'avait été oralement la veille. Le jeu de devinettes continuait.

Elle replia la feuille et la glissa dans l'enveloppe blanche dont elle s'était munie. Celle-ci était légèrement plus grande que la première, sans doute pas assez pour éveiller les soupçons.

Kate remit la lettre dans la poche de la veste où elle l'avait trouvée, et elle ressortit de la chambre.

La douche s'arrêta dans le cabinet de toilette au moment où elle passa devant. Elle imagina Michener en train de se sécher, loin de se douter qu'elle le trahissait encore. Elle hésita un instant, puis elle redescendit l'escalier.

Sans un regard derrière elle, mais en proie à un affreux dilemme.

23

Le Vatican, 7 heures 15 le matin

Valendrea n'avait presque pas touché à son petit déjeuner. L'appétit lui manquait. Il avait peu dormi, et par-dessus le marché un rêve dévastateur l'avait accablé.

La scène se passait le jour de sa propre intronisation. On le conduisait, assis sur la *sedia gestatoria*, à l'intérieur de la basilique Saint-Pierre. Huit monsignors maintenaient un dais de soie au-dessus du fauteuil doré ; la cour papale se pressait autour de lui dans ses plus beaux vêtements de cérémonie ; on agitait les flabellums – les éventails à plumes blanches – sur trois de ses côtés. Il était enfin le divin représentant du Christ sur terre. Le chœur chantait, un million de personnes l'acclamaient, et il y en avait autant qui regardaient la scène sur leur poste de télévision.

Le problème, c'est qu'il était tout nu.

Pas d'aube, pas de soutane, rien. Il était entièrement dévêtu, personne ne semblait s'en rendre compte, et il était gêné au plus haut point. La sensation était d'autant plus insupportable qu'il saluait la foule. Pourquoi ne s'en apercevait-elle pas ? Il aurait souhaité réagir, masquer sa nudité, mais l'angoisse le clouait au fauteuil. De plus, s'il se levait, les gens remarqueraient son état. Et s'ils riaient ? S'ils le couvraient de ridicule ? Brusquement, un visage apparut dans la masse humaine.

Celui de Jakob Volkner.

L'Allemand, lui, portait l'habit papal que le Toscan aurait dû revêtir – chasuble, pallium, mitre. Malgré les cris, la musique, les chœurs, Valendrea entendit distinctement ce que lui disait Clément :

Je suis content que ce soit vous, Alberto.
Mais pourquoi ?
Vous verrez bien.

Se réveillant en sueur, le secrétaire d'État avait fini par se rendormir, mais le rêve s'était poursuivi. Au matin, il avait pris une douche brûlante pour essayer de se détendre. Il s'était coupé deux fois en se rasant, il avait failli s'affaler par terre en glissant sur le carrelage de la salle de bains. Il avait les nerfs à vif et c'était déstabilisant. N'étant pas d'un caractère spécialement anxieux, il était pris au dépourvu.

Je voulais que vous sachiez ce qui vous attend, Alberto.

Ce foutu Boche lui avait tenu la dragée haute, la veille.

Et maintenant Alberto comprenait.

Jakob Volkner savait précisément ce qui s'était passé en 1978.

Comme Paul le lui avait demandé, Valendrea revint à la Riserva. L'archiviste avait reçu l'ordre de lui ouvrir le coffre-fort, puis de le laisser seul.

Il retira le coffret du casier. Il avait apporté de la cire, un briquet et le sceau de Paul VI. De la même façon que celui de Jean XXIII, le sceau de Paul VI interdirait dorénavant qu'on ouvre le coffret, sauf sur ordre du pape.

Valendrea releva le couvercle et s'assura qu'il y avait toujours à l'intérieur quatre feuilles de papier, assemblées deux à deux. Il se rappela l'expression de Paul VI quand celui-ci avait eu fini de lire. Un mélange de surprise et de consternation – pour le moins inattendues sur le visage généralement serein du pape. Et ensuite, autre chose. C'était fugitif, mais Valendrea avait eu le temps de le remarquer.

De la peur.

Il regarda le contenu. Les quatre feuilles – le secret de Fatima – étaient toujours là. Valendrea savait qu'il violait les règles, mais personne ne le voyait et personne ne le verrait jamais. Il saisit les deux premières feuilles, celles qui avaient suscité une si vive émotion.

Il les déplia, posa l'original en portugais, parcourut rapidement la traduction italienne.

Il comprit aussitôt. Effectivement, il fallait réagir, et même immédiatement. C'était peut-être la raison pour laquelle Paul l'avait envoyé? Le vieil homme supposait qu'il lirait à son tour, et qu'il ferait ensuite ce qu'un pape ne pouvait pas faire.

Valendrea glissa la traduction sous sa soutane et, une seconde plus tard, le document original de sœur Lucia. Il replia alors les deux feuilles restantes.

Elles ne contenaient rien qui prête à conséquence.

Une fois assemblées, il les remit dans le coffret, le referma et le scella.

Il laissa son petit déjeuner sur la table et verrouilla tous les accès à son appartement. Il regagna rapidement sa chambre et sortit d'une commode un petit coffre en bronze. Son père le lui avait offert pour son dix-septième anniversaire. Valendrea y conservait certains objets précieux – des photos de ses parents, des actes notariés, des certificats d'actions, son premier missel, et un rosaire que lui avait donné Jean-Paul II.

Il passa une main sous son maillot de corps, trouva

la clef attachée à son cou. Il ouvrit le coffre, dégagea une série de documents jusqu'à sentir le fond. Les deux feuilles pliées ensemble, prélevées à la *Riserva* en 1978, étaient toujours là – le texte en portugais avec la traduction italienne. La deuxième partie du troisième secret de Fatima.

Il les retira.

Il ne put se résoudre à les lire de nouveau. Une fois avait largement suffi. Il se rendit aux toilettes, déchira les deux feuilles en minuscules morceaux, les laissa un instant tremper dans la cuvette.

Puis il tira la chasse.

Terminé.

Enfin.

Il ne lui restait plus qu'à s'introduire dans la *Riserva* pour se débarrasser de la copie envoyée récemment par le père Tibor. Seulement, il faudrait attendre pour cela que Clément rende l'âme.

D'abord, parler avec Ambrosi.

Le cardinal avait essayé de le joindre sur son portable une heure plus tôt, sans succès. Récupérant l'appareil, il composa de nouveau le numéro.

Cette fois Ambrosi répondit.

— Où en est-on ? demanda Valendrea.

— J'ai parlé hier soir avec le petit ange. Je n'ai pas appris grand-chose. Elle devrait faire des progrès, aujourd'hui.

— Oubliez-la. J'ai changé d'idée. J'ai besoin d'autre chose.

Rien n'étant plus facile que mettre un portable sur écoute, il valait mieux parler à mots couverts.

24

Bucarest, 6 heures 45 le matin

Michener finissait de s'habiller. Il rangea sa trousse de toilette et ses vêtements de la veille dans son sac de voyage. Il aurait eu envie de retourner à Zlatna pour se consacrer à ces enfants. Les grands froids approchaient, et le père Tibor lui avait confié hier que son plus grand problème était de garder la chaudière en état de marche. L'hiver précédent, les canalisations avaient gelé pendant deux mois. On avait dû improviser toutes sortes de fourneaux, prendre à la forêt autant de bois qu'elle pouvait en donner. Tibor pensait s'en tirer mieux cette année. Des bénévoles avaient travaillé tout l'été pour réparer cette chaudière qui datait de Mathusalem.

Il avait dit aussi que son vœu le plus cher était de ne plus voir d'autres enfants disparaître. Les trois qui étaient morts l'année dernière étaient enterrés dans le petit cimetière, devant le mur d'enceinte. Michener trouvait toutes ces souffrances absurdes. Lui-même avait eu, en fait, beaucoup de chance. Les maisons des naissances, en Irlande, s'étaient au moins occupées de trouver des foyers aux gamins. Même si on les arrachait pour toujours à leur mère. Bien des fois il avait pensé aux bureaucrates du Vatican qui approuvaient ce programme de misère, sans jamais prendre en compte les terribles épreuves endurées. L'Église catholique romaine était une machine infernale. Depuis deux millénaires, elle résistait à tout, aux assauts de la Réforme comme à ceux de Napoléon. Pourquoi alors, se demandait Michener, craignait-elle les déclarations d'une petite paysanne à Fatima ? Qu'est-ce que ça pouvait faire ?

Quantité de choses, apparemment.

Il prit son sac en bandoulière et descendit à l'étage inférieur jusqu'à la chambre de Katerina. Ils devaient petit déjeuner ensemble avant qu'il se rende à l'aéroport. Un mot plié était coincé entre le chambranle et la porte. Il le retira.

Colin,
C'est peut-être aussi bien qu'on ne se voie pas ce matin. Je ne veux pas brusquer les choses. C'était si bon d'être à nouveau ensemble hier soir – deux vieux amis heureux de se retrouver. Je te souhaite tout le succès du monde. À Rome ou ailleurs. Tu le mérites.
Bien à toi,

Kate

Il était en partie soulagé. Il ne savait pas très bien ce qu'il lui aurait dit de plus. Ils ne pouvaient vivre cette amitié au grand jour à Rome, où le moindre soupçon d'inconvenance suffirait à briser sa carrière. Au moins, ils s'étaient quittés en bons termes, ce qui le réjouissait. Peut-être avaient-ils finalement fait la paix. Il l'espérait.

Il déchira le papier en plusieurs morceaux et descendit à la réception où il les jeta dans les toilettes. C'était étrange et nécessaire à la fois. Mais il ne pouvait garder aucune trace de ce genre. Trop compromettant. Il fallait tout aseptiser.

Pourquoi ?

La réponse tenait en deux mots : l'image et le protocole.

Envers lesquels il commençait à nourrir une certaine amertume.

Michener ouvrit la porte de son appartement. Situé au troisième étage du palais apostolique, il jouxtait pratiquement celui de Clément. De nombreux secrétaires papaux l'y avaient précédé. En prenant possession des lieux trois ans plus tôt, il avait cru bêtement que, à distance, ils éclaireraient son chemin. Mais il avait compris que leurs âmes avaient déserté le palais, qu'il ne devait compter que sur lui-même pour guider ses pas.

Au lieu d'appeler son bureau pour qu'on lui envoie un véhicule, il avait pris un taxi à l'aéroport de Rome pour respecter les consignes de Clément. Voyager incognito. Et il avait gagné le Vatican par la place Saint-Pierre, dans des vêtements civils qui ne le distinguaient pas des cohortes de touristes.

Il n'y avait jamais beaucoup d'activité le samedi à la curie. La plupart des employés étaient absents et les bureaux fermés, à l'exception d'un ou deux à la secrétairerie d'État. Michener était passé par le sien où il avait appris que Clément, parti à Castel Gandolfo, ne reviendrait pas avant lundi. À vingt-cinq kilomètres de Rome, la villa servait de résidence secondaire aux papes depuis quatre siècles. Ils s'y rendaient aujourd'hui en hélicoptère. L'endroit était un havre de paix, propice à la détente, notamment l'été quand Rome devenait suffocante. Et pendant les week-ends.

Clément adorait cet endroit et Michener le savait. Le problème, c'est que ce séjour-là, aussi bref fût-il, n'était pas inscrit sur l'agenda du pape. Interrogé, l'un des assistants n'avait fourni aucune explication, sinon que Clément souhaitait se reposer deux jours à la campagne.

On avait même modifié son emploi du temps. Quelques demandes étaient parvenues au bureau de presse du Saint-Siège, concernant la santé du souverain pontife. Cela n'était pas rare quand l'agenda était bouleversé. Et on y avait répondu avec la formule habituelle – *le Saint-Père est doué d'une robuste constitution et nous lui souhaitons une longue vie.*

Michener, inquiet, rappela l'assistant qui accompagnait le pape.

— Qu'est-ce qu'il fait là-bas ? demanda-t-il.

— Il voulait simplement voir le lac et se promener dans les jardins.

— A-t-il parlé de moi ?

— Non, pas un mot.

— Dites-lui que je suis rentré.

Une heure plus tard, le téléphone sonnait dans l'appartement de Michener.

— Le Saint-Père veut vous voir. Il dit que le temps se prête parfaitement à une petite promenade en voiture. Vous comprenez ce qu'il veut dire ?

Michener sourit et consulta sa montre. Quinze heures vingt.

— Dites-lui que je serai là au plus tard à la tombée de la nuit.

Apparemment, Clément préférait qu'il n'arrive pas en hélicoptère. Tant pis pour les gardes suisses, qui s'en délectaient. Michener appela le garage et demanda qu'on lui prépare un véhicule banalisé.

Bordée d'oliveraies, la route longeait les monts Albains au sud de Rome. La résidence du pape à Castel Gandolfo regroupait la villa Cybo, la villa Barberini et un merveilleux jardin au-dessus du lac d'Albano. À l'écart du bourdonnement incessant de la capitale, c'était un îlot de solitude, bienvenu dans l'agitation permanente de l'Église.

Michener trouva Clément dans le solarium. Retrouvant son rôle de secrétaire papal, il portait le col romain sur une soutane noire, avec une ceinture violette à la taille. Clément était assis dans un fauteuil en bois, au milieu des plantes et des fleurs. Le soleil de la fin d'après-midi dardait ses rayons sur les grandes parois de verre, et l'air était rempli de douces odeurs.

— Colin, attrapez une de ces chaises là-bas, l'invita Clément en souriant.

Michener s'exécuta et dit en prenant place :

— Vous avez bonne mine.

Nouveau sourire :

— Pourquoi ? Je fais grise mine, d'habitude ?

— Vous savez ce que je veux dire.

— Et je me sens même très bien. Vous serez ravi d'apprendre que j'ai avalé mes deux déjeuners, le petit et l'autre. Maintenant, parlez-moi de votre visite en Roumanie. Je veux tous les détails.

Michener relata les faits, laissa Katerina en dehors de tout ça, et tendit la réponse écrite de Tibor au pape, qui la lut.

— Que vous a-t-il dit précisément ? dit Clément.

Le secrétaire rapporta leurs propos avec ce commentaire :

— Il n'est pas très loquace et il s'exprime par énigmes. Sauf en ce qui concerne l'Église, qu'il n'a pas l'air d'encenser.

— Ça, je peux le comprendre, marmonna le pape.

— Il est outré par ce que le Saint-Siège a fait du troisième secret. Selon lui, le message de la Vierge a été délibérément ignoré. Il m'a répété plusieurs fois que vous deviez respecter les volontés de Marie. De le faire sans discuter et sans tarder.

Clément ne quittait pas Colin du regard.

— Il vous a sûrement parlé de Jean XXIII ?

Michener acquiesça.

— Que vous a-t-il dit ?

Clément écouta avec la plus grande attention, puis déclara :

— De tous ceux qui étaient présents ce jour-là, seul le père Tibor est encore vivant. Que pensez-vous de lui ?

Les images de l'orphelinat se précipitaient dans la mémoire de Michener.

— Il me paraît sincère. Et certainement têtu.

Il n'ajouta pas *comme vous, Très Saint-Père*, mais il le pensait.

— Jakob, allez-vous enfin me révéler de quoi il s'agit ?

— J'ai à nouveau besoin de vous envoyer quelque part.

— Encore ?

Clément hocha la tête.

— Cette fois à Medjugorje.

— En Bosnie ? demanda Michener, incrédule.

— Il faut que vous parliez à l'un des voyants.

Le secrétaire papal connaissait l'histoire. Le 24 juin 1981, deux enfants rapportèrent avoir vu une belle femme portant un enfant, au sommet d'une montagne dans le sud-ouest de la Yougoslavie. Le lendemain soir, ils étaient revenus au lieu dit avec quatre de leurs amis, et les six enfants avaient tous eu la même vision. Après quoi des apparitions s'étaient produites quotidiennement pour tous les six, avec des messages à chaque fois. Les autorités locales, communistes, avaient dénoncé un complot révolutionnaire et tenté d'étouffer l'affaire, mais les foules se déplaçaient déjà vers la région. Quelques mois plus tard, on parlait de guérisons miraculeuses, d'un rosaire qui se serait transformé en or. Les apparitions s'étaient poursuivies pendant la guerre civile en Bosnie, et les pèlerins avaient continué d'affluer. Les enfants avaient aujourd'hui grandi, le pays portait le nom de Bosnie-Herzégovine, et seul l'un d'eux, maintenant adulte, continuait d'avoir des visions. Comme à Fatima, certains messages de la Vierge devaient être tenus secrets. Elle en avait confié dix à cinq des jeunes voyants. Neuf seulement au sixième. Sur les dix secrets, neuf avaient été rendus publics, et le dixième restait voilé de mystère.

— Ce voyage est-il indispensable, Très Saint-Père ?

Michener n'avait pas spécialement envie de battre la semelle dans un pays dévasté par la guerre. Des militaires américains et des forces de l'OTAN étaient toujours sur place pour assurer la paix.

— J'ai besoin de connaître le dixième secret de Medjugorje, dit Clément.

Vu le ton, il n'était pas question de discuter.

— Faites-moi un brouillon de lettre pour les voyants. Ils vous confieront le message. Mais à vous et à personne d'autre.

Michener aurait bien protesté mais, fatigué après un voyage chargé d'émotions, il renonça à s'engager dans une polémique dont il ne sortirait pas vainqueur. D'une voix lasse, il demanda simplement :

— Quand dois-je partir, Très Saint-Père ?

— D'ici à quelques jours. Pour moins attirer l'attention. Et que ceci reste entre nous, bien sûr.

25

Bucarest, 21 heures 40

La nuit était tombée quand le Gulfstream V quitta le ciel nuageux pour se poser sur la piste de l'aéroport d'Otopeni. Le secrétaire d'État du Vatican défit sa ceinture. L'avion était la propriété d'une multinationale toscane avec laquelle le clan Valendrea entretenait depuis longtemps des liens. Le cardinal s'en servait régulièrement pour de courtes escapades à l'extérieur de Rome.

Le père Ambrosi l'attendait sur le tarmac en habits civils. Un épais manteau noir enveloppait sa fine silhouette.

— Bienvenue, Éminence, dit-il.

Le froid était saisissant. Valendrea s'emmitoufla dans le pardessus de cachemire qu'il se félicitait d'avoir choisi. Il portait, comme son assistant, des vêtements civils. Cela n'avait rien d'une visite officielle, et il ne tenait surtout pas à être reconnu. Le voyage n'était pas dépourvu de risques, mais il voulait se rendre compte par lui-même de la gravité de la situation.

— Et la douane ? demanda-t-il.

— Réglé. Le Vatican n'a pas de frontières ici.

Ils s'installèrent dans la berline dont le moteur tournait au ralenti. Ambrosi s'assit au volant, le cardinal sur la banquette arrière. Ils s'éloignèrent de Bucarest en direction du nord et des montagnes, le long de plusieurs routes mal entretenues. Valendrea n'avait jamais encore mis les pieds ici. Clément souhaitait faire une visite officielle dans ce pays agité, mais la chose attendrait que le pouvoir change de mains...

— Il vient prier là tous les samedis, dit Ambrosi. Été comme hiver : qu'il pleuve, qu'il neige, qu'il vente... Cela fait des années.

Valendrea hocha la tête. Comme d'habitude, Paolo avait bien fait son travail.

Ils roulèrent presque une heure sans rien dire. Ils avaient pris pas mal d'altitude quand la route longea une pente abrupte, en pleine forêt. Ambrosi ralentit en arrivant au sommet, se gara sur le bas-côté et éteignit le moteur.

— C'est au bout du chemin, dit-il en montrant, derrière les vitres fumées, un sentier qui partait entre les arbres.

À la lumière des phares, Valendrea remarqua l'autre véhicule garé devant eux.

— Pourquoi est-ce qu'il vient là plutôt qu'ailleurs ?

— À ce qu'on m'a dit, cette vieille chapelle est pour lui un lieu saint. Elle était réservée, au Moyen Âge, à la noblesse locale. Quand les Turcs ont envahi la région, ils ont brûlé les villageois vivants à l'intérieur. Il croit tirer sa force de leur martyre.

— Il faut que vous sachiez une chose, dit le cardinal.

Immobile derrière son volant, Ambrosi continua de regarder devant lui.

— Nous allons dépasser certaines limites, mais c'est absolument impératif. L'enjeu est trop important. Je ne vous le demanderais pas si cela n'était pas nécessaire à la survie de l'Église.

— Vous n'avez besoin de rien expliquer, répondit Ambrosi. Il suffit que vous le disiez.

— Votre courage me touche. Mais vous êtes un soldat

de Dieu, et un soldat de Dieu doit savoir ce qu'il combat. Alors je vais vous dire ce que je sais.

Ils sortirent de la voiture. Ambrosi marchait devant. Le ciel duveteux était blanchi par une lune presque pleine. Au bout d'une cinquantaine de mètres, les noirs contours d'une église se dressèrent entre les arbres. Valendrea distingua le portail, le clocher. C'était une construction ancienne, un ouvrage en pierres sèches, scellées par le temps. Pas de lumière à l'intérieur.

— Père Tibor ? appela Valendrea, à voix haute et en anglais.

Une silhouette sombre apparut derrière le portail.

— Qui est là ?

— Je suis le cardinal Alberto Valendrea. Je suis venu de Rome pour vous parler.

Tibor sortit sur le porche.

— D'abord le secrétaire papal. Ensuite le secrétaire d'État. Que d'honneurs pour un humble prêtre.

Cela pouvait être du sarcasme comme une marque de respect. Valendrea tendit sa main, légèrement inclinée, mettant en évidence la bague qu'il portait depuis que Jean-Paul II l'avait créé cardinal. Le prêtre s'agenouilla et la baisa.

Cette soumission était bienvenue.

— Relevez-vous, mon père, je vous prie. Nous avons besoin de parler.

Tibor se redressa.

— Clément XV a-t-il reçu ma lettre ?

— Oui, et le Saint-Père vous en sait gré. Il m'envoie vous poser d'autres questions.

— J'ai peur de n'avoir rien à ajouter, Éminence. Je suis revenu sur le serment que j'ai fait à Jean XXIII, et donc je suis parjure.

Valendrea aimait aussi ce ton-là.

— Vous n'avez parlé de ceci à personne, depuis ? Même pas en confession ?

— Non, Éminence. Le pape Clément est la seule personne qui soit au courant.

— Pourtant son secrétaire était bien là, hier ?

— En effet. Mais je n'ai parlé que par allusions. Il ne sait rien. Je suppose que vous avez lu ma lettre ?

— Oui, je l'ai lue, mentit Valendrea.

— De toute façon, elle ne dit pas grand-chose non plus.

— Qu'est-ce qui vous a poussé à reproduire le message de sœur Lucia ?

— C'est difficile à expliquer. Après avoir quitté Jean XXIII ce jour-là, j'ai vu que je pouvais lire son texte en transparence sur mon bloc-notes. J'ai prié un moment, et quelque chose m'a dit de le recopier.

— Pourquoi l'avoir gardé toutes ces années ?

— Je me suis posé la même question. Je ne sais pas. Je l'ai fait, et c'est tout.

— Pour quelle raison vous êtes-vous finalement adressé à Clément ?

— La façon dont l'Église a révélé le troisième secret n'est pas correcte. C'est un manque d'honnêteté envers les chrétiens. Quelque chose en moi m'a ordonné d'agir, et je n'ai rien pu faire contre.

Valendrea croisa un instant le regard d'Ambrosi qui, l'espace d'une seconde, inclina la tête vers la droite. Par là-bas.

— Marchons un peu, mon père, dit le cardinal en prenant gentiment Tibor par le bras. Dites-moi, pourquoi êtes-vous tant attaché à cette chapelle ?

— Je me demandais justement, Éminence, comment vous m'aviez trouvé ici.

— Mon conseiller s'est renseigné sur place. Votre attachement à la prière est bien connu. On lui a dit que vous veniez ici toutes les semaines.

— Cette chapelle est sacrée. Des catholiques y font leurs dévotions depuis cinq siècles. Cela m'aide à me recueillir.

Tibor s'interrompit.

— Et la Vierge m'y donne rendez-vous.

Ambrosi les précédait le long d'un autre sentier étroit.

— Comment cela, mon père ?

— Notre-Dame a demandé aux enfants de Fatima que l'on fasse une communion réparatrice les premiers samedis du mois. Alors je viens chaque semaine prier pour elle.

— Sur quoi portent vos prières ?

— La paix. Celle qu'elle nous a prédite.

— Je le fais moi aussi. Comme notre Très Saint-Père.

Le sentier les mena au bord d'un à-pic. Ils avaient devant eux un ensemble de montagnes et de forêts, enveloppées de nuit. De petites taches lumineuses, peu nombreuses, trouaient l'obscurité. Des fermes. Quelques feux étaient allumés aussi par endroits. Le halo jaunâtre que l'on distinguait au sud, à une soixantaine de kilomètres, marquait l'emplacement de Bucarest.

— Quel beau panorama, dit Valendrea. La vue est magnifique.

— Je me rends souvent ici après mes prières, dit Tibor.

Le cardinal répondit à voix basse.

— J'imagine que l'orphelinat vous met à rude épreuve et que vous avez besoin de prendre du recul.

Tibor acquiesça.

— Cet endroit m'apporte une certaine paix.

— Je comprends.

Valendrea fit un signe à son acolyte. Rapide comme l'éclair, Ambrosi sortit de sa poche un couteau à longue lame. D'un ample geste du bras, il trancha la gorge du prêtre, qui ouvrit des yeux exorbités. Le sang lui sortit de la bouche. Ambrosi lâcha l'arme, saisit Tibor par un bras et le précipita dans le vide.

Le corps du vieil homme disparut dans les ténèbres.

On entendit un choc une seconde plus tard, suivi rapidement d'un autre, et ce fut tout.

Immobile, Valendrea demanda calmement à son complice :

— Il y a des rochers en bas ?

— Plein, oui. Et un torrent assez rapide. On mettra quelques jours à retrouver le corps.

— C'est dur, de tuer quelqu'un ?

— Il fallait que ce soit fait.

Le cardinal fixa un long moment son cher ami dans le noir. Puis il leva le bras et, du bout du pouce, lui fit un court signe de croix sur le front, la bouche, et enfin le cœur.

— Au nom du Père, et du Fils, et du Saint-Esprit, je vous absous.

Reconnaissant, Ambrosi baissa la tête.

— Toute religion a ses martyrs, dit le secrétaire d'État. Malheureusement, l'Église vient d'en compter un de plus.

Il s'agenouilla.

— Joignez-vous à moi. Prions pour l'âme du père Tibor.

26

Castel Gandolfo
Dimanche 12 novembre, midi

Michener se trouvait derrière Clément dans la papamobile, qui allait quitter la villa en direction du village. Le véhicule avait été conçu spécialement pour le souverain pontife. C'était en fait un break Mercedes réaménagé de façon à permettre à deux personnes d'y tenir debout, côte à côte, protégées par un grand cube de verre à l'épreuve des balles. Son usage était devenu systématique quand le pape allait à la rencontre de larges foules.

Clément avait donné son accord pour cette visite dominicale. Les quelque trois mille habitants du village, qui jouxtait la résidence, lui étaient extrêmement dévoués et c'était sa façon de les remercier.

Après leur discussion de la veille, Michener n'avait revu le pape qu'au matin. Clément XV aimait profondément les gens, et les bonnes conversations le passionnaient, mais il était toujours Jakob Volkner, un solitaire jaloux de son intimité. Il n'avait donc surpris personne en passant la soirée seul à prier et à lire, et il s'était couché tôt.

Comme convenu, Michener avait profité de la matinée pour rédiger une lettre à l'intention des voyants de Medjugorje, afin qu'ils communiquent au pape ce prétendu dixième secret. Clément avait signé le document. Guère enthousiaste à l'idée de se rendre en Bosnie, Michener n'espérait faire qu'un rapide aller et retour.

Quelques minutes plus tard, ils étaient en ville. La place du village était noire de monde et la foule accueillit le véhicule papal avec des cris de joie. Le spectacle semblait stimuler Clément. Il tendait la main vers les visages qu'il reconnaissait, formulant quelques mots aimables ici ou là.

— C'est une bonne chose qu'ils aiment leur pape, dit-il doucement en allemand.

Les mains serrées sur la poignée d'acier, il ne quittait pas la foule du regard.

— Vous leur donnez de bonnes raisons, dit Michener.

— Cela devrait être le but de tous ceux qui portent ma robe.

La voiture acheva le tour de la place.

— Demandez au conducteur de s'arrêter.

Michener frappa deux fois sur la vitre. La papamobile s'immobilisa. Clément ouvrit sa grande portière de verre et posa le pied sur le pavé. Aussitôt quatre gardes accoururent.

— Est-ce bien raisonnable ? dit Michener.

Clément leva la tête :

— Absolument.

Selon le règlement, il ne devait jamais quitter le véhicule. La visite avait été organisée rapidement, le préavis donné la veille seulement, mais une nuit suffisait à diffuser largement l'information.

Clément avança les bras tendus vers la foule. Il serra contre lui les têtes blondes qui se précipitaient vers ses vieilles mains. Michener savait Clément fort triste de ne pas avoir eu d'enfants. La jeunesse lui offrait ses plus belles joies.

Les gardes l'entouraient. Mais il n'y avait vraiment rien à craindre des habitants. Ils gardaient respectueusement leurs distances à mesure que Clément se déplaçait. Nombreux étaient ceux qui lançaient les traditionnels vivats.

Michener observait silencieusement la scène. Le pape faisait ce que ses prédécesseurs avaient fait deux millénaires durant. *Tu es Pierre, et sur cette pierre je bâtirai mon Église, et les portes de l'enfer ne prévaudront point contre elle. Et je te donnerai les clefs du royaume des cieux : tout ce que tu lieras sur la terre sera lié dans les cieux et tout ce que tu délieras sur la terre sera délié dans les cieux.* Deux cent soixante-trois hommes avaient été choisis pour former cette chaîne, ininterrompue de Pierre à Clément XV. Michener avait devant lui l'image idéale du pasteur entouré de ses brebis.

Un extrait du troisième secret de Fatima lui revint brusquement en mémoire.

Le Saint-Père traversa une grande ville à moitié en ruine et, à moitié tremblant, d'un pas vacillant, affligé de souffrance et de peine, il priait pour les âmes des cadavres qu'il trouvait sur son chemin ; parvenu au sommet de la montagne, prosterné à genoux au pied de la grande Croix, il fut tué par un groupe de soldats qui tirèrent plusieurs coups avec une arme à feu et des flèches.

Peut-être la mention du danger avait-elle poussé Jean XXIII et ses successeurs à dissimuler le message ? Cependant un homme, manœuvré par les Russes, avait finalement tenté d'assassiner Jean-Paul II en 1981. Peu après, en convalescence, le Polonais avait pris connaissance du secret de Fatima. Pourquoi avait-il attendu dix-neuf ans à partir de cette date pour révéler au monde le message de la Vierge ? Bonne question. À ajouter à une liste chaque jour plus longue d'interrogations. Délaissant cette dernière pour l'instant, Michener décida de concentrer son attention sur le pape, que cette visite réjouissait visiblement. Et ses angoisses disparurent.

Quelque chose au fond de lui lui disait qu'aujourd'hui personne ne chercherait à nuire à son vieil et cher ami.

Il était quatorze heures lorsqu'ils rentrèrent à la villa. Un déjeuner léger les attendait au solarium, que le pape invita Michener à partager. Ils mangèrent en silence, dans le parfum des fleurs et la magie d'un superbe après-midi de novembre. La piscine du vaste complexe de Castel Gandolfo était vide. Jean-Paul II avait tenu à la faire construire malgré les objections de la curie, qui avait protesté contre son coût. Il leur avait répondu qu'elle reviendrait moins cher qu'élire un nouveau pape.

Le déjeuner se composait en tout et pour tout d'un genre de pot-au-feu de bœuf, surtout riche en légumes. Il était servi avec du pain noir, que Michener aimait bien. Il lui rappelait Katerina qui, à l'époque, en prenait à tous les repas. Il se demanda où elle était à l'instant, pourquoi elle avait quitté Bucarest sans lui dire au revoir. Il espérait la retrouver un jour peut-être lorsque, passé son temps au Vatican, il pourrait contempler d'autres horizons – quelque part où les gens de l'espèce Valendrea n'existaient pas, où personne ne se soucierait de qui il était, de ce qu'il faisait. Alors il pourrait écouter ce que lui disait son cœur.

— Parlez-moi d'elle, dit Clément.
— Comment savez-vous que je pense à elle ?
— Pas très difficile.

Michener avait envie d'en parler.

— Elle a une forte personnalité. Avec quelque chose de familier, mais en même temps de très dur à définir.

Clément but une gorgée de vin.

— Je ne peux m'empêcher de penser, poursuivit Michener, que je serais un meilleur prêtre et un meilleur homme si je n'étais pas obligé de renoncer à certains sentiments.

Le pape reposa son verre sur la table.

— Votre désarroi est compréhensible. Le célibat est une erreur.

Michener se figea.

— J'espère que ce genre de remarque reste entre vous et moi.

— Si je ne peux pas être sincère avec vous, je me demande avec qui je le serai ? dit Clément.

— Comment êtes-vous arrivé à cette conclusion ?

— Au début du XXIe siècle, nous sommes toujours attachés à une doctrine qui date du XVIe. Le concile de Trente commence à se faire vieux…

— C'est l'ordre catholique des choses.

— Le concile de Trente a été convoqué pour traiter de la Réforme. Nous avons perdu cette bataille, Colin. Et les protestants sont toujours là.

Michener savait à quoi Clément faisait référence. Le concile de Trente avait établi que le clergé était seul compétent pour expliquer et interpréter les livres saints, mais à condition qu'il soit astreint au célibat. Toutefois on avait concédé qu'il ne s'agissait pas d'un principe divin, c'est pourquoi l'Église était en mesure de renverser la doctrine si elle le souhaitait. Les deux conciles suivants – Vatican I et II – n'y avaient pas touché. Et aujourd'hui le souverain pontife, le seul homme capable d'inverser le cours des choses, remettait en question le bien-fondé du dogme.

— Que voulez-vous dire, Jakob ?

— Rien de spécial. Je discute avec un vieil ami, voilà. Pourquoi refuse-t-on le mariage aux prêtres ? Pourquoi la chasteté serait-elle une nécessité ? Si le commun des mortels a droit à une vie de couple, pourquoi pas le clergé ?

— Personnellement, je pense la même chose que vous. Seulement, la curie entend cela d'une tout autre oreille.

Repoussant son bol de bouillon vide, Clément se pencha vers son ami.

— C'est bien le problème. La curie s'opposera toujours à ce qui menace ses jours. Vous savez ce que m'a dit un cardinal, il y a quelques semaines ?

Michener fit signe que non.

— Il m'a dit que le célibat devait être maintenu, faute de quoi les prêtres nous coûteraient les yeux de la tête. Qu'il faudrait augmenter leurs salaires à coups de millions pour qu'ils aient de quoi nourrir femmes et enfants. Vous imaginez cela ? Voilà comment on pense, dans l'Église.

Michener était de cet avis mais il répondit :

— Faites la moindre allusion à un changement, et Valendrea retournera tous les cardinaux contre vous. Ce sera la révolte.

— Oui, mais c'est l'avantage d'être souverain. En matière de doctrine, le pape est infaillible. En d'autres termes, c'est moi qui ai le dernier mot. Je n'ai besoin de me référer à personne et on ne peut pas me mettre à la porte.

— L'infaillibilité papale est aussi une invention de l'Église. Elle peut être remise en cause par un successeur, comme l'ensemble de vos décisions.

Clément se pinçait la paume de la main, sous le pouce, un geste qui indiquait chez lui une certaine nervosité.

— J'ai eu une vision, Colin, dit-il.

C'était à peine un murmure, et Michener crut avoir mal entendu.

— Pardon ? dit Michener.
— La Vierge m'a parlé.
— Quand ?
— Il y a quelques mois de cela. Je venais de recevoir

la première lettre du père Tibor. Voilà pourquoi je suis allé à la *Riserva*. C'est elle qui me l'a demandé.

D'abord le pape parlait de jeter aux orties une doctrine vieille de cinq siècles. Ensuite il versait dans les apparitions mariales. Ces propos ne doivent pas sortir d'ici, pensa Michener. Que cela reste entre nous et les plantes vertes… Mais il se rappela ce que Clément lui avait asséné à Turin : *Vous imaginez peut-être que nous échappons une seconde à leurs oreilles indiscrètes ?*

— Est-ce bien le moment d'aborder le sujet ? dit-il, conseillant en fait la prudence.

Clément ne parut pas l'entendre.

— Elle est revenue hier dans ma chapelle. J'ai soudain levé les yeux et elle était là, rayonnante, au-dessus de ma tête, auréolée d'un halo d'or et de bleu.

Il marqua un temps.

— Elle m'a dit que les hommes, avec leurs blasphèmes et leur ingratitude, étaient des épines qui lui perçaient le cœur.

— Vous êtes bien sûr ?

Clément hochait la tête.

— Elle me l'a dit très clairement.

Il avait les mains jointes et les doigts crispés.

— Je ne suis pas un vieillard sénile, Colin. C'est une vision que j'ai eue, et il faut l'accepter.

Il hésita, puis :

— C'est aussi arrivé à Jean-Paul II.

Michener le savait, mais il n'en dit rien.

— Insensés que nous sommes, continua Clément.

Encore une devinette.

— Notre-Dame veut que nous allions à Medjugorje.

— C'est pourquoi vous m'envoyez là-bas ?

Clément confirma :

— Les choses seront claires, alors, a-t-elle dit.

Un silence pesant s'installa. Michener ne savait quoi répondre. Que dire, de toute façon, au Ciel ?

Puis un chuchotement :

— J'ai permis à Valendrea de lire le contenu du coffret.

Michener était surpris :

— Qu'y a-t-il dedans ?

— Une partie de ce que le père Tibor m'a envoyé.

— Vous allez me dire ce que c'est ?

— Je ne peux pas.

— Pourquoi l'avez-vous fait lire à Valendrea ?

— Pour voir sa réaction. Il a tenté d'intimider l'archiviste pour jeter un coup d'œil dans le coffre-fort. Maintenant il en sait exactement autant que moi.

Michener allait de nouveau demander des explications, mais on frappa légèrement à la porte vitrée du solarium, ce qui mit fin à la conversation. Un des intendants entra, muni d'une feuille de papier.

— Monseigneur Michener, nous venons de recevoir une télécopie de Rome. On mentionne sur l'en-tête de vous la remettre immédiatement.

En remerciant l'employé – qui disparut aussitôt – Michener prit la feuille, la déplia et la lut. Il regarda alors Clément et lui apprit :

— Le nonce de Bucarest a téléphoné il y a quelques instants. Le père Tibor est mort. Son corps a été retrouvé ce matin au bord d'une rivière. Apparemment, on lui a tranché la gorge avant de le pousser au bas d'une falaise. Sa voiture était garée près d'une vieille chapelle où il se rendait souvent. La police soupçonne des voleurs. Il y en a, dans cette région. Une des sœurs de l'orphelinat a fait part de ma visite au nonce, c'est pourquoi il a téléphoné. Il demande d'ailleurs pour quelle raison je ne me suis pas fait annoncer.

Toute couleur disparut du visage de Clément. Il fit le signe de la croix, joignit ses mains en prière et, les paupières plissées, marmonna quelques mots.

Des larmes coulèrent sur ses joues.

27

16 heures

Tout l'après-midi, Michener avait pensé au père Tibor. Déambulant dans les jardins de la résidence, il avait tenté de chasser de son esprit l'image d'un corps vidé de son sang au bord d'un torrent. Tel qu'on l'avait sans doute découvert. Ses pas l'avaient finalement conduit à la chapelle où papes et cardinaux s'étaient recueillis pendant des siècles. Michener n'avait pas dit la messe depuis plus de dix ans. Ses activités ne lui en laissaient tout simplement pas le temps. Aujourd'hui il ressentit vraiment le besoin de célébrer une messe pour le vieux prêtre.

Il revêtit sa tenue en silence, passa une étole noire sur le surplis et se dirigea vers l'autel. En pareille circonstance, on plaçait généralement le cercueil devant celui-ci, exposé au regard de la famille et des amis réunis. L'idée était d'établir un lien entre le Christ et le défunt, appelé à communier au Ciel avec les saints – jusqu'au Jugement dernier, où tous se retrouveraient ensemble dans la maison du Seigneur.

C'est du moins ce qu'affirmait l'Église.

En récitant les prières des morts, Michener se demanda malgré lui si tout cela n'était pas du vent. Existait-il vraiment un être suprême, prêt à offrir le pardon éternel ? Suffisait-il d'obéir à l'Église pour s'assurer ce dernier ? Effaçait-on une longue suite de méfaits par de vagues repentirs ? Dieu n'exigeait-il pas plus de nous ? Ne réclamait-il pas plutôt une vie d'offrandes et de sacrifices ?

Personne n'était parfait, on ne pouvait échapper à la faute, toutefois quelques actes de contrition, sporadiques, n'achetaient certainement pas le salut.

Quand, précisément, avait-il commencé à douter ? Il ne le savait plus. Peut-être déjà à l'époque de Katerina. Ou alors était-ce dû à ces prélats qu'il voyait chaque jour et qui, s'ils proclamaient leur amour de Dieu, étaient en fait rongés par l'ambition et la cupidité. À quoi servait-il de s'agenouiller pour baiser l'anneau papal ? Le Christ se moquait bien de ces exhibitions.

Peut-être encore le doute n'était-il qu'un signe des temps ?

En à peine un siècle, le monde avait terriblement changé. Personne n'était plus isolé. L'ère de la communication était aussi celle de l'immédiateté. L'information dévorait tout. Dieu semblait ne plus avoir sa place. Sans doute ne faisait-on que naître, vivre, mourir, après quoi notre corps se décomposait. *De la terre à la terre, de poussière en poussière* comme le notait la Bible. Rien de plus. Si c'était vrai, alors notre vie était la seule et unique récompense – avec le souvenir, ou parfois la postérité, pour tout salut.

Michener avait suffisamment étudié l'Église catholique romaine pour savoir que ses enseignements, dans l'ensemble, servaient davantage ses propres intérêts que ceux de ses membres. Le temps avait fini par effacer toute frontière entre le trivial et le divin. Ce qui avait été, jadis, des inventions humaines était devenu les lois du Ciel. Les prêtres gardaient le célibat parce que Dieu l'ordonnait ; les prêtres étaient des hommes parce que le Christ en était un ; Adam et Ève étaient homme et femme, alors l'amour ne pouvait exister qu'entre homme et femme. D'où provenaient tous ces dogmes ? Pourquoi subsistaient-ils ?

Et pourquoi lui, Michener, les remettait-il en question ?

Il essaya de repousser ces idées, de se concentrer sur ce qu'il faisait, mais il n'y arriva pas. Peut-être les quelques heures passées avec Katerina avaient-elles réveillé ces doutes. En outre, la mort absurde d'un vieil homme en Roumanie lui rappelait que, en quarante-sept ans, sa propre vie ne l'avait pas conduit si loin, sinon au palais apostolique dans le sillage d'un Allemand élu pape.

Il fallait faire plus. Quelque chose de productif. Qui serve d'autres intérêts que les siens.

Il perçut un mouvement derrière lui. Se retournant, il vit Clément entrer dans la chapelle et s'agenouiller sur un prie-Dieu.

— Terminez, je vous prie. J'ai besoin de me recueillir moi aussi, lui dit le pape qui baissa la tête.

Michener s'en revint à sa messe et se prépara à célébrer l'eucharistie. Comme il n'avait apporté qu'une hostie à l'autel, il la coupa en deux.

Il s'approcha de Clément.

Le vieil homme releva les yeux. Ils étaient rouges tant il avait pleuré et son visage se noyait dans la tristesse. Michener se demanda quelle était la nature véritable de ce chagrin. Jakob Volkner était affecté outre mesure par la disparition de Tibor.

Michener tendit son morceau d'hostie et le pape ouvrit la bouche.

— Le corps du Christ, dit Colin en donnant la communion.

Clément se signa et baissa de nouveau la tête. Michener repartit vers l'autel et termina l'office.

Cela n'avait jamais été aussi difficile.

Résonnant d'un bout à l'autre de la chapelle, les sanglots de Clément lui trouèrent le cœur.

28

Rome, 20 heures 30

Rentrée la veille à Rome, Katerina aurait préféré éviter de revoir Tom Kealy. Mais il fallait que Valendrea la retrouve quelque part – puisqu'elle ne devait pas l'appeler. Il tardait à se manifester. De toute façon, elle avait peu à lui dire qu'Ambrosi ne savait déjà.

Elle avait lu dans la presse que le pape passait le week-end à Castel Gandolfo, où Michener l'accompagnait certainement. Kealy s'était amusé, hier, à la taquiner à son sujet. Ce voyage en Roumanie n'était-il pas aussi une escapade sentimentale... Elle avait pris soin de ne rien révéler des propos du père Tibor. Michener avait vu juste : on ne pouvait pas faire confiance à Kealy. Elle lui avait quand même soumis une version abrégée des derniers événements, car il aurait peut-être une idée sur ce qui préoccupait Colin.

Ils étaient attablés dans une charmante *osteria*. Kealy avait troqué l'habit ecclésiastique contre un costume clair et une cravate, auxquels il avait l'air de s'habituer très bien.

— Je ne vois pas où cela mène, disait-elle. Les catholiques ont pratiquement fait une institution des apparitions mariales. Que peut-il y avoir d'aussi fondamental dans le troisième secret de Fatima ?

Kealy versa le vin. Il avait choisi une bonne bouteille.

— Mais l'Église adore ces trucs ! répondit-il. C'est un peu comme si le Ciel leur envoyait des fax. Et le plaisir de la rétention fait que toute une lignée de papes a gardé le fin mot de Fatima jusqu'à ce que Jean-Paul II le révèle en l'an 2000.

Sans toucher à sa soupe, trop chaude, Katerina attendit la suite.

— L'Église a déclaré les apparitions de Fatima *dignes de foi* dans les années 30, dit Kealy. Elle a mis treize ans. Pendant ce temps, des foules entières se pressaient là-bas.

Il sourit avant de poursuivre.

— Et je ne parle pas du fric qu'elle a encaissé grâce à ça. Mais il faut croire que ce n'était pas assez pour délivrer le vrai message de la Vierge.

— Qu'avait-elle à cacher ?

Kealy dégusta une gorgée de brunello. Il reposa son verre et glissa lentement un doigt le long de la tige.

— Le Vatican a-t-il jamais été intelligent ? Ils se croient encore au XVe siècle, là-dedans, quand on gobait sans broncher tout ce qu'ils racontaient. Que quelqu'un ouvre la bouche, et c'était aussitôt l'excommunication. Seulement, les temps ont changé et l'argent n'a plus d'odeur.

Kealy leva une main à l'attention du serveur pour lui montrer la corbeille à pain vide.

— Rappelle-toi que le pape est infaillible pour tout ce qui touche à la foi et à la morale chrétiennes. Cette doctrine – un petit bijou – date de Vatican I, et c'était en 1870. Donc, où irions-nous si, ô miracle, ô délice, le message de la Vierge contredisait le dogme ? Ça serait pas chouette, ça ?

Il semblait tirer un plaisir infini de son argumentation.

— Eh, c'est peut-être là-dessus qu'on devrait écrire, non ? *Tout sur le troisième secret de Fatima !* On dénonce l'hypocrisie, on analyse le comportement des papes et de quelques cardinaux. Pourquoi pas Valendrea, tiens ?

— Oui, tiens. On change de sujet ? Tu laisses tomber le célibat des prêtres ?

— Bah, de toute façon, ils vont m'excommunier, c'est clair.

— Ils se contenteront peut-être de te donner un avertissement. Ce qui leur permettrait de te garder dans le rang. Sous leur autorité, et toi tu sauves ton froc.

Il s'esclaffa :

— On dirait qu'il t'obsède, mon froc. De la part d'une athée comme toi, c'est un peu étrange.

— Va te faire voir, Tom.

Elle lui avait décidément beaucoup trop parlé d'elle.

— Ah, je retrouve la Katerina que j'aime bien. Toujours enthousiaste, toujours passionnée.

Il but une nouvelle gorgée de l'excellent vin.

— CNN m'a appelé hier. Ils veulent que je couvre le prochain conclave.

— Tu m'en vois ravie.

Évidemment, elle n'était pas dans le tableau.

— Ne t'inquiète pas, je ne renonce pas à notre bouquin. Mon agent est en pourparlers avec l'éditeur pour écrire un roman ensuite. On fera une fière équipe, tous les deux.

Kate se sentit prendre une décision avec une rapidité qui l'étonna elle-même. C'était une de ces conclusions qui se présentent toutes seules. Il n'y aurait pas d'équipe. Leur collaboration, au départ prometteuse, sombrait dans le sordide. Par chance, elle était loin d'avoir dépensé tout l'argent de Valendrea. Il lui restait largement de quoi partir en France ou en Allemagne, où elle pourrait vendre ses services à un journal ou à un magazine. Et, désormais, plus d'écarts de conduite.

— Kate, tu es toujours là ? demanda Kealy.

Elle lui jeta un regard méprisant.

— Tu avais l'air à l'autre bout de la terre.

— Sans doute. Mais en ce qui nous concerne, il n'y aura pas de livre, Tom. Je quitte Rome demain. Tu te trouveras un autre nègre.

Le garçon déposa sur la table une nouvelle corbeille de pain, juste sorti du four.

— Je n'aurai pas de mal, dit Kealy.

— Je n'en ai jamais douté.

Le pain était fumant, irrésistible, et Kealy se servit.

— Je ne fuirais pas le navire si j'étais toi. On risque d'arriver à bon port.

Katerina se leva.

— Non merci, tu navigueras sans moi.

— Tu en pinces toujours pour lui, hein ?

— Je n'en pince pour personne, j'en ai surtout marre de toi. Mon père m'a un jour raconté l'histoire des singes au cirque, tu connais ? Quand ils montent tout en haut du chapiteau, c'est leur cul qu'on voit. J'aurais dû m'en souvenir plus tôt.

Cela dit, elle tourna les talons. Elle ne s'était pas sentie aussi bien depuis des semaines.

29

Castel Gandolfo
Lundi 13 novembre, 6 heures le matin

Michener ouvrit les yeux. Il n'avait jamais eu besoin d'un réveille-matin. Son corps semblait doté d'une horloge interne qui le réveillait précisément à l'heure choisie la veille. À l'époque où il était archevêque, puis cardinal, Jakob Volkner avait parcouru le globe pour participer à d'innombrables commissions. La ponctualité n'était pas son fort. Sans Michener, il aurait été systématiquement en retard. Et cela n'avait pas changé depuis qu'il était Clément XV.

Comme à Rome, Michener disposait à la résidence d'une chambre au même étage que le pape. Plus bas dans le couloir, elle était directement reliée à la sienne par un interphone. Il était prévu qu'ils réintègrent le Vatican en hélicoptère dans deux heures. Cela laissait à Clément suffisamment de temps pour ses prières du matin, suivies d'un petit déjeuner et d'un examen rapide des affaires urgentes. De fait, il venait de passer deux jours sans travailler. Michener tenait prêtes à son intention plusieurs notes de service, arrivées tard hier soir par télécopie. Il fallait s'en occuper sans tarder. Il savait que la journée filerait à toute vitesse, que les audiences papales se succéderaient sans répit. Valendrea lui-même avait exigé une heure entière en fin de matinée pour aborder les questions diplomatiques.

La messe qu'il avait célébrée pour le père Tibor hantait encore Michener. Clément avait pleuré une demi-heure avant de quitter la chapelle. Ils n'avaient pas échangé un mot. Le pape ne voulait toujours pas dire ce qui lui tenait à cœur. Le moment viendrait peut-être plus tard. Avec un peu de chance, en retrouvant le Vatican et les exigences du travail, Clément arriverait à penser à autre chose. Il avait été affligeant de le voir en proie à une émotion aussi violente.

Michener se doucha lentement et revêtit une soutane noire bien repassée. Il sortit de sa chambre et se dirigea dans le couloir vers celle du pape. Un domestique et une sœur attendaient déjà. Michener jeta un coup d'œil à sa montre. Six heures quarante-cinq.

— Il n'est pas encore levé ?

Le domestique fit signe que non :

— On ne l'a pas entendu.

Le personnel attendait chaque matin que le pape se réveille, généralement entre six heures et six heures et demie. Une fois sorti du lit, il frappait lui-même à la porte puis s'isolait dans sa salle de bains. Il n'aimait pas qu'on l'assiste pendant ses ablutions. Pendant ce temps, on faisait son lit, on préparait ses vêtements, on s'occupait du ménage et on lui apportait son petit déjeuner.

— Peut-être qu'il traîne un peu, dit Michener. Un pape a bien le droit de faire la grasse matinée.

Ce qui lui valut deux sourires.

— Je retourne dans ma chambre. Prévenez-moi quand il sera debout.

Trente minutes plus tard on frappa à sa porte. C'était le domestique.

— Toujours rien, monsignor, dit l'homme d'un air soucieux.

Michener excepté, personne ne pouvait entrer dans la chambre du pape sans son autorisation. C'était le seul endroit où son intimité devait être absolument préservée. Seulement, il était bientôt sept heures trente et l'employé avait tout lieu de s'inquiéter.

— D'accord, lui dit Michener. Je vais aller voir.

Il le suivit jusqu'à la chambre de Clément. La sœur, qui était toujours là, lui fit comprendre que le silence se maintenait. Michener frappa doucement à la porte et attendit. Il recommença un peu plus fort. Finalement, il saisit la poignée et la tourna. La porte s'ouvrit. Il entra et la referma derrière lui.

La chambre était spacieuse. Deux grandes portes-fenêtres donnaient sur un balcon qui dominait le parc. Les meubles étaient anciens. Contrairement aux appartements du palais apostolique, décorés par les papes successifs dans les styles qu'ils aimaient, ceux de Castel Gandolfo restaient inchangés.

Les lampes étaient éteintes mais le soleil du matin, derrière les voilages, baignait la pièce d'une lumière diffuse.

Clément était couché sur le côté. Michener s'approcha et dit à voix basse :

— Très Saint-Père ?

Clément ne répondit pas.

— Jakob ?

Toujours rien.

Le pape lui tournait le dos. Le drap et la couverture couvraient son maigre corps jusqu'à la taille. En l'effleurant du bout des doigts, Michener eut aussitôt une impression de froid. Il contourna le lit pour regarder son visage. La peau était molle, le teint de cendre, la bouche ouverte. Un peu de salive avait séché sur le drap. Michener poussa franchement le corps pour l'allonger sur le dos puis, d'un geste sec, il retira les couvertures. Les bras de Clément retombèrent inertes le long de ses flancs. Sa poitrine était immobile.

Michener lui tâta le pouls.

Rien.

Il pensa à appeler les secours et à pratiquer une réanimation cardio-respiratoire. Tout le personnel de la villa, lui-même y compris, avait été formé à ces techniques. Mais il savait que cela ne servirait à rien.

Clément XV était mort.

Michener ferma les yeux, récita une prière. Une vague de chagrin s'abattit sur lui. C'était comme perdre père et mère une deuxième fois. Il pria pour l'âme de cet ami si cher, puis surmonta ses émotions. Il y avait plusieurs choses à faire. Un protocole à respecter. Une procédure entérinée de longue date. C'était son devoir de veiller à ce qu'elle soit appliquée dans les règles.

Quelque chose retint son attention.

Sur la table de chevet se trouvait un petit flacon de verre ambré. Quelques mois auparavant, le médecin personnel du pape lui avait prescrit un médicament pour l'aider à dormir. Michener avait lu l'ordonnance, l'avait portée à la pharmacie vaticane, puis il avait lui-même rangé le flacon en bonne place dans la salle de bains du pape. Il contenait à l'origine trente comprimés. Quand Michener l'avait examiné la semaine précédente, il y en avait toujours trente. Clément détestait les médicaments. Il fallait insister pour lui faire avaler une aspirine, et donc la présence de ce flacon sur la table de nuit n'augurait rien de bon.

Michener ouvrit la capsule.

Vide.

Le verre d'eau à côté l'était également.

C'était assez clair. Assez violent aussi pour que Michener fasse un signe de croix.

Son regard revint sur le corps du défunt. Il s'interrogea

sur le devenir de son âme. Si le paradis existait réellement, alors Michener souhaitait vraiment que son ami y soit admis. Le prêtre qu'il était ne demandait qu'à pardonner cet acte, mais cela n'était plus en son pouvoir. Il appartenait à Dieu seul de le faire – à condition qu'il y ait un Dieu.

On avait dans l'histoire assassiné des papes à coups de gourdin. Certains avaient été étranglés, empoisonnés, étouffés, affamés, même tués par des maris furieux.

Aucun n'avait attenté lui-même à sa vie.

Jusqu'à ce jour.

TROISIÈME PARTIE

30

9 heures le matin

Derrière l'une des portes-fenêtres, Michener regardait l'hélicoptère en train d'atterrir. Sans sortir de la chambre, il s'était servi du téléphone sur la table de chevet pour avertir Ngovi à Rome.

L'Africain étant le cardinal camerlingue, il était la première personne à informer. Selon la loi canonique, le cardinal camerlingue administrait la justice et le trésor du Vatican. Il veillait donc aux droits temporels de celui-ci durant la vacance du Saint-Siège – dite *sede vacante*. Aidé par le Sacré Collège des cardinaux, Ngovi présiderait la chambre apostolique pendant deux semaines, le temps d'organiser les funérailles du pape et de réunir le conclave. Il ne remplacerait aucunement le vicaire du Christ, mais son autorité serait incontestable. Ce qui arrangeait bien Michener, car il faudrait quelqu'un pour tenir tête à Valendrea.

L'hélicoptère s'immobilisa et la portière de la cabine s'ouvrit lentement. Ngovi descendit le premier, suivi par Alberto Valendrea, tous deux vêtus de pourpre. Valendrea était le secrétaire d'État, c'est pourquoi sa présence était requise. Deux autres cardinaux les accompagnaient, ainsi que le médecin personnel du pape. Michener avait expressément demandé qu'il soit là. Il n'avait rien dit à Ngovi des circonstances entourant le décès – au personnel de la villa non plus. Il avait simplement signifié à la sœur et au domestique que personne ne devait entrer dans la chambre.

Trois minutes plus tard, entraient Ngovi, Valendrea et le médecin. Ngovi referma la porte derrière lui et la verrouilla. Le médecin se dirigea vers le lit où il examina Clément. Michener n'avait touché à rien, la pièce était exactement dans l'état où il l'avait trouvée. L'ordinateur portable du pape, connecté à un modem et une ligne téléphonique, était encore allumé. L'économiseur d'écran, représentant une tiare avec deux clefs, avait été spécialement programmé pour Clément.

— Expliquez-moi, dit Ngovi, qui posa sur le lit une sacoche de cuir noir.

Michener lui décrivit la scène, puis lui montra la table de chevet. Aucun des visiteurs n'avait remarqué le flacon de médicament.

— Il est vide.

— Insinuez-vous que le chef suprême de l'Église catholique romaine ait mis fin à ses jours ? lâcha Valendrea.

— Je n'insinue rien du tout. Je dis simplement qu'il y avait trente cachets de somnifère dans ce flacon.

Le secrétaire d'État se tourna vers le médecin :

— Quel est votre diagnostic, docteur ?

— La mort date de quelques heures. Cinq, six, peut-être plus. Il n'y a aucune trace de lésion, pas de signe extérieur de quoi que ce soit. Ni perte de sang ni contusion. À première vue, on dirait qu'il est mort dans son sommeil.

— Après avoir pris tous ces comprimés ? dit Ngovi.

— Le seul moyen de savoir est de pratiquer une autopsie.

— C'est hors de question, dit aussitôt Valendrea.

Michener n'avait pas peur de la confrontation :

— On a besoin de savoir.

— Absolument pas ! répliqua le secrétaire d'État en élevant la voix. Il vaut même mieux qu'on ne sache rien du tout. Faites disparaître ce flacon. Vous imaginez les répercussions pour l'Église, si on apprenait que le pape s'est suicidé ? Rien que d'en parler serait irréparable.

Michener était arrivé à la même conclusion une heure plus tôt. Toutefois il était décidé à mieux gérer cette situation qu'on ne l'avait fait à la mort de Jean-Paul Ier, mort subitement en 1978 après trente-trois jours de pontificat. La rumeur, et quelques informations tronquées – destinées à dissimuler le fait que le corps n'avait pas été découvert par un prêtre, mais par une sœur –, avaient été transformées en assassinat par des esprits tordus.

— Je suis d'accord, approuva Michener. Personne ne parlera de suicide. Mais nous, il faut qu'on sache la vérité.

— Pour mieux pouvoir mentir ? dit Valendrea. Autant ne rien savoir.

Voilà que les mensonges, soudain, rebutaient le secrétaire d'État. Michener s'abstint de tout commentaire.

Ngovi s'adressa au médecin.

— Il suffit de faire un prélèvement sanguin ?

Le docteur en convint.

— Eh bien, faites-le.

— Vous n'avez pas le droit ! tonna Valendrea. Il faut consulter le Sacré Collège. Vous n'êtes pas le pape, Ngovi.

Le Kenyan était comme toujours impassible.

— Je veux savoir de quoi cet homme est décédé. Le destin de cette âme-là m'importe particulièrement.

La suite concernait le médecin :

— Faites vous-même l'analyse, et ensuite détruisez le prélèvement. Vous me donnerez le résultat à moi, et à moi seul. Entendu ?

L'homme fit signe que oui.

— Vous outrepassez vos pouvoirs, Ngovi.

— C'est ça, parlez-en au Sacré Collège.

En l'occurrence, Valendrea était confronté à un dilemme. Il ne pouvait ni s'opposer à Ngovi ni, de toute évidence, chercher du secours chez les cardinaux. Donc le Toscan, sagement, se tut. Il n'était pas impossible non plus qu'il préfère laisser Ngovi se fourvoyer. Voilà ce que Michener craignait le plus.

L'Africain ouvrit sa sacoche noire, en retira un marteau en argent et s'approcha de la tête du lit. Le camerlingue était chargé de ce rituel-là – et un rituel est un rituel, pensa Michener. Bien qu'inutile, compte tenu des observations du médecin.

Ngovi donna un petit coup de marteau sur le front de Clément, et posa la question fatale qu'on posait aux cadavres des papes depuis des siècles :

— Jakob Volkner, êtes-vous mort ?

Une pleine minute s'écoula et Ngovi répéta :

— Jakob Volkner, êtes-vous mort ?

Il attendit à nouveau une minute et posa la question une troisième fois.

Alors, conformément à l'usage, il déclara :

— Le pape est mort.

Il se pencha et souleva la main droite de Clément. Celui-ci portait l'anneau du pêcheur à l'auriculaire.

— C'est curieux, dit Ngovi. Il ne le mettait presque jamais.

C'était vrai. L'encombrante bague en or était moins un bijou qu'un anneau sigillaire – dont le pape se servait pour sceller ses brefs. Il représentait saint Pierre le pêcheur, entouré du nom de Clément et de la date de son investiture. Le camerlingue de l'époque l'avait placé lui-même au doigt du nouveau souverain pontife. Les papes ne le portaient presque jamais, Clément encore moins que les autres.

— Il savait bien sûr qu'on le chercherait, dit Valendrea.

Il avait raison. Michener pensa que son ami avait soigneusement préparé son départ. C'était bien le genre de Jakob Volkner.

Ngovi retira la bague et la rangea dans un petit sac de velours noir. Plus tard, devant les cardinaux réunis, il se servirait du marteau d'argent pour briser le sceau de plomb. Ce qui empêchait quiconque de sceller un nouveau document jusqu'à l'élection du prochain pape.

— C'est terminé, dit Ngovi.

Le règne de Clément XV – deux cent soixante-deuxième successeur de saint Pierre, et premier Allemand à accéder au trône depuis neuf siècles – s'était achevé au bout de trente-quatre mois. Dès lors, Michener n'était plus secrétaire papal. Il n'était qu'un monsignor affecté temporairement au service du camerlingue de l'Église catholique romaine.

*

D'un pas rapide et décidé, Katerina traversait l'aéroport Leonardo Da Vinci vers le guichet de la Lufthansa. Elle avait réservé une place sur le vol de treize heures à destination de Francfort. Elle ne savait pas où ses pas la mèneraient ensuite, mais elle s'en occuperait plus tard. L'essentiel était d'avoir définitivement coupé les ponts avec Michener, puis avec Kealy. Elle voulait maintenant reprendre sa destinée en main. C'était affreux d'avoir trahi Colin, mais peut-être le lui pardonnerait-il un jour. Après tout, elle n'avait pas rappelé Valendrea, et elle n'avait pas confié grand-chose au nervi en soutane.

Elle se réjouissait d'en avoir fini avec Tom qui, le vent en poupe, l'avait probablement déjà oubliée. Elle se donnait l'impression de n'avoir été pour lui qu'un pot de colle. Certes, il lui faudrait quelqu'un pour rédiger des livres dont il s'attribuerait ensuite le mérite, mais elle ne doutait pas qu'une autre femme se présenterait et profiterait de la place toute chaude.

Comme d'habitude, il y avait du monde dans le terminal, cependant Kate remarqua de petits groupes rassemblés devant les moniteurs de télévisions dans le hall. Elle s'aperçut que quelques femmes pleuraient. Finalement, elle découvrit sur un grand écran vidéo, installé en hauteur, une vue panoramique de la place Saint-Pierre. S'approchant, elle entendit la voix d'une commentatrice : « Une profonde tristesse s'est emparée des lieux. Nombreux sont ceux qui avaient une grande affection pour le pape Clément XV. On le regrettera. »

Katerina s'exclama tout fort :

— Le pape est mort ?

Un passager vêtu d'un pardessus de laine lui répondit :

— Dans son sommeil, cette nuit, à Castel Gandolfo. Dieu ait son âme.

Elle n'en revenait pas. Cet homme qu'elle avait haï pendant des années n'était plus. Elle ne l'avait jamais rencontré – Michener lui avait proposé un jour de lui présenter Volkner, à l'époque archevêque de Cologne, mais elle avait refusé. Il était un rival, avec Colin au milieu, et elle avait reporté sur lui son mépris viscéral de toute forme de culte. Katerina avait perdu la bataille et elle en voulait terriblement à Jakob. Moins pour ses actes, réels ou supposés, que pour ce qu'il symbolisait.

Aujourd'hui il était mort. Colin devait être anéanti.

Une voix intérieure lui dit de continuer jusqu'à l'enregistrement et de prendre son avion. Michener s'en sortirait tout seul, ce n'était plus un bébé. Un autre pape serait élu qui renouvellerait la curie. Une flopée de prêtres, d'évêques et de cardinaux, pour certains inconnus, allait débarquer à Rome. Katerina en avait assez appris sur les affaires internes du Vatican pour savoir que les alliés de Clément étaient minoritaires. Leurs carrières se poursuivraient ailleurs.

Tout cela ne la concernait pas. Pourtant une autre voix lui suggérait que si. Comme quoi certains virus vous possèdent longtemps.

Sa valise en main, elle tourna les talons et ressortit de l'aéroport.

31

Castel Gandolfo, 14 heures 30

Valendrea observait les cardinaux rassemblés à la villa. L'atmosphère était dense, pesante – visiblement anxieux, quelques-uns faisaient les cent pas. Ils étaient quatorze dans le salon, appartenant pour l'ensemble à la curie ou aux diocèses les plus proches de la ville éternelle. Ils avaient répondu à l'appel lancé trois heures plus tôt aux cent soixante membres du Sacré Collège : CLÉMENT XV EST MORT. RENDEZ-VOUS SANS DÉLAI À ROME. Un message supplémentaire avait été adressé à ceux qui résidaient à moins de deux cents kilomètres du Vatican, pour qu'ils soient à Castel Gandolfo dès quatorze heures.

L'interrègne avait commencé, période incertaine pendant laquelle le pouvoir était sans réel titulaire. Aux temps anciens, on avait vu des cardinaux tout faire pour se l'approprier, user de promesses et de violences pour s'assurer les votes du conclave. Cette époque-là avait la préférence de Valendrea. Le vainqueur devait être le plus fort. Les faibles n'avaient pas leur place au sommet. Depuis une dizaine de siècles, l'élection papale suivait cependant un régime codifié. Souvent amendé, mais durable et raisonnable. On se battait aujourd'hui avec un œil sur les caméras de télévision, l'autre sur les chiffres des instituts de sondage. Choisir un pape qui plaise au peuple était tâche plus ardue qu'en trouver un avec les compétences requises. Plus que toute autre chose, pensait Valendrea, c'est ce qui avait expliqué l'ascension de Jakob Volkner.

L'assistance lui plaisait : ces hommes lui étaient dévoués pour la plupart. Selon ses dernières évaluations, il ne disposait pas encore d'un nombre suffisant de voix – soit les deux tiers plus une – pour remporter l'élection. En conjuguant ses forces et celles d'Ambrosi, il se faisait fort de les réunir d'ici à quinze jours.

Il se demandait quel genre de déclaration Ngovi leur réservait. Ils ne s'étaient pas reparlé depuis ce matin dans la chambre de Clément, et il espérait que l'Africain ferait preuve de discernement. Ngovi se tenait au fond de la longue pièce, devant la cheminée de marbre. La plupart des autres princes étaient également debout.

— Éminences, dit le camerlingue, je répartirai les responsabilités plus tard dans la journée, pour la préparation des obsèques et du conclave. Il me paraît opportun que ces adieux soient dignes de notre pape. Les gens l'aimaient beaucoup, il faut leur donner une dernière occasion de lui témoigner leur affection. À cet effet, nous allons tous accompagner le corps ce soir à Rome. Une messe sera célébrée à Saint-Pierre.

Plusieurs hochements de tête.

Un cardinal prit la parole :

— Les circonstances du décès sont-elles clairement établies ?

— On se préoccupe de les déterminer, répondit Ngovi.

— Il y a un problème ? demanda un autre.

Guindé, impassible, le Kenyan expliqua :

— Il semble être mort paisiblement dans son sommeil. Maintenant, je ne suis pas médecin. Il revient à celui du pape de s'en assurer, et c'est ce qu'il fait en ce moment même. Nous savions que le Saint-Père n'était plus en très bonne santé, donc l'événement en soi ne devrait pas nous étonner.

Cela convenait à Valendrea, mais ne suffisait pas à calmer ses inquiétudes. Ngovi avait endossé le rôle du chef et s'en trouvait apparemment très bien. Dans la matinée, il avait confié l'administration du Saint-Siège à la chambre apostolique – qu'il présidait en tant que camerlingue – et à l'office des célébrations liturgiques. L'une et l'autre dirigeaient traditionnellement la curie pendant l'interrègne. Ngovi avait également la haute main à Castel Gandolfo. Il avait ordonné aux gardes de n'y laisser entrer personne, pas même les cardinaux, sans son autorisation officielle. Il avait aussi veillé à ce que l'appartement du pape dans le palais apostolique soit mis temporairement sous scellés.

En accord avec le bureau de presse du Saint-Siège, il avait pris les dispositions utiles sur le communiqué à fournir pour le décès. Trois cardinaux, à l'exception de toute autre personne, communiqueraient avec les médias. Eux seuls accepteraient, le cas échéant, les interviews. Ces interdictions concernaient aussi les représentants diplomatiques du Saint-Siège dans le monde. Ceux-ci pouvaient toutefois correspondre avec les chefs d'État. Des messages de condoléances étaient déjà parvenus des États-Unis, d'Angleterre, de France et d'Espagne.

Ngovi n'avait jusque-là rien entrepris qui dépasse ses attributions normales. Valendrea n'avait rien à objecter. Mais il ne fallait pas que cette démonstration de compétence aille jusqu'à inspirer les cardinaux. À l'époque moderne, deux camerlingues seulement avaient accédé au trône, donc leur statut n'était pas un tremplin. Malheureusement, celui de secrétaire d'État n'en était pas un non plus.

— Le conclave sera-t-il réuni à temps ? demanda le cardinal de Venise.

— Nous serons prêts dans quinze jours, affirma Ngovi.

Selon la Constitution apostolique *Universi Dominici gregis*, promulguée par Jean-Paul II, le conclave ne pouvait être réuni que quinze jours *au plus tôt* après la mort du pape. Pour en faciliter la tenue, on avait édifié l'hospice Sainte-Marthe qui, semblable à un établissement hôtelier, était utilisé le reste du temps par des séminaristes. On n'avait plus à libérer de la place en vitesse pour loger les électeurs, ce dont Valendrea se félicitait. L'hospice, au moins, était confortable. On s'en était servi la première fois pour le conclave de Clément, et Ngovi avait déjà demandé que les lieux soient prêts pour les cent treize cardinaux qui y séjourneraient.

— Une question, cardinal Ngovi, dit le secrétaire d'État, qui trouva aussitôt le regard de l'Africain. Quand aurons-nous le certificat de décès ?

Cette question en cachait une autre, évidemment, et seul le camerlingue pouvait comprendre.

— J'ai convoqué ce soir au Vatican le maître des célébrations liturgiques pontificales, le vice-camerlingue et le secrétaire de la chambre apostolique. À ce qu'on m'a dit, la cause du décès sera connue à ce moment-là.

— A-t-on recours à une autopsie ? demanda un autre cardinal.

Le sujet était sensible, Valendrea le savait. La chose ne s'était produite qu'une fois, dans le cas d'un pape dont on se demandait s'il avait été empoisonné par Napoléon. Une autopsie avait également été évoquée lors du décès subit de Jean-Paul Ier, à laquelle les cardinaux s'étaient finalement opposés. Aujourd'hui, la situation était différente. Clément n'avait pas disparu prématurément, ni dans des circonstances douteuses. Il avait eu soixante-quatorze ans lors de son élévation à la tiare, et d'ailleurs on l'avait élu pour cette bonne raison qu'il n'allait pas durer.

— Non, il n'y aura pas d'autopsie, dit sèchement Ngovi d'un ton qui supportait difficilement la contradiction.

Un autre jour, Valendrea aurait maudit cet abus de pouvoir. Pas aujourd'hui. Il poussa même un soupir de soulagement. Apparemment, son adversaire se montrait coopératif et, par la grâce de Dieu, personne dans l'assemblée ne remit sa décision en cause. Le secrétaire d'État sentit quelques regards tournés vers lui, dans l'attente sans doute d'une intervention. Le silence du secrétaire d'État signifiait – une fois n'est pas coutume – qu'il était d'accord avec le camerlingue.

Outre les conséquences théologiques d'un suicide papal, Valendrea ne tenait pas franchement à ce que Clément bénéficie d'un capital supplémentaire de sympathie, impromptu et posthume. Cela n'était un secret pour personne qu'il ne s'entendait pas avec lui. Curieuse par nature, la presse poserait forcément des questions, et il ne voulait pas passer pour celui qui avait poussé le pape à bout. Inquiets pour leur propre carrière, les cardinaux seraient dans ce cas capables de choisir un homme comme Ngovi, qui retirerait tout pouvoir à Valendrea. Lors du précédent conclave, l'actuel secrétaire d'État avait appris à ne pas sous-estimer l'efficacité des coalitions. Par chance, Ngovi semblait penser que le bien de l'Église primait sur l'occasion qu'il tenait de désarçonner son rival. Une telle faiblesse était admirable : Valendrea ne l'aurait pas imité si les rôles avaient été inversés.

— Je voudrais quand même vous rappeler une chose, dit Ngovi.

Décidément, pensa le secrétaire, notre bon camerlingue fait grand cas de ses responsabilités.

— Vous avez tous juré sous serment de ne pas évoquer l'élection du prochain pontife avant d'être réunis dans la chapelle Sixtine. Cela veut dire : pas de campagnes, pas d'entretiens avec la presse. On garde ses opinions pour soi et on n'en parle même pas entre soi.

— Je n'avais pas besoin de ce sermon, fit un cardinal indigné.

— Sans doute, mais ce n'est pas le cas de tout le monde.

Cela dit, le camerlingue quitta la pièce.

32

15 heures

Assis derrière le bureau papal, Michener observait les deux sœurs en train de laver le corps de Clément. Après avoir fait un examen approfondi, le médecin était reparti à Rome avec un prélèvement sanguin. Ngovi avait décrété qu'il n'y aurait pas d'autopsie, et, Castel Gandolfo faisant partie du Vatican – État souverain dans une nation indépendante –, sa décision était incontestable. À quelques exceptions près, le droit canon l'emportait ici sur la législation italienne.

La sensation était pénible de contempler le cadavre nu d'un homme qu'on avait accompagné pendant vingt-cinq ans. Michener se rappelait tant de moments passés avec lui. Clément l'avait aidé à comprendre que son père biologique n'avait pensé qu'à lui-même, et qu'il avait paru impossible à sa vraie mère – célibataire – de tenir tête à la société irlandaise de l'époque. *Vous ne pouvez pas lui en vouloir*, avait dit Jakob. Michener en avait convenu. La rancœur aurait en outre voilé la gentillesse et les efforts consentis par ses parents adoptifs. Alors Colin avait oublié sa colère et pardonné au père et à la mère qu'il n'avait pas connus.

Aujourd'hui, il observait le corps sans vie de celui qui lui avait ouvert les voies du pardon. Michener était là parce que, selon le protocole, il fallait qu'un prêtre assiste à la scène. La charge incombait normalement au maître des célébrations liturgiques pontificales. Il s'était révélé indisponible et Ngovi avait envoyé Colin à sa place.

Il se leva, fit les cent pas devant les portes-fenêtres pendant que les sœurs finissaient leur travail. Les thanatopracteurs ne tardèrent pas à se présenter. Employés réguliers de la morgue principale de Rome, ils avaient embaumé chaque pape depuis Paul VI. Ils avaient avec eux cinq bouteilles d'une solution rose, qu'ils posèrent par terre.

L'un d'eux vint trouver Michener :

— Mon père, vous préférerez peut-être attendre dehors. C'est assez déplaisant à voir quand on n'a pas l'habitude.

Colin sortit dans le couloir, où Ngovi arrivait justement.

— Ils sont là ? demanda ce dernier.

— La loi italienne stipule qu'il doit s'écouler vingt-quatre heures entre le décès et l'embaumement, déclara Michener tout de go. Vous le savez bien. On est peut-être sur le territoire du Vatican ici, mais ils nous ont déjà embêtés avec ça.

Ngovi acquiesça :

— Oui. Seulement, le médecin vient d'appeler de Rome. Le sang révèle une présence massive de somnifères. Jakob s'est bel et bien suicidé, Colin. Il n'y a aucun doute. Il ne faut laisser aucune trace, aucune preuve. Le docteur a détruit son échantillon. Il ne dira rien et d'ailleurs il n'en a pas le droit.

— Mais les cardinaux ?

— Ils seront priés de répéter que Clément est mort d'un arrêt du cœur. C'est ce que mentionnera le certificat de décès.

Le malaise se lisait sur le visage du Kenyan. Cet homme-là non plus n'aimait pas mentir.

— On n'a pas le choix, Colin. Il faut l'embaumer tout de suite. Tant pis pour le droit italien.

Michener se passa une main dans les cheveux. La journée avait été longue et elle n'était pas terminée.

— Je sais que quelque chose le tracassait, mais je n'aurais pas imaginé que ça allait aussi loin. Comment était-il en mon absence ?

— Il est retourné à la *Riserva*. À ce qu'on m'a dit, Valendrea y était aussi.

— Oui.

Michener lui répéta les mots de Clément :

— Il lui a montré ce que le père Tibor avait porté à sa connaissance. Il n'a jamais voulu me dire ce que c'était.

Michener s'attarda un instant sur Tibor, et sur la réaction du pape lorsqu'il avait appris la nouvelle de sa mort.

Ngovi hochait la tête :

— Je n'aurais jamais pensé que son pontificat se terminerait ainsi.

— Il faut nous assurer qu'on ne souille pas sa mémoire.

— Cela n'aura pas lieu. Même Valendrea nous aidera.

Avant de continuer, Ngovi fit un geste vers la porte :

— Personne ne posera de questions sur l'embaumement. Nous sommes seulement quatre à savoir la vérité et, si l'un d'entre nous se décidait à parler, il n'y aurait plus de preuve pour attester ses dires. De toute façon, la probabilité est faible que cela se produise. Le médecin est tenu par le secret professionnel. Vous et moi adorions cet homme. Et Valendrea préservera ses intérêts personnels. Rien ne sera divulgué.

La porte de la chambre s'ouvrit.

— Nous avons pratiquement fini, dit un des thanatopracteurs.

— Le sang du pape sera brûlé ? lui demanda le camerlingue.

— C'est l'usage. Nous sommes fiers de servir le Saint-Siège. Vous pouvez compter sur nous.

Ngovi remercia l'homme qui repartit dans la pièce.

— Et maintenant ? fit Michener.

— Les habits pontificaux viennent d'arriver de Rome. Nous allons l'habiller ensemble pour l'enterrement.

Saisissant toute la portée du geste, Michener commenta :

— Je crois qu'il aurait aimé qu'on le fasse.

Le cortège funèbre cheminait lentement sous la pluie en direction du Vatican. Il avait fallu près d'une heure pour parcourir les vingt-cinq kilomètres qui séparaient la résidence pontificale de Rome. Depuis le bord de la route, des milliers de personnes l'avaient regardé défiler. Michener était assis avec Ngovi dans la troisième voiture, les autres cardinaux suivaient dans divers véhicules envoyés à la hâte par la curie. Revêtu de la chasuble, de l'étole et de la mitre, Clément était allongé à l'arrière du corbillard, en tête de la procession. L'intérieur était illuminé afin que les fidèles le voient. Lorsqu'ils avaient atteint les portes de la ville, peu avant dix-huit heures, on aurait cru que Rome tout entière était descendue dans la rue. La police avait été réquisitionnée pour que le cortège puisse avancer.

La place Saint-Pierre était noire de monde. Un passage avait été isolé avec des barrières métalliques, dans une mer de parapluies entre les colonnades et la basilique. Les pleurs et les gémissements suivaient le passage des voitures. Nombreux étaient ceux qui jetaient des fleurs sur les capots, enlevant presque toute visibilité aux conducteurs. Un garde les enlevait mais, cinq minutes après, il y en avait autant.

Abandonnant la foule, le convoi passa l'entrée de

l'Arc des Cloches et rejoignit l'arrière de la basilique par la place des Premiers-Martyrs-de-Rome. Le corps de Clément allait être exposé au public pendant trois jours.

La bruine enveloppait le jardin d'une brume mousseuse. L'éclairage des sentiers brillait comme des lunes lointaines sous un voile de nuages.

Michener se représenta l'intérieur des bâtiments environnants. Dans les ateliers, les *sampietrini* devaient construire le triple cercueil – en bronze à l'intérieur, en cyprès à l'extérieur et en cèdre au milieu. Le catafalque était déjà dressé à sa place dans la basilique, et un cierge allumé à proximité.

Place Saint-Pierre, tandis qu'ils avançaient avec lenteur, Michener avait remarqué les équipes de télévision qui installaient leurs caméras le long de la balustrade. Les meilleurs emplacements étaient probablement pris d'assaut. Le bureau de presse du Vatican devait être assiégé de demandes. Michener, qui avait assisté aux funérailles du précédent pape, imaginait les milliers de coups de téléphone auxquels il fallait répondre. Des hommes d'État du monde entier feraient bientôt leur arrivée, vite escortés par les prélats. Le respect d'un protocole strict faisait la fierté du Saint-Siège, même dans ces circonstances peu réjouissantes. Une tâche qui incombait au cardinal camerlingue, affable et sûr de lui, présentement assis à côté de Michener.

Les voitures s'arrêtèrent et toutes les robes rouges se rassemblèrent derrière le corbillard. Un garde suisse en tenue de cérémonie se trouvait à l'entrée de la basilique. Portant une bière sur leurs épaules, quatre autres gardes se dirigèrent au pas de parade vers le fourgon mortuaire, sous le regard du maître des célébrations. Celui-ci était un prêtre hollandais, rondelet et barbu. Il s'avança et dit :

— Le catafalque est dressé.

Ngovi hocha la tête.

Le Hollandais aida plusieurs employés à sortir le corps de Clément. Ils l'ajustèrent sur sa bière, placèrent correctement la mitre, et laissèrent le maître des célébrations s'occuper du reste. Celui-ci veilla à ce que les plis apparaissent nettement sur chacun des vêtements. Deux prêtres étaient là avec des parapluies pour les abriter, lui et Clément. Un troisième arriva avec le pallium – le collier de laine orné de six croix noires, insigne honorifique du pape. Le maître des célébrations le disposa soigneusement autour du cou, des épaules et de l'abdomen. Enfin, il redressa la tête du souverain pontife et s'agenouilla, signifiant ainsi que son travail était terminé.

Discrètement, Ngovi fit signe aux gardes suisses de soulever la bière. Les prêtres reculèrent avec leurs parapluies, tandis que les cardinaux formaient un cortège derrière.

Michener ne se joignit pas à eux. Il n'était pas prince de l'Église, et la suite des opérations leur était réservée. Il était par ailleurs tenu de vider son appartement et son bureau dans le palais avant demain au plus tard. Pour ainsi dire, sa charge avait disparu en même temps que le pape. Les favoris de celui-ci devaient faire place nette pour les suivants.

Ngovi attendit le dernier moment pour se joindre à la procession. Avant de se mettre en marche, il se retourna vers Michener et lui confia dans un chuchotement :

— Faites l'inventaire de l'appartement papal et retirez tout ce qui lui appartient. Clément n'aurait confié cette tâche qu'à vous. J'ai ordonné aux gardes de vous laisser entrer. Allez-y tout de suite.

Le garde ouvrit la porte et la verrouilla derrière l'ex-secrétaire papal. C'était une sensation étrange de se retrouver dans cet appartement sans son occupant habituel. Michener y avait savouré de nombreux instants, et aujourd'hui il avait l'impression d'être un intrus.

Les pièces étaient exactement dans l'état où Clément les avait laissées avant de partir en week-end. Le lit était fait, les rideaux ouverts, une paire de lunettes de lecture se trouvait sur la table de nuit. La bible de cuir sur laquelle elles étaient généralement posées était restée à Castel Gandolfo, avec l'ordinateur portable du pape. L'une et l'autre seraient vite rapatriés à Rome.

Il y avait quelques papiers à côté de l'ordinateur de bureau, qui était éteint. Il valait sans doute mieux commencer par là, aussi Michener le mit en marche et inspecta les différents dossiers. Clément correspondait régulièrement par e-mail avec certains membres de sa famille et plusieurs cardinaux mais, apparemment, il ne conservait pas de copie de ces courriers. Le carnet d'adresses numériques comprenait environ vingt-cinq noms. Michener examina systématiquement tous les répertoires, lesquels contenaient essentiellement des rapports de la curie. Il les détruisit les uns après les autres à l'aide d'un logiciel spécial qui supprimait toute trace sur le disque dur. Puis il éteignit l'appareil. Il resterait à sa place sur le bureau, prêt pour le nouveau pape.

Michener regarda autour de lui. Des cartons seraient nécessaires pour déménager les affaires de Clément. Il les rassembla momentanément au centre de la pièce. Il n'y avait pas grand-chose. Le pape avait mené une existence très simple. Il possédait tout au plus quelques meubles, livres, et des biens de famille.

Soudain, le bruit de la clef dans la serrure.

La porte s'ouvrit sur Paolo Ambrosi.

— Attendez dehors, dit-il au garde avant d'entrer et de refermer.

Michener le toisa :

— Que venez-vous faire ici ?

Le prêtre s'avança :

— La même chose que vous, vider l'appartement.
— C'est à moi que le cardinal Ngovi a confié cette tâche.
— Le cardinal Valendrea pense que vous avez besoin d'aide.

Le secrétaire d'État avait pensé à envoyer un baby-sitter… Michener n'était pas d'humeur à tolérer ce genre de plaisanterie.

— Sortez d'ici.

Le prêtre ne bougea pas. Michener pesait vingt-cinq kilos de plus que lui, le dépassait d'une tête, mais Ambrosi n'était pas intimidé.

— Vous avez fait votre temps, Michener.
— Sans doute. Mais vous allez un peu vite en besogne. Nous avons un proverbe dans mon pays, comme quoi une poule ne se vante pas avant d'avoir vu son œuf.

Ambrosi s'esclaffa :

— Ah, l'humour américain, ça me manquera.

Puis il embrassa les lieux d'un coup d'œil.

— Je vous ai demandé de sortir, répéta Michener. Je ne suis peut-être plus rien, mais j'obéis aux ordres du camerlingue. Je n'ai pas à en recevoir de Valendrea.
— Pour l'instant.
— Partez ou j'interromps la cérémonie mortuaire et je fais intervenir Ngovi.

Valendrea n'avait sans doute pas besoin d'une scène embarrassante devant les autres cardinaux. Ses partisans se demanderaient pourquoi il avait envoyé un assistant dans les appartements du souverain pontife – cette mission ayant été attribuée devant tout le monde au secrétaire papal.

Ambrosi restait immobile.

Michener contourna son visiteur en direction de la porte.

— Comme vous dites, Ambrosi, j'ai fait mon temps. Et, de ce fait, je n'ai rien à perdre.

Il saisit la poignée.

— Arrêtez, dit l'intrus, je vous laisse.

Sa voix était à peine un murmure, et son visage inexpressif. Michener se demanda comment cet homme avait pu devenir prêtre.

Il ouvrit de toute façon la porte. Les gardes se trouvaient dans le couloir et Ambrosi se retiendrait d'ajouter quoi que soit.

Alors, souriant, ce dernier déclara :

— Bonne soirée, mon père.

Il frôla presque Michener, qui referma derrière lui après avoir exigé des gardes qu'ils ne laissent plus entrer personne, et sous aucun prétexte.

Il retourna au bureau de Clément. Il fallait terminer ce qu'il avait commencé. Il quittait le Vatican mais, au moins, il n'aurait plus à supporter les gens de cette espèce.

Il ouvrit et fouilla les différents tiroirs. Ils ne contenaient pour la plupart que des stylos, des livres et quelques disquettes. Rien d'important jusqu'à celui du bas, où il découvrit le testament de Clément. Par tradition, le pape le rédigeait lui-même. Michener déplia la feuille de papier et remarqua aussitôt la date : 10 octobre. Il y avait un peu plus d'un mois.

Ceci est mon testament

Je, soussigné, Jakob Volkner, en pleine possession de mes facultés, déclare par les présentes léguer tous mes biens, à l'heure de ma mort, à Colin Michener. Mes parents, mon frère et ma sœur ont disparu. Colin, que je connais depuis longtemps, a été un assistant précieux. Il est pour moi ce qui ressemble le plus à une famille. Je demande qu'il fasse de mes biens ce qui lui paraîtra approprié. J'ai apprécié de mon vivant sa sagesse et son jugement très sûr.

Je souhaite que mes obsèques soient d'une grande simplicité. Dans la mesure du possible, je voudrais être enterré à Bamberg, dans la cathédrale de ma jeunesse. Je comprends cependant que l'Église puisse en décider autrement. En revêtant le manteau de saint Pierre, j'ai accepté mon lot de responsabilités. Il faudra peut-être que je rejoigne les autres papes dans la crypte.

Je demande enfin pardon à tous ceux que j'ai pu offenser par mes paroles ou par mes actes, et tout spécialement au Seigneur pour mes faiblesses. Qu'il ait pitié de mon âme.

Michener avait les yeux gonflés par les larmes. Lui aussi espérait que Dieu aurait pitié de cette âme bien-aimée. La doctrine catholique était claire à cet égard. La vie était un honneur pour les êtres humains, et ils étaient tenus de préserver ce que le Tout-Puissant leur confiait. Dépositaires, mais non propriétaires. Le suicide était incompatible avec l'amour de soi et avec l'amour de Dieu. Il brisait tout lien de solidarité avec la famille et avec la nation. En un mot, c'était un péché. Toutefois le salut éternel n'était pas interdit à tous les suicidés. L'Église enseignait que, par des voies seules connues du Seigneur, une forme de repentir pouvait se présenter.

Michener l'espérait vraiment.

Si le paradis existait, Jakob Volkner y avait sa place. Dieu savait ce qui l'avait poussé à commettre l'innommable mais, en tout cas, cela ne méritait pas la damnation éternelle.

Colin reposa la feuille sur le bureau.

Il lui était arrivé ces derniers temps de penser à sa propre fin. À l'approche de la cinquantaine, la vie ne paraissait plus illimitée. Le moment arriverait peut-être où son corps, son esprit, ne seraient plus capables de profiter de ce que l'avenir lui réservait. Combien d'années lui restait-il à vivre ? Vingt, trente, quarante ?

Clément, toujours actif à près de quatre-vingts ans, enchaînait régulièrement seize heures de travail quotidiennes. Michener souhaitait pouvoir s'inspirer de cet exemple. Ses jours, comme ceux de tout le monde, étaient comptés. Il se demandait si les privations et les sacrifices exigés par cette Église, son Dieu, en valaient vraiment la peine. Était-on récompensé dans l'autre monde ? Ou n'y avait-il rien du tout ?

En poussière tu retourneras.

Bon, il y avait encore à faire.

D'abord, confier le testament au bureau de presse du Saint-Office. La tradition voulait que le texte soit publié – avec l'aval du camerlingue, cependant. Michener empocha la feuille.

Il décida de donner les meubles à une œuvre de bienfaisance, sans mentionner ni son nom ni leur provenance. Et de garder les livres et quelques affaires en souvenir de cet homme qu'il avait aimé. Devant le mur du fond se trouvait le coffre en bois qui avait partout suivi Clément depuis bien des années. C'était l'œuvre d'un ébéniste d'Oberammergau, une petite ville des contreforts des Alpes bavaroises réputée pour ses menuisiers. Il ressemblait à un Riemenschneider. Le bois avait gardé sa couleur naturelle et sur les contours étaient peints des portraits candides des apôtres, des saints et de la Vierge.

Michener n'avait jamais su ce qu'il renfermait. Aujourd'hui, ce coffre était à lui. Il essaya de l'ouvrir. Il était verrouillé. Il y avait une ferrure en bronze et il fallait une clef. Il n'en avait pas remarqué dans l'appartement, et il n'était pas question de forcer le couvercle. Mieux valait le mettre en lieu sûr et s'occuper plus tard du contenu.

Il revint au bureau et finit de vider les différents tiroirs. Il découvrit dans le dernier une simple feuille de papier, avec l'en-tête du pape, pliée en trois. C'était une note manuscrite :

Moi, Clément XV, ai élevé ce jour au rang de cardinal le père Colin Michener.

Il n'arrivait pas à en croire ses yeux. Le pape l'avait promu cardinal, mais *in pectore* – en secret. Les cardinaux étaient généralement informés de cette décision par un certificat du souverain pontife diffusé dans la curie, puis ils étaient investis de leurs fonctions en consistoire. Toutefois cette dignité était souvent confiée en secret dans les régimes communistes et, par extension, dans les pays où la répression représentait un danger pour le prétendant. Selon le code, une nomination in pectore prenait effet immédiatement, sans attendre sa publication. Mais il y avait une autre condition, et Michener en eut le cœur brisé. Si le pape disparaissait avant la publication, la nomination était caduque.

Son regard se posa de nouveau sur la feuille. La décision datait de deux mois.

Il s'en était fallu de peu qu'il reçoive la barrette de cardinal.

Alberto Valendrea pouvait fort bien être le prochain occupant de cet appartement. Il ne fallait pas compter que, promu pape, le secrétaire d'État entérinerait une décision de son prédécesseur. Finalement, cela n'affecta pas Michener. Dans l'agitation qui avait marqué les dernières dix-huit heures, il n'avait pas repensé au père Tibor. Soudain son souvenir lui revint en mémoire. Pourquoi ne pas retourner à Zlatna et poursuivre, à l'orphelinat, le travail entrepris par le vieux prêtre ? C'était la chose à faire, une voix le lui disait. Au cas où cela ne serait pas du goût de l'Église, eh bien il l'enverrait paître, l'Église. Et Alberto Valendrea rôtir en enfer.

Et vous voulez être cardinal ? Il faudrait que vous ayez une idée plus claire des responsabilités que cela suppose.

Ç'avait été les mots de Clément, jeudi dernier à Turin.

Leur dureté avait surpris Michener. Et son mentor l'avait créé cardinal, bien qu'incomplètement, ce qui le rendait d'autant plus perplexe.

Comment voulez-vous que je prenne cette décision, si vous n'êtes pas capable de voir des évidences ?

Voir quoi ?

La feuille rejoignit le testament dans sa poche.

Personne ne saurait que Clément l'avait élevé. Cela n'avait plus aucune importance. La seule chose qui comptait, c'est que son ami l'avait estimé digne de la pourpre, et c'était suffisant.

33

20 heures 30

Michener avait presque fini de tout empaqueter dans les cinq cartons que les gardes suisses lui avaient donnés. Il n'y avait plus rien, ni dans l'armoire, ni dans la commode, ni sur les tables de chevet. Il s'était arrangé avec un garde-meubles pour que le reste soit entreposé quelque part en sécurité. Il s'occuperait plus tard de trouver une œuvre de charité.

Dans le couloir, il observa le garde en train de fermer une dernière fois les portes de bronze, puis de les sceller avec du plomb. En toute probabilité, Michener ne retournerait plus jamais dans cet appartement. Rares étaient déjà ceux qui montaient aussi haut dans la hiérarchie ecclésiastique, et en général ils s'y maintenaient. Ambrosi avait raison. Michener avait fait son temps. Les pièces resteraient fermées jusqu'à l'élection du nouveau pape. Il frissonna à l'idée que cela puisse être Alberto Valendrea.

Les cardinaux étaient toujours assemblés à Saint-Pierre, où une messe de requiem était dite devant le corps de Clément XV. On en célébrerait de nombreuses autres au cours des neuf prochains jours. Pendant ce temps, il restait une tâche à accomplir, après quoi les fonctions de l'Américain prendraient fin officiellement.

Il descendit au second étage.

Comme dans l'appartement du dessous, il n'y avait pas grand-chose à emporter. Les meubles avaient été commandés par le Vatican. Les tableaux accrochés au mur, y compris le portrait de Clément, étaient propriété du Saint-Siège. Tout ce qui lui appartenait – quelques accessoires de bureau, une horloge bavaroise et trois photos de ses parents – tiendrait dans un carton. Michener avait suivi Clément en bien des lieux, et on lui avait toujours fourni le nécessaire sur place. À part ses vêtements et son ordinateur portable, il ne possédait rien. D'année en année, il avait réussi à économiser une partie importante de son salaire. Comme il avait judicieusement placé ses avoirs, il disposait de quelques centaines de milliers de dollars sur un compte bancaire à Genève. Sa véritable retraite, celle que l'Église versait aux prêtres, était plutôt misérable. Clément avait souhaité procéder à quelques réformes. Ce serait le travail du prochain pontificat. Mais peut-être n'y en aurait-il jamais.

Michener s'assit à son bureau et alluma l'autre ordinateur, celui qui resterait là, pour la dernière fois. Il lui fallait accuser réception des courriers électroniques et laisser quelques instructions à son successeur. Depuis quelques semaines, ses assistants s'étaient occupés des affaires courantes, et la plupart des demandes arrivées entre-temps attendraient la fin du conclave. Selon le résultat de l'élection, on pourrait avoir besoin de lui une dizaine de jours encore pour faciliter la transition. Si Valendrea coiffait la tiare, Paolo Ambrosi serait presque certainement nommé secrétaire papal, et Michener révoqué immédiatement. Dans ce cas, il ne ferait rien pour aider Ambrosi.

Il continua à faire défiler ses e-mails, à les lire, à les effacer. Il en conserva tout de même quelques-uns, et écrivit un commentaire à l'usage du personnel. Plusieurs évêques de ses amis lui présentaient leurs condoléances, et à ceux-là il répondit brièvement. Et si l'un d'eux avait besoin d'un aide ? Non, il refusa d'y penser. Qu'avait dit Katerina à Bucarest ? Et tu vas passer ta vie au service des autres ? Peut-être que, s'il se consacrait à une cause utile, comme le père Tibor l'avait fait, dans ce cas l'âme de Clément aurait une chance de gagner son salut ? Son sacrifice rachèterait le péché mortel de Clément.

Cette idée le réconforta.

L'agenda du pape pour la période de Noël apparut à l'écran. Transmis pour accord à Castel Gandolfo, l'itinéraire portait en haut les initiales de Clément, qui l'avait donc donné. Il était censé célébrer la messe de Noël à Saint-Pierre, puis délivrer le lendemain son message annuel de paix, depuis son balcon sur la place. Michener remarqua l'accusé de réception provenant de Castel Gandolfo – il était daté du samedi à 9 h 45. C'était à peu près l'heure où, au retour de Bucarest, son avion s'était posé à Rome. Il avait ensuite retrouvé le pape au solarium. La nouvelle de la mort de Tibor était arrivée plus tard encore. Le pape avait donc pris le temps d'approuver des horaires qu'il n'avait pas la moindre intention de tenir. Étrange, puisqu'il avait l'intention de mourir.

Michener arriva au dernier e-mail de la liste et s'aperçut que le nom de l'expéditeur n'était pas affiché automatiquement par le logiciel. Il n'y avait rien du tout. Il recevait parfois des messages anonymes, envoyés par de mystérieux correspondants qui avaient réussi à trouver son adresse électronique. Pour la plupart, il s'agissait de fidèles désireux de faire connaître leur dévotion au pape.

Michener cliqua deux fois sur le mail et vit que, daté de la veille, il provenait de Castel Gandolfo. Reçu au Vatican à 23 h 56.

À l'heure qu'il est, Colin, vous savez ce que j'ai fait. Je ne vous demande pas de comprendre. Sachez que la

Vierge est réapparue pour me dire que mon heure était venue. Elle était accompagnée du père Tibor. Je m'attendais à ce qu'elle m'emporte, mais elle m'a ordonné de mettre fin moi-même à mes jours. C'était, disait le prêtre, ma pénitence, le châtiment que je méritais pour avoir désobéi. Il a précisé que les choses s'éclaireraient plus tard. J'ai craint pour mon âme, mais ils ont affirmé que le Seigneur m'attendait. J'ai trop longtemps ignoré les requêtes du Ciel. Cette fois, je ne peux plus. Vous avez souvent voulu savoir ce qui me préoccupait tant. Je vais vous le dire. En 1978, Valendrea a retiré de la Riserva *une partie du troisième message de la Vierge à Fatima. Cinq personnes seulement savent ce que le coffret contenait au départ. Quatre parmi elles – sœur Lucia, Jean XXIII, Paul VI et le père Tibor – ont disparu. Il ne reste que Valendrea. Il niera évidemment les faits, et les mots que vous lisez seront attribués à un vieil homme, sénile et suicidaire. Sachez que Jean-Paul II n'en connaissait qu'une version tronquée lorsqu'il a cru le révéler. Il vous revient de rétablir la vérité. Allez à Medjugorje. C'est essentiel. Non seulement pour moi, mais aussi pour l'Église. Faites cela comme un dernier service pour un ami.*

L'Église est certainement en train de préparer mes funérailles. Ngovi s'acquittera bien de son devoir. Je vous en prie, faites ce que vous croirez bon de mon corps. La pompe et le cérémonial ne font pas la piété. Pour ma part, je préférerais avoir Bamberg pour sanctuaire, cette jolie ville au bord du fleuve, et cette cathédrale si belle que j'aimais tant. J'ai pour seul regret de ne pas l'avoir revue une dernière fois. C'est peut-être là-bas que réside mon vrai testament. Ce n'est toutefois pas à moi de conclure. Que Dieu soit avec vous, Colin, et sachez que je vous ai profondément aimé, comme un père son enfant.

Une lettre d'adieu toute simple, écrite par un homme perturbé qui ne se faisait pas d'illusions. Mais un chef suprême de l'Église catholique romaine, à qui la Vierge Marie aurait demandé de se suicider... Il y avait aussi le lien établi entre Valendrea et le troisième secret de Fatima. Pouvait-on donner foi à ces informations ? Ngovi devait-il être mis au courant ? Michener conclut que, moins nombreux ils seraient à lire cette lettre, mieux ça serait. Le corps de Clément était maintenant embaumé, le prélèvement sanguin brûlé, et la cause de sa mort ne serait pas divulguée. Ces mots opiniâtres sur l'écran semblaient confirmer que le souverain pontife avait vécu ses derniers jours dans la démence.

Une psychose obsessionnelle.

Clément pressait de nouveau Michener de se rendre en Bosnie. Colin avait déjà décidé d'y renoncer. À quoi bon ? Il avait encore sur lui la lettre du pape adressée aux voyants – lettre morte, car pour mettre à exécution l'ordre de Clément, il faudrait aujourd'hui l'approbation du camerlingue et du Sacré Collège. Valendrea ne laisserait sûrement pas Michener chercher en Bosnie de nouveaux secrets mariaux. Ce serait faire un trop beau cadeau, même posthume, à un homme qu'il avait haï. En outre, ce voyage ne pourrait être officialisé sans expliquer à l'ensemble des cardinaux le rôle du père Tibor, les propres visions de Clément, et ce secret de Fatima qui l'avait taraudé. Ces révélations susciteraient une masse écrasante de questions. On risquait d'entacher la réputation du défunt. Quatre personnes savaient qu'il s'était suicidé, et c'était déjà trop. En tout cas, Michener ne serait certainement pas celui par qui le scandale arrive. Mais il serait peut-être utile que Ngovi lise cette lettre. Colin se rappela ce que lui avait dit Jakob à Turin. *Maurice Ngovi est ce qu'il vous restera de plus proche de moi. Pensez-y dans les jours qui viennent.*

Il imprima le texte sur une feuille, puis il effaça cet e-mail et éteignit l'ordinateur.

34

Lundi 27 novembre, 11 heures le matin

Fendant une marée de visiteurs sortis de leurs autocars, Michener était sur le point d'entrer au Vatican par la place Saint-Pierre. Il avait vidé son appartement du palais apostolique dix jours plus tôt, juste avant les obsèques de Clément XV. Il détenait encore un laissez-passer mais, après cette dernière tâche administrative, sa présence au Saint-Siège ne serait plus justifiée.

Le cardinal Ngovi l'avait prié de rester à Rome jusqu'à l'élection du nouveau souverain. Il lui avait même suggéré de se joindre au personnel de la Congrégation pour l'éducation catholique, mais il ne pouvait lui garantir un poste au-delà du conclave. Les fonctions régulières de Ngovi avaient pris fin avec la mort de Clément. Le camerlingue avait déjà annoncé que, si Valendrea était élu pape, il repartirait en Afrique.

Les obsèques de Clément avaient été célébrées simplement, en plein air, devant l'extérieur restauré de la basilique. Un million de personnes avaient envahi la place, où un cierge solitaire résistait au vent à côté du cercueil. Michener n'était pas dans les rangs des princes de l'Église. Les événements en avaient décidé autrement.

Il avait pris place avec les membres d'un personnel qui avait fidèlement servi son pape pendant trente-quatre mois. Plus d'une centaine de chefs d'État avaient assisté à l'événement, commenté en direct par les stations de radio et de télévision du monde entier.

Ngovi n'avait pas présidé la cérémonie, préférant laisser quelques cardinaux prononcer les oraisons. Un geste astucieux, qui lui vaudrait probablement leurs bonnes grâces. Peut-être pas de quoi réunir un grand nombre de votes au conclave, mais au moins ceux-là écouteraient ce qu'il aurait à dire.

Sans grande surprise, Maurice avait tenu Valendrea à l'écart des célébrations, et cette décision-là était facile à justifier. Pendant l'interrègne, le secrétaire d'État était accaparé par les relations diplomatiques du Saint-Siège auxquelles il devait accorder la plus grande attention. Les louanges et les adieux incombaient donc traditionnellement à d'autres. Prenant sa mission à cœur, Valendrea avait fait de nombreuses apparitions dans les médias depuis une quinzaine de jours. Il communiquait avec les principales agences de presse internationales, et choisissait soigneusement ses mots.

À la fin de la cérémonie, douze porteurs avaient emporté le cercueil dans la crypte, en passant par la porte des Morts. Sculpté à la hâte par les maçons, le sarcophage de Volkner était orné d'un bas-relief de Clément II – le pape allemand du XIe siècle qu'il avait tant admiré – et de son propre emblème papal. On l'avait enterré à proximité de Jean XXIII, ce qu'il aurait également apprécié. Il reposait là avec soixante-deux souverains pontifes.

— Colin.

Michener se figea en entendant son nom. Essoufflée, Katerina venait de traverser la place. Il ne l'avait pas revue depuis Bucarest, près de trois semaines plus tôt.

— Te revoilà à Rome ?

Elle avait changé de style vestimentaire. Elle portait

un pantalon de serge, une chemise de soie et un manteau en pied-de-poule. Un peu moins stricte qu'elle n'en avait l'habitude, et très séduisante.

— Je ne suis jamais partie.

— Tu es revenue ici directement depuis Bucarest ?

Elle fit signe que oui. Le vent ébouriffant ses cheveux noirs, elle glissa quelques mèches derrière ses oreilles.

— J'étais sur le point de m'en aller quand j'ai appris la nouvelle. Alors je suis restée.

— Que fais-tu en ce moment ?

— J'ai couvert les obsèques pour un ou deux journaux.

— J'ai vu Kealy sur CNN.

Intervenant à maintes reprises, le prêtre avait offert des points de vue sur le prochain conclave qui ne brillaient pas par leur objectivité.

— Je l'ai vu, moi aussi. Mais je l'évite depuis la mort de Clément. Tu avais raison, je perdais mon temps avec lui.

— Tu as bien fait. J'ai écouté ce que disait cet imbécile devant les caméras. Il a une opinion sur tout, et il se trompe le plus souvent.

— CNN aurait dû t'engager à sa place.

Michener s'esclaffa.

— Comme si j'avais besoin de ça, tiens !

— Que vas-tu faire maintenant, Colin ?

— Je suis venu dire au cardinal Ngovi que je retourne en Roumanie.

— Tu retournes chez le père Tibor ?

— Tu n'es pas au courant ?

Katerina était perplexe. Michener lui apprit ce qui s'était passé.

— Le pauvre homme. Il ne méritait pas ça. Et ces enfants... Ils n'avaient que lui.

— C'est la raison pour laquelle je vais là-bas. Je suis ton conseil : il est temps que je fasse quelque chose.

— Tu as l'air content d'avoir pris une décision.

Il balaya du regard cette place Saint-Pierre qu'il avait arpentée avec toute l'assurance d'un secrétaire papal. Aujourd'hui, il se donnait l'impression d'un étranger.

— Le moment est venu de passer à l'étape suivante.

— Fini, la tour d'ivoire ?

— Je crois bien, oui. Cet orphelinat, là-bas, va devenir mon chez-moi.

Elle inclina légèrement la tête :

— Nous nous connaissons depuis longtemps, et j'ai parfois été très en colère contre toi. Malgré tout, nous sommes capables de nous parler aujourd'hui comme deux amis, et j'en suis heureuse.

— Il faut essayer de ne pas commettre toujours les mêmes erreurs. Ce serait déjà pas mal d'y arriver.

Elle était visiblement de son avis. Michener était content de l'avoir croisée. Mais Maurice l'attendait.

— Prends soin de toi, Kate.

— Toi aussi, Colin.

Il la quitta en réprimant de toutes ses forces l'envie de se retourner.

Il trouva Maurice Ngovi dans son bureau de la Congrégation pour l'éducation catholique. L'enfilade des pièces qui menait à celui-ci grouillait d'activité fébrile. Le conclave commençait demain, et il restait certainement une foule de choses à régler.

— Aussi incroyable que cela paraisse, il semble que nous soyons prêts, lui dit le camerlingue qui referma la porte après avoir prié ses assistants de ne pas le déranger.

Ngovi l'ayant convoqué, Michener s'attendait à ce qu'il lui propose un nouveau poste.

— J'ai bien réfléchi avant de vous parler, Colin. Et demain, je serai enfermé dans la chapelle Sixtine, dit-il en se redressant sur son fauteuil. Je veux que vous alliez en Bosnie.

Michener était surpris.

— Pour quoi faire ? Nous pensions, vous et moi, que c'était absurde.

— Cette affaire me perturbe. Clément était déterminé, et je tiens à respecter ses dernières volontés. C'est, après tout, mon devoir de camerlingue. Il tenait à connaître le dixième secret de Medjugorje, et moi aussi, finalement.

Michener n'avait rien dit au sujet de l'ultime e-mail de Clément. Il sortit de sa poche la copie papier qu'il en avait faite :

— Il faut que vous lisiez ceci.

Le cardinal chaussa une paire de lunettes et lut attentivement.

— Il m'a envoyé ça peu avant minuit, ce triste dimanche-là, Maurice. Je pense qu'il était victime d'hallucinations. Si je m'en vais là-bas en Bosnie, nous risquons d'attirer l'attention. Pourquoi ne pas clore le chapitre ?

Ngovi retira ses verres et déclara :

— Je tiens plus que jamais à ce que vous y alliez.

— On croirait entendre Jakob. Qu'est-ce qui vous arrive ?

— Difficile à dire. Tout ce que je sais, c'est que ça comptait pour lui, et nous devons mener à bien la tâche qu'il s'est impartie. D'autre part, ce que je viens de lire sur Valendrea et le troisième secret me dit que cette enquête est de la plus haute importance.

Michener n'était pas convaincu.

— Jusque-là, Maurice, personne n'a posé de questions sur la mort de Clément. Cela n'est pas très prudent.

— J'y ai réfléchi. Seulement, ça m'étonnerait que la presse s'intéresse de près à ce que vous allez faire. Ils ne pensent qu'au conclave. Donc vous pouvez partir.

Vous avez toujours la lettre que Clément a écrite pour les voyants ?

Michener fit signe que oui.

— Je vais vous donner la même, avec ma signature. Ça devrait suffire.

Michener lui confia ce qu'il avait décidé de faire en Roumanie. Puis :

— Vous êtes sûr de ne pouvoir envoyer quelqu'un d'autre à ma place ?

Le camerlingue hocha la tête :

— Vous connaissez déjà la réponse.

Ngovi avait l'air moins sûr de lui que d'habitude.

— Je dois vous apprendre une chose, Colin. Ça rejoint ce qu'il vous a écrit, dit-il en montrant la copie du mail. Vous m'avez rapporté que Valendrea s'était rendu à la *Riserva* avec le pape. J'ai regardé sur les registres. Ils y étaient en effet le vendredi soir qui a précédé la mort de Clément. Ce que vous ignorez, c'est que Valendrea a quitté le Vatican le lendemain. Le samedi soir. Un déplacement parfaitement imprévu. Il a annulé tous ses rendez-vous pour ça. Il n'est revenu que le dimanche matin assez tôt.

Ngovi avait lui aussi de bons informateurs, ce qui impressionna Michener.

— Je ne savais pas que vous le surveilliez d'aussi près.

— Le Toscan n'a pas le monopole des écoutes.

— Et vous savez où il était ?

— Je sais seulement qu'il s'est envolé depuis l'aéroport de Rome, avant la tombée de la nuit, à bord d'un avion privé. C'est le même appareil qui l'a ramené le dimanche.

Michener se rappela le malaise qu'il avait ressenti pendant que lui et Katerina discutaient au café avec le père Tibor. Avait-il été suivi ? Valendrea connaissait-il l'existence du prêtre ?

— Tibor est mort le samedi soir. Cela implique quoi, selon vous, Maurice ?

Ngovi leva les deux mains :

— Je rapporte les faits, c'est tout. Le vendredi, à la *Riserva*, Clément montre à Valendrea ce que Tibor lui a fait parvenir. Le lendemain, on retrouve le prêtre assassiné. S'il y a un lien avec cet aller et retour du secrétaire d'État, je n'en sais rien. Mais enfin, la mort de Tibor intervient à un drôle de moment, quand même ?

— Et vous pensez que la réponse à tout ça se trouve en Bosnie ?

— Clément le pensait.

Michener comprenait mieux les motivations du camerlingue. Une question se posait toutefois :

— Et les cardinaux ? Il ne faudrait pas les informer de ce que je vais faire ?

— Votre mission est officieuse. C'est entre vous et moi. Un geste d'amitié envers un disparu. De plus, le conclave commence demain et nous serons enfermés. Aucune information ne doit filtrer du dehors.

C'était donc la raison pour laquelle Ngovi avait placé ce rendez-vous au dernier moment. Michener repensa aux propos de Clément sur l'ambition de Valendrea, aux oreilles indiscrètes qui traînaient partout. Il regarda ces murs qui l'entouraient, construits à l'époque où l'Amérique se battait pour son indépendance. Quelqu'un était-il en train de les écouter ? Il décida de s'en moquer.

— Bien, Maurice. Je vais le faire. Parce que Clément me l'avait demandé, et parce que vous aussi me le demandez. Après quoi je disparais.

Il espéra que Valendrea entendait.

35

16 heures 30

Valendrea était comblé par le volume d'informations que ses appareils lui fournissaient. Au travail tous les soirs depuis quinze jours, Ambrosi avait fait le tri dans les bandes pour ne garder que l'essentiel. Le montage des enregistrements intéressants, recopiés sur microcassettes, révélait les positions des différents cardinaux. Le secrétaire d'État constatait avec plaisir qu'il était *papabile* aux yeux du plus grand nombre, même s'il en restait quelques-uns à convaincre définitivement.

L'attitude sobre et prudente qu'il avait choisie portait ses fruits. Il transpirait cette sorte de respectabilité onctueuse qu'on attend volontiers des princes de l'Église. Elle lui avait manqué lors du précédent conclave, dont Clément XV était sorti vainqueur. Plusieurs commentateurs avaient inclus son nom dans la courte liste des favoris, avec ceux de Maurice Ngovi et de quatre autres cardinaux.

La veille, une estimation rapide lui avait appris qu'il pouvait compter sur quarante-huit voix. Il lui en fallait soixante-seize pour gagner lors des premiers tours, à la condition que tous les cardinaux électeurs soient présents à Rome. Sauf cas d'empêchement grave, ils le seraient. Par bonheur, les réformes adoptées sous Jean-Paul II avaient changé un peu la donne. Ainsi, après trois jours de concile sans résultat, une journée devait être consacrée à la prière. Et au bout de douze jours de conclave, si l'on n'avait toujours pas de pape, celui-ci pouvait être choisi à la majorité absolue. Le temps jouait donc pour le secrétaire d'État qui, disposant déjà de cette majorité, l'exploiterait pour barrer la voie aux autres papabili. Ce qui s'appelle faire de l'obstruction – pourvu, évidemment, que ses partisans le soutiennent encore passé douze jours de conclave.

Quelques cardinaux lui posaient problème. Ils lui disaient une chose en face puis, se croyant à l'abri derrière une porte fermée, en affirmaient une autre. Des traîtres. Mais Ambrosi avait réuni assez d'informations à leur sujet pour les remettre dans le droit chemin, et Valendrea s'apprêtait à le leur faire savoir. Paolo irait faire le tour de ces Éminences, pas plus tard que demain matin.

Car, le surlendemain, la chasse aux voix serait plus ardue. On garderait certainement au bout de l'hameçon les poissons déjà ferrés mais, pendant le conclave, dans un espace confiné, l'intimité manquerait pour aller plus loin. La chapelle Sixtine impressionnait les robes rouges. Certains imputaient cela au Saint-Esprit. D'autres à l'ambition. Le secrétaire d'État savait qu'il fallait s'assurer maintenant le maximum de votes, et il verrait lors de la première assemblée qui tiendrait sa parole ou pas.

Bien sûr, le chantage ne lui vaudrait que quelques voix supplémentaires. Si la grande majorité de ses partisans lui étaient fidèles, il le devait surtout à son rang dans l'Église et à ses antécédents. C'est pourquoi il était le *papabile* numéro un. Valendrea se félicitait d'avoir évité tout faux pas ces derniers jours, et donc d'éventuelles défections.

Il n'en revenait pas que Clément se soit suicidé. Jamais

il n'aurait cru l'Allemand capable d'attenter à ses jours, encore moins à son âme. Ce que le pape lui avait dit dans ses appartements presque trois semaines plus tôt lui revint brusquement à l'esprit. *J'espère finalement que vous hériterez de la charge. Vous trouverez ça fort différent de ce que vous imaginez. Ça tombera peut-être sur vous, qui sait ?* Puis, encore, ce vendredi soir où ils avaient quitté ensemble la *Riserva*. *Je voulais que vous sachiez ce qui vous attend.* Et pourquoi Clément ne l'avait-il pas empêché de lire la traduction ? *Vous verrez, Alberto.*

— Allez au diable, Volkner, murmura-t-il.

On frappa à la porte. Ambrosi entra, traversa la pièce et lui tendit un tout petit dictaphone.

— Écoutez ça. Je viens de recopier la bande : Michener et Ngovi, il y a environ quatre heures, dans le bureau du camerlingue.

La conversation durait une dizaine de minutes.

Valendrea éteignit l'appareil.

— D'abord la Roumanie, maintenant la Bosnie. On n'arrête pas le progrès.

— Apparemment, Clément a envoyé un mail à Michener avant de faire le grand saut.

Valendrea n'avait pas caché à son complice que c'était un suicide. Il lui avait également rapporté ce qui s'était passé dans la *Riserva*.

— Il me faut cet e-mail.

— Oui, mais je ne vois pas comment faire, là.

— Remettez la main sur la petite catin de l'Américain.

— J'y ai pensé aussi. Mais quelle importance, finalement ? Le conclave commence demain. Vous serez pape dans la soirée. Ou le lendemain, au plus tard.

Possible, mais les scrutins pouvaient se révéler serrés.

— Ce qui me perturbe, c'est que l'Africain semble lui aussi chapeauter un réseau d'informateurs. Je ne me rendais pas compte que je l'intéressais tant que ça, répondit Valendrea.

Plus embêtant encore était le fait que Ngovi faisait un lien entre son court séjour en Roumanie et le meurtre du père Tibor. Cela pouvait devenir compromettant.

— Je veux que vous retrouviez Katerina Lew.

Il avait fait exprès de ne pas la rappeler après son retour. Inutile. Clément lui avait appris tout ce qu'il avait besoin de savoir. Mais voilà que Ngovi envoyait des émissaires en catimini. Ennuyeux, ça. Surtout que cette mission le concernait lui, Valendrea. Bon, il n'y avait pas grand-chose à faire, et il ne fallait surtout pas prévenir le Sacré Collège. On lui poserait des questions, et il n'avait pas le temps d'inventer les réponses. Qui, de toute façon, ne seraient pas satisfaisantes. Et Ngovi serait tenté de lancer une enquête sur son déplacement en Roumanie. Il n'allait pas faire ce cadeau-là à l'Africain.

Il était la seule personne encore vivante à savoir ce que la Vierge avait dit *in extenso*. Les trois papes étaient morts, il avait fait disparaître une partie de la traduction de Tibor, éliminé le prêtre lui-même et jeté à l'égout le texte original de la sœur. Il ne restait plus que la copie réalisée *in extremis* par le prêtre bulgare – elle était à l'abri dans la *Riserva*. Où personne, absolument personne, ne devait avoir accès. Sinon lui. Mais pour cela, il fallait qu'on l'élise pape.

Il leva les yeux vers Ambrosi.

— Malheureusement, Paolo, j'ai besoin de vous garder près de moi pendant quelques jours. Seulement, il faut savoir ce que Michener fabrique en Bosnie, et je ne vois que Katerina Lew pour ça. Donc trouvez-la, et faites-la travailler.

— Qu'est-ce qui vous dit qu'elle est à Rome ?

— Où voulez-vous qu'elle soit ?

36

18 heures 15

Katerina était irrésistiblement attirée par la tente de CNN, montée devant la colonnade du côté sud de la place Saint-Pierre. De loin, elle avait aperçu Tom Kealy devant trois caméras, sous les projecteurs. Plusieurs plateaux de télévision improvisés se trouvaient sur l'esplanade ou non loin. Les milliers de fauteuils et de barrières métalliques installés pour les obsèques de Clément avaient disparu. Les lieux étaient maintenant occupés par les vendeurs de souvenirs, les pèlerins, quelques militants anticléricaux et une légion de journalistes venus pour le conclave. Celui-ci commençant demain, les caméras s'étaient disputé les meilleurs points de vue sur la cheminée qui dégagerait la fumée blanche signifiant l'élection du nouveau pape.

Katerina se rapprocha des badauds attardés autour de l'estrade où Kealy s'entretenait avec la correspondante de CNN. Il portait une soutane noire avec le col romain – le bon gentil prêtre dans toute sa splendeur. Malgré les griefs qu'il nourrissait à l'égard de l'Église, il était toujours à l'aise dans le costume ecclésiastique.

— ... en effet, à l'époque, les bulletins étaient simplement brûlés après chaque tour de scrutin, avec de la paille sèche ou de la paille mouillée. La première produisait une fumée noire, et l'autre une fumée blanche. On ajoute aujourd'hui un produit chimique qui détermine la couleur, pour éviter certaines ambiguïtés auxquelles les conclaves les plus récents n'ont pas échappé. Comme quoi, quand ça l'arrange, l'Église sait parfois tirer parti de la science.

— Que savez-vous sur la journée de demain? demanda la journaliste.

Kealy regarda la caméra bien en face.

— Il semble qu'il y ait deux favoris, les cardinaux Ngovi et Valendrea. Ngovi serait le premier pape noir depuis Jésus-Christ, et il pourrait se révéler très utile au continent africain. Pensez à ce que Jean-Paul II a fait pour la Pologne et pour l'Europe de l'Est. L'Afrique aurait bien besoin d'un représentant comme lui.

— Les catholiques sont-ils prêts à accueillir un pape noir?

Kealy haussa les épaules.

— Quelle importance cela a-t-il encore? La plus grande partie des catholiques sont aujourd'hui en Amérique du Sud et en Asie. Les cardinaux européens ne sont plus majoritaires au Vatican. Depuis Jean XXIII, les papes ont régulièrement ouvert les portes du Collège cardinalice aux non-Italiens. À mon avis, l'Église se porterait mieux avec Ngovi qu'avec l'autre.

Kate sourit. Kealy tenait apparemment sa revanche sur le vertueux Alberto. Le vent tournait. Dix-neuf jours plus tôt, Kealy avait subi un tir nourri de critiques, préambule à son excommunication. Toutefois, pendant l'interrègne, les activités du tribunal étaient suspendues comme le reste. Et voilà que l'accusé dénigrait son juge en direct, sur une chaîne de télévision internationale. Un juge qui partait favori pour le trône papal.

— Pourquoi pensez-vous que l'Église serait mieux servie par le cardinal Ngovi?

— Valendrea est italien. L'Église se bat d'ailleurs contre la surreprésentation des Italiens. Son accession à la tiare serait une régression. Cet homme est beaucoup trop conservateur pour les catholiques du XXIe siècle.

— Certains disent au contraire qu'un retour aux valeurs traditionnelles serait une bonne chose.

Kealy hochait la tête :

— Vous passez quarante ans, depuis Vatican II, à essayer de moderniser une institution aussi vieille, vous lui donnez une assise internationale et ensuite vous jetez tout ça aux orties ? Le pape n'est plus seulement l'évêque de Rome. Il est à la tête d'un milliard de fidèles dont la vaste majorité n'est ni italienne, ni européenne, ni même de race blanche. Ce serait un suicide d'élire Valendrea. Surtout face à quelqu'un comme Maurice Ngovi, tout aussi compétent et vers lequel le monde a les yeux tournés.

Katerina sursauta quand une main se posa sur son épaule. Faisant volte-face, elle trouva le regard noir de Paolo Ambrosi à quelques centimètres. Elle s'efforça aussitôt de dominer une colère prête à éclater.

— On dirait qu'il n'apprécie pas le cardinal Valendrea.

— Enlevez votre main.

Le prêtre s'exécuta avec un sourire tordu.

— J'avais comme idée que vous seriez ici.

Il fit un geste vers Kealy :

— Près de votre chevalier servant.

Kate était partagée entre le dégoût et la crainte.

— Que voulez-vous ?

— Nous n'allons pas parler ici, votre ami risquerait de nous voir. Il se demanderait ce que vous faites avec un associé du méprisable *papabile*. Ça vous vaudrait une scène de jalousie...

— De ce point de vue, il n'a rien à craindre de vous. Je fais partie des gens qui pissent assis et je ne suis pas votre genre.

Il ne répondit rien. Mais il avait raison : il valait mieux éviter les regards. Kate le suivit le long de la colonnade, derrière quelques rangées de boutiques où l'on vendait des médailles et des timbres de la cité papale.

— Ces gens me répugnent, dit Ambrosi, la tête tournée vers les boutiques. C'est un vrai carnaval. Tout est bon pour faire de l'argent.

— Quoi ? Les troncs sont fermés depuis la mort de Clément ? répliqua Katerina.

— Je me passe de vos insolences.

— La vérité vous gêne ?

Ils traversèrent le Tibre et marchèrent en silence jusqu'à une via bordée d'immeubles cossus. Kate avait les nerfs à vif.

— Que me voulez-vous ?

— Colin Michener doit partir pour la Bosnie. Son Éminence souhaite que vous l'accompagniez et que vous lui rapportiez ce qu'il fait.

— Vous m'avez envoyée en Roumanie et ça ne vous intéressait pas. Vous ne m'avez pas téléphoné après.

— Cela n'avait plus d'importance. Ce que je vous demande en a.

— C'est moi que ça n'intéresse pas, cette fois. De plus, Colin ne va pas en Bosnie, mais en Roumanie.

— Non, il va en Bosnie. À Medjugorje, précisément.

Katerina était perplexe. Qu'est-ce que cela voulait dire ? Michener avait-il renoncé à ses autres projets ?

— Son Éminence m'a chargé de vous faire savoir que, si vous le voulez, vous avez toujours un ami au Vatican. Je vous rappelle aussi qu'il vous a donné dix mille euros.

— En me disant de les dépenser comme je voudrais.

— Ben voyons. Vous êtes assez chère, pour une pute.

Elle le gifla.

Impassible, il se contenta de la fixer avec ses yeux de rat.

— Vous ne lèverez plus la main sur moi.

Le ton était assez venimeux pour être inquiétant.

— Je ne suis plus d'humeur à jouer les espionnes.

— Vous êtes une petite salope mal élevée. Son Éminence se lassera vite de vous. J'en profiterai pour vous rendre la monnaie de votre pièce.

Elle recula d'un pas.

— Pour quelle raison l'envoie-t-on en Bosnie ?

— Pour parler aux voyants de Medjugorje.

— Pourquoi s'embarrasse-t-on avec ces illuminés ?

— Ah, vous êtes au courant des apparitions de la Vierge.

— Ça ne rime à rien. Personne ne croit à ces gamins qui communiqueraient avec elle depuis des années, comme si elle revenait tous les jours à l'heure du goûter.

— L'Église a besoin de vérifier si le phénomène est *digne de foi*.

— Parce que, dans ce cas-là, ça serait vrai ?

— Vos sarcasmes me fatiguent.

— C'est vous qui êtes fatigant.

Il avait quand même réussi à la piquer au vif. Elle ne voulait certainement pas coopérer avec lui ou avec son donneur d'ordres. Kate n'était restée à Rome que pour Michener. Elle savait que ses fonctions au Vatican avaient pris fin. Kealy avait mentionné ce point à la télévision peu après la disparition de Clément. Mais elle n'avait encore rien fait pour retrouver sa trace. Après leur précédente rencontre, elle s'était demandé si elle n'allait pas le suivre en Roumanie. Voilà qu'une autre possibilité se présentait. En Bosnie.

— Quand doit-il partir ? dit-elle, en se méprisant de mordre à l'hameçon.

Un éclair de satisfaction brilla dans les yeux d'Ambrosi.

— Je ne sais pas.

Il passa une main dans sa soutane et en ressortit une feuille de papier.

— Voici l'adresse de son appartement. Ce n'est pas très loin d'ici. Vous pourriez le… consoler ? Son gourou est mort, sa vie est un champ de ruines, son ennemi intime sera bientôt élu pape, et…

— Vous croyez que Michener est vulnérable à ce point ? Qu'il va vider son sac et me proposer aussitôt de m'emmener ?

— Pourquoi pas ?

— Il a quand même un peu de fierté.

Ambrosi sourit.

— Je parierais que non.

37

Rome, 19 heures

Michener descendait la via Giotto vers son appartement. Le quartier était devenu un des rendez-vous favoris des noctambules. Ses rues étaient bordées de cafés dont la clientèle se composait depuis longtemps d'intellectuels et de militants. Mussolini avait organisé non loin de là son accession au pouvoir. Dieu merci, la plupart des immeubles, échappant aux démolitions prévues par Il Duce, avaient conservé leur belle allure XIXe.

Après avoir emménagé dans le palais apostolique, l'Américain avait lu plusieurs biographies de l'ambitieux dictateur fasciste. Mussolini avait rêvé de voir tous ses compatriotes en uniforme, de remplacer les vieilles maisons romaines aux toits de terra-cotta par des façades de marbre, et d'ériger des obélisques pour commémorer ses victoires. On l'avait fusillé sans jugement en 1945, puis on l'avait pendu par les chevilles pour que tout le monde le voie bien. Il ne restait plus rien de ses projets grandioses. Michener redoutait que l'Église subisse un destin analogue sous l'impulsion d'Alberto Valendrea.

La mégalomanie est une maladie mentale, nourrie par le mépris et l'arrogance. Le secrétaire d'État en souffrait visiblement. Il rejetait sans ambages les portes ouvertes par Vatican II, et les réformes entreprises par la suite. Avec une élection rapide, il se croirait autorisé à procéder à un changement radical de cap. Le pire était que le Toscan pouvait régner vingt ans ou davantage. Ce qui lui laisserait le temps de réorganiser complètement le Collège cardinalice, comme Jean-Paul II y avait aussi veillé en son temps. Mais Jean-Paul II avait été un souverain bienveillant et un homme de vision. Valendrea incarnait tout bonnement le mal. Que Dieu protège ses ennemis. Raison de plus pour disparaître dans les monts Carpates, pensait Michener.

Il poussa la porte du rez-de-chaussée et monta au deuxième étage. L'un des évêques de la maison pontificale lui avait prêté cet appartement de trois pièces pour le temps qu'il voudrait, et Michener lui en était infiniment reconnaissant. Il y avait entreposé les affaires de Clément quelques jours plus tôt, dont le vieux coffre bavarois, en pensant quitter Rome au début du week-end. Il devait maintenant s'envoler pour la Bosnie, muni du billet que Ngovi venait de lui fournir. Encore une semaine, et il commencerait une nouvelle existence en Roumanie.

Il ne pouvait s'empêcher d'en vouloir à Clément. Bien des papes avaient été choisis pour ne servir que d'intérimaires, mais un grand nombre d'entre eux avaient surpris leurs contemporains en s'imposant une décennie ou plus. Jakob Volkner aurait pu faire partie de cette catégorie-là et imprimer sa marque. Tant d'espoirs avaient disparu avec lui, et de son propre fait.

Michener se donnait l'impression d'un somnambule. Les deux dernières semaines, depuis cet affreux lundi, avaient défilé comme un rêve. Sa vie, jusque-là organisée dans les moindres détails, semblait lui échapper.

Il avait besoin d'ordre.

En arrivant sur le palier du deuxième étage, il comprit que ce n'était pas pour aujourd'hui. Assise par terre devant sa porte l'attendait Katerina Lew.

— Je ne suis pas étonné de te trouver là et je me demande pourquoi, lui dit-il. Comment as-tu fait cette fois ?

— D'autres secrets que tout le monde connaît.

Elle se releva et essuya la poussière sur son pantalon. Elle était plus charmante, plus rayonnante encore qu'au matin.

Michener ouvrit la porte.

— Tu pars toujours en Roumanie ? dit-elle.

Il jeta ses clefs sur une table.

— Tu veux venir avec moi ?

— Pourquoi pas ?

— Ne réserve pas tout de suite ton avion, dans ce cas.

Sans mentionner le dernier e-mail de Clément, il lui parla de ce que Ngovi l'envoyait faire à Medjugorje. Ce voyage ne le réjouissait pas et il le lui dit.

— La guerre est terminée, Colin. La paix est revenue depuis des années.

— Grâce aux troupes de l'OTAN et des Américains. Ce n'est pas ce que j'appellerais une villégiature.

— Pourquoi y vas-tu alors ?

— Parce que je le dois à Clément et à Ngovi.

— Tu n'as pas payé toutes tes dettes, encore ?

— Je sais ce que tu vas dire. J'étais même prêt à rendre ma robe, vois-tu ? Tout cela n'a plus aucune importance.

Elle s'attendait à tout sauf ça.

— Mais pourquoi alors ?

— J'en ai assez. Le clergé, ici, se contrefiche de Dieu, de la vie éternelle, du bonheur des hommes et de ce que tu voudras. Non, c'est de la politique comme le reste. L'ambition et l'appât du gain, voilà. Chaque fois que je repense à l'endroit où je suis né, j'en suis malade. Qui pouvait croire que ces sœurs agissaient pour le bien d'autrui ? On aurait pu les aider un peu mieux, les pauvres filles, ça n'était pas si compliqué, mais non. Quant à nous, on nous expédiait comme des colis.

Son regard resta un moment posé sur le plancher.

— Et ces gosses, là-bas, en Roumanie ? Même le Ciel les a oubliés.

— Je ne t'ai jamais vu comme ça.

Il alla à la fenêtre.

— Valendrea a toutes les chances d'être élu pape. Cela va changer beaucoup de choses. Tom Kealy n'avait peut-être pas tort, finalement.

— Ne le mets pas sur un piédestal, celui-là.

Il y avait quelque chose d'étrange dans sa voix.

— Mais nous ne parlons que de moi. Qu'as-tu fait, toi, depuis Bucarest ?

— Comme je t'ai dit, j'ai écrit plusieurs articles pour un hebdo polonais. Et j'ai commencé à faire des recherches autour du conclave. On m'a commandé un grand reportage.

— Qu'est-ce que tu viendrais faire en Roumanie, alors ?

L'expression de Kate se radoucit.

— Oui, ça n'est pas le moment. C'était un vœu pieu. Au moins, je sais où te trouver, comme ça.

C'était aimable et rassurant. Il comprit qu'il ne pourrait jamais revoir cette femme sans ressentir une certaine tristesse. Il se rappela les derniers moments, bien des années auparavant, qu'ils avaient passés seul à seul. C'était à Munich, il était sur le point de terminer ses études et de retourner au service de Jakob Volkner. Mis à part ses cheveux plus courts et ses rides naissantes, Katerina n'avait pas changé. Son sourire était toujours aussi frais. Il l'avait aimée pendant deux ans, au terme desquels, il le savait, un choix s'imposerait. Aujourd'hui, il se rendait compte qu'il n'avait pas fait le bon. Ce qu'il avait dit plus tôt lui revint en mémoire. *Il faut essayer de ne pas commettre toujours les mêmes erreurs. Ce serait déjà pas mal d'y arriver.*

Et comment.
Il traversa la pièce et prit Kate dans ses bras.
Elle ne lui résista pas.

Il ouvrit les yeux et lut l'heure au réveil. Vingt-deux heures quarante-trois. Katerina était allongée près de lui. Ils avaient somnolé deux heures. Il ne se sentait coupable de rien. Il aimait cette femme et si Dieu n'était pas content, eh bien tant pis. Ça n'était plus vraiment un problème.

— À quoi penses-tu dans le noir ? demanda-t-elle.

Il l'avait crue endormie.

— Je pense que je n'ai pas l'habitude de me réveiller avec quelqu'un dans mon lit.

Elle posa sa tête dans le creux de son épaule.

— Cette habitude, tu pourrais la prendre ?
— J'étais en train de me poser la question.
— Je n'ai plus envie de te quitter, Colin.

Il embrassa ses cheveux.

— Personne ne t'y oblige.
— Tu m'emmènes en Bosnie ?
— Et ton magazine ?
— Je t'ai menti. Il n'y a pas de magazine. Je suis restée à Rome parce que je voulais te voir.

Il répondit sans hésiter.

— Alors, un séjour en Bosnie nous fera le plus grand bien.

Il avait quitté le palais apostolique et la vie publique pour se réfugier dans un tout petit monde où lui seul existait. Clément XV reposait dans la crypte sous l'autel de Saint-Pierre, et Michener était dans son lit près de la femme qu'il aimait.

Où tout cela le conduisait-il, il était bien incapable de le dire.

Au moins il s'était réconcilié avec son cœur. Enfin.

38

*Medjugorje,
Mardi 28 novembre, 13 heures*

L'œil rivé sur la fenêtre de l'autobus, Katerina à ses côtés, Michener regardait défiler la côte rocheuse. Un vent du diable soulevait l'Adriatique. L'avion avait à peine décollé de Rome qu'il se posait déjà à Split. De nombreux cars de tourisme étaient garés devant l'aéroport. Les conducteurs hélaient les arrivants aux cris de : Medjugorje, Medjugorje ! L'un d'eux expliqua que c'était la morte saison. L'été, de trois à cinq mille pèlerins arrivaient chaque jour. Leur nombre se réduisait à quelques centaines de novembre à mars. Quand même.

Ils étaient partis depuis deux heures. La guide avait eu le temps d'indiquer à ses cinquante passagers que Medjugorje se trouvait dans le sud de l'Herzégovine, près de la mer, et que le mur de montagnes, au nord, servait autant de rempart climatique que politique. Elle leur avait donné la signification de Medjugorje : « la terre entre les collines ». La population était essentiellement croate, à majorité catholique. Au début des années 90, les Croates avaient revendiqué leur indépendance dès la chute du régime communiste, mais les Serbes les avaient envahis pour essayer de créer leur Grande Serbie. La guerre civile avait été un bain de sang de plusieurs années. Deux cent mille personnes y avaient laissé leur vie, jusqu'à ce que, enfin, la communauté internationale réagisse et mette fin à ce génocide. Une autre guerre avait alors éclaté entre Croates et musulmans, rapidement étouffée par l'arrivée des Casques bleus.

Les troupes ayant surtout mené combat à l'est et au nord de la ville, Medjugorje avait échappé aux horreurs. Elle hébergeait cinq cents familles environ, et l'énorme église en son centre paraissait disproportionnée. Selon la guide, l'infrastructure touristique – hôtels, chambres d'hôtes, restaurants et magasins de souvenirs – était en train de défigurer les lieux. Vingt millions de personnes étaient déjà venues du monde entier. On avait estimé le nombre d'apparitions mariales à deux mille, ce qui était sans précédent sur l'ensemble du globe.

— Non, mais tu y crois ? demanda Katerina à voix basse. Tu ne trouves pas ça un peu exagéré que la Vierge descende chaque jour du Ciel pour faire la causette à une villageoise bosniaque ?

— Les voyants le croient, et Clément le croyait aussi. Il ne faut pas avoir d'idées préconçues, d'accord ?

— Bon, d'accord. Mais lequel vas-tu essayer de… voir ?

Michener posa quelques questions à la guide. Elle lui apprit qu'une des voyantes, aujourd'hui âgée de trente-cinq ans, était mariée, mère d'un enfant, et qu'elle vivait en Italie. Une autre, trente-six ans, habitait encore Medjugorje avec son mari et ses trois enfants mais, jalouse de sa vie privée, elle recevait très peu de visiteurs. L'un des hommes, à peine trentenaire, espérait toujours entrer dans les ordres après deux tentatives infructueuses. Mais il voyageait beaucoup – il se proclamait messager de la Vierge – et il serait difficile à trouver. Le second homme, le plus jeune des six, était marié avec deux enfants et parlait rarement aux étrangers. Il restait deux femmes. L'une avait plus de quarante ans et s'était expatriée. La seconde, Jasna, habitait toujours Medjugorje. Elle vivait seule et continuait de voir des apparitions, souvent même à l'église Saint-James, entourée de milliers de personnes. La guide la décrivit comme une personne introvertie, pas très loquace, mais qui prenait le temps de répondre aux visiteurs.

Michener se pencha vers Katerina :

— Apparemment, on n'a pas trop le choix. On va commencer par elle.

À l'avant du car, la guide poursuivit :

— Mais Jasna ne connaît pas tous les secrets que la Vierge a confiés aux autres.

Michener écouta attentivement.

— En revanche, les cinq autres voyants les connaissent tous. À ce qu'on dit, quand tous les six connaîtront les dix secrets, il n'y aura plus d'apparitions et la Vierge donnera un signe tangible de sa présence pour convaincre les athées. *Mais les fidèles n'ont pas besoin d'attendre ce signe pour croire. L'état de grâce est venu, c'est le moment d'éprouver sa foi ou de se convertir. Car pour beaucoup il sera trop tard quand le signe viendra.* Ce sont les mots de Notre-Dame elle-même. Elle a prédit l'avenir.

— Alors, qu'est-ce qu'on fait ? chuchota Katerina à l'oreille de Michener.

— On va voir cette Jasna. Ne serait-ce que pour assouvir ma curiosité. J'ai mille questions à lui poser.

La guide montrait dehors Podbrdo – la « colline des Apparitions ».

— Voilà l'endroit où deux des voyants ont eu leurs premières visions en juin 1981. C'était au départ une boule de lumière étincelante. Puis est apparue une femme très belle qui portait un enfant. Le lendemain soir, ils sont revenus avec quatre de leurs amis et cette femme leur est apparue de nouveau. Elle avait cette fois une robe gris perle et une couronne de douze étoiles. À ce qu'ils ont dit, elle était habillée de soleil.

La guide indiquait maintenant un sentier abrupt qui partait en sinuant depuis le village de Podbrdo pour atteindre une grande croix. Kate et Michener aperçurent des pèlerins qui entamaient une difficile ascension sous d'épais nuages et un vent violent.

Quelques instants plus tard, le Krizevac – « la montagne de la Croix » – se dressa tout entier devant leurs yeux. Il se trouvait à moins de deux kilomètres de Medjugorje et son sommet arrondi culminait à un peu plus de cinq cents mètres.

— Cette croix a été érigée dans les années 30 par la paroisse. Elle n'est pas liée aux apparitions, mais beaucoup de pèlerins disent l'avoir vue illuminée, parfois même de l'intérieur. C'est une étape conseillée. Essayez de monter jusqu'en haut, si vous avez le temps.

L'autocar ralentit en entrant dans Medjugorje. Le village ne ressemblait en rien à ceux, nombreux, qu'ils avaient traversés depuis Split. Les maisons de pierre basses, aux différents tons de rose, de vert et d'ocre, étaient ici dominées par de hauts immeubles : les hôtels récemment construits pour accueillir le flot des pèlerins. Sans compter une myriade d'agences de tourisme, de location de voitures, et des boutiques duty-free. De beaux taxis Mercedes flambant neufs sillonnaient les rues.

L'autocar s'arrêta devant l'église Saint-James aux deux clochers. Selon le panneau d'affichage, des messes étaient célébrées toute la journée dans différentes langues. Une grande dalle cimentée servait de parvis. Les fidèles avaient coutume de s'y rassembler le soir, dit la guide. Compte tenu du tonnerre qui grondait au loin, Michener n'escomptait pas en rencontrer beaucoup.

La place était surveillée par des groupes de soldats.

— Ils font partie des forces de maintien de l'ordre postées dans la région, dit encore la guide. Ce sont des Espagnols. Et ils sont très serviables.

Kate et Michener récupérèrent leurs bagages. Il posa une dernière question :

— Excusez-moi, où pouvons-nous trouver Jasna ?

La jeune femme leur indiqua une rue :

— Elle habite une maison après le quatrième carrefour. Mais elle se rend à l'église tous les jours à quinze heures, parfois aussi le soir. Elle ne devrait pas tarder à arriver.

— Et les apparitions, où ont-elles lieu ?

— La plupart du temps dans l'église. C'est pour ça qu'elle y vient. Je dois quand même vous dire : si vous tenez à la voir, il vaudrait mieux prendre rendez-vous.

Il comprit. Tous les pèlerins, sans doute, souhaitaient rencontrer les voyants. La guide lui montra le syndicat d'initiative de l'autre côté de la place.

— Ils peuvent vous arranger ça. En général, c'est en fin d'après-midi. Dites-leur bien que c'est pour Jasna. Ils en savent plus que moi. Ils sont toujours très attentionnés.

Michener la remercia, puis s'éloigna avec Katerina.

— Il faut bien commencer quelque part, et cette Jasna est sur place. Je n'ai pas spécialement envie de me joindre à un groupe de pèlerins. Allons donc voir cette femme tout de suite.

39

Le Vatican, 14 heures

Tête baissée et mains jointes, les cardinaux sortaient en procession de la chapelle Pauline en chantant le *Veni, creator spiritus*. Valendrea se tenait derrière le camerlingue qui conduisait le groupe à la chapelle Sixtine.

Tout était prêt. Valendrea avait supervisé personnellement l'arrivée des cinq cartons de la maison Gammarelli, avec les soutanes de lin blanc, les chaussures de soie rouge, les rochets, les camails, les bas de coton et les calottes blanches, le tout en plusieurs tailles. Aucun ourlet n'était encore cousu au bas des jambes et manches. Les retouches seraient faites au dernier moment, par Gammarelli en personne, juste avant que le nouveau pape apparaisse au balcon de Saint-Pierre.

Sous prétexte de vérifier la livraison, Valendrea s'était assuré de la présence d'un costume entier à sa taille, et de chaussures à sa pointure. Il n'aurait besoin que de quelques ajustements. Il commanderait par la suite toute une garde-robe à la célèbre maison de couture, et ferait adopter quelques nouveaux patrons auxquels il réfléchissait depuis un ou deux ans. Alberto Valendrea avait l'intention d'être un des papes les mieux habillés de l'Histoire.

Cent treize cardinaux avaient fait le voyage jusqu'à Rome. Tous portaient une soutane et un chapeau rouges, un camail sur les épaules, et une croix pectorale d'or et d'argent. Les caméras filmèrent leur lente et solennelle procession, au bénéfice de milliards de téléspectateurs dans le monde entier. Peut-être méditaient-ils le sermon que Ngovi leur avait délivré à la messe de midi. Le camerlingue les avait pressés d'oublier les turbulences du monde extérieur en entrant dans la Sixtine pour, avec l'aide du Saint-Esprit, choisir un pasteur compétent pour leur mère l'Église.

Ce terme de *pasteur* gênait Valendrea. À l'exception de Jean XXIII, les papes du XXe siècle avaient délaissé cet aspect de leur mission. Ils avaient été, pour la plupart, des intellectuels ou des diplomates du Vatican. Ces derniers jours, plusieurs journaux avaient avancé que le Sacré Collège aurait intérêt à élire un homme de la base, fort d'une vraie expérience parmi les fidèles, plutôt qu'un bureaucrate. Sur ses coupables enregistrements, Valendrea avait même entendu de nombreux cardinaux convenir du fait que savoir diriger un diocèse serait un acquis appréciable. Malheureusement, lui-même ne connaissait que la curie et n'était jamais allé au contact des foules – contrairement à Ngovi, élevé successivement de prêtre missionnaire à archevêque, puis à cardinal. Et, donc, le pasteur évoqué plus tôt par le camerlingue lui restait en travers de la gorge. Il avait pris cela comme une attaque – certes subtile, mais révélatrice du formidable rival que l'Africain pouvait devenir dans les prochaines heures.

La procession s'arrêta devant l'entrée de la chapelle Sixtine.

Un chœur résonna à l'intérieur.

Ngovi hésita à la porte, puis entra.

À voir cette chapelle en photo, on l'imagine volontiers assez grande. En réalité, il est plutôt ardu d'y loger cent treize cardinaux. La Sixtine a été construite il y a plus de cinq cents ans pour le pape Sixte IV. Ses murs sont garnis de pilastres et couverts de fresques narratives. Celle de gauche représente *Le Testament et la mort de Moïse*, celle de droite la vie de Jésus-Christ. L'un avait libéré Israël, l'autre la race humaine. *La Genèse*, peinte au plafond par Michel-Ange, est une interprétation des phases essentielles de la vie spirituelle de l'homme. Enfin, *Le Jugement dernier*, sur le mur de l'autel, est une vision terrifiante de la colère divine, auquel Valendrea vouait une grande admiration.

L'allée centrale était flanquée de deux longues plates-formes. Les noms des cardinaux y figuraient sur des cartons disposés selon leur ancienneté. Les chaises avaient toutes un dossier droit, et Valendrea ne tenait pas trop à s'y éterniser. Devant chacune, sur un minuscule pupitre, se trouvaient un crayon, un bloc de papier et un unique bulletin de vote.

Les robes rouges prirent chacune leur place désignée. Personne n'avait encore ouvert la bouche. Le chœur continuait à chanter.

Valendrea aperçut le vieux poêle, dans un coin à l'extrémité. Il était couronné par un tuyau de cheminée qui aboutissait à l'une des fenêtres. Le feu de paille qu'on y brûlerait indiquerait l'issue de chaque scrutin. Plus il y aurait de tours, moins le secrétaire d'État aurait de chances de l'emporter.

Les mains jointes sur sa soutane, Ngovi se dressa devant l'autel. À sa mine austère, Valendrea supposa que l'Africain savourait l'instant.

— *Extra omnes*, dit le camerlingue d'une voix retentissante : tout le monde dehors.

Le chœur et le personnel quittèrent lentement les

lieux. Seuls les cardinaux, ainsi que trente-deux prêtres et sœurs, étaient encore autorisés à rester.

Un demi-silence malaisé s'installa dans la chapelle quand deux techniciens de la gendarmerie vaticane inspectèrent l'allée centrale. Ils devaient s'assurer qu'aucun support d'enregistrement n'avait été introduit dans ce huis clos. Ils s'arrêtèrent devant la transenne de marbre grillagée et, d'un geste, indiquèrent que tout était en ordre.

Ngovi hocha la tête et ils se retirèrent. Le rituel recommencerait tous les jours avant et après chaque vote.

Le camerlingue quitta l'autel et parcourut l'allée entre les rangées de cardinaux. Il dépassa la transenne et se figea devant les portes de bronze qu'on était en train de fermer. Le silence se fit complet. On entendit à l'extérieur le bruit d'une clef dans la serrure, puis celui du pêne qui s'engageait dans la gâche.

Ngovi tira sur les poignées.

Les portes étaient bien fermées.

Il répéta :

— *Extra omnes.*

Il n'y eut pas de réponse et, logiquement, il ne devait pas y en avoir. Le silence complet indiquait que le conclave avait réellement commencé. Valendrea savait que, au-dehors, les employés appliquaient un sceau de plomb sur les portes. Il y avait un autre accès à la chapelle – depuis la résidence Sainte-Marthe –, et c'est par là qu'ils passeraient maintenant chaque jour. Toutefois c'est en scellant les portes que, traditionnellement, on annonçait le début du rite électoral.

Ngovi repartit vers l'autel, se retourna vers les cardinaux et prononça les paroles que Valendrea avait entendues au même endroit trente-quatre mois plus tôt.

— Que le Seigneur soit avec vous. Commençons.

40

Medjugorje, 14 heures 30

Michener étudiait la maison basse, de plain-pied, couverte d'enduit vert vif. Une treille envahie par la vigne vierge donnait un peu d'ombre à la façade, et plusieurs fenêtres étaient couronnées de jolis linteaux de bois aux motifs tourbillonnants. Dans le jardin, quelques plants de légumes semblaient n'attendre que la pluie, et elle n'allait pas tarder à arriver. On distinguait les montagnes en arrière-plan.

Ils avaient demandé plusieurs fois leur chemin avant de trouver. Michener avait dû insister, dire qu'il était prêtre et qu'il avait besoin de parler avec Jasna. Alors seulement on daignait lui répondre.

Katerina derrière lui, il frappa à la porte.

Une grande femme au teint mat et aux cheveux noirs vint lui ouvrir. Âgée d'une trentaine d'années, elle était mince, svelte, avec une figure agréable et des yeux noisette.

Elle le dévisagea avec un air compassé qui le mit mal à l'aise. Elle portait autour du cou ce qui ressemblait à un chapelet.

— Il faut que j'aille à l'église, je n'ai pas beaucoup le

temps de parler, dit-elle spontanément en anglais. Après la messe, si vous voulez.

— Nous ne sommes pas là pour les raisons que vous croyez, répondit Michener.

Il se présenta et expliqua ses vrais motifs.

Elle ne réagit pas – comme si le Vatican lui envoyait chaque jour un de ses représentants. Après un instant d'hésitation, elle les invita quand même à entrer.

Il y avait peu de meubles à l'intérieur. Une certaine unité de ton dans les tissus et les draperies. Le soleil entrait par les fenêtres ouvertes. Plusieurs carreaux étaient fendus sur toute leur longueur. Une rangée de cierges, allumés sur le manteau de la cheminée, encadrait un portrait de la Vierge. Il y avait également une statue peinte de celle-ci dans un coin de la pièce, vêtue d'une robe grise au liseré bleu clair. Un voile blanc sur le visage mettait en valeur une chevelure auburn et ondoyante. Les yeux, bleus aussi, étaient expressifs et bienveillants. Sauf erreur, c'était une représentation de Notre-Dame de Fatima.

— Pourquoi Fatima? dit Michener en montrant la statue.

— C'est un pèlerin qui me l'a offerte. Je l'aime beaucoup. Elle a l'air si vivante.

Il décela comme une hésitation dans le regard de Jasna, dont les traits étaient soudain figés, et la voix monocorde. Cela signifiait-il quelque chose?

— Vous ne croyez plus, n'est-ce pas? dit-elle platement.

La question le prit complètement au dépourvu.

— Est-ce aussi grave que ça? demanda-t-il à son tour.

Elle tourna la tête vers Katerina.

— Elle vous trouble, sans doute?

— Pourquoi dites-vous cela?

— Je reçois rarement un prêtre accompagné d'une femme. Et vous ne portez pas l'habit.

Michener n'avait pas l'intention de répondre à un interrogatoire. Jasna ne leur avait pas proposé de s'asseoir, et tout cela commençait mal.

Sans quitter Katerina des yeux, elle poursuivit :

— Vous ne croyez plus du tout. Cela fait des années, et votre âme doit subir bien des tourments.

— Essayez-vous de nous impressionner ? dit Kate, bien décidée à ne pas jouer ce jeu non plus.

— Vous n'avez foi que dans les choses tangibles, la reprit Jasna. Il y a tant d'autres choses, voyez-vous. Plus que vous ne pouvez imaginer. Certaines n'ont pas besoin d'être touchées pour être réelles.

— Je suis ici au nom du pape, dit Michener.

— Clément a rejoint Notre-Dame.

— Je l'espère.

— Mais vous lui faites du tort avec votre scepticisme.

— Jasna, on m'a chargé de rapporter le contenu du dixième secret. Clément XV et le camerlingue m'ont tous les deux donné un ordre écrit pour cela.

Elle se retourna.

— Je ne sais rien de ce secret, et je n'y tiens pas. La Vierge cessera d'apparaître lorsqu'il sera connu. Ses messages comptent plus que tout. La survie du monde en dépend.

Des messages qu'on diffusait d'un bout à l'autre du globe par e-mail et par télécopie, Michener en avait bien conscience. Pour la plupart, il s'agissait de simples incitations à la prière et au jeûne, censés répandre la foi et la paix dans le monde. Il avait lu la veille à la bibliothèque du Vatican les plus récents d'entre eux. Plusieurs sites Internet faisaient payer un abonnement pour délivrer la parole du Ciel, c'est pourquoi il doutait des motivations réelles de Jasna. Toutefois, vu la sobriété des lieux et les vêtements simples de leur occupante, celle-ci ne devait pas rouler sur l'or.

— Nous avons compris que vous ne détenez pas ce secret-là. Auquel des autres voyants devons-nous nous adresser pour l'apprendre ? Pouvez-vous nous le dire ?

— La Vierge les a tous priés de ne rien révéler jusqu'au moment qu'elle jugera utile.

— L'autorité du Saint-Père n'est pas suffisante à vos yeux ?

— Le Saint-Père est mort.

Cette attitude devenait fatigante.

— Pourquoi nous rendez-vous les choses si difficiles ?

— Le Ciel souhaite que cela soit ainsi.

Michener croyait entendre les lamentations de Clément lors des semaines précédant sa disparition.

— J'ai prié pour le pape, déclara Jasna. Son âme en a besoin.

Sans s'expliquer davantage, elle se rapprocha de la statue de Notre-Dame de Fatima. Son regard devint brusquement fixe et lointain. Elle s'agenouilla silencieusement sur le prie-Dieu.

— Que fait-elle ? murmura Kate.

Michener haussa les épaules.

Une cloche résonna trois fois au loin, et il se rappela que la Vierge était censée se montrer à cette femme tous les jours à quinze heures. Aussitôt Jasna porta les mains au chapelet qu'elle portait au cou. Elle se mit à l'égrener en marmonnant des propos inintelligibles. Michener se pencha vers elle, puis étudia la statue : elle n'offrait rien d'autre qu'un regard impassible de bois sculpté.

Au cours de ses recherches, il avait lu que les témoins de Fatima entendaient, disaient-ils, un bourdonnement suivi d'une sensation de chaleur. Il avait mis ça sur le compte de l'hystérie collective, sur un besoin de croire partagé par des âmes incultes. Maintenant il se demandait si cette femme en face de lui « voyait » quoi que ce soit, ou se laissait tout bonnement porter par ses hallucinations.

Il approcha plus près d'elle.

Parfaitement insensible à sa présence, elle continuait à parler entre ses dents. Elle semblait contempler quelque chose au-delà des murs. Michener eut l'impression d'apercevoir un reflet lumineux dans ses pupilles – une lueur fugitive, tourbillonnante, bleu et or. Aussitôt il regarda de l'autre côté à la recherche d'une image réelle, mais il n'y avait rien. Un coin de mur éclairé par le soleil, la statue, c'était tout. Si vision il y avait, elle ne concernait que Jasna.

Celle-ci baissa soudain la tête en déclarant :

— Notre-Dame est partie.

Elle se releva, se dirigea vers une table où elle s'assit pour écrire sur un bloc-notes. Une fois terminé, elle arracha la feuille et la tendit à Michener.

Mes enfants, grand est l'amour de Dieu. Ne fermez pas vos yeux, ne bouchez pas vos oreilles. Son amour est si grand. Recevez la mission que je vous confie. Consacrez votre cœur pour y accueillir le Seigneur, et il y demeurera éternellement. Mes yeux et mon cœur seront toujours avec vous, même quand vous ne me verrez plus. Appliquez en tout point ce que je vous demande, et vos actions vous mèneront à Dieu. Ne rejetez pas son nom, et il ne vous rejettera pas. Recueillez ma parole et vous serez recueillis. Mes enfants, le temps des résolutions est arrivé. Que votre cœur soit juste et innocent, et que je puisse vous mener à votre Père. Ma présence ici est la marque de son amour.

— Voici ce que m'a dit la Vierge, déclara Jasna.
Michener relut le message.
— Est-ce qu'il m'est adressé ?
— C'est à vous d'en décider, pas à moi.
Il tendit la feuille à Katerina.

— Vous n'avez pas répondu à ma question : qui peut nous révéler le dixième secret ?
— Personne.
— Les cinq autres voyants le connaissent. L'un d'entre eux est sûrement en mesure de nous aider.
— Pas sans le consentement de la Vierge, et elle me réserve maintenant ses visites. Je suis la seule. Les autres ne peuvent rien faire sans sa permission.
— Mais vous ne le connaissez pas, le secret ! dit Katerina. Donc ça n'a pas d'importance pour vous ! Ce n'est pas de la Vierge que nous avons besoin, mais du secret.
— L'un ne va pas sans l'autre.

Michener ne savait s'ils parlaient à une fanatique religieuse ou à une véritable élue du Ciel. Il décida de rester en ville et d'essayer, par ses propres moyens, de prendre contact avec les autres voyants qui s'y trouvaient encore. Faute de quoi il partirait en Italie à la recherche de celui qui s'y était établi.

Après avoir remercié Jasna, il prit la direction de la porte. Katerina le suivit.

La voyante restait clouée sur son siège avec un air absent.

— N'oubliez pas Bamberg, dit-elle dans leur dos.

Michener sentit un frisson glacial lui parcourir l'échine. Doutant d'avoir bien entendu, il se retourna lentement.

— Pourquoi me dites-vous cela ?
— On m'a demandé de vous le rappeler.
— Que savez-vous de Bamberg ?
— Rien. J'ignore où cela se trouve.
— Alors, qu'est-ce que ça vient faire ?
— Je ne pose pas de questions, je fais ce qu'on me dit, c'est tout. C'est peut-être pour cela que la Vierge me parle. Mon dévouement n'est pas vain.

41

Le Vatican, 17 heures

L'impatience commençait à gagner Valendrea. Comme il l'avait prévu, les dossiers des fauteuils étaient inconfortables, et cela faisait maintenant deux heures – soporifiques – qu'il était assis dans la chapelle Sixtine. Chacun des cardinaux avait marché jusqu'à l'autel pour jurer devant Ngovi et Dieu de n'aider ou de ne favoriser aucune ingérence des autorités séculières. Ils s'étaient tous engagés à observer scrupuleusement les prescriptions de la Constitution apostolique. Ils avaient promis que celui d'entre eux qui, par disposition divine, serait élu pontife s'engagerait à exercer fidèlement le *munus Petrinum* de pasteur de l'Église universelle ; qu'il affirmerait et défendrait avec courage les droits spirituels, temporels, et la liberté du Saint-Siège. Valendrea, comme les autres, en avait fait le vœu sous les yeux du camerlingue, qui brillaient d'une clarté intense.

Les assistants avaient ensuite juré de garder le secret sur tout ce qui concernait l'élection. Puis Ngovi avait renvoyé tout le monde à l'exception des cardinaux, et l'on avait refermé les portes de la chapelle. Alors il avait demandé à l'assemblée : « Voulez-vous procéder tout de suite à un vote ? »

La Constitution apostolique de Jean-Paul II le permettait si le conclave le désirait. L'un des cardinaux français se leva pour déclarer que oui. Valendrea en fut ravi. Le Français était l'un des siens.

— Si quelqu'un s'y oppose, qu'il le fasse maintenant, dit le camerlingue.

La chapelle resta muette. Autrefois, l'élection pouvait avoir lieu tout de suite si, d'une façon unanime, les cardinaux proclamaient spontanément l'un d'eux pape – sous l'influence, disait-on, du Saint-Esprit. Mais Jean-Paul II avait éliminé cette option.

— Fort bien, dit Ngovi. Dans ce cas, commençons.

Le plus jeune des cardinaux-diacres, un Brésilien épais et basané, vint en se dandinant tirer au sort le nom de trois cardinaux dans un calice en argent. Ceux-ci seraient les scrutateurs, chargés de procéder au dépouillement. Si l'on n'obtenait pas la majorité des deux tiers, ils iraient brûler les bulletins dans le poêle. On tira au sort trois autres cardinaux, les réviseurs, pour assister les premiers. Enfin, on choisit également trois cardinaux *infirmarii* pour recueillir à la résidence Sainte-Marthe les voix des électeurs trop malades pour se déplacer. Sur les neuf, quatre seulement étaient des partisans confirmés de Valendrea. Il remarqua que le cardinal-archiviste était au nombre des scrutateurs, ce qui l'irrita vivement. Ce vieux crétin tenait là l'occasion d'une revanche.

Devant chaque cardinal était posé, en sus du bloc-notes et du crayon, un petit carton rectangulaire de cinq centimètres de long. En haut était imprimé : ELIGO IN SUMMUM PONTIFICEM – « J'élis comme souverain pontife » – avec un espace vierge dessous pour inscrire un nom. Valendrea aimait spécialement la forme de ce bulletin, conçu par son révéré maître Paul VI.

Devant l'autel et le *Jugement dernier* de Michel-Ange, Ngovi retira les noms restants du calice en argent, qui seraient brûlés avec les résultats du premier scrutin. En latin, l'Africain rappela aux cardinaux les règles de l'élection. Puis il quitta l'autel et s'assit parmi eux. Ses fonctions de camerlingue allaient bientôt prendre fin, avec des responsabilités réduites dans les prochaines heures. La procédure reposait entre les mains des scrutateurs jusqu'au prochain tour.

L'un de ceux-ci, un Argentin, prit la parole : « Veuillez inscrire un nom sur le bulletin, et un seul. Dans le cas contraire, et le bulletin et le scrutin seraient déclarés nuls. Cela fait, pliez votre bulletin et présentez-vous à l'autel. »

Valendrea jeta un coup d'œil rapide autour de lui. Les cent treize cardinaux étaient serrés comme des harengs. Il voulait remporter l'élection le plus vite possible, sans avoir à supporter des heures de supplice. Il savait bien qu'un pape était rarement sorti d'un premier tour de scrutin. En général, les électeurs réservaient leur vote initial à quelqu'un qu'ils aimaient – un autre cardinal, un ami proche, un compatriote ou, bien qu'ils s'en défendent, eux-mêmes. C'était pour eux un moyen de masquer leurs intentions et, en quelque sorte, de faire monter les enchères. Les favoris se montraient toujours plus généreux face à un avenir incertain.

En prenant soin de déguiser son écriture, Valendrea inscrivit son propre nom sur son bulletin, puis il plia deux fois son carton et attendit.

Le vote respectait à la fois la hiérarchie et l'ancienneté : les cardinaux-évêques passaient devant les cardinaux-prêtres et les cardinaux-diacres, et chacun occupait une place correspondant à sa date d'investiture. Valendrea observa le doyen des cardinaux-évêques, un Italien de Venise aux cheveux argentés, qui montait les quatre marches de marbre. Il leva son bulletin bien haut devant l'autel afin que tous puissent le voir.

À son tour, Valendrea se présenta à l'autel. Sachant que tous les regards convergeaient sur lui, il s'agenouilla et fit semblant de prier – il n'avait pas grand-chose à dire à Dieu. Non, c'était une mise en scène et il prit son temps avant de se redresser. Alors il récita à haute voix comme les autres avant lui :

« Je prends à témoin le Christ Seigneur qui me jugera, que je donne ma voix à celui que, selon Dieu, je juge devoir être élu. »

Il posa son bulletin sur la patène étincelante qu'il leva au-dessus du calice, pour faire glisser le carton dedans. Aussi curieux soit-il, le procédé permettait d'assurer que chaque cardinal n'y insérait qu'un vote et un seul. Puis il remit la patène sur l'autel, joignit les mains en prière et repartit s'asseoir.

Le premier tour de scrutin dura près d'une heure. Une fois le dernier cardinal revenu à sa place, on transporta le calice vers une table où on l'agita avant de procéder au dépouillement sous le regard attentif des réviseurs. Tous les bulletins furent dépliés, et le nom prononcé à haute voix. Chacun faisait son propre décompte. Cent treize voix devaient être exprimées, faute de quoi le scrutin serait déclaré nul.

Valendrea étudia les résultats. Il totalisait trente-deux votes. Pas mal pour un premier tour. Mais Ngovi en remportait vingt-quatre. Les cinquante-sept voix restantes étaient réparties entre deux douzaines de candidats.

Le secrétaire d'État examina l'assemblée.

De toute évidence, les cardinaux pensaient la même chose que lui.

Deux prétendants se détachaient nettement.

42

Medjugorje, 18 heures 30

Michener avait trouvé une chambre dans un des plus récents établissements. Il avait commencé à pleuvoir quand ils avaient quitté Jasna, et ils s'étaient engouffrés dans l'hôtel avant que le ciel se transforme en feu d'artifice. Comme le leur avait expliqué un employé à la réception, c'était la saison des pluies. Des pluies qui tenaient du déluge, alimentées par l'air chaud de l'Adriatique à la rencontre des vents du nord.

Ils avaient dîné dans un restaurant proche, fréquenté par de nombreux pèlerins. Les conversations, pour l'ensemble en anglais, en français et en allemand, tournaient autour de l'église. Un homme disait y avoir remarqué deux des voyants, l'après-midi même. Jasna y était attendue, mais ne s'était pas montrée à l'heure où la Vierge apparaissait. L'homme rapporta que ce n'était pas la première fois.

— On trouvera les deux autres voyants demain, dit Michener à Katerina. J'espère qu'ils seront d'un contact plus facile.

— Un peu exaltée, la Jasna, commenta Kate.

— Je me demande si elle nous a fait du cinéma.

— Pourquoi cela t'ennuie tant qu'elle ait parlé de Bamberg ? Le pape adorait sa ville natale, c'est bien connu. Je ne peux pas croire qu'elle ne sache pas d'où ça vient.

Michener lui révéla les volontés du pape dans son dernier e-mail. *Je vous en prie, faites ce que vous croirez bon de mon corps. La pompe et le cérémonial ne font pas la piété. Pour ma part, je préférerais avoir Bamberg pour sanctuaire, cette jolie ville au bord du fleuve, et cette cathédrale si belle que j'aimais tant. J'ai pour seul regret de ne pas l'avoir revue une dernière fois. C'est peut-être là-bas que réside mon vrai testament.* Il évita cependant de mentionner que l'auteur du message avait lui-même mis fin à ses jours. *J'ai prié pour le pape. Son âme en a besoin*, avait dit Jasna. Connaissait-elle les vraies raisons de sa mort ? Ce serait affolant.

— Tu ne crois quand même pas que la Vierge est venue pendant qu'on était là ? demanda Katerina. Elle est complètement à la masse, cette fille.

— Elle est seule à voir ce qu'elle voit, en tout cas.

— Tu veux dire que ses apparitions, c'est du bidon ?

— Pas plus qu'à Fatima, ou à Lourdes, ou à La Salette.

— Elle me fait penser à Lucia, avoua Kate. Je n'ai rien dit quand on était avec Tibor, à Bucarest. Mais j'ai écrit un article sur sœur Lucia il y a quelques années, et je sais qu'elle a eu une enfance difficile. Son père était alcoolique. Lucia était la cadette de sept enfants, et elle a été élevée par ses grandes sœurs. Juste avant les apparitions, son père venait de renoncer à des parcelles de terrain qui avaient appartenu à la famille. Deux des sœurs s'étaient mariées, et les autres avaient quitté la maison pour travailler. Elle se retrouvait donc seule avec son frère, sa mère, et son père qui buvait.

— Certains de ces éléments figurent aussi dans les rapports de l'Église. Pour l'évêque qui a mené l'enquête, ces choses-là étaient communes à l'époque. Ce qui me gêne, surtout, c'est que les similarités sont nombreuses entre Lourdes et Fatima. Le prêtre de Fatima affirmait que les messages de la Vierge étaient presque identiques à ceux de Lourdes. Or, à Fatima, on savait ce qu'elle avait dit à Lourdes et Lucia ne l'ignorait pas non plus.

Il avala une gorgée de bière.

— J'ai lu tous les rapports de l'Église sur les apparitions des quatre derniers siècles. Il y a comme qui dirait des constantes. C'est à chaque fois des petits bergers, même des bergères, des jeunes filles sans instruction ou presque. Les visions ont lieu dans les bois, la Vierge est toujours belle, et les secrets pleuvent du Ciel. Ça fait beaucoup de coïncidences.

— Sans oublier que tous ces comptes rendus, dit Katerina, ont été rédigés des années après les apparitions. On peut y ajouter ce qu'on veut pour que ça ait l'air authentique. Tu ne trouves pas bizarre que, parmi tous ces voyants, aucun n'ait jugé bon de rapporter les faits juste après l'événement ? On laisse passer dix ans, vingt ans, et alors seulement, les messages sont divulgués par petits bouts…

Michener était d'accord. Sœur Lucia n'avait couché ses visions par écrit qu'en 1925, puis en 1944. Beaucoup avaient pensé qu'elle avait eu le temps d'enjoliver les faits : de mentionner le règne de Pie XI, la Seconde Guerre mondiale, la Constitution de l'Union soviétique. Tous situés bien après 1917. Francisco et Jacinta ayant disparu précocement, il n'y avait plus personne pour contester ses dires.

Une chose plus particulièrement retenait l'attention de Michener. Dans son deuxième secret, en juillet 1917, la Vierge avait demandé à Fatima la consécration de la Russie à son Cœur immaculé. Cependant la Russie était encore à cette époque une nation chrétienne, les communistes n'ayant accédé au pouvoir que des mois plus tard. À quoi bon une consécration, dans ce cas ?

— Les voyants de La Salette n'étaient pas aidés eux non plus, poursuivit Katerina. La mère de Maximin est morte quand il n'était encore qu'un nourrisson, et sa belle-mère le frappait. Lorsqu'on l'a interrogé pour la première fois après les apparitions, il a déclaré avoir vu une mère qui se plaignait d'être battue par son fils. Ça n'était pas la Vierge Marie.

Michener acquiesça :

— Les secrets de La Salette, tels qu'ils ont été publiés, sont classés dans les Archives du Vatican. Selon Maximin, la Vierge voulait se venger, elle promettait des famines, et elle appelait les pécheurs des chiens.

— Le genre de chose qu'un enfant victime de brutalités dirait de ses parents. La belle-mère le laissait crever de faim.

— Maximin est mort très jeune, amer et sans le sou, compléta Michener. L'une des voyantes, ici, a connu plus ou moins la même chose. Elle a perdu sa mère quelques mois après sa première vision. Les autres étaient aussi des enfants à problèmes.

— C'est des hallucinations, tout ça, Colin. Des enfants perturbés qui, devenus adultes, sont à côté de la plaque, et se convainquent de ce qu'ils ont imaginé. L'Église préfère qu'on ne sache rien de leur existence véritable. Parce que tout serait démystifié. Et le doute s'installerait définitivement.

Une pluie torrentielle martelait le toit du restaurant.

— Pourquoi Clément t'a-t-il envoyé à Medjugorje ?

— Si seulement je le savais. Le troisième secret de Fatima l'obsédait, et quelque chose s'y rapporte ici.

Il décida de lui parler de la vision de Clément aussi, sans mentionner que la Vierge lui aurait imposé le suicide.

— Tu es venu là parce que la Vierge l'a demandé à Clément ? s'exclama Kate.

Michener leva la main pour la serveuse et lui fit signe de revenir avec deux autres bières.

— J'ai l'impression qu'il perdait la tête, ton ami.

— Voilà pourquoi le monde ne saura rien de tout ça.

— Il vaudrait peut-être mieux.

Le commentaire déplut à Michener.

— Si je te parle, Kate, c'est que je te fais confiance.

— Je sais. Je pensais simplement que les gens pouvaient être mis au courant, c'est tout.

Vu la façon dont Clément était parti, Michener pensa une nouvelle fois qu'il n'en était pas question. Il regardait la rue, dehors – un torrent d'eau. Une autre question le préoccupait :

— Et nous, Kate ?

— Tu sais ce que j'ai l'intention de faire.

— Et tu feras quoi, en Roumanie ?

— Aider ces enfants, moi aussi. Rendre compte de tout ça par écrit. Et le diffuser par tous les moyens pour attirer l'attention du plus grand nombre sur eux.

— Pas très marrant, comme vie.

— C'est mon pays. Tu as peu de chose à m'apprendre à son sujet.

— Ça ne gagne pas beaucoup, un ancien prêtre.

— On vit avec rien, là-bas.

Il hocha la tête. Il avait envie de prendre la main de Kate dans la sienne. Mais le geste était déplacé. En ces lieux, du moins.

Elle parut le deviner et sourit.

— Attends qu'on soit rentrés à l'hôtel.

43

Le Vatican, 19 heures

— Je demande un troisième scrutin, dit un cardinal des Pays-Bas.

C'était l'archevêque d'Utrecht, l'un des partisans les plus acharnés de Valendrea. Ce dernier avait convenu avec lui la veille que, si les deux premiers tours n'étaient pas décisifs, l'archevêque en exigerait aussitôt un troisième.

Valendrea était maussade. Ngovi avait totalisé vingt-quatre voix dès le premier tour et c'était une surprise. Il s'attendait à une douzaine, pas plus. Lui-même en avait réuni trente-deux, ça n'était pas mal, mais il y avait encore du chemin à faire pour arriver aux soixante-seize qui assureraient son élection.

Le second tour l'avait carrément choqué. Il s'était efforcé de garder son self-control, sinon il perdait la face. Ngovi disposait maintenant de trente voix, lui seulement de quarante et une. Les quarante-quatre bulletins restants se partageaient entre trois autres candidats. L'histoire des conclaves avait démontré qu'un favori devait amasser à chaque tour un nombre de votes sensiblement plus important, au risque d'être écarté par la suite. L'inverse était interprété comme un signe de faiblesse et les cardinaux ne voulaient pas d'un faible. C'est souvent au second tour qu'un quasi inconnu avait surgi pour finir sur le trône papal. Jean-Paul Ier et Jean-Paul II y étaient arrivés ainsi, et après eux Clément XV. Valendrea ne voulait surtout pas que cela se reproduise.

Il imaginait les vaticanistes patentés, place Saint-Pierre, s'étonner de voir les deux fumées noires successives. Tom Kealy et d'autres empêcheurs de voter en rond proclamaient certainement sur les écrans de télévision du monde entier que les cardinaux étaient divisés, qu'il n'y avait pas de réel favori. Le nom de Valendrea serait terni. Kealy prenait un plaisir pervers à le calomnier depuis deux semaines, et avec une certaine intelligence, avait remarqué l'intéressé. Le prêtre n'avait fait aucun commentaire d'ordre personnel. Aucune référence à l'excommunication dont il était menacé. Cet animal avait joué avec succès la carte des *Italiens-contre-le-reste-du-monde*. Valendrea regrettait de ne pas l'avoir défroqué des semaines plus tôt. Dans ce cas, Kealy n'aurait été qu'un hérétique, beaucoup moins crédible. Alors que cet imbécile passait pour un franc-tireur, habilité à défier l'ordre établi, un David contre Goliath, et que ça le rendait sympathique.

Valendrea vit le cardinal-archiviste longer silencieusement les pupitres en distribuant un nouveau jeu de bulletins. Le vieil homme lui jeta au passage un regard de défiance. Un autre problème qui aurait dû être réglé bien plus tôt.

Une fois de plus, les crayons grattèrent le rectangle de papier, et l'on répéta le rituel avec la patène et le calice. Les scrutateurs mélangèrent son contenu, puis recommencèrent à compter. Valendrea atteignit cette fois cinquante-neuf voix. Ngovi quarante-trois. Les onze bulletins restants se répartissaient entre divers candidats.

Et ceux-là étaient décisifs.

Il lui en fallait dix-sept autres pour être élu. Même s'il

réunissait les onze voix encore disséminées, il fallait en prendre six à l'Africain, lequel confortait son assise à une vitesse alarmante. Et si les voix disséminées le restaient, alors il faudrait en arracher dix-sept aux partisans de Ngovi. Cette perspective était terrifiante. Cela confinait à l'impossible : après le troisième tour, les cardinaux avaient tendance à camper sur leurs positions.

Valendrea en avait assez et il se leva.

— Je crois, Éminence, que nous avons fourni assez d'efforts pour aujourd'hui. Je suggère que nous allions dîner et profiter d'une nuit de repos avant de poursuivre demain.

Cela n'était pas une prière. Tout participant au conclave avait le droit d'interrompre momentanément l'élection. Valendrea balaya la chapelle d'un regard furieux, en s'arrêtant quelques secondes sur plusieurs têtes choisies.

Il espérait que le message était clair.

Son humeur était noire comme la fumée qui allait encore s'échapper du poêle.

44

Medjugorje, 23 heures 30

Michener se réveilla d'un sommeil profond. Katerina dormait à son côté. Il était mal à l'aise, et ce n'était pas parce qu'ils avaient fait l'amour. Il ne ressentait aucune culpabilité d'avoir une fois de plus rompu son vœu de chasteté. C'était plutôt une forme de peur qui le taraudait. Une peur effrayante, même, celle d'avoir réalisé si peu à mi-parcours de son existence. Ou peut-être était-ce simplement cette femme près de lui, qui, il s'en rendait compte, prenait une place si grande dans sa vie. Il avait passé vingt années de la sienne à servir l'Église et Jakob Volkner. Son ami le plus cher avait disparu, et l'histoire était en train de s'écrire à la chapelle Sixtine – une histoire qui l'excluait, lui. Le deux cent soixante-troisième successeur de saint Pierre serait bientôt élu. Michener avait bien failli devenir cardinal mais, apparemment, le destin l'attendait ailleurs.

Une autre sensation désagréable succéda à la première. Un mélange d'anxiété et d'énervement. Il venait de rêver. La voix de Jasna le poursuivait dans son sommeil. N'oubliez pas Bamberg... *J'ai prié pour le pape. Son âme en a besoin.* Essayait-elle de lui faire comprendre quelque chose ? Ou seulement de le convaincre ?

Il sortit du lit.

Katerina ne bougea pas. Elle avait bu plusieurs bières au dîner, et l'alcool la rendait toujours somnolente. Dehors, l'orage était violent et la pluie claquait sur les vitres. Des éclairs illuminaient la chambre.

Il alla silencieusement à la fenêtre jeter un coup d'œil dehors. En face, la pluie bombardait les tuiles sur les toits, des torrents s'écoulaient dans les rues par les gouttières. Des voitures étaient garées de chaque côté le long des trottoirs.

Une silhouette solitaire se dressait au milieu sur les pavés trempés.

Michener se concentra sur son visage.

Jasna.

Elle avait la tête levée vers sa fenêtre.

Il sursauta et pensa à se vêtir car il était nu. Il se ravisa aussitôt. Elle ne pouvait sûrement pas le voir. Les doubles rideaux étaient à peine entrouverts, un fin voilage le séparait de la fenêtre et les carreaux ruisselaient. De plus, toutes les lampes étaient éteintes dans la pièce. Mais il n'y avait aucun doute : dans la lumière confuse des réverbères, quatre étages plus bas, Jasna l'observait.

Quelque chose le poussa à révéler sa présence.

Il écarta davantage les rideaux.

Du bras droit, elle lui fit signe de la rejoindre. Il ne savait que faire. Elle répéta le geste. Elle portait les mêmes vêtements, les mêmes tennis blanches que cet après-midi. Sa robe était collée sur son corps élancé, ses longs cheveux étaient gorgés d'eau, mais tout cela lui semblait indifférent.

Elle leva de nouveau le bras.

Michener se retourna vers Katerina. Fallait-il la réveiller ? Ses yeux revinrent se poser sur la fenêtre.

Jasna lui faisait signe que non. Elle l'invita une fois de plus à la rejoindre.

Bon Dieu. Devinait-elle ses pensées aussi ?

Supposant qu'il n'avait pas le choix, il s'habilla sans bruit.

Il sortit de l'hôtel.

Jasna se tenait toujours au milieu de la rue.

Les illuminant une seconde, un éclair fendit le ciel noir et la pluie redoubla. Michener n'avait pas de parapluie.

— Que faites-vous là ? demanda-t-il.

— Si vous voulez connaître le dixième secret, venez avec moi.

— Où ça ?

— Vous posez toujours des questions ? Vous n'avez foi en rien ?

— Il pleut des hallebardes, je vous ferais remarquer.

— Eh bien, ça nous purifiera le corps et l'âme.

Cette femme l'effrayait. Pourquoi, il n'aurait su le dire. Peut-être était-ce parce qu'il ne pouvait résister à ce qu'elle lui dictait.

— Ma voiture est garée là-bas, dit-elle.

Une Ford Fiesta cabossée était rangée plus loin dans la rue. Michener monta avec Jasna, qui le conduisit hors de la ville. Elle s'arrêta dans un parking noir et désert au bas d'une pente abrupte. Les phares éclairèrent un instant un panneau : Krizevac. C'était la montagne de la Croix.

— Pourquoi ici ? lâcha Michener.

— Je n'en sais rien.

Il faillit lui demander si quelqu'un d'autre savait, mais il s'abstint. Jasna avait pris les commandes, il fallait la suivre ou renoncer.

Ils s'engagèrent sous la pluie le long du sentier. La terre était molle et les cailloux glissants.

— On va tout en haut ?

Elle se retourna :

— Où voulez-vous qu'on aille ?

Il tenta de se rappeler ce que la guide leur avait appris dans l'autocar à propos de cette montagne. Elle était haute de cinq cents mètres, et la paroisse de Medjugorje avait érigé une croix au sommet dans les années 30. Bien que sans lien avéré avec les apparitions, c'était une étape « conseillée ». Michener et Jasna étaient seuls, à la merci de la foudre, et cette ascension n'augurait rien de bon. Mais Jasna ne semblait pas y prêter attention et, curieusement, Michener se sentit fortifié par son assurance.

Serait-ce la foi ?

Leur progression était ralentie par l'eau qui ruisselait sous leurs pieds. Michener était trempé, ses chaussures pleines de boue, il n'y avait que les éclairs pour leur montrer le chemin. Il ouvrit la bouche et la pluie la remplit. Le tonnerre grondait. L'orage semblait les avoir pris pour cibles.

Le sommet apparut au bout de vingt minutes de marche soutenue. Michener avait mal aux cuisses et aux mollets.

La croix blanche et massive se dressait devant lui. Elle devait mesurer une douzaine de mètres. Sur le socle en béton, des bouquets de fleurs étaient agités par le vent. Quelques autres avaient déjà volé autour.

— On a des visiteurs du monde entier, dit Jasna en montrant les fleurs. Ils n'ont pas peur de monter jusqu'en haut avec leurs offrandes, et de prier pour la Vierge. Leur foi est admirable, car elle ne s'est jamais manifestée ici.

— Et la mienne ne l'est pas ?

— Vous n'avez plus la foi. Votre âme est en danger.

Elle lâchait ça platement, comme une femme demanderait à son mari de descendre la poubelle. Le tonnerre résonna, très proche. Michener attendit l'éclair inévitable. Il y en eut plusieurs qui fracturèrent le ciel de traînées arborescentes. Piqué au vif, il répondit :

— Avoir foi en quoi ? Que savez-vous de la religion ?

— Ce n'est pas elle qui m'intéresse, mais Dieu. La religion est une invention de l'homme. Sujette à toutes sortes d'évolutions, de caprices, dont on peut se passer. Dieu, c'est une autre affaire.

— Mais l'homme justifie toutes les religions au nom de Dieu.

— Cela ne veut rien dire. C'est à des gens comme vous qu'il revient de changer ça.

— Et que voulez-vous que je fasse ?

— Commencez par croire et chérir votre foi. Aimez votre Seigneur, faites ce qu'il vous dit de faire. Votre pape a tenté de remédier à certaines choses. Continuez dans cette voie.

— Ma situation ne me permet plus d'entreprendre quoi que ce soit.

— Vous êtes dans la même situation que le Christ en son temps. Et lui a réussi à tout changer.

— Que faisons-nous ici ?

— Notre-Dame va se montrer une dernière fois. Elle m'a dit de venir ce soir, à cette heure, avec vous. Elle donnera un signe manifeste de sa présence. Elle l'a promis lors de sa première apparition et la Vierge tient toujours ses promesses. C'est maintenant que vous devez croire – pas ensuite, quand les choses seront claires.

— Je suis prêtre, Jasna, il est inutile de me convertir.

— Vous doutez et vous ne faites rien pour combattre le doute. Plus que n'importe qui, *il faut* vous convertir. Le temps des résolutions est arrivé. C'est ce que Notre-Dame m'a dit aujourd'hui.

— Pourquoi avez-vous mentionné Bamberg ?

— Vous le savez très bien.
— Cela n'est pas une réponse.

Redoublant d'intensité, la pluie lui fouetta le visage. Il ferma les yeux. Lorsqu'il les rouvrit, il trouva Jasna à genoux, les mains jointes en prière, avec ce regard distant qu'elle avait eu dans l'après-midi. Cette fois, elle fixait le ciel noir.

Il s'agenouilla à ses côtés.

Il émanait soudain d'elle une grande vulnérabilité. Elle n'était plus le personnage arrogant et sûr de lui qu'ils avaient rencontré plus tôt. Michener leva la tête et ne vit rien que la silhouette noire de la croix. Un nouvel éclair l'illumina une seconde, et elle sembla s'animer. Puis l'obscurité l'enveloppa.

— Je dois pouvoir m'en souvenir, dit Jasna à la nuit. Oui, je peux.

Le tonnerre recommença à gronder.

Il fallait s'en aller. Michener n'osa pas brusquer la jeune femme. Tout cela était peut-être irréel pour lui, mais pas pour elle.

— Sainte Marie, je ne pouvais pas le savoir, dit encore Jasna.

La foudre tomba à terre et la croix explosa dans une vague de chaleur.

Michener sentit son corps soulevé puis jeté sur le sol.

Un curieux picotement lui parcourut les membres. Sa tête se cogna contre quelque chose de dur. Ensuite ce fut le vertige, et la nausée. La montagne tourbillonnait autour de lui. Il s'efforça de se concentrer, de rester éveillé, mais rien n'y fit.

Un silence complet s'installa.

45

Le Vatican
Mercredi 29 novembre, 12 heures 30

Valendrea finit de boutonner sa soutane, puis quitta sa chambre de la résidence Sainte-Marthe. En tant que secrétaire d'État, il avait l'une des plus grandes, généralement habitée par le prélat responsable du dortoir des séminaristes. Le camerlingue et le doyen du Sacré Collège jouissaient d'un privilège semblable. Il était habitué à des appartements plus confortables, toutefois l'ordinaire avait grandement été amélioré depuis l'époque où, pendant le conclave, on dormait sur un lit de camp et on faisait ses besoins dans un pot de chambre.

Les cardinaux accédaient à la Sixtine par une succession de passages protégés. C'était également un progrès car, lors du dernier conclave, on les avait escortés jusqu'à la chapelle depuis leurs appartements. Cette protection rapprochée n'avait pas plu à tous. On avait donc conçu entre-temps un itinéraire balisé dans les couloirs du Vatican, qui leur était exclusivement réservé.

Au dîner, Valendrea avait tranquillement fait part à trois cardinaux qu'il souhaitait les voir un peu plus tard. Ceux-ci l'attendaient maintenant au fond de la chapelle, du côté de l'entrée, près de la transenne. Au-delà, les portes de bronze étaient encore hermétiquement fermées, et les gardes suisses ne les ouvriraient qu'au moment où la fumée blanche s'échapperait de la cheminée. À minuit passé, l'endroit était propice à de discrets pourparlers.

Valendrea rejoignit les trois hommes et ne leur laissa pas le temps d'ouvrir la bouche.

— J'ai peu à vous dire, fit-il d'une voix très basse. Je sais quels propos vous teniez en privé, ces derniers jours. Vous m'aviez assuré de votre soutien, et vous me trahissez. Pour quelle raison, vous seuls le savez. Je veux que le quatrième scrutin soit le dernier. S'il ne l'est pas, vous serez exclus du Collège à la même date l'année prochaine.

L'un des cardinaux s'apprêtant à répondre, Valendrea l'arrêta d'un geste de la main.

— Ne me dites pas que vous avez voté pour moi. Je sais que vous êtes passés du côté de Ngovi. Vous allez y renoncer demain matin. Vous allez également renverser la tendance, en ce qui le concerne. Je veux remporter l'élection au quatrième tour et je compte sur vous pour y arriver.

— C'est irréaliste, protesta l'une des robes rouges.

— Ce que je trouve irréaliste, c'est la façon dont vous avez échappé à la justice espagnole après vous être approprié des biens de l'Église. Les juges n'ont trouvé aucune preuve de votre culpabilité, mais ils n'en doutaient pas. Cette preuve, je la détiens par l'entremise d'une charmante señorita, que vous connaissez fort bien. Quant à vous deux, ne prenez pas cet air satisfait. J'en ai autant sur votre compte, et ça n'est pas beaucoup plus flatteur. Vous savez ce que je veux. Faites campagne. Invoquez l'Esprit-Saint. Utilisez les moyens que vous estimerez utiles, ça m'est égal, tant que le résultat est là. Et c'est ce résultat qui vous gardera à Rome.

— Nous n'avons peut-être pas l'intention d'y rester éternellement, dit l'un des trois.

— Vous préférez la prison ?

Les vaticanistes adoraient spéculer sur les mystères des conclaves. Les Archives étaient pleines d'articles de journaux décrivant les combats que de pieux hommes livraient à leur conscience. Lors du précédent conclave, Valendrea n'avait que trop entendu les cardinaux expliquer que sa jeunesse était un handicap, que l'Église souffrait généralement de règnes trop longs. Cinq à dix ans était une bonne moyenne. Au-delà, les problèmes arrivaient. Cette analyse ne manquait pas de bon sens. L'autocratie et l'infaillibilité faisaient un mélange explosif. Seulement, elles étaient aussi propices au changement. Le trône de saint Pierre était la plus élevée des chaires, et du haut de celle-ci un pape fort ne pouvait être ignoré. Valendrea voulait être ce pape-là. Ce ne serait pas trois imbéciles qui allaient l'en empêcher.

— Je veux seulement que mon nom figure sur soixante-seize bulletins, ce dès demain matin. Faute de quoi, vous en subirez les conséquences. Ma patience a des limites. Si je n'apparais pas, souriant, au balcon de Saint-Pierre dans l'après-midi, sachez que vous êtes foutus avant même de récupérer vos affaires à Sainte-Marthe.

Cela dit, il tourna les talons. La discussion était terminée.

46

Medjugorje

Le monde tournoyait dans un épais brouillard. Michener avait mal à la tête, et la nausée. Il essaya de se relever mais n'y arriva pas. Ce goût de bile dans la bouche était épouvantable et ses yeux lui jouaient des tours, comme s'ils ne voulaient pas voir.

Il était toujours sur la montagne. La pluie s'était légèrement calmée, ce qui n'empêchait pas ses vêtements d'être complètement trempés. Le tonnerre grondait encore au loin. L'orage s'était simplement déplacé. Il essaya de consulter sa montre, mais une myriade d'images vint se superposer au cadran, rendant les chiffres phosphorescents illisibles. Il se massa le front et trouva une bosse au sommet de son crâne.

Se demandant où était passée Jasna, il allait l'appeler à haute voix lorsqu'une clarté apparut dans le ciel. Il crut d'abord que c'était la foudre, responsable, certainement, de son état. Cependant la petite boule lumineuse se maintenait au même endroit. Il pensa à un hélicoptère, mais la chose approchait sans produire aucun son.

L'image flotta bientôt au-dessus de lui, à quelques mètres du sol. Il voulut se redresser, mais son mal de tête redoubla, alors il resta allongé sur le sol rocailleux à contempler le ciel.

La boule grossissait.

Il eut soudain une agréable sensation de chaleur, de soulagement. Levant un bras pour se protéger de la lumière, il vit l'image se préciser entre ses paupières mi-closes.

Une femme.

Elle portait une robe grise avec un liseré bleu clair. Un voile blanc lui couvrait le visage, encadré de longues mèches de cheveux auburn. Les yeux étaient expressifs, et le corps composé de différentes couleurs – blanc, bleu, jaune pâle – qui se fondaient les unes dans les autres.

Michener reconnut le visage et la robe. C'était ceux de la statue dans la maison de Jasna. Notre-Dame de Fatima.

La clarté diminuant d'intensité, il distingua mieux les traits de cette femme. Et bientôt il n'y eut plus qu'elle.

— Mais levez-vous, père Michener, dit-elle d'une voix enjouée.

— Je... voudrais bien, mais... je n'y arrive pas, bégaya-t-il.

— Allons!

Il s'exécuta lentement et, à sa grande surprise, sans difficulté. Ses nausées avaient disparu et sa migraine aussi.

— Qui êtes-vous? demanda-t-il à la lumière.

— Vous ne savez pas?

— La Vierge Marie?

— Vous n'avez pas l'air d'y croire.

— Je ne fais pas exprès.

— Votre méfiance n'a pas de limites. Je comprends pourquoi on vous a choisi.

— Choisi, moi? Et pour quoi faire?

— J'ai dit aux enfants, il y a longtemps, que le jour viendrait où je donnerais au monde une preuve de mon existence.

— Jasna connaît donc le dixième secret ? dit-il malgré lui.

Il s'en voulait de poser la question. Être victime d'hallucinations, d'accord, mais de là à parler avec son imagination !

— C'est une sainte femme et elle fait ce que le Ciel lui demande. Il en est d'autres qui se croient pieux, mais qui ne peuvent pas en dire autant.

— Clément XV ?

— Oui, Colin, je fais partie de ceux-là.

L'image avait pris la forme de Volkner et la voix avait mué. Comme lors de son enterrement, Jakob portait l'habit de pape au complet – amict, ceinture, étole, mitre et pallium – et la croix pastorale dans la main droite. Michener tressaillit. Mais que se passait-il ?

— Jakob ?

— Il ne faut pas continuer à ignorer le Ciel. Fais ce que je t'ai demandé. Pense que ton dévouement ne sera pas vain.

À peu de chose près, les dernières paroles de Jasna dans l'après-midi.

Ce n'était pas tout à fait une hallucination, pensa Michener, puisqu'il avait déjà entendu ça.

— À quel destin suis-je promis, Jakob ?

Volkner se métamorphosa en père Tibor, exactement tel qu'il était le jour où Michener l'avait rencontré à l'orphelinat.

— Tu seras ce signe attendu du monde. Le phare qui guidera les repentants. Un messager pour annoncer que Dieu est toujours vivant.

La Vierge réapparut alors.

— Obéissez à votre cœur, père Michener. Il n'y a aucun mal à cela. Mais ne renoncez pas à la foi car, en fin de compte, elle seule restera.

La vision repartit lentement dans le ciel. C'était à nouveau une boule lumineuse qui s'évanouit peu à peu dans la nuit. Michener sentit la migraine s'abattre sur lui. Le monde recommença à tournoyer et, cette fois, il vomit.

47

Le Vatican
Jeudi 30 novembre, 7 heures le matin

L'ambiance était maussade dans la salle à manger de la résidence Sainte-Marthe. Moins de la moitié des robes rouges prenaient un vrai petit déjeuner, avec jambon, œufs, fruits et pain. Les autres se contentaient de café ou de jus d'orange. Et tous gardaient le silence. Valendrea alla au buffet se servir un plateau bien garni. Il voulait montrer à l'assemblée qu'il n'avait pas perdu son appétit légendaire, que les événements de la veille ne l'affectaient en rien.

Il s'assit avec un groupe de cardinaux attablés près d'une fenêtre. Ils étaient d'origines diverses : Australie, Venezuela, Slovaquie, Liban et Mexique. Deux étaient au nombre de ses fidèles partisans, et les trois autres, à son avis, comptaient parmi les onze voix qui hésitaient encore. Ses yeux se posèrent un instant sur Ngovi qui venait d'entrer et tenait des propos enjoués avec deux autres membres du Sacré Collège. Sans doute l'Africain s'efforçait-il, lui aussi, de paraître détaché.

— Alberto, dit l'un des cardinaux à sa table.

C'était l'Australien. Valendrea le regarda.

— Ne perdez pas espoir. J'ai prié toute la soirée et je sens qu'il va se passer quelque chose, ce matin.

Le secrétaire d'État demeura impassible.

— Nous sommes mus par la volonté de Dieu, dit-il. J'espère que le Saint-Esprit sera aujourd'hui avec nous.

— Vous êtes le seul choix logique, dit le Libanais d'une voix plus forte que nécessaire.

— Mais bien sûr, renchérit un autre à une table voisine.

Levant les yeux au-dessus de son assiette, Valendrea le reconnut. C'était l'Espagnol de la veille. Le petit homme, trapu, venait de se lever. Il poursuivit :

— L'Église s'étiole. Il est temps de faire quelque chose. Je me rappelle une époque où les papes inspiraient le respect. Où les gouvernements, Moscou y compris, écoutaient le message de Rome. Nous ne sommes plus rien. Nos prêtres sont bannis de la vie politique. Nos évêques ne peuvent plus ouvrir la bouche. Tout cela est le résultat d'une trop grande complaisance de la part des papes. Cela nous mènera à notre fin.

Un autre cardinal, camerounais et barbu, quitta sa chaise. Valendrea le connaissait à peine mais le plaça instinctivement du côté de Ngovi.

— La complaisance n'était certainement pas le fort de Clément XV. Le monde entier l'aimait, et il a réalisé beaucoup de choses en peu de temps.

L'Espagnol leva ses deux mains :

— Je ne veux pas paraître irrévérencieux. Cela n'était pas une attaque. Mais, avant tout, c'est l'intérêt de l'Église qui me préoccupe. Nous avons la chance d'avoir parmi nous un homme qui jouit d'une grande considération sur les cinq continents. Le cardinal Valendrea ferait un souverain exemplaire. Pourquoi en choisir un moindre ?

De nouveau, Valendrea dévisagea Ngovi. Si le camerlingue était blessé par la remarque, il n'en montra rien.

Un journaliste aurait payé cher pour entendre ça. Le

Saint-Esprit s'était joint au conclave. La Constitution apostolique interdisait de faire campagne avant la réunion du Collège cardinalice, mais cette clause n'existait plus pendant celle-ci. Si huis clos il y avait, c'était bien pour permettre une discussion franche et ouverte. Valendrea était impressionné par la tactique de l'Espagnol. Il n'aurait pas cru ce vieux crétin capable de jouer les orateurs.

— Je ne vois pas en quoi le cardinal Ngovi serait un moindre choix, dit enfin le Camerounais. C'est un homme de Dieu et un digne représentant de l'Église. Au-dessus de tout soupçon. Il serait un excellent pape.

— Parce que Valendrea n'en serait pas un ? s'écria un Français qui se dressa subitement.

Le secrétaire d'État s'émerveillait de voir les rouges Éminences se lancer enfin dans le débat. En d'autres circonstances, leur premier souci aurait été d'éviter toute confrontation.

— Valendrea est jeune, et c'est un pape jeune qu'il faut à l'Église. Le cérémonial et la rhétorique, ça ne fait pas un chef. Les fidèles ont besoin d'être inspirés par un homme de caractère. Valendrea a fait ses preuves dans ce domaine. Il a déjà servi plusieurs souverains, et…

— Exactement ce que j'allais dire, coupa le Camerounais. Il ne sait pas ce qu'est un diocèse. Combien de fois a-t-il entendu la confession ? Combien d'enterrements a-t-il célébrés ? Combien de paroissiens a-t-il guidés ? Le trône de saint Pierre exige quelqu'un qui ait un minimum d'expérience pastorale.

Cet autre Africain ne mâchait pas ses mots. Valendrea était ébahi. Qu'un cardinal puisse encore avoir de l'audace, il ne l'aurait jamais cru. Spontanément, l'homme avait lâché le mot redouté : *pastoral*. Il faudrait le surveiller dans les années à venir.

— Quelle importance ? dit le Français en revenant à la charge. La vocation du pape n'est pas d'être un pasteur. C'est un de ces mots fourre-tout, un de ces arguments creux qui ne veulent rien dire. Le pape est un administrateur, un gestionnaire de l'Église, c'est pourquoi il doit être familiarisé avec la curie. Valendrea la connaît mieux que tout autre. On en a eu, des pasteurs. Donnez-moi un chef, maintenant.

— Il la connaît peut-être trop bien, justement, intervint le cardinal-archiviste.

Valendrea retint une grimace. Le cardinal-archiviste étant l'homme le plus âgé de tout le Collège, son opinion aurait du poids auprès des onze hésitants.

— Voulez-vous bien vous expliquer ? demanda l'Espagnol.

L'archiviste resta assis :

— La curie a déjà trop de pouvoirs. Nous nous plaignons des lenteurs de la bureaucratie, mais nous ne faisons rien pour y remédier. Pourquoi ? Parce qu'elle est entièrement à notre service. Parce qu'elle nous protège de tout ce qui nous menace. Alors il est bien pratique de l'accuser de tous les maux. Un pape qui serait le produit de cette institution n'osera pas s'y attaquer. Oui, on bricole toujours à droite et à gauche, mais personne n'a jamais pris le taureau par les cornes.

Le vieil homme regardait fixement le secrétaire d'État :

— Surtout quand on connaît le système depuis aussi longtemps. Il faut nous poser la question : Valendrea aura-t-il le courage des réformes nécessaires ? Je crains que non.

Valendrea termina son café, reposa lentement sa tasse sur la table et répondit sereinement :

— Apparemment, Éminence, votre choix est fait.

— C'est sans doute la dernière fois que je vote, et ça ne sera pas pour rien.

Nonchalant, Valendrea inclina la tête.

— C'est votre droit le plus absolu, Éminence, et je le respecte.

Ngovi avança jusqu'au centre de la pièce :

— Nous avons assez discuté ici. Finissons de déjeuner et rendons-nous dans la chapelle. Nous y serons mieux pour poursuivre le débat.

Personne ne s'y opposa.

Cette petite joute avait emballé Valendrea.

Une leçon de choses ne faisait jamais de mal.

48

Medjugorje, 9 heures le matin

Katerina commençait à s'inquiéter. À son réveil, une heure plus tôt, Michener avait disparu. L'orage s'était dissipé, et la matinée promettait d'être chaude et nuageuse. Elle avait pensé tout d'abord qu'il était descendu prendre un café, mais il ne se trouvait pas dans la salle à manger. Elle s'était renseignée auprès de la réceptionniste, qui n'avait rien pu lui apprendre. Peut-être s'était-il rendu à l'église Saint-James ? Elle partit vérifier – il n'y était pas non plus. Cela ne ressemblait pas à Colin de s'éclipser sans dire où il allait. En outre, son sac de voyage, son portefeuille et son passeport étaient toujours dans la chambre.

Debout au milieu de la place, devant l'église, elle hésitait à demander de l'aide à un groupe de soldats. Des autocars arrivaient déjà avec leurs fournées de pèlerins. Les rues s'animaient et les boutiquiers relevaient leurs rideaux.

La soirée de la veille avait été en tout point délicieuse, de leur discussion au restaurant jusqu'à l'intimité de leur chambre. Kate avait décidé de ne rien dire à Alberto Valendrea. Elle était venue en Bosnie pour accompagner

Colin, pas pour servir d'espion. Que le secrétaire d'État et son infâme Ambrosi pensent d'elle ce qu'ils voudraient. Elle était heureuse d'être ici. La presse, les éditeurs, tout cela paraissait bien lointain. Elle souhaitait réellement s'occuper de ces orphelins en Roumanie. Ses parents seraient fiers d'elle, et elle aussi le serait. Faire quelque chose de bien, pour une fois.

Elle en avait voulu à Michener pendant des années, et elle venait de se rendre compte qu'elle était également fautive. Ses défauts à elle étaient pires. Au moins Michener avait aimé Dieu et l'Église. Kate n'aimait qu'elle-même. Tout cela allait changer, elle y veillerait. Pendant le dîner, il s'était lamenté de n'avoir sauvé aucune âme à ce jour. Peut-être se trompait-il. Elle serait la première.

Elle se rendit au syndicat d'initiative de l'autre côté de la rue, où elle donna la description de Michener. On n'avait vu personne répondant à son signalement. Alors elle déambula le long des trottoirs, en regardant dans les magasins au cas où il se trouverait dans l'un d'eux. Elle posa quelques questions au sujet des autres voyants, pour essayer de découvrir où ils habitaient. Puis, cédant à l'impulsion, elle reprit le chemin de la veille vers la maison de Jasna.

Elle reconnut au passage quelques villas enduites de stuc sous leurs toits de tuiles rouges.

Elle arriva et frappa à la porte.

Pas de réponse.

Kate recula de quelques pas. Les volets étaient fermés. Elle attendit un instant un signe de vie à l'intérieur, mais il n'y en eut pas. Elle remarqua que la voiture de Jasna n'était plus garée dans l'allée.

Elle allait reprendre la direction de l'hôtel quand une femme sortit de la maison en face et s'écria en croate :

— C'est affreux, affreux ! Mon Dieu, ne nous abandonnez pas !

Le ton était alarmant.

— Que se passe-t-il ? lui demanda Kate avec les quelques mots de croate qu'elle possédait.

La vieille femme se figea. Elle semblait vraiment affolée.

— C'est Jasna. On vient de la retrouver blessée près de la croix, sur la montagne. La foudre lui est tombée dessus.

— Blessée ? Gravement ?

— Je ne sais pas. Ils viennent d'envoyer les secours.

Cette femme était au bord de l'hystérie. Entre deux sanglots, elle n'arrêtait pas de se signer, un chapelet dans les mains.

— Sainte Marie, mère de Dieu, ne l'emportez pas ! Jasna est une sainte. Gardez-la parmi nous !

— Elle est si mal que ça ?

— Elle respirait à peine quand ils l'ont découverte.

Kate pensa brusquement :

— Elle était seule ?

Perdue dans ses supplications, la voisine ne parut pas l'entendre.

— Elle était seule ? répéta Kate.

La vieille femme se ressaisit et, cette fois, répondit :

— Non. Il y avait un homme avec elle. Lui aussi est blessé.

49

Le Vatican, 9 heures 30 le matin

Valendrea montait les marches de la Sixtine avec une assurance souveraine. Cette fois, il était quasi certain de vaincre le Kenyan. Ce pauvre Ngovi, héritier d'un pape incohérent et, par-dessus le marché, suicidaire ! Cela ne tiendrait qu'à lui, Valendrea ferait exhumer Clément de la crypte pour expédier ses restes en Allemagne. Et pourquoi pas à la fin de la journée, si tout se passait bien ? Cela ne serait peut-être pas si difficile à accomplir, puisque Clément lui-même – son testament avait été publié la semaine dernière – avait souhaité être enterré à Bamberg. Le geste pourrait être interprété comme un vibrant hommage de l'Église à son chef décédé. De quoi s'assurer quelques réactions favorables et gagner un peu de place sous l'autel de Saint-Pierre.

Ce petit déjeuner resterait dans les mémoires. Les efforts déployés par Ambrosi depuis deux ans portaient leurs fruits. C'est lui qui avait eu l'idée du matériel d'écoute. Valendrea avait craint au départ qu'on ne le découvre trop facilement, mais Paolo avait eu raison. Il faudrait le récompenser. Valendrea regrettait de ne pas l'avoir sous la main pendant le conclave, mais Ambrosi était trop occupé à retirer les micros et les émetteurs qu'il avait installés. Le moment s'y prêtait parfaitement, le Vatican étant pour ainsi dire en hibernation, avec la Sixtine en point de mire.

Valendrea arriva en haut de l'étroit escalier de marbre où il reconnut Ngovi, qui apparemment l'attendait.

— Le jour de gloire, dit le secrétaire d'État en quittant la dernière marche.

— C'est une façon de voir les choses.

Le cardinal le plus proche se trouvait à quinze mètres et il n'y avait personne dans l'escalier. Les autres étaient presque tous rentrés dans la chapelle. Valendrea avait fait exprès de se montrer au dernier moment.

— Vos devinettes ne me manqueront pas, Ngovi. J'ai déjà oublié celles de Clément.

— Dommage, les réponses sont intéressantes, dit le camerlingue.

— Bon voyage au Kenya. Il fait meilleur, là-bas.

Valendrea poursuivait déjà son chemin.

— Vous partez perdant, assura Ngovi dans son dos.

Valendrea se retourna et vit sur le visage du Noir une expression qui lui déplut. Il ne put s'empêcher de demander :

— Pourquoi ?

Ngovi ne dit rien. Il le dépassa et entra avant lui.

Les cardinaux avaient repris leurs places désignées. Ngovi marcha jusqu'à l'autel. Il paraissait dérisoire devant l'explosion de couleurs du *Jugement dernier*, pensa son adversaire.

— Avant de procéder au scrutin, je voudrais dire une chose.

Cent treize têtes se tournèrent aussitôt vers lui. Valendrea inspira longuement. Il ne pouvait rien faire. Le camerlingue était toujours maître des lieux.

— Certains d'entre vous semblent souhaiter que je succède à notre bien-aimé Clément. Votre confiance m'honore, mais je suis obligé de décliner. Si vous m'élisez, je refuserai le trône. Sachez-le et votez en conséquence.

Ngovi descendit de l'autel et s'assit parmi ses pairs.

Valendrea comprit que les quarante-trois voix de son adversaire lui reviendraient. Les partisans de Ngovi ne voudraient pas être en reste et rejoindraient l'équipe gagnante. Leur favori ayant quitté la course, ils se détacheraient de lui. La probabilité était faible qu'un troisième candidat émerge à ce stade des choses, et il suffisait de faire le compte. Valendrea n'avait besoin que de ses cinquante-neuf supporters déclarés, et d'une poignée du bloc opposé, qui était maintenant privé de chef.

Cela ne serait pas bien difficile.

Il aurait voulu interroger Ngovi. Cette décision était absurde. Pourquoi l'Africain dédaignait-il le trône ? De plus, quelqu'un avait certainement travaillé dans l'ombre pour qu'il obtienne ces quarante-trois voix. Le Saint-Esprit n'avait rien à voir là-dedans, c'était une lutte entre des hommes, organisée par des hommes, remportée par des hommes. Un de ceux au moins qu'observait Valendrea était un ennemi juré, un meneur qui agissait à couvert. Cela pouvait être le cardinal-archiviste. Il connaissait tous les rouages du Vatican et il disposait de l'autorité nécessaire. Si c'était le cas, Valendrea voyait cette association d'un mauvais œil. Il voulait au cours des prochaines années s'entourer de serviteurs fidèles et enthousiastes, et donner avec eux une bonne leçon aux dissidents. Ce serait le premier travail d'Ambrosi. Tous allaient comprendre qu'un mauvais choix se payait. Cependant il devait tirer son chapeau de cardinal à l'Africain. *Vous partez perdant*. Mais non. Ngovi lui offrait la papauté sur un plateau.

Et quelle importance, finalement ? Gagner, c'est gagner.

Le scrutin dura une heure. Après l'annonce surprise du camerlingue, tout le monde désirait en finir au plus vite.

Valendrea fit le compte mentalement, sans même prendre de notes. Il cessa lorsqu'il entendit son nom prononcé pour la soixante-seizième fois. Et il ne regarda l'autel qu'au moment où les scrutateurs le déclarèrent élu avec cent deux voix.

Il s'était de nombreuses fois demandé ce qu'il ressentirait à ce moment-là. Lui seul dictait maintenant à un milliard de catholiques ce qu'ils devaient croire. Aucun cardinal ne pourrait contester ses ordres. On l'appellerait Très Saint-Père, on serait aux petits soins pour lui jusqu'à sa mort. D'autres cardinaux avaient pleuré ou tremblé de peur à cet instant. Quelques-uns avaient fui la chapelle en hurlant qu'ils ne voulaient pas. Il vit les regards converger sur lui. Il n'était plus le cardinal Alberto Valendrea, évêque de Florence, secrétaire d'État du Saint-Siège.

Il était pape.

Ngovi se releva, passa devant l'autel, longea les pupitres jusqu'à lui. C'était sa dernière tâche de camerlingue.

— Acceptez-vous votre élection, faite selon les règles canoniques, au souverain pontificat ? lui demanda-t-il.

Cette question avait été posée aux vainqueurs pendant des siècles.

Fixant les yeux perçants du Noir, Valendrea essaya de lire dans ses pensées. Pourquoi avait-il refusé de continuer ? Sachant qu'on choisirait à sa place un homme qu'il méprisait profondément ? À tous les points de vue, Ngovi était un fervent catholique. Il aurait pris les mesures nécessaires pour protéger une Église qu'il aimait. Ce n'était pas un lâche. Pourtant il avait renoncé à ce combat qu'il avait une bonne chance de remporter.

Valendrea chassa ces pensées de son esprit et répondit distinctement :

— J'accepte.

Pour la première fois depuis des décennies, ces mots-là étaient prononcés en italien.

Les cardinaux se levèrent et applaudirent à tout rompre.

Le deuil du précédent pape s'effaçait dans la joie d'un nouveau pontificat. Valendrea imagina les observateurs dehors, qui, en les entendant, avaient sûrement compris que le conclave était arrivé à terme. Il regarda l'un des scrutateurs qui se dirigeait vers le poêle avec les bulletins. Dans quelques instants, une fumée blanche s'élèverait dans le ciel matinal, et les vivats résonneraient place Saint-Pierre.

L'ovation toucha à sa fin. Il restait une question.

— Par quel nom désirez-vous être appelé ? demanda Ngovi en latin.

Le silence devint total.

Le nom du nouveau pape donnait des indications claires sur ses intentions. En adoptant ceux de ses deux prédécesseurs, Jean-Paul Ier avait voulu faire comprendre qu'il emprunterait à la bonté de l'un et à la sévérité de l'autre. Jean-Paul II avait repris le message à son compte. Depuis bien des années, Valendrea avait pesé la chose. Son choix s'était porté successivement sur certains des noms les plus populaires – Innocent, Benoît, Grégoire, Jules, Sixte. Jakob Volkner avait fait référence à Clément II, en son temps évêque de Bamberg lui aussi. Valendrea, quant à lui, tenait à signifier sans ambiguïté que la papauté impériale était de retour.

— Pierre II.

Des hoquets de stupeur résonnèrent dans la chapelle. Il n'y avait que Ngovi pour rester, comme toujours, impassible. Sur deux cent soixante-trois souverains pontifes, il y avait eu vingt-trois Jean, six Paul, treize Léon, douze Pie, huit Alexandre, et un certain nombre d'autres.

Mais un seul Pierre.

Le premier pape.

Tu es Pierre, et sur cette pierre je bâtirai mon Église.

Sa dépouille reposait quelques mètres plus loin, sous le plus vaste lieu de culte de toute la chrétienté. Pierre était le premier saint de l'Église, et le plus respecté. En deux millénaires, aucun pape n'avait osé aller aussi loin.

Valendrea se leva.

Trêve de faux-semblants. La procédure avait été dûment respectée, son élection était acquise, il l'avait officiellement acceptée et il avait donné son nom. Il était maintenant évêque de Rome, vicaire de Jésus-Christ, successeur du prince des apôtres, souverain pontife de l'Église universelle, patriarche d'Occident, primat d'Italie, archevêque métropolitain de la province romaine, souverain de l'État de la Cité du Vatican.

Serviteur des serviteurs de Dieu.

Il regarda l'assemblée et répéta pour que tout le monde comprenne bien.

— Je désire être appelé Pierre II, confirma-t-il en italien.

Personne ne dit mot.

Puis l'un des trois cardinaux de la veille se mit à applaudir. Deux ou trois autres l'imitèrent. Bientôt ce fut un vrai tonnerre d'applaudissements. Valendrea savourait la joie absolue d'une victoire que personne ne pouvait lui retirer. Pourtant deux choses empêchaient son bonheur d'être total.

L'étrange sourire qui se dessina sur les lèvres du camerlingue.

Le fait que celui-ci se mette aussi à applaudir.

50

Medjugorje, 11 heures le matin

Assise à son chevet, Katerina surveillait Michener. Le voir entrer dans le dispensaire, inconscient, sur un brancard, l'avait terriblement impressionnée. Elle comprenait maintenant ce que la perte de cet homme signifierait pour elle.

Elle se détesta d'autant plus d'avoir joué un double jeu. Il fallait qu'elle lui dise la vérité. Avec un peu de chance, il lui pardonnerait. Elle se sentait méprisable d'avoir accédé aux demandes de Valendrea. Mais peut-être avait-elle eu besoin de ce coup du sort, faute de quoi la colère et l'orgueil l'auraient définitivement écartée de la route de Colin. Leurs retrouvailles initiales, trois semaines plus tôt sur la place Saint-Pierre, s'étaient soldées par un désastre. En quelque sorte, Valendrea avait permis de rouvrir la porte.

Michener cligna plusieurs fois des paupières.

— Colin.

— Kate ? dit-il.

Malgré tous ses efforts, sa vision restait floue.

— Je suis là.

— Je t'entends, mais je ne te vois pas. C'est comme regarder sous l'eau. Qu'est-ce qui s'est passé ?

— La foudre. Elle est tombée sur la croix. Vous étiez juste devant, avec Jasna.

Il porta une main à sa tête et, du bout des doigts, localisa les écorchures qui lui barraient le front.

— Elle n'a rien ?

— Ça a l'air d'aller. Elle était évanouie, comme toi. Que faisais-tu là-bas ?

— Je te le dirai plus tard.

— Bon. Tiens, prends un peu d'eau. Le docteur dit qu'il faut que tu boives.

Elle maintint une tasse sous ses lèvres et il avala quelques gorgées.

— Où suis-je ?

— Un petit dispensaire que l'État a ouvert pour les pèlerins.

— Ils ont fait un diagnostic ?

— Tu as été électrocuté. Tu aurais été un peu plus près de cette croix, tu y passais. Tu n'as rien de cassé, seulement une belle bosse et une entaille derrière la tête. Pas de commotion cérébrale.

La porte s'ouvrit et un homme barbu, d'âge moyen, entra.

— Comment va notre malade ? dit-il en anglais. C'est moi qui vous ai examiné, mon père. Comment vous sentez-vous ?

— Comme si j'avais roulé sous une avalanche.

— Je veux bien le croire. Ne vous inquiétez pas, ça va s'arranger. Vous vous êtes coupé à la tête, mais le crâne est intact. Faites un examen approfondi une fois rentré chez vous. Compte tenu de ce qui s'est passé, vous avez eu de la chance quand même.

Le médecin inspecta la plaie, donna quelques conseils et les laissa.

— Comment sait-il que je suis prêtre ?

— On m'a demandé de t'identifier. Si tu savais ce que j'ai eu peur en te voyant comme ça.

— Et le conclave ? Tu es au courant de quelque chose ?

— Je ne devrais pas être surprise que tu y penses aussi vite, mais bon.

— Tu t'en fiches ?

En réalité, non, elle était curieuse de connaître le résultat.

— Il n'y avait rien de nouveau il y a une heure.

Elle prit sa main dans la sienne et la serra.

— J'aimerais tellement te voir nettement, dit-il en se tournant vers elle.

— Je t'aime, Colin.

Ces mots-là faisaient du bien. À elle pour commencer.

— Moi aussi, je t'aime, Kate. J'aurais dû te le dire il y a des années.

— Oui, tu aurais dû.

— Il y a tant de choses que j'aurais dû faire autrement. Et je ne veux plus qu'on se sépare.

— Et Rome ?

— J'ai rempli tous mes engagements. C'est fini, maintenant. Je veux aller en Roumanie avec toi.

Les yeux de Kate s'emplirent de larmes. Il ne la voyait pas pleurer, et c'était tant mieux. Elle essuya ses paupières.

— Cela vaut la peine de le faire ensemble, répondit-elle.

Sa voix chevrotait un peu.

La main de Colin se contracta dans la sienne.

Ce geste-là valait plus que tout.

51

Le Vatican, 11 heures 45 le matin

Valendrea accepta les félicitations des cardinaux, puis il sortit de la Sixtine vers la salle des Larmes attenante. Impeccablement suspendus à leurs cintres, aussi blancs que les murs, les vêtements de la maison Gammarelli l'attendaient. Le couturier en personne était prêt à intervenir.

— Où est le père Ambrosi ? demanda le pape à un prêtre de service.

— Je suis là, Très Saint-Père, dit Paolo en entrant.

Dans la bouche du fidèle second, ces paroles-là étaient un baume.

Les portes de la chapelle avaient été ouvertes en grand tandis que la fumée blanche s'échappait du toit. Le nom de Pierre II se répandait sûrement dans le palais comme une traînée de poudre, en semant l'étonnement avec lui. Même les plus blasés devaient en rester bouche bée, pensait Valendrea.

— Eh bien, ma première décision sera celle-ci, dit-il à Ambrosi en ôtant sa soutane rouge. Vous êtes secrétaire papal, mon père.

Promesse qu'il honorait avec un grand sourire. Ambrosi s'inclina gracieusement en souriant lui aussi.

Le pape montra le costume qu'il avait sélectionné la veille.

— Celui-là devrait aller.

Le tailleur décrocha les quelques cintres et les présenta au souverain avec la formule réservée au pape :

— *Santissimo Padre*.

Lequel regarda les assistants plier ses vêtements de cardinal. Ceux-ci seraient lavés et rangés dans un carton où ils resteraient jusqu'à sa mort. Alors la coutume voulait qu'ils soient remis au membre le plus âgé de la fratrie Valendrea.

Il enfila la soutane blanche qu'il boutonna lui-même. L'aiguille en main, Gammarelli s'agenouilla et commença ses retouches. Cela ne serait pas parfait, mais cela tiendrait bien deux heures. Le temps que plusieurs costumes sur mesure arrivent des ateliers.

Le pape bomba le torse et tira sur ses épaules.

— Un peu serré. Arrangez-moi ça.

D'un geste, Gammarelli déchira la couture provisoire.

— Et ne lésinez pas sur le fil, ajouta le pape.

Le jour de son élection, il ne manquerait plus que sa soutane lui tombe sur les pieds.

Le tailleur ayant bientôt terminé, il s'installa sur un fauteuil. Un des prêtres s'agenouilla pour lui retirer chaussures et chaussettes. Valendrea appréciait qu'il n'ait déjà presque plus rien à faire lui-même. Une paire de chaussettes blanches et des souliers rouges furent avancés. Il vérifia taille et pointure. Parfait. D'un geste, il demanda qu'on les lui mette.

Il se releva.

On lui tendit le *zucchetto* blanc. À l'époque où les prélats avaient le crâne rasé, la calotte était censée protéger leur scalp pendant les mois d'hiver. C'était aujourd'hui un élément essentiel du costume des ecclésiastiques de haut rang. Depuis le XVIIIe siècle, celle du pape était formée de huit pièces triangulaires de soie blanche cousues ensemble. Valendrea la saisit fermement par les bords et, tel un empereur se sacrant lui-même, l'ajusta sur son crâne.

Le secrétaire papal faisait une moue approbatrice.

Il était temps de se présenter au monde.

Mais d'abord, un dernier devoir.

*

Valendrea revint dans la chapelle Sixtine. Les cardinaux étaient debout derrière leurs pupitres, et un trône avait été placé devant l'autel. La tête haute, le pape fila droit vers celui-ci, s'assit et attendit dix bonnes secondes avant de prier l'assemblée de l'imiter.

D'un signe, Valendrea s'adressa au doyen des cardinaux-évêques, un de ses partisans, lequel se leva et ouvrit le cortège. Jean-Paul II avait mis fin à ce cérémonial qui avait longtemps fait partie intégrante de l'élection canonique. Chaque cardinal devait avancer devant le pape, s'agenouiller et l'embrasser. Mais les choses venaient de changer à nouveau, et plus vite on s'adapterait, mieux ça serait. Les cardinaux n'avaient d'ailleurs pas trop à se plaindre – dans l'ancien temps, ils étaient tenus de baiser le soulier du pape.

Assis, Valendrea tendit sa main pour que le doyen embrasse sa bague.

Ngovi se trouvait au milieu de la procession. Le moment venu, il s'agenouilla et tendit les lèvres vers l'anneau papal. Valendrea remarqua qu'elles ne l'effleurèrent même pas. Ngovi se redressa et repartit.

— Pas de compliments ? lui demanda Pierre II.

L'Africain se figea et se retourna :

— Que votre règne vous apporte tout ce que vous méritez.

Le pape aurait bien donné une leçon à ce benêt suffisant, mais le lieu et l'endroit ne s'y prêtaient pas. C'était peut-être ce que recherchait Ngovi, la provocation étant un de ses passe-temps favoris. Répondre reviendrait à tomber dans le piège, et mieux valait, pour l'instant, rester flegmatique. Valendrea se contenta d'un :

— Je prends cela pour un vœu de réussite ?

— Rien d'autre.

Le dernier cardinal revenu à sa place, le pape se leva enfin.

— Je vous remercie tous. Je promets de servir l'Église au mieux de mes possibilités. Et maintenant, je crois qu'on m'attend pour la bénédiction.

Il longea l'allée centrale et sortit par l'entrée principale. Il traversa la Salle ducale et la Salle royale. Leurs immenses fresques murales rappelaient la supériorité de la papauté sur les pouvoirs séculiers. Bien le moins, pensait-il.

Il arriva dans la première loggia.

Une heure s'était écoulée depuis son élection, et les rumeurs allaient sans doute bon train. Mais il devait s'être échappé assez d'informations contradictoires pour que personne ne soit encore sûr de rien. Valendrea n'allait ni les infirmer ni les confirmer. La confusion était une arme efficace à condition d'en être l'auteur, et il l'était. Rien que le choix de son nom susciterait tout un éventail de spéculations. Aucun des grands papes guerriers, aucun des politiciens en habit rouge qui avaient coiffé la tiare depuis un siècle n'avait rien osé de tel.

Il arriva dans la pièce qui donnait sur la place. Ce n'était pas encore le moment d'apparaître sur le balcon. D'abord s'y présenterait le cardinal-archiviste – il était le plus âgé des cardinaux-diacres –, puis le pape, suivi par le doyen du Sacré Collège et par le camerlingue.

Valendrea s'approcha de l'archiviste et murmura :

— Je vous avais assuré, Éminence, que je serais patient. Maintenant, faites votre travail avant qu'on se dise au revoir une bonne fois.

Le visage du vieil homme ne trahit aucune émotion. Il savait très bien ce qui l'attendait.

Sans dire un mot, il passa sur le balcon.

Cinq cent mille personnes l'ovationnèrent.

Un microphone était installé sur la balustrade. Se plaçant devant celui-ci, l'archiviste commença :

— *Annuncio vobis gaudium magnum : habemus papam !*

Le proclamation devait se faire en latin. Peu ignoraient ce que cela voulait dire : Je vous annonce une grande et heureuse nouvelle : nous avons un pape !

La foule explosa de joie. Valendrea ne la voyait pas encore, mais sa présence était sensible.

Le vieil homme poursuivit :

— *Sancte Romane Ecclesiae Cardinalem...* Valendrea.

Acclamations assourdissantes ! Un Italien venait de remonter sur le trône de saint Pierre. Les vivats redoublèrent d'intensité.

L'archiviste s'interrompit pour regarder une seconde derrière lui. Valendrea lut une franche hostilité dans ses yeux. De toute évidence, cet homme s'exécutait malgré lui. Il se retourna néanmoins vers le micro :

— *... qui sibi nomen imposuit...*

L'écho lui renvoya ses paroles à la figure.

— *... Petrus II*[1].

Cette fois, ce fut une déflagration. Les mots ricochèrent d'un bout à l'autre de l'immense place et l'on aurait pu croire que les statues au-dessus de la colonnade se demandaient les unes aux autres si elles avaient bien

---

1. « Qui s'est choisi pour nom... Pierre II. »

entendu. La foule sembla réfléchir un instant, puis elle comprit.

Et les vivats reprirent.

S'approchant du balcon, Valendrea sentit qu'un seul des cardinaux le suivait. Il se retourna. Ngovi n'avait pas bougé.

— Vous venez ?
— Non.
— C'est votre devoir de camerlingue.
— Je m'épargne cette honte.

Le pape recula d'un pas.

— Allez dans la chapelle demander le rachat de vos insolences. Ne me mettez pas au défi.

— Qu'allez-vous faire ? s'esclaffa l'Africain. M'emprisonner ? Me saisir ? Me destituer ? Nous ne sommes plus au Moyen Âge.

L'autre cardinal était visiblement embarrassé. C'était un des fidèles du clan Valendrea, et celui-ci ne pouvait perdre la face :

— Je m'occuperai de vous plus tard, Ngovi.
— Comme le Seigneur s'occupera de vous.

Cela dit, l'Africain se retourna pour de bon et s'en alla.

Le pape n'allait pas laisser cette anicroche gâcher son triomphe. S'adressant au second cardinal, il le pria :

— Eh bien, Éminence, allons-y !

Et il se présenta en plein soleil, les bras ouverts, comme pour étreindre la multitude qui lui hurla sa reconnaissance.

52

Medjugorje, 12 heures 30

Michener se sentait un peu mieux. Sa tête et son ventre ne le faisaient plus souffrir et il avait recouvré une vision claire. Il savait maintenant qu'il se trouvait dans une petite chambre carrée, aux murs de parpaings enduits de jaune. Sous le rideau de dentelle, la fenêtre laissait entrer la lumière, mais les vitres étaient dépolies. Il ne voyait pas à l'extérieur.

Katerina était allée prendre des nouvelles de Jasna. Le médecin n'était pas réapparu, et Michener s'inquiétait pour elle.

La porte s'ouvrit.

— Ça va, dit Kate. Heureusement que vous n'étiez pas plus près de cette croix. Jasna a deux bons hématomes à la tête, mais ils pensent qu'il n'y a pas lieu de s'inquiéter.

Elle s'approcha du lit.

— Je te rapporte d'autres informations.

Michener regardait ce visage qu'il était ravi de retrouver.

— Valendrea est pape. Je l'ai vu à la télé. Il vient de faire sa première bénédiction place Saint-Pierre. Il s'est engagé à rendre l'Église à ses vraies racines. Et, tiens-toi bien, il s'est choisi comme nom Pierre II.

— Vivement qu'on parte en Roumanie.

Kate affichait un curieux sourire.

— Dis-moi, ça valait vraiment le coup de monter jusqu'à cette croix ?

— Que veux-tu dire ?

— Que faisiez-vous ensemble sur cette montagne, hier soir ?

— Jalouse ?

— Curieuse, surtout.

Quelques explications s'imposaient.

— Jasna voulait me révéler le dixième secret.

— En plein orage ?

— Ne me demande pas une réponse rationnelle. Je me suis réveillé dans la nuit, et j'ai regardé dans la rue. Elle était là, les yeux braqués sur notre fenêtre. C'était un peu irréel. Et j'ai ressenti le besoin de la rejoindre.

Il préféra ne pas parler de son hallucination, toutefois il s'en souvenait parfaitement – comme d'un rêve qui le hantait. Selon le médecin, il avait perdu conscience pendant plusieurs heures. De toute évidence, ce qu'il avait cru voir ou entendre se rapportait aux événements des derniers mois. Si « messagers » il y avait, les deux personnes en question – Jakob et le père Tibor – étaient constamment présentes dans son esprit. Oui, mais la Vierge ? C'était peut-être simplement une réplique de la statue dans la maison de Jasna.

Pourtant, Michener doutait.

— Écoute, je ne sais pas à quoi elle pensait. Elle m'a dit que, si je voulais connaître ce secret, il fallait que je l'accompagne. C'est ce que j'ai fait.

— Tu ne trouvais pas ça un peu bizarre, comme idée ?

— Au point où on en est...

— Elle va arriver.

— Comment ça ?

— Elle veut te rendre visite. Ils étaient en train de la préparer quand j'ai quitté sa chambre.

La porte s'ouvrit sur une infirmière qui poussa un fauteuil roulant dans la petite pièce. Jasna semblait très fatiguée. Elle avait le front pansé et un bras en écharpe.

— Je voulais m'assurer que vous n'aviez rien, dit-elle d'une voix faible.

— Je m'inquiétais aussi pour vous.

— Je vous ai emmené là-haut pour une seule raison. Parce que Notre-Dame me l'a demandé. Je ne vous veux aucun mal.

Elle était soudain moins lointaine, plus humaine, avec quelque chose de sincère dans le ton.

— Je ne vous reproche rien, dit Michener. Je suis venu de mon plein gré.

— Il paraît que la croix porte une marque noire, indélébile. Une entaille sur tout son long.

— C'est sûrement le signal qu'attendaient les athées pour se convertir, dit Kate avec un soupçon de mépris.

— Ce n'est pas à moi d'en décider, répondit Jasna.

Bien décidée à ne pas s'en laisser compter, Kate répliqua :

— Le message du nouveau pape ne manquera pas de les convaincre !

Michener aurait voulu lui dire de se taire, mais il la savait bouleversée et, malheureusement, Jasna faisait une proie facile.

— Notre-Dame est apparue pour la dernière fois.

Il examina un instant cette femme dans son fauteuil roulant. Son visage était triste, ses yeux las, elle avait les traits tirés et une expression différente de la veille. Pendant plus de vingt ans, elle s'était, disait-on, entretenue avec la mère du Christ. Que cela soit vrai ou pas, elle y avait vu un sens. Ces jours-là étaient maintenant terminés et, visiblement, Jasna vivait la chose comme un deuil. Un peu comme la disparition d'un être cher – dont on n'entendra plus la voix, qui ne sera plus jamais là pour vous donner ses conseils ou un peu de réconfort. Ce qui ramena Michener à ses parents. Et à Jakob Volkner.

Il ressentait en fait la même tristesse que Jasna.

— Sur le sommet de la montagne, la Vierge m'a révélé hier soir le dixième secret, dit-elle.

Il se rappela les quelques mots qu'elle avait murmurés devant la croix. *Je dois pouvoir m'en souvenir. Oui, je peux. Sainte Marie, je ne pouvais pas le savoir.*

— Et je l'ai écrit.

Elle lui tendit une feuille de papier pliée.

— Notre-Dame m'a priée de vous le donner.

— A-t-elle dit autre chose ?

— Non, elle a disparu.

Jasna tourna la tête vers l'infirmière.

— Je voudrais rentrer dans ma chambre, s'il vous plaît.

Puis à Michener :

— Portez-vous bien, mon père. Je prierai pour vous.

— Et moi pour vous, dit-il sincèrement.

Elle partit.

— Colin, cette fille joue la comédie. Enfin, ça crève les yeux ! fit Kate en élevant la voix.

— Si elle joue la comédie, elle la joue bien. Elle croit ce qu'elle dit. De toute façon, c'est fini maintenant. Il n'y aura plus de vision.

Kate montra le papier qu'il tenait en main :

— Tu ne le lis pas ? Il n'y a plus d'ordre du pape pour t'en empêcher.

En effet. Michener déplia la feuille. Il sentit sa migraine revenir, à peine il posa les yeux dessus.

— Lis-le-moi, s'il te plaît.

53

Le Vatican, 13 heures

Valendrea recevait dans une des salles d'audience le personnel de la secrétairerie d'État qui lui adressait ses félicitations. Ambrosi avait déjà exprimé le désir de renouveler une grande partie des prêtres et des secrétaires directement au service du pape. Ce dernier ne s'y était pas opposé. S'il voulait que Paolo soit aux petits soins pour lui, la moindre des choses était de le laisser choisir ses collaborateurs.

Ambrosi ne l'avait presque pas quitté de la matinée. Il se trouvait derrière le balcon tandis que Valendrea s'adressait à la foule amassée place Saint-Pierre. Il avait étudié ensuite les réactions de la presse écrite et audiovisuelle, qui pour l'ensemble étaient positives, eu égard notamment au nom choisi. Certains estimaient déjà que ce pontificat laisserait une marque dans l'histoire. Valendrea imaginait Tom Kealy bégayer de stupeur en entendant les mots *Pierre II*. Les prêtres n'écriraient pas de best-seller pendant son règne. Ils feraient ce qu'on leur demanderait, sinon c'était la porte – à commencer par ce crétin. Ambrosi était chargé de le défroquer avant la fin de la semaine.

Les changements ne s'arrêteraient pas là.

Le pape porterait de nouveau la tiare et l'on allait organiser son couronnement. On ferait sonner les trompettes à son arrivée. On ressortirait les flabellum pour les fêtes solennelles et les gardes suisses seraient là, sabre au clair. La chaise gestatoire – *sedia gestatoria* – reprendrait du service. Paul VI avait renoncé à tout ça – de petites erreurs de jugement, sous couvert d'adaptation à l'époque – mais Valendrea y tenait.

On se pressait encore pour le féliciter quand il fit un signe à Ambrosi.

— Quelque chose d'important m'attend, lui murmura-t-il. Renvoyez-les.

Le prêtre se retourna vers le groupe :

— S'il vous plaît. Sa Sainteté a faim. Le pape n'a rien mangé depuis le petit déjeuner. Nous savons tous à quel point ses repas comptent pour lui. Il va tomber d'inanition...

Quelques rires amicaux fusèrent.

— Je réserverai un peu de temps cet après-midi pour ceux qui n'ont pu lui parler.

— Que le Seigneur vous bénisse tous, dit Valendrea.

Il suivit Ambrosi jusqu'aux bureaux de la secrétairerie au deuxième étage. Les sceaux avaient été retirés une demi-heure plus tôt de l'appartement papal, et on commençait à installer ses affaires. Il visiterait les musées et les immenses magasins du sous-sol dans les jours à venir. Ambrosi détenait déjà la liste des ornements qu'il voulait dans son appartement. Tout marchait comme sur des roulettes. On appliquait, pour la plupart, des décisions qu'il avait prises au cours des années précédentes, et l'on y voyait celles d'un pape déterminé, organisé, avec un ordre de priorités bien établi.

La porte de son ancien bureau à peine fermée, il ordonna à Ambrosi :

— Allez me chercher le cardinal-archiviste et dites-lui de me retrouver à la *Riserva* dans un quart d'heure.

Ambrosi s'inclina et disparut.

Le pape entra dans son cabinet de toilette. L'arrogance de Ngovi l'avait mis en rage. Et l'Africain avait raison. Il était difficile de s'attaquer à lui et cela ne serait pas une bonne idée de le nommer au diable vauvert, à savoir le plus loin possible de Rome. Ngovi avait réuni autour de lui un nombre étonnant de partisans, et il ne fallait pas se précipiter. Mais son heure viendrait.

Le pape s'aspergea d'eau fraîche, puis s'essuya avec une serviette.

La porte du bureau s'ouvrit sur Ambrosi, de retour.

— L'archiviste nous attend.

Valendrea posa la serviette sur le lavabo de marbre.

— Allons-y.

Il sortit au pas de charge et descendit jusqu'au rez-de-chaussée. Peu habitués à voir le pape arriver sans prévenir, les gardes suisses le regardèrent avec étonnement.

Il entra dans les Archives.

Les salles de lecture et de consultation étaient désertes. L'accès aux lieux était interdit depuis la mort de Clément. Il pénétra dans la pièce principale et s'arrêta devant la grille. Le cardinal-archiviste se trouvait devant celle-ci. Ils n'étaient que tous les trois : lui, l'archiviste et Paolo.

Sans autre forme de cérémonie, Valendrea déclara au vieil homme :

— Inutile de préciser qu'on se passera bientôt de vos services. Je prendrais ma retraite, si j'étais vous. N'attendez pas la semaine prochaine.

— Mes affaires sont prêtes.

— Je n'ai pas oublié vos commentaires au petit déjeuner.

— Souvenez-vous-en précieusement. J'aimerais vous

entendre les répéter quand nous nous retrouverons devant Dieu.

Valendrea eut envie de le gifler. Il lui demanda simplement :

— Le coffre-fort est-il ouvert ?

Le vieil homme hocha la tête.

Le pape se tourna vers Ambrosi :

— Attendez-moi ici.

La *Riserva* avait longtemps été un privilège réservé à d'autres. Paul VI. Jean-Paul II. Clément XV. Même cet âne d'archiviste. Mais c'était fini.

Il se précipita à l'intérieur, repéra le casier, dégagea le rabat. Le coffret était toujours là. Il le retira et le porta à la table où Paul VI l'avait posé quelques décennies plus tôt.

Relevant le couvercle, il vit deux feuilles de papier pliées ensemble. L'une, visiblement ancienne, contenait la première partie du secret de Fatima. Elle était écrite de la main de sœur Lucia. Le dos de la feuille portait le cachet du Vatican et la date de publication, en 2000. Sur la seconde, plus récente, se trouvait la traduction en italien du père Tibor, également cachetée.

Mais il aurait dû y en avoir d'autres.

À savoir la copie toute neuve envoyée par le père Tibor, que Clément avait lui-même placée là. Où était-elle ? Il était venu pour en finir avec ça. Pour protéger l'Église, préserver définitivement son intégrité.

Ce maudit papier n'était pas là.

Ressortant de la *Riserva*, il se rua presque sur l'archiviste qu'il saisit par le col de la soutane. Valendrea était fou furieux. Et le cardinal ahuri.

— Où est cette feuille ?

— Quoi... quelle... feuille ? hoqueta le vieil homme.

— Ne jouez pas au plus fin avec moi ! Où est-elle ?

— Je n'ai touché à rien. Je le jure devant Dieu.

C'était manifestement sincère. Le problème n'était

donc pas là. Valendrea relâcha l'archiviste qui, épouvanté, recula de plusieurs pas.

— Sortez, ordonna le pape.

Le vieil homme ne se fit pas prier.

Une image revenait à l'esprit de Valendrea. Clément : ce fameux vendredi soir où le pape l'avait laissé détruire une partie du message de Tibor.

Je voulais que vous sachiez ce qui vous attend.

Pourquoi ne m'avez-vous pas empêché de brûler cette feuille ?

Vous verrez, Alberto.

Et lorsqu'il avait demandé la suite – la traduction faite par le prêtre :

Elle reste dans le coffret.

Il aurait dû pousser ce vieux crétin, faire ce qu'il avait à faire, et tant pis pour le préfet à la porte.

Maintenant il comprenait tout.

Cette traduction n'avait jamais atterri dans le coffret. Existait-elle seulement ? Oui, assurément. Clément avait voulu qu'il le sache.

Alors il fallait la retrouver.

Valendrea se retourna vers Ambrosi :

— Partez en Bosnie et ramenez-moi Colin Michener. Et pas de boniments. Dites-lui que s'il n'est pas là demain, je fais délivrer un mandat d'arrêt contre lui.

— Sur quelles présomptions, Très Saint-Père ? demanda Ambrosi d'un ton neutre. Que je puisse lui dire, au cas où.

Valendrea réfléchit une seconde :

— Complicité de meurtre sur la personne d'Andrej Tibor.

QUATRIÈME PARTIE

54

Medjugorje, 18 heures

Katerina eut l'estomac noué en apercevant le père Ambrosi qui entrait dans le dispensaire. Elle remarqua aussitôt sa ceinture rouge et le galon qui ornait sa soutane noire, signes qu'il était maintenant monsignor. Apparemment, les récompenses allaient bon train.

Michener se reposait dans sa chambre. On lui avait fait plusieurs analyses et, les résultats étant satisfaisants, le médecin avait prévu de le laisser sortir le lendemain. Michener et Kate s'apprêtaient à prendre l'avion pour Bucarest à l'heure du déjeuner.

La présence d'Ambrosi, ici en Bosnie, ne signifiait assurément rien de bon. Il la reconnut et s'approcha :

— Il paraît que le père Michener a échappé de peu à la mort.

Évidemment, cette inquiétude ne servait qu'à donner le change. C'était aussi hypocrite qu'exaspérant.

— Allez vous faire voir, dit Kate à voix basse. Vous ne tirerez plus rien de moi.

— L'amour est un tyran qui n'épargne personne, dit-il, feignant maintenant le dégoût. Mais aucune importance, on n'a plus besoin de vous.

L'inverse était moins vrai :

— Colin ne doit pas savoir que je vous connais.

— Certainement.

— Je le lui dirai moi-même, compris ?

Le prêtre ne répondit pas.

Elle avait sur elle le dixième secret que Jasna avait couché sur une feuille de papier. Elle avait presque envie de le sortir de sa poche et de le fourrer sous le nez d'Ambrosi. Mais cette ordure se moquait sûrement de la volonté du Ciel. De plus, on ne saurait jamais si le message provenait réellement de la mère de Dieu, ou d'une femme convaincue d'être choisie par celui-ci. Kate se demandait quelle explication l'Église et son Valendrea donneraient à ce dixième secret, surtout après avoir déclaré les neuf autres dignes de foi.

— Où est Michener ? fit Ambrosi d'une voix atone.

— Qu'est-ce que vous lui voulez ?

— Moi personnellement, rien. Mais le pape a besoin de quelque chose.

— Fichez-nous la paix.

— Ouh la. La lionne montre ses griffes...

— Partez.

— Je crains de ne pas avoir d'ordre à recevoir de vous. Et la parole du secrétaire papal aura peut-être du poids ici, voyez-vous ? Certainement plus que celle d'une journaliste au chômage.

Il fit mine de poursuivre son chemin.

Elle lui coupa la voie.

— Je ne plaisante pas, Ambrosi. Disparaissez. Dites à Valendrea que Colin a fait ses adieux à Rome.

— Il est toujours prêtre de l'Église catholique romaine, donc au service du pape. Et il fera ce qu'on lui demande, sinon il paiera le prix.

— Que veut Valendrea ?

— Pourquoi ne pas aller voir le père Michener

ensemble ? Je vous expliquerai. Je vous assure que ça vaut la peine d'être entendu.

Elle entra dans la chambre, Ambrosi derrière elle. Assis dans son lit, Michener se raidit en apercevant le visiteur.

— Pierre II me charge de vous souhaiter un prompt rétablissement, dit le prêtre. Nous avons appris ce qui s'est passé et…

— … vous avez pris le premier avion car l'inquiétude était insupportable…

Ambrosi restait de marbre. Était-il né avec le don de l'indifférence ou était-ce une seconde nature, Kate n'aurait su le dire.

— Nous connaissons la raison de votre présence en Bosnie, dit le nouveau secrétaire papal. On m'envoie vous demander ce que vous avez appris auprès des voyants.

— Rien du tout.

Michener savait mentir lui aussi, pensa Kate.

— Dois-je aller vérifier moi-même si c'est bien vrai ?

— Faites ce que vous voudrez.

— On raconte partout en ville que le dixième secret a été révélé hier soir à l'une des voyantes, une certaine Jasna, et qu'il n'y aurait désormais plus d'apparitions de la Vierge. Cette idée semble beaucoup perturber les prêtres de la paroisse.

Kate ne résista pas :

— Eh oui ! Fini les touristes ! Fini le cash-flow !

Ambrosi la regarda :

— Vous feriez peut-être mieux d'attendre dehors. Nous allons discuter des affaires de l'Église.

— Elle ne va attendre nulle part, dit Colin. Je suppose que, depuis deux jours, Valendrea et vous avez d'autres chats à fouetter. Que venez-vous faire en Bosnie ?

Ambrosi joignit ses mains derrière son dos.

— C'est moi qui pose les questions.

— Alors dépêchez-vous et qu'on en finisse.

— Le Saint-Père vous ordonne de rentrer à Rome.

— Vous savez ce que vous pouvez lui dire, à votre Saint-Père...

— Tss. Quelle insolence. Nous avions fait en sorte de respecter publiquement votre Clément XV, au moins.

Michener commençait à s'énerver :

— À d'autres. Vous lui avez mis des bâtons dans les roues autant que vous pouviez.

— Je me doutais que vous ne seriez pas très coopératif, lâcha le secrétaire.

Quelque chose dans le ton alerta Kate. Il semblait en fait s'amuser.

— Je dois vous informer que, si vous ne venez pas de votre plein gré, un mandat d'arrêt sera délivré contre vous par la justice italienne.

— Qu'est-ce que c'est que ces histoires? fit Colin.

— Le nonce de Bucarest a rapporté au Saint-Père que vous avez vu Tibor il y a quelque temps. Le nonce ne comprend pas pourquoi Clément XV et vous-même l'avez laissé en dehors de cette affaire, et ça ne lui plaît guère. De plus, les autorités roumaines souhaitent s'entretenir avec vous. Elles souhaitent savoir ce que le défunt pape voulait à ce vieux prêtre. Et nous aussi.

Katerina sentit sa gorge se serrer. On entrait dans une zone d'eaux troubles. Michener, pourtant, ne semblait pas impressionné.

— Qui dit que Clément s'intéressait à ce vieux prêtre?

Ambrosi haussa les épaules.

— Quelle importance? La seule chose qui compte, c'est que vous êtes allé le voir, et que la police roumaine veut vous parler. Le Saint-Siège peut l'en dissuader ou lui faciliter la tâche. Vous préférez quoi?

— M'est égal.

Ambrosi s'adressa ensuite à Katerina.

— Et vous ? Ça vous est égal ?

Elle comprit que le salopard jouait son atout maître : soit je lui explique comment vous l'avez retrouvé si facilement à Bucarest, et à Rome, soit vous le persuadez de se rendre au Vatican.

— Qu'est-ce qu'elle a à voir avec ça ? intervint Michener.

Ambrosi prit tout son temps – pour faire durer le plaisir. Kate résistait à l'envie de le gifler une fois de plus.

Le secrétaire se retourna vers Michener.

— Je me demandais ce qu'elle en pensait, c'est tout. Mme Lew est roumaine de naissance. Elle sait comment la police se comporte là-bas. J'imagine que certaines techniques d'interrogatoire ne sont pas très plaisantes.

— Vous en savez bien long sur elle.

— Le père Tibor s'est entretenu avec le nonce de Bucarest. Il lui a indiqué que Mme Lew était présente quand vous lui avez parlé. C'est ainsi que j'ai appris ces choses.

Kate, elle, était impressionnée. Si elle n'avait pas su la vérité, elle aurait peut-être cru à cette version-là.

— Laissez-la hors de ça, dit Michener.

— Alors, vous venez à Rome ?

— Oui.

Kate ne s'attendait pas à cette réponse. Contrairement à leur visiteur :

— J'ai un avion qui nous attend à Split. Quand devez-vous quitter le dispensaire ?

— Demain matin.

— Soyez prêt à sept heures.

Ambrosi tourna les talons.

— Et je prierai ce soir…

Il s'interrompit avant de sortir.

— … pour une guérison rapide.

La porte se referma derrière lui.

— S'il prie vraiment pour moi, je vais avoir des ennuis, dit Michener.

— Pourquoi as-tu accepté d'y aller ? Son histoire de police, c'est du bluff.

Colin gigotait dans son lit et elle l'aida à changer de position.

— Il faut que je parle à Ngovi. Que je lui donne le message de Jasna.

— Pour quoi faire ? Il n'y a rien de crédible dans ce qu'elle a écrit. C'est une absurdité, son secret.

— Peut-être. Mais c'est le dixième secret de Medjugorje, que nous y croyions ou pas. Je suis tenu de le communiquer à Maurice.

Elle ajusta l'oreiller.

— Tu sais comment ça marche, un fax ?

— On ne va pas se disputer là-dessus. En outre, je suis curieux de savoir ce qui gêne assez Valendrea pour qu'il nous envoie son factotum. Je suppose qu'il y a plus important derrière tout ça, et j'ai une petite idée sur la question.

— Le troisième secret de Fatima ?

Il acquiesça :

— Ce qui ne m'avance pas beaucoup plus, je dois dire. Il a été dévoilé au monde entier.

Kate se rappela certaines phrases de Tibor, destinées à Clément. *Dites au Saint-Père de faire ce que la Vierge nous demande... La patience du Ciel a-t-elle des limites ?*

— Toute cette histoire dépasse le rationnel, dit Michener.

— Vous avez toujours été ennemis, Ambrosi et toi ?

Il fit signe que oui :

— Je me demande comment un tel homme a pu devenir prêtre. Sans l'aide de Valendrea, il n'aurait jamais mis les pieds au Vatican. Ils sont faits l'un pour l'autre.

Songeur, il hésita avant d'ajouter :

— Il va y avoir comme une révolution de palais, j'imagine.

— Ça n'est plus ton problème, dit Kate en espérant qu'il ne changerait pas d'avis sur leur avenir commun.

— Ne t'inquiète pas, je ne suis pas en train de retourner ma veste. Cela étant, je ne suis pas sûr que la police roumaine tienne spécialement à me voir.

— Que veux-tu dire ?

— Que c'est de la dissimulation.

Elle prit un air étonné.

— Le soir de sa mort, Clément m'a envoyé un e-mail pour me dire une chose. Comme quoi Valendrea aurait pu faire disparaître une partie du troisième secret il y a bien longtemps, lorsqu'il était au service de Paul VI.

Elle écouta la suite avec intérêt.

— Clément et Valendrea sont apparus ensemble dans la *Riserva* la veille du décès de Clément. Le même Valendrea qui a quitté Rome le lendemain de façon impromptue sans dire où il allait.

Katerina fit aussitôt le rapprochement.

— Donc le samedi où Tibor a été assassiné ?

— Tu relies les pointillés et l'image commence à se former.

Une autre image revint dans l'esprit de Kate. Celle d'Ambrosi, ses deux mains autour de sa gorge et un genou sur sa poitrine. Était-il impliqué avec Valendrea dans le meurtre du vieux prêtre ? Elle aurait voulu révéler ce qu'elle savait à Michener, mais ses explications susciteraient un torrent de questions auxquelles elle n'était pas disposée à répondre pour l'instant. Elle demanda simplement :

— Tu crois que Valendrea a quelque chose à voir avec l'assassinat ?

— Difficile à dire. Il en est certainement capable, et Ambrosi aussi. Mais plus j'y pense, plus je crois qu'il bluffe, le nouveau secrétaire papal. Le Vatican n'a pas besoin de ce genre de publicité en ce moment. Je suis même prêt à parier que notre nouveau pape lâcherait beaucoup de lest pour ne pas se trouver en ligne de mire sur cette question.

— Oui, mais il peut faire en sorte qu'on accuse quelqu'un d'autre.

Michener parut comprendre :

— Moi, par exemple.

Elle hocha la tête :

— Les absents ont toujours tort. Surtout quand ils sont renvoyés.

*

Valendrea enfilait une des soutanes blanches que la maison Gammarelli avait livrées l'après-midi. Les petites mains avaient fait merveille. Il admirait le travail soigné, consciencieux, et il se promit de demander à Ambrosi d'envoyer une lettre officielle de remerciement.

Il n'avait pas eu de ses nouvelles depuis son départ, mais il était certain qu'il remplissait scrupuleusement sa mission. Ambrosi en avait apprécié toute l'importance. Valendrea lui avait expliqué les choses dans le détail lors de leur escapade en Roumanie. Il fallait à tout prix ramener Colin Michener à Rome. Clément avait soigneusement préparé sa succession – on pouvait lui accorder ça. Prévoyant que Valendrea accéderait au trône, il avait pris soin de subtiliser la traduction de Tibor… Pour que son règne commence avec une épée de Damoclès au-dessus de sa tête : en réalité, tous les ingrédients d'un désastre.

Où était-elle, cette traduction ?

Michener le savait sûrement.

Le téléphone sonna.

L'appartement papal n'étant pas encore prêt, Valendrea se trouvait encore dans sa chambre du deuxième étage du palais apostolique.

Le téléphone persistait.

Qui osait ? Il était près de vingt heures. Il avait demandé à ce qu'on ne le dérange pas pendant qu'il s'habillait pour son premier dîner officiel avec le Collège cardinalice.

Ce téléphone…

Il décrocha.

— Votre Sainteté, Ambrosi est à l'autre bout du fil, et il insiste pour que je vous le passe. Il dit que c'est important.

— Allez-y.

Le bruit de la connexion, puis la voix de Paolo :

— J'ai fait ce que vous m'avez demandé.

— Et alors ?

— Il sera là demain.

— Son accident ?

— Rien de grave.

— Sa compagne de voyage ?

— Charmante, comme d'habitude.

— Bon, on la laisse tranquille pour l'instant.

Ambrosi lui avait fait part de la gifle qu'elle lui avait donnée à Rome. Ce jour-là, elle servait encore de lien privilégié avec Michener, mais depuis les choses avaient changé.

— Je n'y vois pas d'inconvénient.

— À demain, donc. Rentrez bien.

55

*Le Vatican
Jeudi 30 novembre, 13 heures*

Katerina à son côté, Michener était assis dans un véhicule officiel du Vatican. Ils étaient à l'arrière, Ambrosi à l'avant avec le chauffeur. Ils passèrent l'entrée de l'Arc des Cloches et prirent la direction de la cour Saint-Damase. Autour d'eux les bâtiments anciens cachaient le soleil de la mi-journée, et l'ombre sur les pavés avait des reflets bleutés.

Pour la première fois, Michener ressentit un malaise en arrivant au Vatican. La Cité était aujourd'hui présidée par des imposteurs, des manipulateurs, des ennemis. Il fallait être extrêmement prudent, peser chacun de ses mots, et en finir le plus vite possible.

La voiture s'arrêta et ils descendirent.

Ambrosi les conduisit dans un salon garni de vitraux sur trois de ses côtés, avec des fresques impressionnantes au fond. Depuis des siècles, les papes accueillaient ici leurs invités. Ils le suivirent ensuite à travers un labyrinthe de loggias et de galeries, ornées de candélabres et de tapisseries. Sur nombre de celles-ci, les souverains pontifes des temps anciens recevaient les hommages des empereurs et des rois.

Michener savait où ils allaient : Ambrosi s'arrêta devant la porte de bronze de la bibliothèque privée du pape, où ses prédécesseurs avaient notamment reçu Gorbatchev, Mandela, Carter, Eltsine, Reagan, Bush, Clinton, Rabin et Arafat.

— Mme Lew vous attendra dans la loggia, dit Ambrosi. Vous ne serez pas dérangés.

Curieusement, Katerina ne s'y opposa pas et partit avec lui.

Michener ouvrit la porte et entra.

Trois vitraux baignaient les étagères de vagues de couleur. Valendrea était assis derrière le même bureau que les papes utilisaient depuis cinq cents ans. Un grand fauteuil lui faisait face. Toutefois, seuls les chefs d'État étaient autorisés à prendre place devant le souverain pontife.

Le pape se leva et vint à la rencontre de Michener, main tendue, paume en bas. Il savait ce que cela signifiait et il fixa un instant le Toscan dans les yeux. Devait-il se soumettre ? Il réfléchit une seconde, puis choisit la diplomatie, le temps d'apprendre ce que cet immonde individu désirait. Il s'agenouilla donc et baisa l'anneau papal. Les bijoutiers maison avaient déjà fait leur travail, pensa-t-il.

— Clément a pris un plaisir similaire avec son Éminence le cardinal Bartolo, à Turin, non ? Je ferai savoir à ce cher ami que vous savez, vous aussi, respecter le protocole.

Michener se releva.

— Que voulez-vous ?

Il n'ajouta pas *Très Saint-Père*.

— Comment vont vos blessures ?

— Ne vous inquiétez pas pour ça.

— Et pourquoi je ne m'inquiéterais pas ?

— Assez d'hypocrisie, je vous prie.

Valendrea se replia derrière son bureau.

— Voilà qu'on fait dans la provocation, maintenant, dit-il.

Michener reposa la question :

— Que voulez-vous ?

— Je veux ce que Clément a pris à la *Riserva*.

— S'il y manque quelque chose, je ne suis pas au courant.

— Et je ne suis pas d'humeur à entendre des âneries. Clément vous a tout dit.

Michener se rappela quelques bribes. *J'ai permis à Valendrea de lire le contenu du coffret... En 1978, Valendrea a retiré de la* Riserva *une partie du troisième message de la Vierge à Fatima.*

— S'il y a un voleur, ça serait plutôt vous, non ? dit Michener.

— Quel langage... Devant le pape de l'Église catholique... Et pouvez-vous démontrer ce que vous avancez ?

Michener ne mordrait pas à l'hameçon. Cette ordure de Valendrea tirerait les conclusions qui lui plairaient.

Ce dernier paraissait très à l'aise dans sa soutane immaculée. Sa calotte blanche semblait se perdre dans ses cheveux touffus.

— C'est un ordre, Michener. J'ai besoin de savoir où se trouvent les documents que votre ami a emportés.

Il y avait quelque chose de désespéré dans le ton. Une indication, peut-être, que l'e-mail posthume de Clément n'était pas l'œuvre d'un homme sénile sur le point de mourir.

— J'ignorais à ce jour qu'il manquait quoi que ce soit.

— Et je suis censé le croire ?

— Croyez ce que vous voudrez.

— J'ai fait fouiller l'appartement papal et celui de Castel Gandolfo. Vous avez hérité des affaires personnelles de Volkner. Je veux les inspecter.

— Que cherchez-vous au juste ?

Regard suspicieux de Valendrea :

— Êtes-vous bien sincère ?

Michener haussa les épaules :

— Je n'ai pas la réputation d'un menteur.

— Bien. Le père Tibor a fait récemment une copie du troisième message de la Vierge à Fatima. Celui que sœur Lucia a communiqué au Vatican. Il a envoyé cette copie avec sa traduction en italien à Clément. Et cette traduction a disparu de la *Riserva*.

Michener commençait à comprendre.

— Vous avez donc pris connaissance du troisième secret en 1978, dit-il.

— Je veux tout simplement ce que le vieux prêtre a écrit. Où sont les affaires de Clément ?

— J'ai donné ses meubles aux bonnes œuvres. Le reste est en ma possession.

— Et vous avez tout regardé ?

Michener mentit :

— Évidemment.

— Vous n'avez pas ce que je cherche ?

— Si je vous réponds, vous me croirez ?

— Pourquoi devrais-je vous croire ?

— Parce que je suis un type bien.

Valendrea se tut un instant. Michener l'imita.

— Qu'avez-vous appris en Bosnie ?

Tiens, on changeait de sujet.

— Qu'il ne faut pas traîner dans les montagnes par les nuits d'orage.

— Je vois pourquoi Clément vous appréciait. Intelligent et spirituel…

Un temps.

— Maintenant, répondez à ma question.

Michener sortit de sa poche la lettre de Jasna et la tendit au pape.

— Voici le dixième secret de Medjugorje.

En poussant un soupir, Valendrea saisit la feuille puis commença à lire. Son regard allait et venait de celle-ci à son visiteur. Le soupir se transforma en un genre de grognement. Brusquement, il empoigna la soutane noire de Michener qu'il tira vers lui. Ses yeux brillaient de fureur :

— Où est la traduction de Tibor ?

Un instant effrayé, Michener reprit contenance :

— Moi qui trouvais ce message vide de sens... Ça a l'air de vous ennuyer un tantinet...

— Un fatras d'absurdités. Ce que je veux, c'est la...

— C'est absurde, mais vous m'agressez ?

Sensible au ridicule de la situation, Valendrea lâcha prise.

— La traduction de Tibor est propriété de l'Église, elle doit lui être retournée.

— Dans ce cas, envoyez la garde suisse la chercher où elle est.

— Vous avez quarante-huit heures pour me la fournir, ou je fais délivrer un mandat d'arrêt contre vous.

— Sur quels motifs ?

La réponse cingla :

— Vol et recel de documents internes du Vatican. Je vous dénoncerai aussi à la police roumaine. Elle s'interroge sur votre rencontre avec le père Tibor.

— Je suis sûr qu'ils seront ravis d'apprendre que vous lui avez rendu visite, vous aussi.

— Quelle visite ? dit le pape.

Michener voulait donner l'impression d'en savoir long.

— Vous n'étiez pas au Vatican le jour où on a tué Tibor.

— Dites-moi donc où j'étais, puisque vous savez tout.

— Je ne sais peut-être pas tout, mais ça sera bien assez.

— Vous croyez vraiment qu'ils vont gober ça ? Mêler

le pape à un assassinat ? Je doute que vous alliez très loin.

Michener continua à bluffer :

— Et vous n'étiez pas seul.

— Tiens donc ? Expliquez-vous.

— Je le ferai quand on m'interrogera. Les Roumains en auront pour leur argent, je vous le garantis.

Le pape s'empourpra.

— Vous ne vous rendez pas compte de ce qui nous occupe. Ça dépasse votre pauvre entendement.

— On croirait entendre Clément.

— Dans ce cas, il avait raison.

Valendrea détourna les yeux, puis :

— Clément vous a-t-il dit que j'ai brûlé devant lui une partie des courriers de Tibor ? Nous étions dans la *Riserva*, l'un en face de l'autre, et il n'a pas bougé. Il voulait également que je sache où se trouvait le reste, je veux dire la traduction complète du troisième secret. Elle était à l'abri dans un coffret. Seulement, elle n'y est plus. Clément tenait à la conserver dans un endroit sûr, c'est une évidence. C'est donc à vous qu'il l'a confiée.

— Qu'est-ce qu'elle a de si important, cette traduction ?

— Je n'ai pas de raisons à vous donner. Il me faut ce document, c'est tout.

— Qu'est-ce qui vous dit qu'il se trouvait bien là ?

— Rien. Mais personne n'est revenu aux Archives après ce vendredi-là et, deux jours après, Clément était mort.

— Le père Tibor aussi.

— Qu'est-ce que vous insinuez ?

— Je n'insinue pas, c'est un fait.

— Je ne reculerai devant rien pour remettre la main sur ces papiers.

Le ton était menaçant.

— Je n'en doute pas, dit Michener.

Il était temps de partir.

— Vous n'avez plus besoin de moi ?

— Sortez. Donnez-moi de vos nouvelles dans les quarante-huit heures. Les gens que je vous enverrai risquent de ne pas vous plaire, sinon.

Quelles gens ? pensa Michener. La police ? Quelqu'un d'autre ? Difficile à dire.

— Vous êtes-vous jamais demandé comment Mme Lew vous a retrouvé en Roumanie ? lâcha Valendrea quand son visiteur atteignit la porte.

Michener s'immobilisa.

— Je l'ai payée pour qu'elle nous rapporte vos faits et gestes, dit le pape.

Michener était abasourdi mais il n'en montra rien.

— Et en Bosnie aussi. Il fallait quelqu'un pour vous tenir à l'œil. Je lui ai conseillé de se servir de ses charmes pour gagner votre confiance. On dirait que ça a fonctionné.

Michener se rua vers Valendrea, qui lui montra un petit boîtier noir qu'il tenait en main :

— J'appuie sur ce bouton et les gardes suisses arrivent en courant. Voies de fait sur le pape, ça peut aller chercher loin.

Michener réprima un frisson.

— Vous n'êtes pas le premier à vous faire embobiner par une femme. Elle est maligne. Mais que cela vous serve de leçon. Ne donnez pas votre confiance à n'importe qui. Vous prenez de gros risques. Vous ne me croirez peut-être pas, mais je serai sans doute le seul ami qu'il vous restera quand tout sera fini.

56

Michener sortit de la bibliothèque. Ambrosi montait la garde devant la porte. Sans prendre la peine de le reconduire, il indiqua qu'une voiture avec chauffeur était à disposition.

Katerina était assise seule sur un petit canapé. Michener essayait de comprendre les motifs qui l'avaient poussée à le trahir. Sa présence, il est vrai, l'avait étonné par deux fois. La première à Bucarest, et la seconde à Rome où elle l'attendait en haut de l'escalier. Il voulait bien croire qu'elle avait cherché à se rapprocher de lui. Mais tout cela paraissait maintenant intéressé. Et dire qu'au Vatican il s'était parfois méfié du personnel. Il s'était même demandé s'il n'y avait pas des micros cachés partout. Aujourd'hui, la seule personne en qui il avait confiance était passée du côté de l'ennemi.

Clément l'avait pourtant averti à Turin. *Vous sous-estimez totalement Valendrea. Vous pensez être de taille à lutter contre lui ? Non, Colin. Vous ne serez pas à la hauteur. Vous êtes trop décent. Trop confiant.*

La gorge serrée, il se rapprocha d'elle, et sans doute devina-t-elle ce qu'il pensait.

— Il t'a tout raconté, n'est-ce pas ? fit-elle d'une voix triste.

— Tu t'y attendais ?

— Ambrosi a déjà failli le faire hier. Je me suis dit que Valendrea se réserverait le plaisir. Je ne leur sers plus à rien.

Michener était le jeu de sentiments contraires.

— Je ne leur ai rien dit, Colin. Absolument rien. J'ai pris leur argent et je suis allée en Roumanie et en Bosnie. C'est vrai. Mais j'y suis allée parce que je le voulais, non parce qu'ils me le demandaient. Je les ai utilisés, ils m'ont utilisée, voilà.

Ces paroles étaient apaisantes, mais pas suffisamment pour calmer sa douleur.

Il demanda d'une voix atone :

— La vérité, ça a un sens pour toi ?

Elle se mordit la lèvre et son bras droit tremblait. Il ne put que le remarquer. Dans une situation conflictuelle, Kate se laissait généralement emporter par la colère. Pas cette fois.

Voyant qu'elle ne répondait pas, il déclara :

— Je te faisais confiance. Je t'ai dit des choses que je n'aurais révélées à personne.

— Je n'ai pas trahi ta confiance.

— Comment puis-je te croire ?

Il aurait tellement voulu, pourtant.

— Que t'a dit Valendrea ?

— Bien assez de choses.

Il était en train de se renfermer dans sa coquille. Ses parents étaient morts, puis Jakob Volkner. Maintenant Kate l'avait trahi. Pour la première fois de sa vie, il était entièrement seul et soudain le poids d'avoir été un enfant honni, né dans une institution mal nommée et arraché à sa mère, lui retombait sur les épaules. Il se sentait perdu, ou il *avait* perdu sur tous les fronts, sans plus d'horizon vers lequel se tourner. À la disparition de Clément, il avait pensé que cette femme, devant lui, détenait la clef de son avenir. Il aurait bien voulu revenir vingt-cinq ans en arrière dans l'unique but de l'aimer et d'être aimé en retour.

Mais comment faire maintenant ?

Un silence malaisé s'installa un moment. Un silence carrément embarrassant.

— D'accord, Colin, dit finalement Kate. J'ai compris. Je m'en vais.

Elle se leva.

Ses talons résonnèrent sur le sol marbré tandis qu'elle s'éloignait. Il était prêt à lui dire que tout ça n'était pas si grave. *Ne t'en va pas. Reste.* Les mots restèrent prisonniers de sa bouche.

*

Michener choisit la direction opposée et redescendit jusqu'au rez-de-chaussée. Il n'emprunterait pas le véhicule mis à sa disposition. La priorité consistait à couper les ponts le plus vite possible avec cet endroit et à essayer d'avoir la paix.

Il se trouvait au Vatican sans fonction officielle et sans escorte, pourtant son visage était si familier que les gardes ne faisaient pas attention à lui. Il arriva au bout d'une longue loggia, remplie de planisphères et de globes terrestres. Ngovi se trouvait au fond de la pièce.

— J'ai appris que vous étiez là, dit l'Africain en venant à sa rencontre. J'ai su aussi ce qui vous était arrivé en Bosnie. Comment ça va ?

— Ça va. J'allais vous téléphoner un peu plus tard.

— Il faut qu'on parle.

— Oui, mais où ?

Ngovi l'invita à le suivre. Ils marchèrent en silence jusqu'aux Archives. Les salles de consultation étaient à nouveau pleines d'étudiants, d'historiens et de journalistes. Ngovi rejoignit le cardinal-archiviste et les trois hommes s'isolèrent dans une salle. Une fois la porte refermée, Ngovi lâcha :

— Je pense qu'ici nous sommes à peu près entre nous.

Michener s'adressa à l'archiviste :

— Je suis surpris que vous soyez encore là.

— Je serai parti lundi. Mon remplaçant arrive après-demain.

Michener savait à quel point le vieil homme était attaché à ses fonctions.

— Je suis navré pour vous. Mais je crois que c'est dans votre intérêt, finalement.

— Que voulait vous demander notre cher souverain ? dit Ngovi.

Michener s'affala dans un des fauteuils.

— Il est persuadé que je possède un document qui se serait trouvé à la *Riserva*. Une lettre, je crois, envoyée à Clément par le père Tibor, au sujet du troisième secret de Fatima. Une traduction, semble-t-il. Je ne sais absolument pas de quoi il parle.

Ngovi dévisagea l'archiviste avec une expression étrange.

— Qu'est-ce qu'il y a ? demanda Michener.

Le vieil homme lui raconta la visite de Valendrea, la veille, à la *Riserva*.

— Il était comme fou. Il répétait qu'on avait retiré quelque chose d'un coffret. Il m'a proprement effrayé. Que Dieu protège l'Église !

— Mais il s'est expliqué ? demanda Ngovi.

L'archiviste leur répéta les paroles du pape, puis :

— Ce fameux vendredi soir, quand Clément et Valendrea sont repartis de la *Riserva*, on a trouvé des cendres par terre. Ils ont brûlé quelque chose.

— Clément ne vous a rien dit à ce sujet ? fit Michener.

L'archiviste fit signe que non :

— Pas un mot.

Un certain nombre de pièces commençaient à s'assembler, mais il restait un problème.

L'archiviste continua :

— Cette affaire est des plus étranges. Avant sa publication en 2000, sœur Lucia a vérifié elle-même l'authenticité du troisième secret.

Ngovi renchérit :

— J'étais là. On a pris le texte original dans la *Riserva* pour l'acheminer au Portugal, et sœur Lucia a confirmé : c'était bien le document qu'elle avait écrit elle-même en 1944. Seulement, le coffret ne contenait que deux feuilles de papier, Colin. J'étais là également quand on l'a ouvert. Il y avait le texte original et sa traduction en italien. Rien d'autre.

— Si le message était tronqué, elle l'aurait remarqué, quand même ?

— Elle était très âgée, dit Ngovi. Elle a à peine regardé la feuille et elle a donné son accord. Sa vue avait beaucoup baissé et elle n'entendait presque plus rien.

— Maurice m'a demandé de vérifier, dit l'archiviste. Valendrea et Paul VI sont d'abord allés ensemble dans la *Riserva* le 18 mai 1978. Valendrea y est retourné tout seul une heure plus tard, sur la recommandation expresse de Paul, et il y est resté un quart d'heure.

Ngovi hocha la tête :

— Je ne sais pas ce que le père Tibor a envoyé à Clément, mais il a ouvert une porte que Valendrea croyait fermée depuis longtemps.

— Au prix de sa vie, peut-être.

Michener réfléchit.

— Valendrea fait référence à une traduction. Mais la traduction de quoi ?

— Colin, dit Ngovi. Je crois qu'il y a une zone d'ombre autour de ce troisième secret.

— Et Valendrea pense que je détiens la clef.

— Est-ce le cas ? demanda Ngovi.

Michener réfuta cette possibilité.

— Si j'avais ce qu'il me demande, je le lui donnerais. J'en ai par-dessus la tête de ces manigances et j'ai hâte de quitter ces lieux.

— Vous n'avez pas idée de ce que Clément aurait pu faire de la traduction de Tibor ?

Michener n'y avait pas réellement réfléchi.

— Non. Il n'était pas du genre à voler.

À se suicider non plus, mais cela devait rester secret – l'archiviste n'en savait rien. Michener eut la sensation distincte que Ngovi pensa la même chose au même moment.

— Et la Bosnie ? dit Ngovi.

— Encore plus bizarre que la Roumanie.

Il leur montra le message de Jasna. Il avait gardé l'original et donné une copie à Valendrea.

— Il ne faut pas accorder trop de crédit à ces choses, dit Ngovi après lecture. Medjugorje, c'est du spectacle, assez loin de la foi religieuse. Ce dixième secret peut être le fruit d'une imagination fertile et franchement, vu ce dont il est question, j'en resterais là, moi.

— Je vous rejoins sur ce point, dit Michener. Jasna s'est convaincue elle-même que son histoire est vraie, et elle n'en démord pas. Mais il fallait voir la réaction de Valendrea quand il a vu le texte.

Il la leur rapporta.

— Il s'est comporté de la même façon à la *Riserva*, dit l'archiviste. Un vrai fou.

Michener gardait les yeux fixés sur Ngovi :

— Qu'est-ce qui se passe dans cette maison, Maurice ?

— Je ne sais que dire. En tant qu'évêque, j'ai fait partie de ceux qui ont étudié le troisième secret à la demande de Jean-Paul II. Nous y avons consacré trois mois. Le troisième texte était très différent des autres. Contrairement aux deux premiers, précis et détaillés, il ressemblait à une parabole. Le Saint-Père tenait à ce qu'elle soit interprétée, pour voir quelles orientations elle proposait à l'Église. J'ai pensé comme lui que cela en valait la peine. On ne s'est jamais posé la question de savoir si le message était tronqué.

Ngovi leur montra un épais volume – vraiment énorme – posé sur la table à côté d'eux. Il était tellement vieux que ses pages étaient noircies sur la tranche. La couverture, défraîchie, représentait des silhouettes indistinctes de papes et de cardinaux. Le titre *Lignum vitæ*, en rouge, était à peine lisible.

Ngovi s'assit dans un des fauteuils et demanda à Michener :

— Que savez-vous de saint Malachie ?

— Assez de choses pour mettre en doute son authenticité.

— Je vous assure qu'il est bien l'auteur de ces prophéties. Ce livre a été publié à Venise en 1595 par un moine bénédictin, Arnold de Wyon. Il reprend mot pour mot le texte écrit par Malachie lui-même.

— Maurice, ces visions datent du milieu du XIIe siècle. Quatre siècles s'étaient écoulés quand Wyon les a imprimées. J'ai entendu toutes sortes de choses à ce sujet. Personne ne sait vraiment ce qu'a dit Malachie – s'il a dit quoi que ce soit, d'ailleurs. En tout cas, il a emporté *sa* parole dans la tombe.

— Mais nous avions ici les écrits de Malachie en 1595, intervint l'archiviste. Ils étaient référencés dans nos registres. Wyon peut les avoir consultés.

— Si l'édition de Wyon a été préservée jusqu'à nos jours, pourquoi pas le texte de Malachie ?

Ngovi montra de nouveau le gros volume.

— Même si le livre de Wyon est un faux, et qu'il se sert de Malachie pour avancer autre chose, il n'en reste pas moins que ces prophéties sont d'une précision remarquable. Encore plus si l'on pense à ce qui se passe ici depuis deux jours.

Ngovi tendit à Michener trois feuilles dactylographiées. Il les parcourut. C'était un résumé biographique.

Né en 1094 en Irlande, Malachie avait été nommé prêtre à l'âge de vingt-cinq ans, puis évêque cinq ans plus tard. En 1139, il avait fait le voyage à Rome pour rendre compte au pape Innocent II des activités de son diocèse. Lors de ce séjour, il avait eu une étrange vision de l'avenir, sous la forme d'une liste des papes qui seraient amenés à gouverner l'Église. Chacun avait une sorte de blason. Couchant cette liste par écrit, il l'avait soumise à Innocent II. Le pape l'avait lue et consignée aux Archives où elle était restée jusqu'en 1595, date à laquelle Arnold de Wyon l'avait recopiée avec les blasons. La liste commençait avec Célestin II en 1143 et se terminait cent onze papes plus tard. Le cent douzième était considéré comme le dernier. Et ultime.

— Rien ne permet d'attester que Malachie ait eu ces visions, dit Michener. D'après ce que j'ai lu, toute l'histoire a été composée au fil des siècles par d'invisibles mains.

— Lisez quelques-uns des blasons, conseilla calmement Ngovi.

Michener feuilleta différentes pages. La prophétie donnait au quatre-vingt-unième pape l'appellation *Le lis et la rose*. Urbain VIII, détenteur du trône au XVIIe siècle, était originaire de Florence, qui avait pour emblème un lis rouge. Il avait également été évêque de Spoletto, qui avait la rose pour symbole. Le quatre-vingt-quatorzième pape était dénommé à l'avance *La rose de l'Ombrie*. Avant de coiffer la tiare, il avait été gouverneur de cette province. Le quatre-vingt-seizième était qualifié de *Voyageur apostolique*. De fait, Pie VI avait été fait prisonnier et emmené en France par les révolutionnaires, où il était mort. Léon XIII devait être le cent deuxième pape, et on lui attribuait le blason de *Lumière dans le ciel*. Les armes papales de Léon étaient une comète. Jean XXIII était surnommé *Le pasteur et le nautonier*. Lui-même avait défini son pontificat comme celui du pasteur. Il avait choisi l'image d'une croix et d'un navire pour le concile Vatican II dont il était l'instigateur. En outre, Jean XXIII était auparavant le patriarche de Venise, ancienne capitale maritime.

Michener releva les yeux :

— Intéressant, mais quel rapport avec ce qui nous intéresse ?

— Clément était le cent onzième pape. Malachie l'avait appelé *De la gloire de l'olive*. Vous vous rappelez l'Évangile selon saint Matthieu, au chapitre XXIV, les signes de la fin ?

Michener s'en souvenait. Comme Jésus sortait une dernière fois du temple, ses disciples lui avaient fait admirer la taille et la beauté de celui-ci. Et il leur avait dit : *En vérité, il ne restera pas ici pierre sur pierre qui ne soit renversée.* Plus tard, sur le mont des Oliviers, ils l'avaient imploré de révéler ce qui allait se passer, quels signes permettraient de reconnaître la fin de cette époque.

— C'est dans ce passage que le Christ prédit le second avènement, déclara Michener. Mais dites-moi, Maurice, vous ne croyez pas sérieusement que nous arrivons à la fin d'une ère ?

— Il ne s'agit peut-être pas d'un cataclysme, mais d'une fin manifeste qui précède un autre commencement. Clément est décrit comme le précurseur du changement. Et ce n'est pas tout. Selon la liste de Malachie, qui a pour date de départ 1143, le dernier des papes est le cent douzième. Celui que nous avons en ce jour. Malachie a prédit en 1139 qu'il aurait pour nom *Petrus Romanus*.

Pierre le Romain.

— C'est une invention, dit Michener. Certains

affirment que Malachie n'a jamais parlé de ce Pierre. Qu'on a rajouté ça dans une édition du XIXᵉ siècle.

— J'aimerais que ce soit vrai, dit Ngovi.

Il enfila une paire de gants en coton et, très délicatement, ouvrit le volumineux ouvrage.

Le papier parchemin, très vieux, craquait sous ses doigts.

— Lisez ceci.

Michener parcourut le passage – en latin – que lui indiquait Maurice :

Dans la dernière persécution de l'Église chrétienne siégera Pierre le Romain qui rassemblera ses brebis au milieu de nombreuses tribulations. Celles-ci terminées, la cité aux sept collines sera détruite, et le juge redoutable jugera son peuple.

— Valendrea a choisi lui-même le nom de Pierre, dit Ngovi. Comprenez-vous pourquoi je suis aussi inquiet ? Ce sont les mots de Wyon, probablement ceux de Malachie, et écrits il y a des siècles. Qu'avons-nous à douter ? Clément avait peut-être raison. Nous nous posons trop de questions. Nous faisons selon notre bon plaisir et nous ignorons ce qu'on nous demande.

— Comment expliquez-vous, dit à son tour le cardinal-archiviste, que cet ouvrage soit vieux de cinq siècles et que, en son temps, son auteur ait pu connaître les noms et les surnoms d'autant de papes ? S'il y en avait dix ou vingt, ce serait une coïncidence. Mais, à quatre-vingt-dix pour cent, tout tombe juste. Dix pour cent seulement de ces blasons ne semblent correspondre à rien. Leur grande majorité est d'une précision remarquable. Et le dernier, Pierre, est bien celui attribué au cent douzième pape. J'ai frémi en entendant Valendrea le prononcer.

Tout s'enchaînait trop vite. D'abord la trahison de Katerina. Maintenant la possibilité d'une apocalypse. *La cité aux sept collines sera détruite, et le juge redoutable jugera son peuple.* Rome était évidemment la ville aux sept collines. Michener dévisagea Ngovi. Le Kenyan était infiniment soucieux.

— Colin, il faut mettre la main sur la traduction du père Tibor. Nous sommes obligés de penser comme Valendrea que ce texte est d'une importance vitale. Vous connaissiez Jakob mieux que quiconque. Trouvez où il l'a caché.

Ngovi referma le vieil ouvrage.

— Demain, nous n'aurons peut-être plus accès aux Archives. Le Vatican est pratiquement en état de siège. Valendrea purge à tour de bras. Je voulais vous mettre directement au courant – que vous compreniez la gravité de la situation. Ce qu'affirme la voyante de Medjugorje est sujet à discussion, mais pas les écrits de sœur Lucia ni la traduction de Tibor.

— Je ne vois vraiment pas où pourrait être ce document. J'ai du mal à imaginer que Jakob ait pu soustraire quoi que ce soit à la *Riserva*.

— J'étais la seule personne à détenir la combinaison du coffre, dit le cardinal-archiviste. Je ne l'ai ouvert que pour Clément.

En repensant au comportement de Kate, Michener se sentit aspiré par le vide. Sans doute lui serait-il bon de pouvoir se concentrer sur autre chose, même temporairement.

— Je vais voir ce que je peux faire, Maurice. Je ne sais pas par où commencer.

Ngovi gardait son visage solennel.

— Colin, je ne veux pas dramatiser outre mesure. Mais le sort de l'Église se trouve peut-être entre vos mains.

57

15 heures 30

Valendrea pria la petite foule de bien vouloir l'excuser. Le groupe était venu de Florence lui présenter ses vœux de réussite, et il leur assura que son premier déplacement officiel le mènerait en Toscane.

Ambrosi l'attendait au troisième étage. Le secrétaire papal avait quitté la salle d'audience une demi-heure plus tôt et Valendrea voulait savoir pourquoi.

— Très Saint-Père, Michener a vu Ngovi et l'archiviste en sortant de la bibliothèque.

Voilà pourquoi c'était urgent.

— Qu'ont-ils dit?

— Ils se sont enfermés dans une salle de lecture. Le prêtre qui m'informe aux Archives n'a rien pu m'apprendre, sinon qu'ils avaient avec eux un très, très vieil ouvrage. Un de ceux que l'archiviste est d'ordinaire le seul à pouvoir manipuler.

— À savoir?

— *Lignum vitæ*.

— Les prophéties de Malachie? Vous rigolez ou quoi? Ça ne rime à rien, cette affaire. Je suis bien ennuyé de ne pas savoir ce qu'ils ont dit.

— Je suis en train de réinstaller le matériel d'écoute, mais cela va prendre du temps.

— Ngovi s'en va quand ?

— Il a vidé son bureau. Il est censé repartir pour l'Afrique d'ici à quelques jours. Pour l'instant, il conserve son appartement.

Et il était encore camerlingue. Hésitant entre trois cardinaux dont le soutien avait été précieux au conclave, Valendrea n'avait pas encore nommé de remplaçant.

— J'ai pensé aux effets personnels de Clément. C'est là que doit se trouver la traduction de Tibor. Clément n'aurait laissé personne d'autre que Michener regarder dans ses affaires.

— Ce qui implique, Très Saint-Père ?

— Je doute que Michener nous rapporte quoi que ce soit. Il nous méprise. Non, il donnera à Ngovi ce qu'il aura trouvé. Et ça, il n'en est pas question.

Valendrea observa son vieil acolyte pour voir comment il allait réagir. La réponse ne le déçut pas :

— Vous voulez donc intervenir ? demanda le secrétaire papal.

— Nous devons faire comprendre à l'Américain qu'on ne plaisante pas avec nous. Mais vous restez en dehors, Paolo, cette fois. Appelez nos amis, qu'ils nous donnent un coup de main.

*

Michener retrouva l'appartement où il habitait depuis le décès de Clément. Il avait passé les deux dernières heures à déambuler dans Rome. Sa tête lui faisait mal depuis une trentaine de minutes. Le médecin bosniaque l'avait prévenu qu'il y aurait des rechutes. Au moins cette prédiction-là se vérifiait. Il lui avait également recommandé de faire un check-up complet, mais cela pouvait attendre.

Michener alla droit à la salle de bains prendre deux aspirines. Il déboutonna sa soutane et la posa dans la chambre, sur le lit. Le réveil de la table de nuit indiquait dix-huit heures trente. Il sentait encore les mains de Valendrea sur lui. Que Dieu vienne au secours de l'Église catholique. Un homme qui ne craignait rien était forcément dangereux. Valendrea semblait fonctionner par à-coups, indifférent à tout, et le pouvoir absolu dont il disposait maintenant laissait augurer du pire. Il y avait aussi cette affaire de Malachie. C'était ridicule et Michener aurait préféré s'en moquer, pourtant un sentiment de crainte gonflait en lui. On allait dans le mur, il n'en doutait pas.

Après avoir revêtu un blue-jean et une chemise, il se traîna jusqu'au salon et s'affala sur le canapé. Toutes les lampes étaient éteintes, et il se sentait aussi bien comme ça.

Valendrea avait-il sciemment fait disparaître quelque chose de la *Riserva*, quelques décennies plus tôt ? Et Clément l'aurait récemment imité ? Valendrea, passe encore, mais Clément ? Inconcevable. La réalité était bouleversée. Tout et tout le monde paraissait souillé, infecté, pollué. Pour couronner le tout, un évêque irlandais du XIIe siècle aurait prédit la fin du monde après l'investiture d'un pape répondant au nom de Pierre.

Michener se frotta les tempes pour calmer sa migraine. Les lumières de la rue éclairaient faiblement la pièce. Il devina dans l'ombre le coffre en chêne de Jakob Volkner. Il l'avait trouvé fermé le jour où il avait déménagé ses affaires, et il l'était toujours. Si Jakob avait eu quelque chose d'important à cacher quelque part, c'était là. Personne n'aurait osé regarder à l'intérieur.

Michener s'assit sur le tapis devant le coffre.

Il tendit le bras, alluma le lampadaire à côté et étudia la serrure. Il n'allait sûrement pas la forcer, au risque d'abîmer cet objet précieux. Il valait mieux réfléchir un instant.

Le carton dans lequel il avait rangé les autres affaires de Clément était posé un mètre plus loin. Il contenait tout ce qui lui avait appartenu. Michener le tira vers lui et commença à fouiller. Il y avait une horloge de la Forêt-Noire, quelques stylos à plume, une photo encadrée des parents de Jakob, et sa bible. Elle était simplement enveloppée d'un sac de papier gris. On l'avait rapportée de Castel Gandolfo le jour des obsèques et Michener l'avait placée directement avec le reste dans le carton.

Il admira un instant la reliure de cuir blanc, la tranche dorée noircie par les ans. Puis il l'ouvrit délicatement et lut sur la page de garde, en allemand : POUR LE PRÊTRE QUE TU ES DEVENU AUJOURD'HUI, TES PARENTS QUI T'AIMENT.

Clément parlait fréquemment de ses parents. À l'époque de Louis Ier, les Volkner avaient fait partie de l'aristocratie bavaroise. À l'avènement du IIIe Reich, ils avaient refusé leur soutien aux nazis, même pendant l'euphorie qui avait précédé la Seconde Guerre mondiale. Prudents, ils avaient toutefois gardé leurs opinions pour eux, en aidant comme ils pouvaient les Juifs de Bamberg. Le père de Jakob avait caché chez lui les économies de deux familles – le fruit de toute une vie de labeur – jusqu'au lendemain de la guerre. Malheureusement, les intéressés n'étaient jamais venus récupérer leur argent. Alors il avait attendu la création de l'État d'Israël pour les remettre à celui-ci, jusqu'au dernier mark.

Le vision de la veille revint hanter Michener.

Le visage de Jakob.

Il ne faut pas continuer à ignorer le Ciel. Fais ce que je t'ai demandé. Pense que ton dévouement ne sera pas vain.

À quel destin suis-je promis, Jakob ?

C'était la voix de Tibor qui avait répondu.

Tu seras le signe attendu du monde. Le phare qui

guidera les repentants. Un messager pour annoncer que Dieu est toujours vivant.

Tout cela avait-il un sens ? Qu'y avait-il de réel là-dedans ? N'étaient-ce pas les divagations d'un esprit frappé par la foudre ?

Michener feuilleta lentement la bible de Clément. Ses pages étaient douces comme de l'étoffe. Il y avait quelques notes, parfois, inscrites dans les marges, et plusieurs passages soulignés. Il s'attarda sur ceux-ci.

Actes des apôtres, V, 29 : « Il faut obéir à Dieu plutôt qu'aux hommes. »

Jacques, I, 27 : « La religion pure et sans tache, devant Dieu notre Père, consiste à visiter les orphelins et les veuves dans leurs afflictions, et à se préserver des souillures du monde. »

Matthieu, XV, 3-6 : « Pourquoi, vous aussi, transgressez-vous le commandement de Dieu à cause de votre tradition ? [...] vous avez annulé la loi de Dieu à cause de votre tradition. »

Matthieu, V, 19 : « Celui donc qui supprimera l'un de ces plus petits commandements, et qui enseignera aux hommes à faire de même, sera appelé le plus petit dans le royaume des cieux. »

Daniel, IV, 26 : « Laissez la souche et les racines de l'arbre, c'est que ton royaume sera préservé pour toi jusqu'à ce que tu aies appris que les cieux ont tout domaine. »

Jean, VIII, 28 : « Et je ne fais rien de moi-même, mais que je parle selon ce que le Père m'a enseigné. »

Bien que digne d'intérêt, ce choix était-il aléatoire ou révélait-il l'âme troublée d'un pape ?

Plusieurs fils de soie servaient de marque-pages, tous collés à la reliure. Colin les dégagea et remarqua une petite clef en argent glissée dans celle-ci.

Clément l'avait-il fait exprès ? Il avait laissé sa bible sur sa table de chevet à Castel Gandolfo. Pensant sans doute qu'elle reviendrait naturellement à Michener.

Il retira la petite clef sans douter un instant de son usage.

Elle entra aisément dans le serrure du coffre, qui s'ouvrit sans résister.

À l'intérieur se trouvait une liasse d'enveloppes. Une bonne centaine, ornées d'une jolie écriture féminine que Michener reconnut. Elles étaient toutes adressées à Clément aux différents endroits où il avait exercé. Munich, Cologne, Dublin, Le Caire, Le Cap, Varsovie, Rome. L'adresse de retour était toujours la même. Après un quart de siècle au service de Clément, Michener savait bien qui c'était. Irma Rahn, une amie d'enfance. Il avait vu arriver plusieurs de ces lettres, mais jamais il n'avait posé de questions. Clément avait simplement indiqué qu'Irma et lui avaient grandi ensemble à Bamberg.

Jakob correspondait régulièrement avec plusieurs amis de longue date, mais toutes ces lettres provenaient de la même personne. Pourquoi, en quelque sorte, les léguait-il à Colin ? Il aurait dû tout bonnement les brûler. Leur existence pouvait être mal interprétée, notamment par un esprit malade comme Valendrea. Clément avait donc conclu qu'il fallait prendre ce risque.

Comme elles lui appartenaient maintenant, Michener en ouvrit une et commença à la lire.

58

Mon cher Jakob,
J'ai entendu ton nom aux informations. Alors tu étais dans la foule quand les émeutes ont éclaté à Varsovie. J'ai eu très peur que tu sois blessé, c'est pourquoi ta lettre est pour moi un grand soulagement. Les communistes n'aimeraient rien tant que te mettre au nombre des victimes avec les autres évêques. Ce serait une bonne idée que le Saint-Père t'appelle à Rome auprès de lui, tu y serais au moins en sécurité. Je sais que tu n'en feras jamais la demande, mais je prie le Seigneur pour qu'il y pense. J'espère que tu pourras revenir pour Noël. Je serais si heureuse de passer quelques jours en ta compagnie. N'oublie pas de me prévenir à l'avance. Tu sais à quel point je t'aime, mon Jakob, aussi j'attends ta prochaine lettre avec impatience.

*

Mon cher Jakob,
Je me suis rendue hier sur la tombe de tes parents. Je l'ai nettoyée et j'ai enlevé les mauvaises herbes. Et j'ai posé un bouquet de lys avec ton nom. Je regrette qu'ils ne soient plus là pour te voir franchir toutes les étapes.

Te voilà maintenant archevêque, peut-être bientôt cardinal. C'est un honneur que tu leur rends. Nos parents ont enduré tant de choses, vraiment. Je prie chaque jour pour que l'Allemagne se relève de sa honte. Elle devrait y arriver grâce à des hommes comme toi. Je t'espère en bonne santé. Je n'ai pas à me plaindre de mon côté, Dieu m'a faite pour résister à tout. Je projette de me rendre à Munich dans le mois. Je t'appelle dans ce cas. Tu me manques terriblement. La gentillesse de ta dernière lettre m'a touchée profondément. Prends bien soin de toi, mon Jakob. Je t'aime pour toujours.

*

Mon cher Jakob,
Ou plutôt devrais-je dire Votre Éminence. Jean-Paul t'a finalement élevé à la pourpre, et que Dieu le bénisse. Merci encore de m'avoir invitée au consistoire. Personne ne pouvait savoir qui j'étais. Je me suis faite toute petite dans un coin, et j'ai observé tout cela silencieusement. J'ai vu que Colin Michener était là lui aussi. Il rayonnait de fierté comme moi. Il est bien comme tu le décris, jeune et beau. Fais de lui le fils que nous avons toujours voulu avoir. Crois en lui, Jakob, comme ton propre père a cru en toi. Sois sûr qu'il poursuivra la mission que tu t'es assignée. Il n'y a aucun obstacle à cela – ni tes vœux, ni l'Église, ni Dieu ne peuvent t'en dissuader. Je suis encore émue en revoyant mentalement notre révéré et bien-aimé Saint-Père te confier la barrette. Je n'ai jamais été aussi fière de ma vie. Je t'aime, mon Jakob, et j'espère que l'amour qui nous unit te rend comme moi plus fort. Fais bien attention à toi, et écris-moi vite.

*

Mon cher Jakob,
Karl Haigl est mort il y a quelques jours et nous l'avons enterré. Je me suis rappelé le temps de notre enfance, quand nous allions tous trois jouer au bord de la rivière, les jours d'été. C'était un homme doux et bon et je l'aurais peut-être épousé si tu n'avais pas été là. Sa femme est partie avant lui, il y a trois ans, et il vivait seul depuis. Leurs enfants ne pensent qu'à eux-mêmes. Ce sont des égoïstes. Je me demande où va la jeunesse aujourd'hui. Elle oublie si facilement ceux qui se sont sacrifiés pour eux. J'apportais bien souvent de quoi dîner à Karl et nous restions un moment à parler ensemble. Il t'admirait beaucoup. Jakob, le petit maigrichon, devenu cardinal, maintenant secrétaire d'État du Vatican. Et peut-être pape demain. Il aurait tant aimé te revoir et, aujourd'hui, ce n'est malheureusement plus possible. Bamberg n'a pas oublié son évêque, et je sais que son évêque pense toujours à elle. J'ai prié pour toi avec assiduité ces derniers jours, mon Jakob. L'actuel pontificat touche à sa fin – le Saint-Père ne va pas bien, c'est manifeste. Il faudra bientôt en élire un autre, alors j'ai demandé au Seigneur de porter son choix sur toi. Peut-être écoutera-t-il cette vieille femme qui l'aime presque autant que toi.

*

Mon cher Jakob,
Je t'ai vu à la télévision apparaître au balcon de Saint-Pierre. Je ne peux décrire la sensation d'amour et de fierté qui m'a envahie. Mon Jakob est maintenant Clément XV. Quel choix avisé! Cela m'a fait repenser au jour où nous sommes allés nous recueillir devant le tombeau de Clément II dans la cathédrale. Je me rappelle aussi le portrait que tu m'en avais fait. Un Allemand – le premier – élu pape. Je revois cette lueur

que tu avais dans les yeux, et je comprends mieux aujourd'hui. Il t'habitait déjà. Alors te voilà pape, mon petit Jakob. Sois prudent, mais sois courageux aussi. L'Église est dans tes mains, tu peux la modeler comme la briser. Je voudrais que le monde se souvienne de Clément XV avec fierté. Pour commencer, tâche d'organiser un pèlerinage à Bamberg. Il y a si longtemps que nous ne nous sommes pas vus. Juste quelques instants, même derrière le paravent de la foule, me suffiraient. Entre-temps je souhaite que ton cœur ne manque pas de chaleur, ni ton âme de miel. Guide tes nombreux fidèles avec force et dignité, et sache que le mien bat toujours pour toi.

59

21 heures

Katerina marchait en direction de l'immeuble où résidait Michener. Bordée de voitures le long des deux trottoirs, la rue était sombre et déserte. Par les fenêtres ouvertes s'échappaient des bribes de conversation, des cris d'enfants, quelques notes de musique. La circulation ronronnait sur le boulevard à une cinquantaine de mètres.

Elle se cacha un instant sous une porte cochère de l'autre côté de la rue. Il y avait une lumière allumée au deuxième étage, dans l'appartement de Michener.

Ils devaient parler. Il fallait qu'il comprenne. Elle ne l'avait pas trahi. D'accord, elle avait abusé de sa confiance, mais elle n'avait rien dit à Valendrea. Contrairement à ce qu'elle attendait, Colin ne s'était pas mis en colère et son calme l'avait remplie de honte. Apprendrait-elle jamais ? Pourquoi répétait-elle toujours les mêmes erreurs ? Ne pouvait-elle pas, juste une fois, prendre une décision valable, et pour les bonnes raisons ? C'était pénible de se décevoir soi-même ainsi, et quelque chose semblait toujours la réduire à cela.

Dans le noir, avec la solitude pour compagnie, elle

se sentait déterminée. Il fallait y aller. Mais à part la lumière, il n'y avait aucun signe de vie au deuxième étage, et elle se demanda finalement si Colin était là.

Elle était en train de rassembler assez de courage pour traverser la rue lorsqu'une voiture s'engagea dans celle-ci depuis le boulevard. Les phares allumés, elle se rapprocha lentement de l'immeuble. Kate se tapit contre la grosse porte derrière elle.

On coupa les phares et la voiture s'immobilisa.

C'était un coupé Mercedes noir.

Une portière s'ouvrit à l'arrière et un homme descendit. Kate eut le temps de l'observer à la lumière du petit plafonnier. Grand, avec un visage en lame de couteau, il flottait dans un costume gris clair, et elle n'aimait pas du tout son expression. Elle avait déjà vu ce genre d'individu. Un autre était assis sur la banquette et un troisième tenait le volant. Cela ne voulait dire qu'une chose : danger. Et il y avait urgence. Ces gens-là étaient certainement au service d'Ambrosi.

Le grand type entra dans l'immeuble de Michener.

La Mercedes repartit. La lumière brillait toujours au deuxième étage.

Pas le temps d'appeler la police.

Kate quitta la porte cochère et traversa la rue en courant.

*

Michener termina la dernière lettre et regarda les enveloppes ouvertes autour de lui. Il venait de passer deux heures à lire l'abondant courrier d'Irma Rahn. Le coffre n'en contenait sans doute pas l'intégralité. Volkner n'avait vraisemblablement conservé que les plus éloquentes ou les plus émouvantes. La plus récente datait de deux mois – Irma avait vu ces photos où Clément paraissait en si mauvaise santé, et elle lui reprochait de ne pas prendre soin de lui.

Michener comprenait mieux certains des commentaires que Jakob avait laissé échapper au fil des années. Plus particulièrement au sujet de Katerina.

Vous croyez être le seul prêtre à avoir succombé ? Est-ce si grave que ça, d'ailleurs ? Vous sentiez-vous en tort, Colin ? Qu'en disait votre cœur ?

Et peu avant sa mort. Cette drôle de remarque lorsqu'il avait demandé si Katerina se trouvait au tribunal. *Il est normal que vous vous en souciiez, Colin. Elle fait partie de votre vie, et c'est une partie qu'il ne faut pas oublier.*

Michener avait pensé que Jakob voulait le réconforter. Il voyait maintenant la chose sous un autre angle.

Cela n'exclut pas que vous puissiez être amis. Échanger des idées, des sentiments. Et le plaisir qu'on ressent auprès de ceux qui nous sont vraiment proches. L'Église n'interdit pas ce plaisir, d'aucune manière.

Il se rappela aussi les questions que Jakob se posait à Castel Gandolfo, quelques heures avant de disparaître. *Pourquoi refuse-t-on le mariage aux prêtres ? Pourquoi la chasteté serait-elle une nécessité ? Si le commun des mortels a droit à une vie de couple, pourquoi pas le clergé ?*

Il se demanda jusqu'où c'était allé. Le pape avait-il lui-même rompu son vœu de chasteté ? La raison pour laquelle on avait convoqué Kealy à la Pénitencerie apostolique. Rien dans les lettres ne permettait de l'affirmer, ce qui en soi ne signifiait rien. Pourquoi mentionnerait-on ce genre de chose par écrit ?

Michener se cala contre le canapé et se frotta les yeux.

La traduction du père Tibor n'était pas dans le coffre. Il avait cherché partout, lu toutes les lettres, ouvert chaque enveloppe. Rien, absolument rien de ce qu'il avait trouvé n'était lié aux secrets de Fatima. Il était revenu au point de départ. La seule révélation avait trait à Irma Rahn.

N'oubliez pas Bamberg.

Voilà ce que Jasna lui avait dit. Mais qu'avait écrit Clément dans son dernier message ? *Pour ma part, je préférerais avoir Bamberg pour sanctuaire, cette jolie ville au bord du fleuve, et cette cathédrale si belle que j'aimais tant. J'ai pour seul regret de ne pas l'avoir revue une dernière fois. C'est peut-être là-bas que réside mon vrai testament.*

Et ces mots, dans le solarium de Castel Gandolfo, à peine murmurés :

J'ai permis à Valendrea de lire le contenu du coffret.

Qu'y a-t-il dedans ?

Une partie de ce que le père Tibor m'a envoyé.

Une partie ? Michener n'y avait pas prêté attention.

Il repensa soudain à leur voyage à Turin, aux remarques acerbes de Clément sur sa naïveté. Et à cette lettre... *Voudrez-vous me poster cela, je vous prie ?* Elle était adressée à Irma. Cela non plus, il n'y avait pas fait attention. Il avait posté tant de lettres pour Clément. Celui-ci l'avait prié de s'en occuper personnellement, depuis Turin.

Clément s'était rendu la veille à la *Riserva*. Michener et Ngovi avaient attendu à l'extérieur, pendant que le pape se penchait sur le contenu du maudit coffret. Peut-être pour y prendre quelque chose ? Le texte de la traduction, par exemple. Cela expliquerait pourquoi il ne s'y trouvait plus quand Clément était revenu quelques jours plus tard aux Archives avec Valendrea. Qu'avait demandé celui-ci, quelques heures plus tôt ?

Qu'est-ce qui vous dit qu'il se trouvait bien là ?

Rien. Mais personne n'est revenu aux Archives après ce vendredi-là et, deux jours après, Clément était mort.

La porte de l'appartement s'ouvrit brutalement.

Michener vit une silhouette mince surgir de l'ombre et se précipiter vers lui, cible facile sous l'unique lampe. Il eut à peine le temps de se redresser : l'intrus lui enfonça son poing dans le ventre.

Michener recula, le souffle coupé.

L'homme lui donna un autre coup qui le fit trébucher dans la chambre, par la porte ouverte. Michener était paralysé. Il ne s'était jamais battu avec personne. Son instinct lui ordonna de protéger son visage, alors le type s'en prit à son estomac. Michener s'affala sur le lit.

Respirant à peine, il aperçut une forme noire que l'agresseur sortait de sa poche : rectangulaire, quinze centimètres de long, dotée de pointes métalliques qui la faisaient ressembler à de courtes tenailles.

Un pistolet paralysant.

Les gardes suisses en étaient équipés pour protéger le pape sans se servir d'armes à feu. On avait montré à Clément et Michener comment une petite pile de neuf volts en délivrait deux cent mille – de quoi immobiliser l'assaillant le plus farouche. L'homme faisait une nouvelle démonstration : le courant électrique passait d'une électrode à l'autre, dégageant une lumière bleutée dans une série de craquements.

Un sourire se dessina sur les lèvres de l'intrus.

— On va rigoler un peu, dit-il en italien.

Michener retrouva assez de forces pour lancer sa jambe contre le bras tendu de l'homme. Le pistolet fit un vol plané dans son dos.

Le nervi ne s'attendait visiblement pas à une riposte mais, sans perdre de temps, il balança un méchant revers à Michener qui s'effondra à nouveau sur le lit.

L'homme sortit un couteau à cran d'arrêt d'une autre poche, dégagea la lame et se rua sur Michener. Celui-ci se raidit en l'imaginant déjà s'enfoncer dans ses côtes.

Mais il ne sentit rien.

Il entendit une décharge, l'homme fit une grimace, leva les yeux au ciel, ses bras retombèrent et il fut pris d'une série de convulsions. Le couteau tomba par terre avant lui.

Michener se releva.

Katerina venait d'entrer. Elle jeta le pistolet paralysant, puis le rejoignit en deux pas.

— Tu n'as rien ?

Les mains sur le ventre, il reprenait son souffle.

— Colin, ça va ?

— Qui était ce... type ? dit-il.

— Pas le temps. Il y en a deux autres en bas.

— Que sais-tu que... je ne sais pas ?

— Je t'expliquerai plus tard. Il faut partir.

Il reprit le contrôle de ses pensées.

— Qu'est-ce que tu fais là ?

— J'étais venue te parler. Essayer de m'expliquer. Et j'ai vu cet homme arriver devant chez toi, dans une voiture avec deux autres.

Il tenta de faire un pas, mais la douleur l'en empêcha.

— Tu es blessé, dit Kate.

Michener toussa, cracha.

— Tu savais que ce type venait ici ?

— C'est toi qui me poses cette question ? Je rêve...

— Réponds-moi.

— Je suis venue te parler, j'ai vu le type sortir son pistolet, je t'ai vu le désarmer et il allait te poignarder. J'ai récupéré le pistolet par terre et j'ai fait ce que j'ai pu. Tu pourrais me remercier.

— Merci. Dis-moi ce que tu sais.

— Ambrosi m'a frappée quand je suis revenue du café à Bucarest. Pour que je comprenne bien que si je refusais de coopérer, ils me le feraient payer.

D'un signe de tête, elle désigna la forme inerte par terre.

— Je suppose que cet homme travaille pour eux. Je n'ai aucune idée de ce qu'il est venu faire.

— Bon, Valendrea recourt à la force contre moi aussi. Je l'ai vu aujourd'hui, et il m'a averti.

— Il faut partir ! insistait Katerina.

Il chaussa une paire de chaussures de sport qu'il trouva dans son sac. La douleur lui faisait monter les larmes aux yeux.

— Je t'aime, Colin. J'ai fait des erreurs, mais ce n'était pas contre toi.

Elle parlait plus vite qu'elle ne pensait. Mais cela, elle avait besoin de le dire.

Michener la fixait.

— Je ne vais pas engueuler quelqu'un qui me sauve la vie.

— Tant mieux.

D'ailleurs, il n'en avait pas envie. Il se pencha et tâta le pouls de son agresseur.

— Il risque d'être de mauvaise humeur en se réveillant. J'aime autant ne pas voir ça.

En se hâtant vers la porte de l'appartement, il posa les yeux sur les lettres éparpillées : il fallait les faire disparaître. Michener se figea.

— Colin, il faut ficher le camp avant que les deux autres rappliquent.

— J'ai besoin de prendre ces...

Ils entendirent des pas dans l'escalier.

— Colin, on n'a pas le temps.

Il ramassa quelques poignées de lettres et les fourra dans son sac. Il en restait autant sur le plancher. Michener se releva et emmena Katerina sur le palier, où il indiqua l'étage supérieur. Ils s'engagèrent silencieusement dans l'escalier. Michener avait du mal à avancer à cause de cette douleur à la poitrine. Les pas se rapprochaient plus bas. L'adrénaline lui donna un coup de fouet.

— Comment va-t-on sortir d'ici ? chuchota Kate.

— Il y a un deuxième escalier au fond qui donne sur la cour. Suis-moi.

Ils longèrent une série de portes fermées et trouvèrent celle qui donnait sur la seconde cage d'escalier. Leurs poursuivants débouchèrent au même moment à l'étage inférieur.

Michener dévala les marches quatre à quatre. Il avait l'impression qu'un poignard lui lacérait la cage thoracique. Pour ne pas arranger les choses, le sac qu'il tenait en bandoulière lui rebondissait sur les flancs. Ils atteignirent enfin le rez-de-chaussée et quittèrent le bâtiment à toute vitesse.

De nombreuses voitures étaient garées dans la cour, au milieu desquelles ils durent zigzaguer. Au bout se trouvait un porche par lequel on accédait au boulevard. La circulation y était encore assez dense, et les piétons s'attardaient sur les trottoirs. Dieu merci, les Romains mangeaient tard.

Michener repéra un taxi arrêté cinquante mètres plus loin.

Il prit la main de Katerina et l'entraîna à grandes enjambées vers le véhicule. Se retournant une seconde, il vit les deux malfrats sortir en courant de l'immeuble.

Ils l'aperçurent et se mirent à courir.

Michener et Kate arrivaient à hauteur du taxi. Il ouvrit la portière et ils sautèrent dedans.

— Vite, filez ! cria Michener au conducteur, en italien.

L'homme démarra sur les chapeaux de roues. Michener jeta un coup d'œil par la lunette arrière. Les deux nervis étaient figés au milieu de la rue.

— Où on va ? dit Kate.

— Tu as ton passeport ?

— Dans mon sac.

— À l'aéroport ! dit Michener.

60

23 heures 40

Valendrea s'agenouilla devant l'autel de la chapelle que Paul VI avait fait aménager en rénovant l'appartement papal en 1964. De forme rectangulaire, toute pavée de marbre, elle était somptueusement décorée par des artistes contemporains. Clément lui en avait préféré une autre, plus petite, au bout du couloir. Valendrea, au contraire, souhaitait s'en servir, y célébrer une messe chaque matin pour une quarantaine d'invités triés sur le volet. Il leur accorderait ensuite quelques minutes de son temps et un photographe serait là pour immortaliser la scène. De quoi fidéliser durablement ces chères ouailles. Clément s'était révélé hostile à toutes les formes d'apparat – une autre de ses erreurs de jugement. Valendrea était, lui, bien décidé à exploiter ce que les papes avaient conquis de haute lutte pendant des siècles.

Le personnel s'était retiré pour la nuit et Ambrosi s'occupait du cas Michener. C'était le moment de profiter d'un peu de solitude, de confier ses réflexions à Dieu.

Le pape se demanda s'il allait commencer par le traditionnel *Notre Père*, ou quelque autre prière usuelle, mais il décida de s'entretenir simplement avec le

Créateur. Il était après tout le chef suprême de l'Église catholique romaine. Si quelqu'un avait le droit de parler en tête à tête avec le Seigneur, c'était bien lui.

Ce qui venait d'arriver à Michener – la révélation du dixième secret de Medjugorje – ne pouvait être qu'un signe du Ciel, pensa-t-il. Si on avait choisi de lui confier ces deux prophéties, Fatima et Medjugorje, c'est qu'il y avait une raison. De toute évidence, l'assassinat du père Tibor avait été justifié. Certes, l'un des commandements condamnait le meurtre mais, pendant des siècles, des papes avaient massacré – ou fait massacrer – des millions de gens au nom de Dieu. Donc un de plus ou de moins... Car l'Église catholique était réellement en danger. Clément XV avait disparu, mais son protégé était encore là, certainement décidé à poursuivre son œuvre. Cela risquait de prendre des proportions inquiétantes. Il fallait donc une solution définitive. Et traiter Colin Michener de la même façon que Tibor.

Les mains jointes, Valendrea fixait le visage torturé du Christ crucifié. Avec révérence, il demanda au fils de Dieu de guider ses pas. On l'avait élu pape, et il y avait aussi raison à cela. Une voix lui avait dicté de prendre le nom de Pierre. Jusqu'à cet après-midi, il n'avait vu dans ces deux événements que le fruit de son ambition. Mais une autre idée venait de naître. Il était en mission. Pierre II. Il ne devait y avoir qu'une suite et une seule. Et il remercia Dieu de lui donner la force nécessaire.

— Très Saint-Père ?

Il se signa et se redressa. Au fond de la chapelle obscure, la mince silhouette d'Ambrosi se détachait devant la porte. Le secrétaire papal avait l'air soucieux.

— Où est Michener ? demanda Valendrea.

— Il a mis les voiles. Avec sa petite pute. Mais on a trouvé quelque chose.

Valendrea étudia les lettres que lui présentait Ambrosi. Voilà autre chose : Clément avait eu une maîtresse. Rien n'indiquait qu'il ait commis un péché mortel – et pour un prêtre, la violation de ses vœux en était un de première importance – mais le doute n'était pas permis.

— Je vais de surprise en surprise, dit le pape.

Ils s'installèrent dans la bibliothèque privée où Michener s'était trouvé la veille. Valendrea se souvint de la réaction de l'Allemand, un mois plus tôt, lorsqu'il lui avait rendu compte des arguments de Kealy au tribunal. *Ça vaudrait peut-être la peine d'être étudié*, avait suggéré Clément. Eh bien, c'était plus clair, maintenant. Apparemment, le célibat n'était pas la première de ses préoccupations. Valendrea regarda son secrétaire :

— C'est aussi grave que le suicide. Cet homme avait décidément une personnalité complexe. Je n'aurais pas imaginé ça.

— Il ne manquait pas de cervelle, ajouta Ambrosi. Quand il a retiré les papiers de Tibor de la *Riserva*, il savait très bien ce que vous alliez faire.

Si son comportement était, de fait, prévisible, Valendrea n'avait pas besoin qu'on le lui rappelle. Il se contenta d'ordonner :

— Détruisez ces lettres.

— On ne ferait pas mieux de les garder ?

— Ça me plairait bien, mais on ne pourra jamais s'en servir. L'intégrité de Clément doit être préservée. Sinon, ça retombera sur nous, et ça, il ne faut pas. Quand je dis nous, je parle du Vatican. De plus, on ne s'attaque pas à un mort. On nous le reprocherait également. Mettez ça au broyeur.

Il posa la question qui lui brûlait les lèvres :

— Où sont passés Michener et sa dame ?

— Nos amis interrogent la compagnie de taxis. J'attends la réponse d'un instant à l'autre.

Le coffre de l'Allemand s'était révélé une fausse piste, et le vieil ennemi de Valendrea était bien plus intelligent qu'il n'aurait cru. Mais à malin, malin et demi : Valendrea retourna une des enveloppes et lut l'adresse de retour : Irma Rahn, Hinterholz 19, Bamberg, Deutschland.

Il entendit le timbre léger d'un carillon : c'était le téléphone portable d'Ambrosi. Celui-ci sortit l'appareil de sa soutane et échangea quelques mots avec un interlocuteur invisible. Il coupa.

— Laissez-moi deviner, dit Valendrea. Ils sont allés à l'aéroport.

Ambrosi fit signe que oui.

Valendrea lui tendit l'enveloppe.

— Si vous trouvez cette femme, Paolo, vous trouverez aussi ce que nous cherchons. Michener et Mme Lew seront chez elle. Ils vont même bientôt arriver.

— En êtes-vous sûr ?

— On ne peut jamais être sûr de rien, mais je n'ai guère de doute. Occupez-vous-en personnellement.

— Ce n'est pas un peu risqué ?

— C'est un risque qu'il faut assumer. Vous saurez agir avec la plus grande discrétion, je suppose ?

— Bien entendu, Très Saint-Père.

— Je veux que vous brûliez la traduction de Tibor dès que vous l'aurez. Tous les moyens seront bons, vous m'entendez ? Je compte sur vous pour mener cette mission à bien. Et si quelqu'un a le temps de lire ce foutu papier, voire d'apprendre son existence, tuez-le. Qui que ce soit. N'hésitez pas une seconde.

Le secrétaire serra les mâchoires. Son regard d'oiseau de proie brillait d'une lueur farouche. Valendrea n'ignorait pas à quel point Ambrosi détestait Michener. Une inimitié qu'il avait encouragée, conscient des liens solides qu'une haine commune était susceptible de tisser. L'avenir immédiat vaudrait sûrement de grandes satisfactions à son vieux complice.

— Je ne vous décevrai pas, Très Saint-Père.

— Ce n'est pas moi qu'il est question de décevoir, mais Dieu, dit Valendrea. Cette mission qu'il nous confie est d'une importance cruciale.

61

Bamberg
Vendredi 1ᵉʳ décembre, 10 heures le matin

En se promenant dans les rues pavées de Bamberg, Michener comprit vite pourquoi Volkner y avait été aussi attaché. Lui-même n'y était jamais venu, n'avait jamais accompagné Jakob lors de ses quelques visites. Ils avaient cependant prévu de s'y arrêter, l'année suivante, lors d'un voyage officiel en Allemagne. Volkner voulait se rendre sur la tombe de ses parents, dire la messe dans la cathédrale et saluer quelques amis. Ce qui rendait son suicide d'autant plus bizarre, les préparatifs étant assez avancés à l'heure de son décès.

Bamberg se trouvait à quelques kilomètres du confluent de la Regnitz et du Main. Partiellement entourée de fortifications, elle se composait de trois centres. Les collines étaient dominées par la cathédrale ; l'île était la place commerciale ; et la rive droite était traditionnellement le lieu des maraîchers. C'était par ailleurs un exemple remarquable, représentatif, d'une cité du début du Moyen Âge en Europe centrale – eu égard à son plan général et au grand nombre de bâtiments religieux et séculiers qu'elle avait su conserver.

Katerina et Michener avaient pris un avion pour Munich où ils avaient passé la nuit dans un hôtel près de l'aéroport. Louant une voiture le lendemain matin, ils avaient traversé le Jura franconien vers le nord de la Bavière, pour atteindre la ville au bout de deux heures de route. Ils contemplaient maintenant la Maxplatz et son marché animé. Les commerçants préparaient le grand marché de Noël qui ouvrirait ses stands à la fin de la journée. L'air était froid, le soleil brillait par intermittence et la neige était au rendez-vous. Il avait fallu s'engouffrer dans la première boutique pour acheter gants, manteaux et bottes de cuir.

À la gauche de Michener, Saint-Martin projetait sur la place une ombre allongée. Il avait pensé tout de suite à se présenter au prêtre de l'église, pour qu'il le mette en contact avec Irma Rahn. Très obligeant, l'homme lui avait conseillé d'aller du côté de l'église paroissiale Saint-Gangulphe. Elle se dressait quelques rues plus loin, de l'autre côté d'un des nombreux canaux.

Ils l'avaient trouvée affairée dans une des chapelles latérales, sous le regard lugubre du Christ sur la croix. Une forte odeur d'encens et de cire d'abeilles flottait dans l'air. Irma Rahn était une toute petite femme à la peau pâle et aux traits fins, qui avait dû être belle dans sa jeunesse. Michener n'aurait pas su qu'elle approchait des quatre-vingts ans, il lui en aurait donné soixante.

Ils la virent s'agenouiller chaque fois qu'elle passait devant le crucifix. Il franchit la grille en fer, ouverte, et s'avança, pris tout d'un coup d'un curieux sentiment. Ne faisait-il pas intrusion dans la vie privée de cette femme ? Il chassa cette pensée de son esprit : Clément lui-même lui avait montré le chemin.

— Êtes-vous Irma Rahn ?

Elle se retourna. De longs cheveux blancs encadraient son visage. Elle ne portait aucun maquillage. Elle avait un menton rond, délicat, des yeux pleins d'âme et de compassion.

Elle s'approcha et lui dit :

— Je me demandais combien de temps vous mettriez à arriver.

— Vous vous attendiez à me voir ?

— Mais oui. Jakob m'avait prévenue. Il ne se trompait jamais... surtout à votre sujet.

Michener comprit :

— La lettre. Celle que j'ai postée à Turin. C'est ça ?

Elle acquiesça.

— Vous avez ce que je cherche, n'est-ce pas ?

— Cela dépend. Venez-vous pour vous-même ou pour quelqu'un d'autre ?

La question était étrange, et il réfléchit avant de répondre :

— Je viens pour l'Église.

Elle sourit de nouveau.

— Jakob avait deviné que vous répondriez cela. Il vous connaissait bien.

Michener fit signe à Katerina de s'avancer. Les deux femmes se serrèrent chaleureusement la main.

— Ravie de vous rencontrer. Jakob s'était douté que vous viendriez aussi.

62

Le Vatican, 10 heures 30 le matin

L'archiviste devant lui, Valendrea feuilletait le *Lignum vitæ*. Il avait ordonné au vieux cardinal de se présenter au troisième étage, muni de l'épais volume. Il voulait comprendre par lui-même ce qui avait retenu l'attention de Ngovi et Michener.

La prophétie de saint Malachie sur Pierre le Romain se trouvait à la fin des mille huit cents pages rédigées par Arnold Wyon :

Dans la dernière persécution de l'Église chrétienne siégera Pierre le Romain qui rassemblera ses brebis au milieu de nombreuses tribulations. Celles-ci terminées, la cité aux sept collines sera détruite, et le juge redoutable jugera son peuple.

— Vous croyez réellement à ces inepties ? demanda Valendrea à l'archiviste.

— Vous êtes le cent douzième pape de la liste de Malachie. Le dernier qu'il mentionne, et vous avez choisi le nom de Pierre.

— L'Église devrait donc s'attendre à l'apocalypse, fit Valendrea, qui lut à haute voix :

— *La cité aux sept collines sera détruite, et le juge redoutable jugera son peuple.* Vous n'êtes quand même pas inculte à ce point, mon pauvre ami ?

— Rome est la ville aux sept collines. C'est ainsi qu'on l'appelle depuis l'Antiquité. Et j'aimerais que vous employiez un autre ton.

— J'emploie le ton qui convient. J'ai besoin de savoir ce dont vous avez parlé avec Ngovi et Michener.

— Je n'ai rien à vous dire.

D'une main, le pape désigna le gros volume.

— Alors dites-moi pourquoi vous croyez à cette prophétie.

— Comme si ce que je crois avait une quelconque importance.

Valendrea se leva.

— Oui, cela importe, Éminence. Voyez-y votre dernière contribution à l'Église. C'est bien demain que vous partez, n'est-ce pas ?

Le visage du vieil homme ne trahit rien des regrets qu'il ressentait certainement. Il avait servi Rome pendant près de cinquante ans, ce qui devait représenter bien des joies et bien des peines. C'était aussi l'homme qui avait secrètement orchestré la campagne en faveur de Ngovi lors du conclave – les cardinaux l'avaient finalement révélé la veille. Et il avait fait du beau travail. Dommage qu'il n'ait pas choisi l'équipe gagnante.

Il y avait plus gênant – depuis deux jours, les journaux faisaient état des prédictions de ce Malachie. Valendrea soupçonnait son interlocuteur d'avoir lâché l'information, même si les journalistes ne mentionnaient évidemment qu'une *source non officielle du Vatican.* L'existence de ces prophéties était bien sûr connue – quelques illuminés s'y référaient depuis longtemps – mais la presse commençait à faire certains rapprochements. De fait, le cent douzième pape avait choisi le nom de Pierre II. Comment un moine du XIe siècle, ou même son biographe du XVIe, auraient-ils pu savoir ce qui allait se passer ? Une coïncidence ? Peut-être, mais cela devenait douteux.

Valendrea lui-même se posait de telles questions. Certains avançaient qu'il avait pris ce nom eu égard à certains documents détenus par les Archives. En réalité, Pierre avait toujours eu sa préférence, et il y pensait depuis aussi longtemps qu'au trône. Il n'en avait jamais parlé à personne, pas même à Ambrosi. Et il n'avait jamais lu les prédictions de Malachie.

Il attendait toujours la réponse à sa question et son regard se reposa sur l'archiviste, qui répéta :

— Je n'ai rien à vous dire.

— Peut-être, dans ce cas, auriez-vous une idée de l'endroit où est passé le document qui nous manque ?

— Rien ne manque à ma connaissance. Tout ce qui figure dans l'inventaire se trouve ici.

— Mais ce document n'est pas dans l'inventaire. Clément l'a directement introduit dans la *Riserva*.

— Je ne peux être responsable d'une chose dont je ne connais même pas l'existence.

— Vraiment ? Alors, parlez-moi de ce que vous connaissez. Des propos que vous avez tenus, par exemple, avec le cardinal Ngovi et Mgr Michener.

L'archiviste se tut.

— Je déduis de votre silence que vous parliez de ce document et qu'on l'aura égaré par votre faute.

Valendrea savait qu'il le piquait au vif. L'archiviste avait pour mission essentielle de préserver le patrimoine écrit de l'Église. Qu'une seule pièce disparaisse et c'était la disgrâce.

— Je n'ai ouvert la *Riserva* que sur la demande expresse de Sa Sainteté Clément XV.

— Je vous crois, Éminence. J'aurais même l'impression que c'est Sa Sainteté elle-même qui a prélevé cette pièce. Ce que je veux, c'est simplement la retrouver.

Soufflant le chaud et le froid, il lâchait ça d'une voix plus douce.

— Moi aussi, je…

Le cardinal s'interrompit, comme si sa parole venait de dépasser sa pensée.

— Allez, dites-moi, Éminence.

— Je suis aussi perturbé que vous qu'il puisse manquer quelque chose. Mais je ne sais absolument pas quand ça a pu se produire, ni où se trouve cette pièce.

Le ton indiquait que c'était sa version des faits et qu'il n'en changerait pas.

— Où est Michener ?

Valendrea avait peu de doute à ce sujet, mais il serait toujours utile de vérifier – pour qu'Ambrosi ne suive pas une fausse piste.

— Je n'en sais rien, dit l'archiviste, quoique avec un léger chevrotement dans la voix.

Le pape demanda maintenant ce qu'il cherchait vraiment à savoir.

— Et Ngovi ? Quels objectifs suit-il ?

— Vous avez peur de lui, n'est-ce pas ?

Valendrea resta de marbre.

— Je ne crains personne, Éminence. Je trouve seulement curieux que le camerlingue soit obsédé par Fatima.

— Cela n'est pas dans le champ de mes compétences.

— Vous en avez parlé hier tous les trois, n'est-ce pas ?

— Je n'ai pas dit cela.

Le pape examina distraitement la page du livre ouvert devant lui. L'entêtement du vieil homme devenait lassant.

— Éminence, je vous ai renvoyé. Je pourrais aussi aisément vous maintenir à votre poste. Vous ne préféreriez pas mourir ici au Vatican, avec le titre de cardinal-archiviste de la Sainte Église ? Et vous n'aimeriez pas le voir revenir, ce document perdu ? Vos fonctions ne sont-elles pas plus importantes que vos sentiments pour moi ?

Le vieil homme prit un air songeur.

— Que voulez-vous ? demanda-t-il finalement.

— Dites-moi où est parti le père Michener ?

— On m'a rapporté ce matin qu'il serait à Bamberg, dit le cardinal, résigné.

— Vous m'avez donc menti.

— Vous me demandiez si je savais où il était. Je n'en sais rien personnellement. Je vous rapporte seulement ce qu'on m'a dit.

— La raison de ce voyage ?

— Le document que vous recherchez pourrait être là-bas.

Bien. La suite, pensa le pape.

— Et Ngovi ?

— Il attend un coup de téléphone du père Michener.

Les mains de Valendrea serrèrent la couverture du livre. Il n'avait pas pris soin d'enfiler des gants. À quoi bon ? Le gros volume serait réduit en cendres dès le lendemain. Maintenant le coup de grâce :

— C'est une autre fixation de Ngovi, ce qui se trouve dans ce document ?

Le vieil homme hocha la tête. La vérité sembla lui écorcher la bouche :

— Ils veulent savoir ce que vous savez sûrement déjà.

63

Bamberg, 11 heures le matin

Michener et Katerina quittèrent la Maxplatz avec Irma Rahn, puis traversèrent la rivière pour finalement arriver devant une auberge de quatre étages. L'enseigne en fer forgé indiquait Königshof, avec l'année 1614 – celle de la construction, confirma Irma.

L'auberge appartenait à la famille depuis plusieurs générations. Irma Rahn en avait hérité à la place de son frère aîné, disparu pendant la Seconde Guerre mondiale. D'anciennes maisons de pêcheurs avaient été rénovées de chaque côté. Le Königshof avait été au départ un moulin. La roue à aubes avait disparu depuis des siècles, mais le toit noir en mansarde, les balcons ouvragés et les autres décorations d'époque étaient toujours là. Irma avait ajouté un bar et un restaurant. Elle guida ses hôtes à l'intérieur et les fit asseoir à une table, devant une des fenêtres à petits carreaux. Dehors, les nuages voilaient le soleil de la fin de matinée. Il allait vraisemblablement neiger encore. Irma porta elle-même à Michener et Katerina un grand bock de bière fraîche.

— Le restaurant n'est ouvert que le soir, leur dit-elle. Mais on est toujours plein. Le chef a bonne réputation.

Michener lui demanda :

— À l'église, tout à l'heure, vous disiez que Jakob savait que nous viendrions. C'était vraiment dans sa lettre ?

Elle hocha la tête.

— Il ne savait pas quand, mais il l'avait prévu. Et il pensait que votre charmante amie vous accompagnerait. Il avait beaucoup d'intuition. À votre sujet notamment, Colin. Puis-je vous appeler Colin ? J'ai l'impression de vous connaître très bien.

— Je serais vexé que vous m'appeliez autrement.

— Appelez-moi Katerina, aussi.

Irma leur offrit un de ses beaux sourires.

— Que disait-il d'autre, dans cette lettre ? dit Michener.

— Il me parlait de vos doutes. De votre foi chancelante. Je suppose que vous avez lu mes lettres, puisque vous êtes là ?

— Je n'aurais jamais pensé que vous étiez aussi proches.

Une péniche passa derrière la fenêtre.

— Jakob était un homme doué pour l'amour. Il a consacré sa vie aux autres. Et il s'est donné à Dieu.

— Pas complètement, apparemment, dit Kate.

Michener s'attendait à cette réflexion. Katerina avait lu la veille les lettres qu'il avait réussi à emporter, et elle avait découvert un Clément qu'elle n'imaginait pas.

— Je lui en ai voulu, admit-elle d'une voix neutre. J'ai longtemps cru qu'il avait mis Colin au pied du mur, qu'il l'avait poussé à choisir l'Église. Mais je me suis trompée. Je me rends compte aujourd'hui qu'il était bien placé pour me comprendre.

— J'en suis sûre. Il m'a parlé de la détresse de Colin. Il voulait lui dire la vérité, lui expliquer qu'il vivait également cette difficulté. Mais je l'en ai dissuadé. C'était trop tôt. J'ai préféré garder notre relation secrète. Cela nous concernait nous deux et personne d'autre.

Irma regarda Colin :

— Il souhaitait que vous restiez prêtre. Il avait besoin de votre aide pour changer beaucoup de choses. Je pense qu'il savait, qu'il a toujours su, que lui et vous auriez un rôle à jouer dans l'Histoire.

Michener confirma :

— Il s'est attaqué à beaucoup de problèmes. Mais en évitant les conflits, en laissant toujours la raison s'imposer d'elle-même. C'était un homme de paix.

— Avant tout, Colin, c'était un homme tout simplement…

Irma donna l'impression de ne pas finir sa phrase, comme si un souvenir remonté à la surface retenait toute son attention. Mais elle reprit :

— Rien qu'un homme, un pécheur avec ses faiblesses, comme les autres.

Katerina posa sa main sur celle de la vieille femme. Toutes deux avaient les yeux humides.

— Quand vous êtes-vous rencontrés ? demanda Kate.

— Quand nous étions enfants. J'ai su tout de suite que je l'aimais et que je l'aimerais toujours.

Irma se mordit la lèvre.

— Mais je savais aussi que je ne le garderais pas. Du moins pas entièrement. Tout jeune, déjà, il voulait être prêtre. Mais son cœur était toujours avec moi, et c'est déjà beaucoup.

Michener avait déjà la question aux lèvres. N'était-ce pas déplacé de la poser ? Cela ne le regardait vraiment pas. Il se crut pourtant autorisé.

— Cet amour est resté platonique ?

Irma l'observa un instant, puis lui sourit lentement.

— Non, Colin. Jakob n'a jamais rompu son serment envers l'Église. C'était inconcevable de le faire, tant pour lui que pour moi.

Irma regarda alors Katerina.

— Il faut toujours replacer les gens dans leur contexte

avant d'émettre le moindre jugement. Jakob et moi sommes d'une autre époque. C'était déjà assez compliqué de s'aimer. Il aurait été impensable d'aller plus loin.

Michener se rappela ce que Clément lui avait dit à Turin au sujet de Kate. *Elle vous aimait sûrement... Elle a dû accepter d'y renoncer... Ça n'a certainement rien d'agréable.*

— Vous avez vécu seule ici tout ce temps ?

— J'ai ma famille, l'hôtel, mes amis, et Dieu. J'ai eu l'amour d'un homme qui s'est donné totalement à moi. Pas physiquement, bien sûr, mais il y a quantité d'autres façons. Peu de femmes peuvent en dire autant.

— Vous n'avez pas souffert de ne pas être ensemble ? demanda Kate. Je ne parle pas de sexualité, mais d'une présence physique. Ça a dû être très dur.

— J'aurais aimé que les choses soient différentes. Mais je n'ai eu d'emprise sur rien. Jakob a eu la vocation très tôt. Je le savais, je n'ai rien fait pour m'y opposer. Je l'aimais assez pour le partager... avec le Ciel, même.

Une femme entre deux âges sortit de l'arrière-salle pour s'entretenir avec la patronne. Un problème de marché et de livraison. Une autre péniche passa tranquillement sous la fenêtre dans les eaux bleu-gris de la Regnitz. Et des flocons de neige picotaient sur les vitres.

— Quelqu'un d'autre est-il au courant de vos relations avec Jakob ? dit Michener quand la femme fut repartie.

Irma fit signe que non.

— Nous n'en avons parlé à personne. Bien des gens, ici en ville, savent que Jakob et moi étions amis d'enfance.

— Sa mort a dû être un choc terrible, dit Kate.

Irma poussa un long soupir.

— Vous ne pouvez pas imaginer. Je voyais bien qu'il allait mal. C'était évident, à la télévision. Un jour, j'ai compris que ce n'était plus qu'une affaire de mois, sinon de semaines. Tout le monde vieillit, et nous aussi. Mais ç'a été si brusque. Et je m'attends encore à trouver ses lettres au courrier, comme avant.

La voix mollit, gagnée par l'émotion.

— Jakob n'est plus là, et vous êtes les premières personnes avec qui je peux aborder ce sujet. Il m'avait dit de vous faire confiance. Il savait que votre présence m'apporterait la paix. Et il avait raison. Rien que de pouvoir en parler, je me sens beaucoup mieux.

Michener se demanda ce que cette femme si douce penserait si elle apprenait que Volkner avait lui-même mis fin à ses jours. Avait-elle le droit de savoir ? Elle leur ouvrait son cœur, et il était las de mentir. En outre, elle ne divulguerait le secret à personne.

— Jakob s'est tué.

Elle ne répondit pas.

Michener vit Kate sursauter et s'exclamer :

— Comment ? Il s'est suicidé ?

Il hocha la tête.

— Somnifères. La Vierge Marie l'aurait prié de quitter la vie de lui-même. Pour se repentir de sa désobéissance. Il disait avoir trop longtemps ignoré le Ciel. Comme quoi il ne pouvait plus.

Irma l'observait sans rien dire.

— Vous le saviez ? demanda-t-il.

Elle hocha la tête.

— Il m'a rendu visite récemment... dans mes rêves. Il m'a affirmé que tout allait bien. Qu'on lui avait pardonné. Que, de toute façon, Dieu l'aurait vite rappelé à lui. Je ne comprenais pas ce que cela voulait dire.

— Vous dormiez, ou c'est une vision que vous avez eue éveillée ? dit Michener.

— C'était un rêve, répondit Irma d'une voix douce. Et je vais bientôt le rejoindre. C'est ça qui me donne la force de vivre. Alors nous serons ensemble pour l'éternité. Voilà ce qu'il m'annonce.

Elle regarda Katerina.

— Vous vouliez savoir ce que c'est d'être séparé... Cela n'est rien, comparé à l'éternité. À défaut d'autre chose, je suis douée de patience.

Michener sentit qu'il fallait maintenant aller jusqu'au bout :

— Irma, où se trouve ce que Jakob vous a envoyé ?

Elle baissa la tête au-dessus de son verre de bière.

— J'ai une enveloppe à vous remettre de sa part.

— Et j'en ai besoin.

Elle se leva.

— Elle est chez moi, à côté. Je reviens tout de suite.

La vieille femme sortit à pas lents du restaurant.

— Pourquoi ne m'as-tu rien dit ? reprocha Katerina à Colin tandis que la porte se refermait.

— La réponse va de soi, tu ne trouves pas ?

— Qui d'autre est au courant ?

— Très peu de gens.

Elle se leva et enfila son manteau.

— C'est toujours pareil, hein ? Le Vatican et ses secrets...

Elle ajouta en se dirigeant vers la porte :

— Ça te manquera, quand il n'y en aura plus !

Il rétorqua :

— J'en connais d'autres qui aiment ça !

Ce qu'il regretta aussitôt. Kate se figea.

— Celle-là, je te l'accorde, je l'ai peut-être méritée. Mais j'aimerais bien savoir derrière qui tu vas t'abriter, maintenant ?

Il ne répondit pas et elle s'en alla pour de bon.

— Où vas-tu ?

— Me promener. Je vous laisse. Entre amoureux de Clément, vous avez sûrement des tas de choses à vous dire.

64

Katerina était en proie à la plus vive confusion. Michener lui avait caché le suicide de Clément. Valendrea devait certainement être au courant – sinon Ambrosi l'aurait mise sur cette piste avec son insistance habituelle. C'était le monde à l'envers. Des textes disparaissaient. Des voyants parlaient à la Vierge. Un pape mettait fin à ses jours au terme d'une relation amoureuse qui avait duré soixante ans. Personne ne croirait jamais rien de tout cela.

Sur le perron de l'auberge, elle boutonna son manteau et décida de revenir vers la Maxplatz. Marcher lui ferait du bien. Calmerait sa colère. Partout les cloches sonnaient midi. Elle passa une main sur ses cheveux – la neige s'y accumulait déjà. L'air était froid, griffant, et maussade comme elle.

Irma s'était ouverte à eux. Bien des années plus tôt, Kate avait mis Michener au pied du mur et elle avait perdu. Tous deux en étaient ressortis blessés. Moins égoïste, moins possessive, Irma avait su préserver un amour qui lui était cher. C'était probablement la meilleure décision à prendre. Elle n'avait pas pu garder Jakob auprès d'elle, mais il ne lui avait fermé ni son cœur ni son esprit.

Kate se demanda si Colin et elle étaient faits pour une relation de ce genre. Sans doute pas. Les temps avaient changé. Ils venaient de se retrouver et de nouvelles difficultés se dressaient sur leur chemin. Un pas en avant, un pas en arrière, et... et puis quoi ? C'était la question. Où allaient-ils ?

Elle continua de marcher, déboucha sur la grand-place, traversa un canal, repéra les tours jumelles de Saint-Gangulphe.

La vie n'était qu'un sac de nœuds.

Elle revoyait encore l'intrus de la veille penché sur Michener, un couteau à la main. Elle n'avait pas hésité à tirer. Elle avait suggéré de rapporter les faits à la police, mais Colin n'avait pas voulu en entendre parler. Elle comprenait pourquoi, maintenant. C'était trop risqué – il fallait à tout prix préserver la mémoire de Clément, ne donner aucune indication qui mène sur la piste du suicide. Jakob Volkner occupait une telle place dans la vie de Michener. C'était trop, beaucoup trop. Elle comprenait aussi pourquoi il était parti en Bosnie – chercher des réponses aux questions que son vieil ami lui avait laissées. Colin n'allait pas refermer de sitôt ce chapitre de son existence. Il restait encore à écrire la fin. Mais le ferait-il un jour ?

Kate se retrouva bientôt devant le portail de Saint-Gangulphe. Pensant se réchauffer un instant à l'intérieur, elle entra. La grille de la chapelle où ils avaient trouvé Irma était restée ouverte sur le côté. Dans une autre chapelle plus loin, Kate remarqua une statue de la Vierge, qui couvait le Christ dans ses bras d'un regard fier et amoureux. Une de ces représentations médiévales – celle d'une femme à la peau claire, presque rose – auxquelles le monde s'était habitué. Pourtant Marie avait vécu en Palestine où le soleil était brûlant et, vraisemblablement, son teint était hâlé. Elle aurait eu des traits méditerranéens et des cheveux noirs. Mais les catholiques d'Europe n'auraient jamais accepté cela. Voilà pourquoi on avait créé pour eux une image plus familière. Que l'Église avait définitivement adoptée.

Avait-elle vraiment été vierge ? Le Saint-Esprit lui

avait confié le fils de Dieu pour qu'il naisse de sa chair. Même si c'était vrai, Marie avait dû prendre sa décision toute seule. Cela ne regardait qu'elle. Alors pourquoi l'Église s'opposait-elle si fermement à la contraception et à l'avortement ? Depuis quand une femme ne pouvait-elle choisir si elle voulait des enfants ? Marie n'avait-elle pas elle-même établi ce droit ?

Et si elle avait refusé ? L'aurait-on forcée à accoucher de ce fils ?

Tous ces dilemmes étaient fatigants, trop nombreux à rester sans réponse. Kate fit demi-tour.

Paolo Ambrosi se trouvait à un mètre d'elle.

Elle sursauta.

Il fonça sur elle, la retourna en lui bloquant une main dans le dos. Il la poussa dans la chapelle, où il la plaqua contre le mur. Et il lui passa l'autre bras autour du cou. Elle avait le visage collé sur la pierre rugueuse.

— Moi qui cherchais un moyen de vous séparer de Michener, vous me facilitez la tâche.

Il lui tordit le bras plus violemment. Kate ouvrit la bouche pour crier.

— Non, on se tait, dit-il. De toute façon, il n'y a personne pour vous entendre.

Elle tenta de se libérer en lui donnant des coups de pied.

— Du calme. Ma patience a des limites.

Elle continua de se débattre.

Il la tira brutalement vers lui et serra son bras sur sa gorge. Elle pouvait à peine respirer. Elle essaya de le faire lâcher prise, de planter ses ongles dans sa chair, mais l'air lui manqua.

Lorsqu'elle voulut crier, elle n'en avait plus la force.

Ses yeux roulèrent dans ses orbites.

La dernière chose qu'elle vit avant le noir complet n'était autre que le visage impuissant de la Vierge. Maigre consolation.

65

Irma gardait les yeux fixés sur la rivière derrière la fenêtre. Michener l'observait. Elle était revenue peu après le départ de Katerina avec une enveloppe d'une couleur familière – bleu clair. Celle-ci était posée sur la table.

— Mon Jakob qui s'est tué, murmurait-elle d'un air absent. Quelle horrible tristesse.

Elle se tourna vers Colin.

— Ils l'ont pourtant enterré sous la basilique Saint-Pierre. En terre sainte.

— Ça ne pouvait pas être répété.

— Voilà ce qu'il reprochait tout le temps à l'Église. D'ignorer trop souvent la vérité. Et aujourd'hui sa mémoire repose sur un mensonge.

Michener ne s'en offusquait plus. Comme Jakob, il avait conduit toute sa carrière de prêtre dans le mensonge. Ce qui les rapprochait aussi.

— Il vous a toujours aimée ?

— Que voulez-vous dire ? S'il y en a d'autres que moi, c'est ça ? Non, Colin.

— Mais, après un moment, vous devez avoir ressenti le besoin de construire quelque chose ensemble ? Vous ne vouliez pas d'enfants, Irma ?

— Oh si ! C'est mon grand regret. Mais j'ai su très tôt

que je lui appartenais, et le sentiment était réciproque...
Vous avez certainement compris qu'il voyait en vous le fils qu'il n'avait pu avoir ?

Michener réprima les larmes qui lui montaient aux yeux.

— C'est vous qui avez découvert le corps, paraît-il, dit-elle. Ça a dû être affreux.

Il chassa l'image de Clément, mort sur son lit, qui lui revenait en mémoire.

— C'était un homme remarquable. Pourtant j'ai parfois l'impression de l'avoir mal connu.

— N'en croyez rien. Il gardait simplement certains aspects de sa personnalité pour lui. Je suis sûre qu'il ne connaissait pas toutes vos facettes non plus.

Oui, elle avait raison.

Elle lui montra la lettre :

— Je n'ai pas réussi à la lire.

— Vous avez essayé ?

Elle fit signe que oui.

— J'ai ouvert l'enveloppe. Par curiosité. Quoique seulement après sa mort. C'est écrit dans une langue étrangère.

— En italien ?

— Dites-moi ce que c'est.

Il lui raconta tout. Irma écoutait, stupéfaite. Il lui révéla également qu'Alberto Valendrea était la seule personne encore vivante à avoir pris connaissance du document inclus dans l'enveloppe.

— Je savais qu'une chose le travaillait. Les derniers mois, le ton de ses lettres avait changé. Il paraissait dépressif, cynique même. Ça ne lui ressemblait pas. Et il ne voulait rien me dire.

— Je lui ai aussi demandé ce qu'il avait. Il n'a jamais répondu.

— Il pouvait être comme ça parfois.

Ils entendirent une porte s'ouvrir dans l'entrée, puis

se refermer en claquant. Des pas résonnèrent sur le plancher. Le restaurant était à l'arrière du bâtiment, séparé par une petite pièce qui servait de desserte, de l'autre côté d'un escalier qui menait aux étages. Michener pensa que Katerina était revenue.

— Que puis-je pour vous ? demanda Irma.

Michener se trouvait face à une fenêtre donnant sur la rivière. Il se retourna et découvrit Paolo Ambrosi à quelques mètres de lui. L'Italien était habillé en civil : chemise et jean noirs, long manteau gris, écharpe marron.

Michener se leva :

— Où est Katerina ?

Ambrosi ne répondit pas. Il avait sa sale gueule des grands jours. Michener allait se ruer sur lui quand l'Italien sortit calmement un pistolet de sa poche. Michener s'arrêta net.

— Qui est-ce ? demanda Irma.

— Le diable en personne.

— Je suis le père Paolo Ambrosi. Vous devez être Irma Rahn.

— Comment le savez-vous ?

Michener restait entre eux deux, espérant qu'Ambrosi ne remarquerait pas l'enveloppe sur la table.

— Il a lu vos lettres, dit-il. Je n'ai pu les emporter toutes hier soir, il a fallu quitter Rome rapidement.

Elle réprima un hoquet et porta son poing fermé devant sa bouche.

— Le pape est au courant ?

— Si cette ordure est au courant, dit Michener sans bouger, Valendrea l'est certainement.

Irma se signa.

— Dites-moi où est Katerina, dit Michener.

L'arme restait braquée sur lui.

— Elle est en sécurité pour l'instant. Et vous savez ce que je veux.

— Ce que vous voulez ?

— L'un de vous deux l'a forcément.
— Je croyais que le pape me confiait cette mission ?
Michener espéra qu'Irma garderait son sang-froid.
— Pour que le cardinal Ngovi en soit l'heureux bénéficiaire ? ironisa Ambrosi.
— Vous ne savez pas ce que j'en aurais fait.
— Oh que si.
Michener aurait volontiers roué de coups l'arrogant secrétaire papal – difficile sous la menace d'une arme.
— Katerina est en danger ? demanda Irma.
— Elle va très bien, assura Ambrosi.
Michener prit les devants :
— Franchement, Ambrosi, Katerina, c'est votre problème. Elle vous sert d'espionne, donc vous ferez d'elle ce que voudrez.
— Elle aura le cœur brisé quand je lui répéterai ça.
Michener haussa les épaules :
— Elle s'est mise toute seule dans le pétrin, elle s'en sortira toute seule.
Il se demanda tout de même si ses propos n'étaient pas un peu risqués. Seulement, le moindre signe de faiblesse pouvait lui être fatal.
— Je veux la traduction de Tibor, dit Ambrosi.
— Je ne l'ai pas.
— Mais Clément l'a envoyée ici, n'est-ce pas ?
— Je ne sais pas... encore.
Il fallait gagner du temps.
— Je peux la trouver. Et il y a autre chose.
Michener montrait Irma.
— Quand j'aurai fini, je veux que cette femme reste en dehors de tout. Cela ne la concerne pas.
— C'est Clément qui a fait appel à elle, pas moi.
— Si vous voulez la traduction, voilà mes conditions. Sinon je la donne à la presse.
Le menace n'ébranla Ambrosi qu'une toute petite seconde. Il retrouva vite son sourire narquois. Mais

Michener avait visé juste. Valendrea n'avait pas envoyé son acolyte pour récupérer le document, mais pour le détruire.

— Pourquoi pas ? dit Ambrosi. À la condition que cette femme ne la lise pas.

— Elle ne comprend pas l'italien.

— Mais vous si. Tenez compte de cet avertissement. Faute de quoi vous ne me laisserez pas le choix.

— Comment sauriez-vous que je l'ai lue, Ambrosi ?

— Je présume qu'elle ne laisse personne indifférent. Des papes ont tremblé devant ce message. Alors lâchez prise, Michener. Cela n'est plus vos affaires.

— Cela n'est plus mes affaires mais elles me courent après, on dirait. Comme l'individu que vous m'avez envoyé hier soir.

— Je ne sais pas de quoi vous parlez.

— Ben voyons.

— Et Clément dans tout ça ? fit Irma d'une voix implorante.

Elle pensait certainement à ses lettres.

Ambrosi haussa les épaules.

— Sa mémoire est entre vos mains. Je préfère que la presse ne mette pas son nez là-dedans. Si elle devait le faire, nous sommes prêts à lâcher certaines informations qui, pour le moins, entacheront sa réputation... et la vôtre par la même occasion.

— Vous révélerez au monde de quelle façon il est mort ?

Ambrosi regarda Michener :

— Elle est au courant ?

— Comme vous, apparemment.

— Tant mieux. Cela simplifie les choses. Oui, nous laisserions échapper des détails. Mais indirectement. Les rumeurs sont bien plus destructrices. Il y a encore des gens pour croire que Sa Sainteté Jean-Paul Ier a été assassinée. Imaginez alors ce qu'on écrirait sur Clément.

Ces quelques lettres en notre possession sont un vrai trésor. Si vous l'estimez encore, comme je le suppose, vous n'avez qu'à coopérer et le secret restera entier.

Irma ne disait rien, mais des larmes coulaient sur ses joues.

— Ne pleurez pas, dit Ambrosi. Le père Michener fera le bon choix, comme toujours. C'est un homme avisé.

L'envoyé de Pierre II repartit vers la porte et s'arrêta en chemin.

— Ce fameux « chemin des crèches », ça commence ce soir, non? Il y en aura une dans chaque église, m'a-t-on dit. Plus une messe à huit heures dans la cathédrale. Ça devrait attirer du monde. Autant éviter la foule et procéder à l'échange à sept heures.

— Échanger quoi? dit Michener.

— Allons, rétorqua Ambrosi avec ce sourire exaspérant. Ne faites pas l'idiot. À tout à l'heure dans la belle cathédrale.

Il montra, à travers la fenêtre, l'imposant bâtiment au sommet de la colline. Il se trouvait de l'autre côté de la rivière.

— C'est rassurant de penser qu'il y aura foule, non? Mais si vous préférez, nous pouvons procéder tout de suite à l'échange.

— Sept heures à la cathédrale. Maintenant foutez le camp.

— N'oubliez pas ce que je vous ai dit, Michener. N'ouvrez rien, ne lisez rien. Vous rendrez service à Mme Rahn et à vous-même.

Il partit enfin.

Irma, qui sanglotait silencieusement, finit par dire :

— Cet homme est ignoble.

— Lui et son pape.

— Quel rapport avec Pierre?

— C'est le secrétaire papal.

— Où cela va-t-il nous mener ?

— Pour le savoir, j'ai besoin de lire ce qu'il y a dans l'enveloppe.

Mais il fallait préserver Irma.

— Je ne veux pas que vous soyez là pendant ce temps. Il vaut mieux que vous ne sachiez rien.

— Mais pourquoi allez-vous l'ouvrir ?

Il saisit l'enveloppe.

— J'ai besoin de savoir pourquoi cela a tant d'importance.

— Cet homme vous a mis sérieusement en garde.

— Qu'il aille se faire foutre.

Sa détermination le surprit lui-même.

Elle réfléchit à la situation puis déclara :

— Je vais m'assurer qu'on ne vous dérange pas.

Irma se retira et referma la porte derrière elle. Les gonds grincèrent très légèrement, comme aux Archives presque un mois plus tôt, se rappela Michener – et il se demandait qui pouvait bien l'épier.

Ambrosi, certainement.

Une corne de brume résonna au loin. Les cloches sonnèrent à nouveau sur l'autre rive. Il était treize heures.

Michener se rassit et ouvrit l'enveloppe.

Elle contenait deux feuilles de papier – une bleue et une jaune clair. Il lut la bleue d'abord, qui était de la main de Clément.

Colin, vous savez maintenant que le message de la Vierge, tel que nous le connaissions, est incomplet. Je vous confie ses paroles. Faites-en bon usage.

Les mains tremblantes, il posa la première feuille. Clément avait bel et bien prévu qu'il irait jusqu'à Bamberg où cette enveloppe l'attendait.

Il déplia la feuille jaune clair, qui était récente et craqua gentiment entre ses doigts. Il lut le texte en italien, écrit à l'encre bleue. Arrivant au bout, il revint au début et, finalement, il relut le tout trois fois. Voilà, il savait ce dont sœur Lucia avait rendu compte en 1944 – la partie disparue de ce troisième secret que lui avait confié la Vierge. Telle que traduite par le père Tibor en 1960.

Avant de partir, la Vierge a expliqué que le Seigneur tenait à nous faire savoir une dernière chose. Elle nous a dit qu'elle était la mère de Dieu et que, le moment venu, nous devrions révéler sa parole au reste du monde. Elle nous a prévenus que nous nous heurterions à de vives résistances. Mais écoutez et rappelez-vous bien, dit-elle. Les hommes doivent faire amende honorable. Ils ont péché et souillé le don du Seigneur. Mon enfant, expliqua-t-elle, le mariage est une sainte chose. L'amour qui y conduit ne connaît pas de frontières. Quelles que soient ses raisons, le cœur dit toujours vrai pour tous ceux qu'il choisit. Pour Dieu, l'amour n'a pas de limites tant qu'il est propice à une union durable. Sache bien que le bonheur est le seul vrai critère de l'amour. Sache aussi que les femmes font partie intégrante de l'Église du Seigneur, ni plus ni moins que les hommes. Le service de l'Église n'a pas vocation à être uniquement masculin. Rien n'interdit au clergé de connaître l'amour, ni la présence d'êtres aimés autour de lui ni la joie de faire des enfants. On ne peut servir Dieu au détriment de son propre cœur. Enfin, a-t-elle dit, sache que ton corps t'appartient. De la même façon que le Seigneur m'a confié son fils, Il vous confie à toutes vos enfants à venir. C'est à vous de prendre les décisions qui conviennent. Allez, mes petits, et rendez gloire à Dieu en proclamant sa parole. Je serai toujours près de vous à ces moments-là.

Michener tremblait de plus belle. Ces paroles provocantes ne pouvaient être celles de sœur Lucia. Cela venait d'ailleurs.

Il trouva dans sa poche le message que Jasna avait transcrit deux jours plus tôt. D'autres mots de la Vierge, cette fois en haut d'une montagne en Bosnie. Le dixième secret de Medjugorje. Il le déplia et le relut :

N'ayez pas peur! C'est la mère de Dieu qui vous parle. Je vous supplie de diffuser ces mots dans le monde entier. Je vous préviens aussi que vous rencontrerez de vives oppositions. Écoutez et retenez bien. Les hommes doivent faire amende et humblement demander le pardon pour leurs péchés présents et futurs. Annoncez en mon nom que l'humanité va voir un terrible châtiment s'abattre sur elle ; ni ce jour ni demain, mais assez tôt si l'on ignore ma parole. J'ai déjà fait ces révélations aux âmes pures de La Salette et de Fatima, et aujourd'hui je les répète, car l'homme a péché et souillé le don de Dieu. Faute d'une conversion, ce sera pour l'humanité la fin des fins ; faute d'un vrai changement, les grands et les puissants périront avec les faibles et les infirmes.

Écoutez ma parole. Pourquoi persécuter ceux dont l'amour prend un chemin différent ? Ces persécutions irritent le Seigneur. Sachez que le mariage est offert à tous sans restrictions. Si restrictions il y a, ce sont des folies de l'homme et non la volonté de Dieu. Les femmes tiennent une place d'honneur auprès du Seigneur. On les empêche de Le servir depuis trop longtemps, et le Ciel s'en émeut. Les représentants du Christ sur terre doivent rayonner de bonheur et de générosité. Les enfants portent en eux l'amour et la joie, et les prêtres y ont droit comme tout le monde. Le Saint-Père devrait le comprendre le premier. Écoutez bien mes derniers mots, ce sont les plus importants. J'ai choisi librement d'être la mère de Dieu. C'est aux femmes que revient la décision de donner la vie, et les hommes n'ont pas à s'interposer. Va maintenant répandre ma parole et pro-

clamer l'infinie bonté du Seigneur. Sache que je serai toujours près de toi.

Michener quitta son siège et s'agenouilla. La conclusion s'imposait d'elle-même. Et il y avait deux messages. Le premier, transcrit par une sœur portugaise en 1944 – peu instruite, peu versée dans les artifices littéraires –, et ensuite traduite par un prêtre en 1960. Tel que la Vierge l'avait délivré, disait-on, lors d'une apparition le 13 juillet 1917 à Fatima. Le second, rédigé à peine deux jours plus tôt – par une autre femme, à qui Notre-Dame s'était présentée des centaines de fois. C'était censé être la dernière, par un soir d'orage au sommet d'une montagne.

Presque cent ans séparaient les deux événements.

Le compte rendu de sœur Lucia avait été confiné au Vatican, où seuls l'avaient lu plusieurs papes et un prêtre polyglotte. Sans qu'aucun, évidemment, puisse avoir connaissance du second message. De même, Jasna n'avait eu aucun moyen de savoir ce dont il était question dans le premier. Pourtant les deux textes étaient d'une teneur identique – avec leur messagère pour dénominateur commun.

Sainte Marie, mère de Dieu.

Cela faisait deux mille ans qu'on attendait une preuve de l'existence de Dieu. On pouvait aujourd'hui démontrer de manière incontestable que c'était une entité vivante, consciente des réalités de ce monde. Ni une parabole ni une métaphore. Mais bien le souverain des cieux, créateur de l'homme et de toute chose. Michener revoyait la Vierge de son rêve.

À quel destin suis-je promis ? avait-il demandé.

Tu seras ce signe attendu du monde. Le phare qui guidera les repentants. Un messager pour annoncer que Dieu est toujours vivant.

Il avait pris ce rêve pour une hallucination, et

maintenant il devait se résoudre à l'évidence : ce n'en était pas une.

Il se signa et, pour la première fois depuis longtemps, pria en sachant que Dieu l'écoutait. Il demanda pardon pour l'Église et pour la bêtise des hommes, à commencer par la sienne. Si Clément était dans le vrai – et il n'y avait pas lieu d'en douter –, Valendrea avait supprimé une partie du troisième secret juste après en avoir pris connaissance. Michener imagina ce que l'Italien avait dû ressentir en le lisant. Deux mille ans de doctrine catholique réfutés par une petite Portugaise illettrée. Des femmes ordonnées prêtres ? Des prêtres mariés, et avec des enfants ? L'homosexualité ne serait pas un péché ? Les femmes libres de disposer de leur corps ? En parcourant hier le message de Medjugorje, Valendrea avait tiré les mêmes conclusions que Michener aujourd'hui.

Et tout cela était la parole de Dieu.

Michener entendit de nouveau la recommandation de la Vierge. *Ne renoncez pas à la foi car, en fin de compte, elle seule restera.*

Il plissa les paupières. Bien sûr, Clément était dans le vrai. Les hommes n'avaient démontré que leur sottise. Le Ciel avait voulu remettre l'humanité dans le droit chemin, mais celle-ci, aveugle, avait tout rejeté en bloc. Michener pensa aux écrits disparus des voyants de La Salette. Un siècle plus tôt, un autre pape s'était-il imparti la mission que Valendrea reprenait à son compte ? Cela expliquerait pourquoi Notre-Dame était revenue à Fatima et à Medjugorje. Cent fois sur le métier remettre son ouvrage... Valendrea s'évertuait à détruire toutes les preuves, à nier toute révélation. Clément avait au moins essayé. *La Vierge est réapparue pour me dire que mon heure était venue. Elle était accompagnée du père Tibor. Je m'attendais à ce qu'elle m'emporte, mais elle m'a ordonné de mettre fin de moi-même à mes jours. C'était pour le prêtre ma pénitence, le châtiment que je méritais pour avoir désobéi. Il a précisé que les choses s'éclaireraient plus tard d'elles-mêmes. J'ai craint pour mon âme, mais ils ont affirmé que le Seigneur m'attendait. J'ai trop longtemps ignoré les requêtes du Ciel. Cette fois, je ne peux plus.* Ce n'était pas les mots d'une âme tourmentée, ni la lettre d'adieu d'un homme instable. Michener savait pourquoi le nouveau pape refusait âprement que la traduction de Tibor puisse être comparée au texte de Jasna.

La portée de ces deux messages était dévastatrice.

Le service de l'Église n'a pas vocation à être uniquement masculin. L'Église restait inflexible sur l'ordination des femmes. Depuis l'époque romaine, les papes avaient réuni des conciles pour imposer cette doctrine. Le Christ avait été un homme, il fallait donc que les prêtres en soient aussi !

Les représentants du Christ sur terre doivent rayonner de bonheur et de générosité. Les enfants portent en eux l'amour et la joie, et les prêtres y ont droit comme tout le monde. Le célibat était une notion inventée par l'homme et imposée par l'homme. On voulait croire que le Christ ne s'était pas marié. Alors que les prêtres restent célibataires !

Pourquoi persécuter ceux dont l'amour prend un chemin différent ? Selon la Genèse, homme et femme doivent former une seule chair pour se multiplier, c'est pourquoi l'Église proclamait depuis longtemps que toute union infertile était synonyme de péché.

Tout comme le Seigneur m'a confié son fils, il vous confie à toutes vos enfants à venir. C'est à vous de prendre les décisions qui conviennent. L'Église s'était fermement opposée à toute forme de contraception. Les papes avaient maintes fois décrété que l'embryon avait une âme, qu'il s'agissait d'un être humain aspirant à la vie, et que cette vie devait être préservée, même aux dépens de la mère.

Ce que l'homme avait fait de la parole divine n'avait plus grand-chose à voir avec celle-ci. Pire encore, au fil des siècles, le dogmatisme avait revêtu le sceau de l'infaillibilité papale qui par définition était un leurre, aucun pape n'ayant exaucé les souhaits du divin. Qu'avait dit Clément ? *Nous ne sommes que des hommes, Colin. Je ne suis pas plus infaillible que vous. Nous prétendons être les princes de l'Église, soi-disant au service de Dieu, mais c'est nous que nous servons.*

Il avait eu raison, oh combien raison ! Que Dieu ait son âme.

Grâce à quelques mots simples relevés par deux saintes femmes, on accédait enfin à la lumière après des milliers d'années d'obscurantisme religieux. Priant de nouveau, Michener remercia Dieu pour sa patience et l'implora de pardonner aux hommes. Puis il demanda à Clément de veiller sur lui pendant les heures à venir.

À aucun prix il ne remettrait à Ambrosi la traduction de Tibor. La Vierge avait dit que lui, Michener, était le signe attendu du monde. Le phare qui guiderait les repentants. Un messager pour annoncer que Dieu était toujours vivant. Pour accomplir cette mission, il avait besoin du secret de Fatima dans son entier. Il fallait confier le texte aux exégètes pour qu'ils fassent la part entre le rationnel et l'inexplicable, et qu'ils parviennent eux aussi à la seule conclusion possible.

D'un autre côté, en conservant la copie de Tibor, il mettait en danger la vie de Katerina.

66

16 heures 30

Katerina essayait en vain de dégager ses mains et ses jambes, maintenues par de l'adhésif solide. Les bras liés dans le dos, elle était allongée sur un matelas dur, recouvert d'une couverture beige, rugueuse, qui sentait le White Spirit. Elle voyait à travers l'unique fenêtre la nuit qui approchait. Sa bouche étant bâillonnée avec le même adhésif, elle s'efforça de garder son calme et de respirer lentement par le nez.

Comment était-elle arrivée ici ? Mystère. Elle se rappelait qu'Ambrosi l'avait étouffée, qu'elle avait sombré dans le noir complet. Reprenant connaissance deux heures plus tôt, sans doute, elle n'avait rien entendu, sinon quelques voix dans la rue. Il semblait qu'elle se trouvait à un étage élevé, peut-être dans une demeure baroque d'une vieille rue de Bamberg. Près de Saint-Gangulphe probablement, car Ambrosi n'avait pas pu l'emporter bien loin. Il faisait un froid de canard dans cette pièce. Au moins elle avait toujours son manteau sur elle.

L'espace d'un instant, dans l'Église, elle s'était sentie morte. On avait dû penser qu'elle serait plus utile vivante – sûrement pour servir de monnaie d'échange à Ambrosi.

Tom Kealy avait vu juste au sujet de Valendrea, mais il s'était trompé en ce qui la concernait. Elle n'était pas capable de se défendre toute seule. Les motivations de ces hommes dépassaient tout ce qu'elle connaissait. Au tribunal, Valendrea avait accusé Kealy de jouer le jeu du diable. Dans ce cas, ils étaient tous les deux dans le même camp.

Elle entendit une porte claquer, puis des pas approcher. La porte de la chambre s'ouvrit bientôt sur Ambrosi, qui se débarrassa de ses gants.

— Confortable ? demanda-t-il.

Elle ne le quittait pas des yeux. Il jeta son manteau sur une chaise, puis s'assit sur le lit.

— Vous avez cru mourir, à l'église, j'imagine ? Un don du Ciel, la vie, hein ? Sauf qu'en l'occurrence c'était moi, le Ciel, puisque je vous l'ai laissée. Bon, dans l'état où vous êtes, je n'attends pas de réponse. Mais ça ne me dérange pas. J'aime bien parler tout seul.

Il semblait très content de lui.

— Eh oui, la vie est un don merveilleux et je vous en ai fait grâce. J'aurais pu vous tuer et on ne vous aurait plus sur les bras.

Soudain, Ambrosi la déshabilla du regard.

— Alors Michener profite de votre corps ? Ça ne doit pas être mal. Qu'est-ce que vous m'aviez dit à Rome ? Que vous pissiez assise, que vous ne seriez pas mon genre ? Vous pensez que je n'ai jamais de pulsions sexuelles ? Que je ne saurais pas quoi faire ? Parce que je suis un prêtre ? Et que je préfère les hommes ?

Elle se demanda qui il essayait de convaincre.

— Votre amoureux prétend qu'il se fout totalement de vous, poursuivit-il, amusé. Comme quoi vous seriez mon espionne. Mon problème, et pas le sien. Il a peut-être raison. C'est moi qui vous ai recrutée, après tout.

Kate essayait de rester impassible.

— Vous croyez que Sa Sainteté aurait fait appel à vous ? Non, c'est moi qui lui ai rapporté vos aventures avec Michener. Et qui lui ai suggéré cette possibilité. Sans moi, Pierre ne saurait rien du tout.

Il la releva soudain et arracha l'adhésif de sa bouche. Puis, sans lui laisser proférer un son, il la tira vers lui et colla ses lèvres contre les siennes. Le contact de sa langue était immonde, il puait la bière. Elle essaya de se détacher de lui, mais il la tenait fermement. Il lui tira même violemment les cheveux pour qu'elle desserre les mâchoires. Du coup, elle enfonça ses dents dans sa langue. Il eut un mouvement de recul, mais elle eut le temps de lui mordre aussi les lèvres, jusqu'au sang.

— Pétasse de merde ! cria-t-il en la plaquant sur le lit.

Elle cracha la salive qu'il avait laissée dans sa bouche. Il la gifla une fois, deux fois, si fort que la tête de Kate claqua contre le mur.

La pièce commença à tourner autour d'elle.

— Je devrais vous tuer, grommela-t-il.

— Pauvre merdeux, renvoya-t-elle.

Il essuya sa bouche sanguinolente sur la manche de sa chemise.

Katerina sentait le goût de son propre sang aux commissures des lèvres. Elle posa un instant la joue sur la couverture et elle vit la traînée rouge qu'elle laissait dessus.

— Vous feriez mieux de me tuer. Si j'en ai l'occasion, je ne vous raterai pas.

— Vous n'aurez jamais cette occasion.

Elle comprit qu'elle serait en sécurité tant qu'il n'aurait pas eu ce qu'il désirait. Colin avait trouvé la bonne stratégie en faisant croire à ce crétin qu'il ne s'intéressait plus à elle. Tout en tâtant sa bouche blessée, il poursuivit :

— J'espère que votre petit ami passe outre mes avertissements. Ça me permettra de vous voir crever ensemble.

— C'est ça, une grande gueule, mais pas de couilles.

Furieux, il la saisit par les épaules, l'aplatit sur le lit et s'assit à califourchon sur elle. Elle savait qu'il ne la tuerait pas. Du moins pas tout de suite.

— Alors, Ambrosi, on ne sait plus quoi faire, maintenant ?

Elle le poussait à bout, mais quelle importance ?

De fait, il tremblait de rage.

— J'avais dit à Pierre de vous foutre la paix, après la Roumanie.

— C'est pour ça que son chien-chien me tape dessus ?

— Vous avez de la chance que je n'aille pas plus loin.

— Peut-être que Valendrea sera jaloux. On garde ça entre nous, chéri, hein ?

Il posa les deux mains sur sa gorge. Kate savait qu'elle commençait à risquer gros. Mais elle s'entêta :

— Quel courage de torturer une femme ligotée ! Détachez-moi et on verra si vous êtes à la hauteur.

Il se dégagea d'elle.

— Vous n'en valez pas la peine. On a seulement deux heures devant nous. Je vais aller dîner quelque part avant d'en finir avec cette histoire...

Il lui lança un regard méprisant.

— ... pour de bon.

67

Le Vatican, 18 heures 30

Déambulant dans les jardins, Valendrea appréciait cette soirée de décembre d'une douceur exceptionnelle. Le premier samedi de son pontificat ne lui avait pas laissé une minute. Il avait célébré la messe le matin, puis rencontré un groupe de fidèles venus spécialement à Rome lui présenter leurs vœux. L'après-midi avait commencé avec une assemblée des cardinaux. Il s'en trouvait encore environ quatre-vingts en ville, avec qui il avait tenu réunion pour exposer les grandes lignes de son programme. Ils lui avaient posé les questions d'usage, et il les avait informés que le personnel nommé par Clément resterait en fonction jusqu'à la semaine suivante. La seule exception était le cardinal-archiviste qui lui avait offert sa démission, expliqua-t-il, pour des raisons de santé. Le nouvel archiviste était un cardinal belge, déjà reparti, et qui reviendrait à Rome. Pour les autres, le pape n'avait pas encore pris de décision et n'en prendrait pas avant la fin du week-end. Il avait lu la déception sur bien des visages. On attendait bien sûr qu'il honore les engagements annoncés avant le conclave. Personne n'eut l'audace de poser de question trop précise. Il avait toute autorité et il s'en réjouissait.

Au bout du chemin, le cardinal Bartolo, archevêque de Turin, l'attendait à l'endroit convenu. Bartolo avait insisté pour le voir en tête à tête après la réunion. Le Turinois tenait au titre de secrétaire d'État qu'on lui avait promis, et il allait certainement le lui rappeler. C'est Ambrosi qui, en réalité, lui avait fait cette promesse, sans jamais penser à l'exécuter. Le problème, c'est que d'autres s'étaient entendu dire la même chose. Il faudrait donner des raisons valables à plusieurs candidats malheureux – assez valables même pour qu'ils n'essaient pas de se venger. Il y avait, bien sûr, des alternatives au poste tant convoité de secrétaire d'État.

Bartolo se tenait près du Pasetto di Borgo, le couloir qui menait à la forteresse Castel Sant'Angelo, reliée au Vatican au XVe siècle pour permettre aux papes d'y trouver refuge.

— Bonsoir, Éminence, dit Valendrea.

— Bonsoir, Très Saint-Père, répondit le barbu en souriant. Vous prenez goût au titre, je suppose ?

— Ça sonne bien, je l'admets.

— Vous m'évitez depuis quelque temps.

Valendrea repoussa l'affirmation d'un geste nonchalant :

— En aucun cas.

— Je vous connais trop bien. Je ne suis pas le seul à qui on a promis la secrétairerie d'État.

— Il faut récompenser tant de voix au concile. Satisfaire tout le monde...

Le pape lâchait ça d'un ton léger, mais il vit bien que Bartolo n'était pas dupe.

— Je vous ai tout de même assuré une douzaine de bulletins.

— Allons, pas si indispensables que ça...

Bartolo se raidit.

— Parce que Ngovi a jeté l'éponge… Ils auraient drôlement pesé dans la balance s'il ne s'était pas retiré…

Pour que l'argument porte, il aurait fallu l'assener d'une voix forte. Dans la bouche de Bartolo, c'était un gémissement. Valendrea décida d'entrer dans le vif du sujet.

— Gustavo, vous êtes trop vieux pour être secrétaire d'État. Il y a beaucoup de contraintes et il faut voyager tout le temps.

Bartolo lui jeta un regard furieux. Il serait difficile de l'entortiller. L'archevêque avait en effet milité, et obtenu un certain nombre de bulletins, ce que le matériel d'écoute avait confirmé. Mais il passait pour un flemmard peu instruit, sans expérience réelle de la diplomatie. Sa nomination à quelque poste que ce soit – à plus forte raison, la secrétairerie d'État – serait mal vue. Trois autres cardinaux étaient pressentis : ils avaient pour eux d'excellents antécédents, une admirable force de travail et un rang plus élevé dans le Sacré Collège. Cependant Bartolo avait une qualité qui manquait aux autres : l'obéissance. Inconditionnelle et éprouvée.

— Gustavo, je ne pourrai vous placer à ce poste sans poser certaines conditions.

Il fallait quand même tâter le terrain avant de trancher définitivement.

— Je vous écoute.

— J'ai l'intention de m'occuper personnellement des affaires étrangères. Ce qui implique que toutes les décisions seront les miennes. Il ne vous resterait qu'à les mettre en œuvre.

Soumis, Bartolo n'hésita pas une seconde.

— Vous êtes le pape.

— Je ne tolérerai aucune opposition, aucune initiative personnelle.

— Alberto, je suis prêtre depuis bientôt cinquante ans et j'ai toujours appliqué les directives. Je me suis même agenouillé devant Clément pour baiser l'anneau papal, malgré tout le dégoût que j'éprouvais pour lui. Je suis d'une loyauté indéfectible.

Un demi-sourire se dessina sur les lèvres du Toscan.

— Je n'en ai jamais douté. C'est un jeu, avec des règles, et vous devez les comprendre, c'est tout.

Il fit quelques pas et Bartolo le suivit. Désignant la forteresse, il commenta :

— Il y a eu des papes, dans le temps, qui se sont enfuis par cette voie. Pour se cacher comme des enfants qui ont peur du noir. Cela ne m'inspire que le dégoût.

— On n'assiège plus le Vatican aujourd'hui.

— Ce sont des armées d'un autre genre, Gustavo. Des infidèles qui s'appellent les journalistes et les écrivains. Qui veulent saper les fondations de l'Église avec leurs stylos et leurs caméras. Qui entraînent avec eux des légions de libres-penseurs et de dissidents. On a même vu des papes pencher de leur côté, comme Clément.

— Dieu a eu le bon sens de le rappeler à lui.

Ces mots étaient plaisants, et Bartolo certainement sincère.

— Je veux rendre toute sa gloire à la papauté. Le pape attire un million de personnes chaque fois qu'il apparaît quelque part. Les États de ce monde doivent prendre toute la mesure de notre puissance. J'ai l'intention de voyager plus qu'aucun de mes prédécesseurs.

— Et vous aurez besoin de l'aide constante du secrétaire d'État pour atteindre vos objectifs.

Ils arrivaient à l'entrée du couloir. Valendrea imagina le dernier pape qui avait été obligé de se réfugier à Castel Sant' Angelo, alors que les troupes de Charles Quint mettaient Rome à sac. Il connaissait la date exacte – le 6 mai 1527. Cent quarante-sept gardes suisses avaient trouvé la mort ce jour-là en défendant le souverain pontife. Celui-ci avait réussi à sauver sa peau grâce à l'étroit passage. Il s'était débarrassé de ses vêtements blancs pour ne pas être reconnu.

— Jamais je ne fuirai le Vatican, assena Valendrea – moins à l'attention de Bartolo qu'aux murs devant lui.

Sous l'impulsion du moment, il décida de passer outre les recommandations d'Ambrosi :

— Fort bien, Gustavo. Vous serez mon secrétaire d'État. J'en ferai l'annonce officielle lundi. Servez-moi bien.

Le vieil homme rayonnait.

— Soyez assuré de mon dévouement le plus total.

Mais, au fait, Ambrosi... se rappela le pape. Son secrétaire avait téléphoné deux heures plus tôt en affirmant qu'il détiendrait la traduction du père Tibor à dix-neuf heures. Pour l'instant, rien ne permettait de penser que quiconque l'avait lue. C'était rassurant.

Pierre II consulta sa montre. Dix-huit heures cinquante.

— Êtes-vous attendu, Très Saint-Père ?

— Non, Éminence. Je pensais à un problème qui v bientôt être résolu.

68

Bamberg, 18 heures 50

Michener déboucha sur une place oblongue, légèrement en pente, au bout de la rue escarpée qui menait à la cathédrale Saint-Pierre. Elle dominait les toits rouges et les nombreuses tours de la ville, illuminés par des projecteurs placés çà et là. Tourbillonnant sous un ciel noir, la neige ne semblait pas décourager les foules qui se pressaient vers la majestueuse église, aux quatre flèches enveloppées d'un halo bleu et blanc.

Bamberg célébrait depuis quatre siècles la naissance du divin enfant en disposant de somptueuses crèches sur ses places et dans ses bâtiments religieux. Irma Rahn avait appris à Michener que le « chemin des crèches » commençait toujours à la cathédrale. Puis, après la bénédiction de l'évêque, on se dispersait dans la ville pour admirer les décorations installées le jour même. Des visiteurs arrivaient des quatre coins de la Bavière, et Irma avait prévenu qu'il y aurait beaucoup de monde.

Michener consulta sa montre. Pas tout à fait sept heures.

Regardant autour de lui, il étudia brièvement les familles qui avançaient vers l'entrée de l'église. Les mots « Noël », « Saint-Nicolas » et « neige » revenaient incessamment dans la bouche des enfants. À droite, un petit groupe de personnes écoutait une femme qui, perchée sur une murette, emmitouflée dans un gros manteau de laine, leur faisait un historique de Bamberg et de sa cathédrale. À l'évidence, une guide touristique.

Michener se demanda comment les gens réagiraient s'ils pouvaient lire dans ses propres pensées. Dieu n'était pas une invention de l'homme. Non, comme les théologiens et les saints le proclamaient depuis l'aube des temps, il était là qui nous regardait, parfois satisfait, parfois mécontent, parfois furieux. Le mieux était de suivre leur conseil – de le servir bien et fidèlement.

Michener craignait la souffrance qu'on lui imposerait en réparation de ses fautes. Peut-être son rôle, à cet instant précis, était-il le début de l'expiation ? Il était soulagé de savoir que son amour pour Katerina n'avait jamais été, du moins pour le Ciel, un péché. Combien de prêtres avaient quitté l'Église après avoir « failli », selon l'expression consacrée ? Combien d'hommes avaient rendu une âme qu'ils croyaient entachée ?

Il allait dépasser le groupe de touristes lorsqu'il entendit une bribe de phrase qui retint son attention :

— … la ville aux sept collines, disait la guide.

Michener s'arrêta net.

— C'est ainsi qu'on appelait autrefois Bamberg, eu égard aux sept collines qui cernent la Regnitz. On s'en rend compte plus difficilement aujourd'hui, mais il y a bien sept collines distinctes qui, chacune en son temps, ont été occupées par un prince ou un évêque. À l'époque de Henri II, dit le Pieux, Bamberg était la capitale du Saint Empire romain. On l'a rapprochée d'une autre capitale religieuse. C'est bien sûr Rome, elle aussi fondée sur sept collines…

Dans la dernière persécution de l'Église chrétienne siégera Pierre le Romain qui rassemblera ses brebis au milieu de nombreuses tribulations. Celles-ci terminées, la cité aux sept collines sera détruite, et le juge redoutable jugera son peuple. Voilà ce que Malachie aurait prédit au XIIe siècle. Pour Michener, la ville aux sept collines était jusque-là Rome et Rome seulement. Il ne se serait pas douté que c'était aussi Bamberg.

Fermant les yeux, il fit une courte prière. Était-ce un nouvel indice ? D'une importance cruciale, peut-être, à l'égard de ce qui allait se passer ?

Il regarda le portail de la cathédrale. Le tympan, joliment éclairé, représentait le Jugement dernier. Aux pieds du Christ, Marie et Jean plaidaient pour les âmes sortant de leurs tombes. Les bienheureux prenaient la direction du paradis derrière la Vierge, tandis qu'un diable grimaçant tirait les damnés vers l'enfer. Cette soirée mettrait-elle un terme à deux millénaires de vanité chrétienne ? Dans cette ville où un prêtre irlandais, devenu saint Malachie, prévoyait la sanction d'un *juge redoutable* ?

Michener inspira profondément l'air glacial, s'arma de courage et joua des coudes jusqu'à la nef. Les murs de grès à l'intérieur étaient tamisés de lumière. Il étudia la lourde voûte d'ogives, les piliers épais avec le célèbre cavalier, les hauts vitraux. Derrière l'autel se trouvait le tombeau de Clément II, le seul pape de l'Histoire enterré en Allemagne.

Michener s'arrêta devant un bénitier et y trempa ses doigts. Il se signa, pria encore pour ses actes à venir. Des orgues jouaient doucement en arrière-fond.

Il examina rapidement la foule qui occupait bancs et prie-Dieu. Le sacristain et les enfants de chœur préparaient la messe. En hauteur, sur sa gauche, il aperçut Katerina derrière une balustrade de pierre. Deux escaliers permettaient d'y accéder. Ambrosi était avec elle, vêtu du même manteau et de la même écharpe que tout à l'heure. De nombreuses personnes étaient assises sur les marches. Entre les deux escaliers se trouvait le tombeau de l'empereur. Clément lui en avait parlé – sculpté par Riemenschneider, le tombeau représentait Henri II et son épouse. Tous deux reposaient là depuis mille ans.

Même s'il ne pouvait voir son arme, Michener comprit qu'Ambrosi tenait Katerina en joue. L'Italien ne s'en servirait certainement pas à l'intérieur de la cathédrale. Il pouvait aussi y avoir des complices cachés dans la foule. Michener restait planté, raide, au milieu de celle-ci.

Ambrosi lui fit signe de monter par l'escalier de gauche.

Michener ne bougea pas.

Ambrosi recommença.

Michener hocha la tête : non.

Ambrosi ne le quittait pas des yeux.

Michener sortit l'enveloppe qu'il avait dans la poche et la leva un instant. Le secrétaire papal sembla la reconnaître – il l'avait peut-être aperçue sur la table, dans l'auberge d'Irma.

Michener hocha de nouveau la tête : non.

Il se rappela ce que lui avait dit Kate à Rome : le secrétaire papal savait lire sur les lèvres. Il avait lu sur celles de Kate tandis qu'elle insultait Colin, place Saint-Pierre.

Michener articula silencieusement : *Va te faire foutre, pauvre type*.

Il vit que le prêtre comprenait.

Alors il remit l'enveloppe dans sa poche et se dirigea vers la sortie, en espérant qu'il n'aurait pas à regretter la suite des événements.

*

Katerina vit Michener dire quelque chose à voix basse, puis tourner les talons. Elle avait suivi Ambrosi sans difficulté à la cathédrale. Il avait prétendu que des complices les y attendaient, prêts à tuer Colin s'ils n'arrivaient pas. Elle en doutait au fond, mais le mieux consistait à obéir et à sauter sur la première occasion pour intervenir. Celle-ci n'avait pas tardé à se présenter : Ambrosi était estomaqué de voir Michener lui échapper. Profitant de ce moment d'inattention, elle lui avait enfoncé son talon gauche dans le pied. Le poussant ensuite violemment, elle l'avait frappé au bras pour faire tomber l'arme, qui avait claqué plusieurs fois sur le carrelage.

Une femme avait crié à côté d'elle tandis que, d'un bond, elle récupérait le pistolet. Une fois celui-ci en main, elle avait profité de la confusion pour filer dans l'escalier, d'où elle avait aperçu Ambrosi en train de se ressaisir.

Les marches étant encombrées, elle décida à mi-course de sauter par-dessus la rampe. Elle atterrit sur le gisant d'une femme dans la crypte impériale, puis elle rebondit par terre. Elle tenait toujours l'arme. Des voix s'élevèrent. Une vague de panique se répandit dans l'église. Kate fendit un petit groupe agglutiné devant le portail et émergea enfin dans la nuit glaciale.

Elle mit le pistolet dans sa poche et scruta les environs à la recherche de Michener. Elle le repéra. Il marchait vers le centre-ville. Le brouhaha derrière elle l'avertit qu'Ambrosi essayait à son tour de sortir.

Elle partit en courant.

*

Michener crut apercevoir Kate tandis qu'il descendait une rue tortueuse. Il n'était pas question de s'arrêter. Si c'était bien elle, Ambrosi ne devait pas être loin, et donc il pressa le pas, manquant de bousculer quelques passants à contresens.

Arrivé au bas de la colline, il rejoignit rapidement le pont du vieil hôtel de ville, et passa sous l'arcade fortifiée. Il longea plusieurs immeubles de l'autre côté et déboucha enfin sur la Maxplatz, noire de monde.

Il ralentit et risqua un coup d'œil derrière lui.

Katerina suivait toujours, à une cinquantaine de mètres.

*

Elle mourait d'envie de crier à Michener de l'attendre. Déterminé, il marchait à bonne allure dans le centre animé de Bamberg, vers le marché de Noël. Elle avait toujours l'arme dans sa poche, et Ambrosi gagnait du terrain derrière elle. Elle avait cherché en chemin un policier, un quelconque représentant de l'ordre, mais tous les uniformes paraissaient dispensés de service pendant les festivités.

Il fallait espérer que Michener savait ce qu'il faisait. Il avait défié Ambrosi, pensant sans doute qu'il n'oserait pas lever la main sur elle en public. La traduction de Tibor devait avoir suffisamment de valeur pour que Colin refuse de la lui confier – et qu'elle ne finisse pas dans les mains de Valendrea. Mais cela valait-il la peine de faire monter les enchères jusque-là ?

Michener se fondit dans les grappes de badauds attardés devant les différents stands du marché. On se serait cru en plein jour dans ses allées illuminées. Une odeur de saucisse grillée et de bière flottait dans l'air.

Kate ralentit elle aussi au milieu des passants.

*

Il avançait aussi vite qu'il pouvait, juste ce qu'il fallait pour ne pas attirer l'attention. Le marché s'étendait sur une centaine de mètres sur la place pavée, bordée de maisons à colombages, avec sur un côté le grand bâtiment de la mairie. Les gens avançaient en colonne, lentement, dans ses allées.

Passé le dernier stand, la foule était moins dense.

Michener repartit au pas de course, cette fois vers le canal. Il traversa un pont de pierre et arriva dans un quartier apparemment plus calme. Ses semelles en caoutchouc couinaient sur les pavés. Il entendait derrière lui un bruit identique.

Il reconnut bientôt la silhouette de Saint-Gangulphe. Toute l'activité était concentrée sur la Maxplatz, et sur l'autre rive de la rivière autour de la cathédrale. Il pouvait compter sur cinq minutes au moins de tranquillité.

Il espéra qu'il n'aurait pas à regretter sa décision.

*

Katerina le vit entrer dans Saint-Gangulphe. Qu'allait-il faire là ? C'était idiot. Elle avait toujours Ambrosi à ses trousses et Colin ne trouvait rien de mieux pour se réfugier. Il devait savoir qu'elle et Ambrosi le suivaient.

Elle regarda les maisons autour d'elle. La plupart des fenêtres étaient noires, et la rue déserte devant elle. Elle courut jusqu'au portail de l'église, ouvrit le battant d'un geste sec et s'engouffra à l'intérieur. Elle haletait.

— Colin ?

Elle répéta :

— Colin ?

Toujours rien.

Elle longea l'allée centrale vers l'autel. Les prie-Dieu vides lançaient des ombres noires dans la semi-obscurité. À peine quelques lampes éclairaient la nef. Saint-Gangulphe était apparemment exclue des célébrations de Noël.

— Colin ?

Il y avait une trace de désespoir dans sa voix. Où était-il ? Pourquoi ne réagissait-il pas ? Était-il ressorti par une autre porte ? Avait-il laissé le piège se refermer sur lui ?

Le battant se rouvrit derrière Katerina.

Elle plongea entre deux rangées de prie-Dieu et rampa aussi loin qu'elle pouvait.

Entendant les pas se rapprocher, elle s'immobilisa.

*

Michener vit l'homme qui entrait dans l'église. Le faisceau d'une lampe révéla momentanément son visage. Paolo Ambrosi. Arrivée quelques instants plus tôt, Kate avait appelé en vain. Michener avait fait exprès de ne pas répondre. Elle se pelotonnait maintenant contre une rangée de prie-Dieu.

— Quelle célérité, Ambrosi ! lâcha Colin, tout fort.

Sa voix se réverbérait de mur en mur, il était difficile de le localiser. Il observa le secrétaire papal qui partit à droite vers les confessionnaux, tournant la tête d'un côté et de l'autre en essayant de le situer.

— Pourquoi compliquer les choses, Michener ? Vous savez ce que je veux et que je l'aurai.

— Vous m'aviez prévenu que cette lecture ne me laisserait pas indifférent. Pour une fois, vous aviez raison.

— C'est qu'on aurait désobéi... dit Ambrosi pour continuer à le faire parler.

— Et le père Tibor ? Il vous a obéi, lui ?

Le secrétaire papal arrivait devant l'autel. Avançant prudemment, à petits pas, il scrutait la pénombre à la recherche de la voix.

— Je n'ai jamais vu ce Tibor.

— Et moi, je suis la reine d'Angleterre.

Michener l'observait depuis la chaire, à deux mètres cinquante de hauteur.

— Allez, montrez-vous, Michener, qu'on en finisse !

Ambrosi lui tourna le dos une seconde, et Colin choisit ce moment pour sauter et l'entraîner par terre dans sa chute. Ils roulèrent quelques instants en se débattant.

Ambrosi réussit à se dégager et bondit sur ses jambes.

Michener en fit autant.

Un mouvement sur sa gauche attira son attention et il vit Katerina, le pistolet au poing, qui se ruait sur eux. Ambrosi prit appui sur une rangée de prie-Dieu et lui lança ses jambes à la figure. Elle tomba à la renverse sous le choc. Michener entendit l'os du crâne claquer sur la dalle de pierre. Ambrosi fonça derrière les prie-Dieu et réapparut, l'arme coincée sur la nuque de Katerina qu'il forçait à marcher devant lui.

— OK, ça suffit, Michener. Donnez-moi la traduction.

Michener attendit un instant, avança de quelques pas, puis retira l'enveloppe de sa poche.

— C'est ça que vous voulez ?
— Lâchez ça et reculez.

Le pistolet fit un petit clic.

— Ne jouez pas au plus fin, Michener. Dieu me donnera la force de faire ce que j'ai à faire.
— Peut-être cherche-t-il à vous mettre à l'épreuve ?
— Taisez-vous. On n'est pas là pour faire de la théologie.
— Dommage, à l'heure qu'il est, je suis la personne la mieux placée pour vous donner une leçon.
— Quelle leçon ? Dans l'enveloppe ?

Le ton était sincère. On aurait cru un écolier posant une question à son maître.

Michener eut une intuition.

— Comment cela, Ambrosi ? Valendrea ne vous a pas tout raconté ? Quel dommage. Il a gardé le meilleur pour lui…

L'ignoble prêtre rapprocha son arme de Katerina.

— Lâchez cette enveloppe et reculez ! dit-il.

Il avait l'air désespéré, ce qui était mauvais signe : il

était capable de passer à l'acte. Michener jeta l'enveloppe par terre.

Ambrosi lâcha Katerina et la poussa vers Michener. En lui prenant la main, Colin se rendit compte qu'elle était vraiment sonnée.

— Rien de cassé ? lui dit-il.

Elle fit signe que non. Elle avait l'œil vitreux.

Ambrosi étudiait le contenu de l'enveloppe.

— Êtes-vous bien sûr que c'est ça que veut Valendrea ? lui demanda Michener.

— Je ne suis sûr de rien. J'obéis seulement aux ordres : rapporter ce que je trouve et éliminer les témoins.

— Et si j'avais fait une copie ?

Ambrosi haussa les épaules :

— Un risque à prendre. De toute façon, vous ne serez plus là pour la montrer.

Ambrosi braqua droit son arme sur eux :

— Voici le moment tant attendu.

Dans la pénombre apparut une silhouette qui s'approcha lentement du secrétaire papal. L'homme ne faisait aucun bruit. Vêtu d'un pantalon noir, d'un épais blouson, il avait un revolver en main qu'il leva jusqu'à la tempe d'Ambrosi.

— Soyez certain, mon père, dit Ngovi, que j'attendais aussi ce moment.

— Qu'est-ce que vous faites là ? dit le secrétaire papal, ahuri.

— Je suis venu parler avec vous. Baissez votre arme et répondez à mes questions. Ensuite, je vous libère.

— Vous voulez la peau de Valendrea, c'est ça ?

— Vous seriez déjà mort, autrement.

Michener retint son souffle pendant qu'Ambrosi réfléchissait. Lorsqu'il avait téléphoné à Ngovi quelques heures plus tôt, Colin l'avait assuré que le complice de Pierre II avait sans doute certaines qualités, mais pas l'esprit de sacrifice. Que, s'il devait choisir entre sauver sa peau et celle de Valendrea, il n'hésiterait pas une seconde. Son instinct de survie l'emporterait sur sa loyauté.

— La partie est jouée, Ambrosi, dit Michener en montrant l'enveloppe sur le sol. Je l'ai lue. Le cardinal Ngovi l'a lue. Nous sommes trop nombreux à savoir maintenant. Vous avez perdu.

— Et pourquoi nous sommes-nous donné cette peine ? demanda le secrétaire, comme par hasard plus conciliant.

— Lâchez votre arme et lisez.

Quelques minutes de silence s'ensuivirent. Ambrosi finit par baisser le bras. Sans cesser de le tenir en joue, Ngovi lui prit son pistolet.

— Vous m'avez tendu un piège ? dit Ambrosi.

— On pourrait le penser, répondit Michener.

Ngovi s'avança.

— Nous allons vous poser quelques questions. Faites ce qu'on vous demande, et la police n'en saura rien. Pas de plainte, pas d'arrestation, vous disparaissez et c'est tout. Une chance extraordinaire, si l'on réfléchit.

— À quoi ?

— À l'assassinat du père Tibor, par exemple.

Ambrosi s'esclaffa :

— C'est du bluff. Vous cherchez simplement à éliminer Pierre II.

— Non, répondit Michener. C'est *vous* qui allez l'éliminer. Ne vous offusquez pas : il serait à votre place, c'est lui qui se débarrasserait de vous.

À l'évidence, le secrétaire papal avait partie liée avec le meurtre de Tibor. C'était sans doute lui qui l'avait exécuté. Il était cependant assez intelligent pour comprendre que la donne venait de changer.

— D'accord, dit-il. Je vous écoute.

Ngovi sortit un petit appareil noir de sa poche.

— Nous aussi, nous avons des magnétophones.

*

Michener soutenait Katerina quand ils arrivèrent au Königshof. Irma les accueillit à la porte.

— Comment ça s'est passé ? lui demanda-t-elle. Je me ronge les sangs depuis une heure.

— Ça s'est passé.

— Dieu soit loué. J'étais morte d'inquiétude.

Katerina, toujours un peu sonnée, allait mieux.

— Je l'accompagne en haut, dit Michener.

À peine étaient-ils arrivés dans la chambre à l'étage qu'elle lui demanda :

— Mais qu'est-ce qu'il fichait là, Ngovi, bon sang ?

— Je lui ai téléphoné cet après-midi pour le mettre au courant. Il a aussitôt pris l'avion pour Munich et il est arrivé ici au moment où je partais à la cathédrale. L'idée était d'attirer Ambrosi à Saint-Gangulphe. Il fallait à tout prix éviter le « chemin des crèches ». Irma m'avait dit qu'il n'y en aurait pas, cette année, dans cette église. Ngovi s'est arrangé avec le prêtre de la paroisse. Il n'est au courant de rien, sinon que plusieurs dignitaires du Vatican souhaitaient s'y retrouver un instant.

Il devina ce qu'elle pensait.

— Écoute, lui dit-il. Ambrosi ne pouvait toucher à personne tant qu'il n'aurait pas la traduction de Tibor. Parce qu'il n'était sûr de rien. Son jeu est devenu le nôtre.

— Et j'ai servi d'appât…

— Moi aussi. Je te ferai également remarquer que tout s'est déroulé comme prévu. Et on a de quoi accabler Valendrea.

— Il a de la ressource, ce bon Ngovi.

— Quand on a passé son enfance sans le sou dans les rues de Nairobi, on a le temps d'apprendre certaines choses.

Pendant une bonne demi-heure, Ambrosi avait confié

à leur petit magnétophone les informations dont ils se serviraient demain. Katerina savait donc maintenant tout, sauf la fin du troisième secret de Fatima. Michener ressortit la fameuse enveloppe bleue de sa poche.

— C'est la copie qu'Ambrosi n'a pas emportée... J'ai confié l'original à Maurice.

Kate lut et ne put s'empêcher de remarquer :

— C'est mot pour mot la lettre de Jasna. C'est ça que tu allais donner à Ambrosi, le message de Medjugorje ?

— Non, dit-il. Ceci n'est pas la lettre de Jasna. Troublant, n'est-ce pas ? C'est la déclaration de la Vierge que Lucia dos Santos a transcrite en 1944, traduite en italien par le père Tibor en 1960.

— Tu ne parles pas sérieusement ? Tu comprends ce que cela implique si les deux textes annoncent les mêmes choses ?

Il répondit calmement, d'une voix lente :

— J'ai parfaitement compris, et cet après-midi même.

Il attendit qu'elle mesure bien la portée de l'événement. À plusieurs reprises, ils avaient évoqué ensemble l'athéisme de Katerina. Michener s'était toujours abstenu de la condamner, d'autant plus que lui-même doutait souvent. *La cité aux sept collines sera détruite, et le juge redoutable jugera son peuple.* Katerina était peut-être la première de ceux, nombreux, qui allaient se juger eux-mêmes.

— On dirait que le Seigneur se rappelle à notre bon souvenir, dit-elle.

— C'est assez incroyable. Bien que cela ne soit pas le mot. Mais je ne vois pas d'autre conclusion. Les deux textes disent la même chose.

— Au vu de ce que nous savons toi et moi, cela ne peut être que ça. Seulement, il y aura toujours quelqu'un pour affirmer que la traduction de Tibor est un faux, que nous nous sommes inspirés du message de Jasna. Tout le monde sera d'accord. Le texte de sœur Lucia a été brûlé, et elle a disparu comme Tibor. Nous sommes les seuls à connaître la vérité.

— Donc tout repose sur la foi. Toi et moi ne pouvons douter, mais les autres seront obligés de nous croire sur parole.

Kate hocha la tête :

— Les voies du Seigneur sont décidément impénétrables.

Michener était arrivé aux mêmes conclusions. La Vierge lui avait confié en Bosnie qu'il serait le *signe attendu du monde. Le phare qui guiderait les repentants. Un messager pour annoncer que Dieu est toujours vivant. Mais il y avait cette autre parole : Ne renoncez pas à la foi car, en fin de compte, elle seule restera.*

— J'ai au moins une consolation. Je m'en suis voulu pendant des années d'avoir rompu mes vœux. Je t'aimais et j'ai pris ces sentiments-là pour un péché. Je sais aujourd'hui que c'est faux. Que ce n'en est pas un pour Dieu.

Il se rappela soudain la phrase de Jean XXIII qui, lors de la séance inaugurale du concile Vatican II, avait exhorté conservateurs et progressistes à travailler dans l'unité qui permettrait *à la Cité terrestre de pouvoir être établie à la ressemblance de la Cité céleste dont le roi est la vérité.* Il avait fallu attendre tout ce temps pour que le sens de ces mots lui apparaisse clairement.

— Clément a fait ce qu'il a pu, dit Kate. Je regrette de l'avoir voué aux gémonies.

— Je ne pense pas qu'il t'en veuille.

Elle sourit :

— Et maintenant ?

— J'ai rendez-vous demain à Rome avec Ngovi.

— Ensuite ?

Il avait compris.

— Ensuite, il y a ces enfants qui ont besoin de nous en Roumanie.

— J'avais peur que tu y aies renoncé.

Il leva la tête vers le ciel.

— Je crois qu'on lui doit quelque chose, à notre ami là-haut, non ?

69

*Le Vatican
Samedi 2 décembre, 11 heures le matin*

Michener et Ngovi se dirigeaient vers la bibliothèque privée. Un soleil éclatant dardait ses rayons par les hautes fenêtres du long couloir. Les deux hommes avaient retrouvé leurs habits ecclésiastiques – rouge pour Ngovi, noir pour Michener.

Maurice avait appelé le bureau de Pierre II et obtenu une audience. L'assistant d'Ambrosi avait voulu connaître ses motivations, mais Ngovi n'avait rien dit. Ambrosi avait disparu de la circulation, et les noms de Michener et Ngovi devaient suffire à convaincre Valendrea de les recevoir. La stratégie avait porté ses fruits. Le pape avait lui-même donné l'ordre qu'on les reçoive dans le palais apostolique pour une audience d'un quart d'heure.

— Ça suffira ? s'était enquis l'assistant d'Ambrosi.

— Je le crois, avait répondu Ngovi.

Valendrea les fit poireauter près d'une demi-heure. Ils arrivèrent enfin à la bibliothèque dont les portes se refermèrent derrière eux. Éblouissant dans sa tenue blanche, Valendrea se tenait sous un des vitraux.

— Je dois dire que votre demande m'a surpris. Vous étiez bien les dernières personnes que je m'attendais à recevoir un samedi matin. Je vous croyais en Afrique, Maurice. Et vous, Michener, en Allemagne.

— Raté, dit Ngovi. Nous étions tous les deux en Allemagne.

Valendrea fit une curieuse grimace.
Michener décida d'aller droit au but.

— Vous n'entendrez plus jamais parler d'Ambrosi.

— Que voulez-vous dire ?

Maurice retira le petit magnétophone de sa soutane et le mit en marche. La voix du secrétaire papal résonna dans la bibliothèque. Il commençait par les circonstances exactes du meurtre de Tibor ; avouait qu'il avait installé du matériel d'écoute au Vatican ; puis utilisé celui-ci pour ficher les cardinaux ; enfin il rapportait les chantages exercés aux fins d'obtenir des voix au conclave. Impassible, Valendrea écouta l'énumération de ses vilenies. Ngovi éteignit l'appareil.

— Est-ce suffisamment clair ?

Le pape ne dit rien.

— Nous détenons le troisième secret de Fatima dans son entier et le dixième secret de Medjugorje, lui apprit Michener.

— Il me semblait que ce dernier était en ma possession.

— Non, c'est une copie que vous avez. Je sais maintenant pourquoi vous avez réagi si violemment en la lisant.

Valendrea trahissait une légère nervosité. Une faille s'était finalement ouverte dans sa carapace.

Michener se rapprocha de lui :

— Il ne fallait pas laisser de trace de tout ça, hein ?

— Votre bien-aimé Clément était du même avis.

— Non, dit Michener. Il savait très bien ce que vous feriez, c'est pourquoi il a pris soin de mettre la traduction de Tibor à l'abri. Cet homme a rempli sa mission du mieux qu'il a pu. Il a même donné sa vie pour ça. Il n'avait pas besoin de preuve pour croire.

Michener pouvait donner libre cours à sa colère, et il ne s'en priva pas.

— Saviez-vous que Bamberg était aussi une ville *aux sept collines* ? Vous vous rappelez la prédiction de Malachie ? Ces *tribulations terminées, la cité aux sept collines sera détruite, et le juge redoutable jugera son peuple.*

Il montra le magnétophone dans les mains de Ngovi.

— Eh bien, ce juge redoutable porte un nom pour vous : il s'appelle vérité.

— Cet enregistrement est un tissu de mensonges, inventés par un homme sous la contrainte, dit Valendrea. Ce genre de pièce n'a aucune valeur devant un tribunal.

Michener n'était pas intimidé :

— Ambrosi nous a raconté dans le détail votre propre voyage en Roumanie. De quoi rédiger un bon réquisitoire et obtenir une condamnation. Surtout dans un ancien pays du bloc communiste où n'importe quoi peut servir de pièce à conviction.

— Arrêtez votre bluff.

Ngovi sortit de sa poche une seconde microcassette.

— Nous lui avons montré les deux messages, celui de Fatima et celui de Medjugorje. Il n'a pas été nécessaire de lui expliquer quoi que ce soit. Cet individu corrompu a évalué sans peine le sort brutal qui l'attend certainement. Cela fait, il a répondu à toutes nos questions sans aucune pudeur. Il m'a même supplié d'entendre sa confession.

Ngovi brandit la microcassette.

— Ceci est une sorte de copie.

— Il serait assez bon à la barre, comme témoin, renchérit Michener. J'étais impressionné. Voyez : comme quoi il reste des gens qui ont de l'autorité sur vous.

Pierre II faisait les cent pas devant les étagères. On aurait dit un lion en train d'examiner sa cage. Il finit par déclarer :

— Il y a longtemps que les papes ignorent leur Dieu. Cela fait plus d'un siècle que le message de La Salette a disparu des Archives. Je parie que la Vierge leur a dit la même chose, là-bas.

— Ces hommes ont droit au pardon, dit Ngovi. Ils ont cru lire la parole des voyants et non celle de Marie. Ils ont été prudents et rationnels. Ils n'avaient pas les preuves dont vous disposiez, vous. Malgré l'intervention de l'esprit divin, vous vouliez supprimer le père Michener et Mme Lew, et la parole du Seigneur avec eux.

Valendrea posa sur lui un regard incendiaire.

— Espèce de petit saint ! Que vouliez-vous que je fasse ? Que je laisse l'Église s'écrouler ? Vous rendez-vous compte de la portée de ces révélations ? Deux mille ans de doctrine réduits en cendres !

— Il ne nous appartient pas de peser sur le destin de l'Église, dit Ngovi. C'est la parole de Dieu qui compte, et il faut croire qu'il est à bout de patience.

Incrédule, Valendrea hochait la tête :

— Au contraire, notre mission est de la préserver, l'Église ! Je ne vois pas comment les fidèles nous écouteraient s'ils savaient que Rome a menti. Ces choses ne sont pas des points de détail : Le célibat ! L'ordination des femmes ! L'avortement ! L'homosexualité ! Et l'infaillibilité papale, tant qu'on y est !

Cela n'affectait en rien Ngovi.

— Ce qui m'inquiète, moi, c'est ce que je devrai répondre quand le Seigneur me demandera pourquoi je lui ai désobéi.

Michener continua, pour Valendrea :

— Quand vous êtes revenu à la *Riserva* en 1978, il n'y avait pas de dixième secret de Medjugorje. Et vous avez occulté une partie du message de Fatima. Comment saviez-vous que sœur Lucia disait vrai ?

— La crainte se lisait dans les yeux de Paul lorsqu'il en a pris connaissance. Si cet homme-là avait peur, c'est qu'il y avait de bonnes raisons. Ce vendredi soir, il y a un mois, quand Clément m'a montré ce qui restait du troisième secret, puis qu'il m'a parlé de Tibor et d'une copie de la traduction, c'était comme si le diable rouvrait une porte.

— En quelque sorte, c'est un peu ce qui s'est passé, dit Michener.

Valendrea lui braqua un regard mauvais.

— Il n'y a pas de Dieu sans diable, voyons... poursuivit Michener.

— Lequel alors est responsable de la mort de Tibor ? répliqua Valendrea, furieux. Le Seigneur, pour que la vérité éclate ? Ou le diable, pour que la vérité éclate ? C'était la même motivation pour l'un et l'autre, non ?

— C'est pour ça que vous avez tué le père Tibor ? fit Michener.

— Toutes les religions ont leurs martyrs.

Aucune trace de remords dans cette affirmation.

Ngovi s'avança :

— En effet. Et nous avons désigné le prochain.

— J'ai compris ce que vous allez faire, dit Valendrea. Me traîner devant les tribunaux.

— Du tout, dit calmement Ngovi.

Michener tendit au pape un petit flacon de verre sombre.

— Nous voulons ajouter un martyr à la liste.

Valendrea leva deux sourcils éberlués.

Michener explicita :

— C'est le même somnifère que prenait Clément. Il y a là bien plus que la dose mortelle. Si l'on retrouve votre corps demain matin, vous aurez droit à un enterrement en grande pompe et vous serez inhumé sous la basilique.

Vous n'aurez pas régné longtemps, mais on a eu un précédent, assez récemment, en la personne de Jean-Paul Ier. Par contre, si demain vous êtes encore vivant, tout ce que nous détenons sera mis à disposition du Sacré Collège. Vous serez le premier pape condamné par un tribunal. L'Histoire s'en souviendra.

— Vous voulez que je me suicide ?!

Michener ne cilla pas.

— Vous pouvez disparaître en pleine gloire, ou finir vos jours en prison comme le criminel que vous êtes. Personnellement, je préférerais la deuxième solution, aussi j'espère que vous ne serez pas aussi courageux que Clément l'a été.

— J'ai les moyens de me défendre.

— De perdre, surtout. Munis de nos informations, de nombreux membres du Sacré Collège n'hésiteront pas à vous tomber dessus. Nos preuves sont irréfutables. Votre acolyte réapparaîtra pour témoigner contre vous. Vous êtes foutu.

Valendrea ne voulait pas saisir le flacon. Alors Michener en versa le contenu sur le bureau, puis regarda l'homme en blanc :

— C'est comme vous voulez. Si vous aimez l'Église autant que vous le dites, alors sacrifiez-vous pour qu'elle vous survive. Vous n'avez pas hésité à en finir avec le père Tibor. On va voir si vous êtes aussi rapide avec vous-même. Le redoutable juge a rendu son verdict, et vous êtes condamné à mort.

— Ce que vous me demandez est impensable, protesta Valendrea.

— Je vous demande simplement d'épargner à cette institution la honte de vous en faire sortir par la force.

— Je suis pape. Personne ne me fera sortir.

— Si, Dieu. Et, d'une certaine façon, c'est exactement ce qu'il fait.

Pierre II se tourna vers Ngovi.

— Vous serez le prochain pape, n'est-ce pas ?
— C'est presque sûr.
— Vous auriez pu remporter l'élection ?
— Mes chances étaient raisonnables.
— Alors pourquoi avez-vous renoncé ?
— Parce que Clément me l'a demandé.
Valendrea parut suffoqué.
— Clément ? Quand ?
— Une semaine avant son décès. Il savait que la lutte serait serrée entre nous. Il m'a conseillé de vous laisser gagner.
— Et pourquoi diable l'avez-vous écouté ?
Le visage de Ngovi se durcit.
— Parce qu'il était mon pape.
Valendrea semblait ne rien en croire.
— Et il avait raison, ajouta Maurice.
— Vous avez l'intention d'appliquer le message de la Vierge ?
— Je modifierai le dogme en conséquence.
— C'est la révolte que vous sèmerez.
Ngovi haussa les épaules.
— Ceux qui ne seront pas d'accord pourront aller fonder une autre religion. Ce n'est pas moi qui m'y opposerai. En revanche, l'Église catholique romaine fera ce que je lui dirai.
— Vous croyez que ça sera si facile ? rétorqua Valendrea, méprisant. Les cardinaux ne vous laisseront pas faire.
Michener trancha :
— L'Église catholique romaine n'est pas une démocratie.
— Et les messages, vous allez les diffuser ?
— Cela ne sera pas nécessaire, dit Ngovi. Les sceptiques prétendront que la traduction de Tibor est adaptée du secret de Jasna. Le contenu est trop provocateur, cela ne nous vaudrait qu'un tir nourri de critiques. En outre,

sœur Lucia et le père Tibor ne sont plus de ce monde, et on ne pourra rien vérifier. Il ne me paraît pas utile de rendre cette somme de choses publique. Nous trois savons et c'est tout ce qui compte. J'ai compris la leçon et je prendrai les décisions qui s'imposent. En mon nom et en mon nom seulement. J'assumerai les conséquences, qu'elles soient bonnes ou mauvaises.

— Votre successeur jettera tout ça aux orties, grommela Valendrea.

— Vous êtes homme de peu de foi, répondit Ngovi avant de se retourner et de marcher vers la porte.

Arrivé devant celle-ci, il déclara :

— Nous écouterons les nouvelles demain matin. Selon ce qu'on annoncera, nous nous reverrons ou pas.

Michener conclut avant de le rejoindre :

— Le diable hésitera à vous recevoir.

Il partit sans attendre de réponse.

70

23 heures 30

Du regard, Valendrea fixait les comprimés étalés sur son bureau. Des décennies durant, il avait rêvé d'être pape, il avait dévoué toute sa vie à cet objectif. Et il avait réussi. Il était parti pour régner au moins vingt ans. Il se serait fondé sur l'histoire de l'Église pour lui donner un nouvel élan. Hier déjà, il avait passé une bonne heure à étudier le détail de son couronnement. La cérémonie était programmée dans deux semaines. Il s'était rendu au musée du Vatican où il avait fait une sélection de parures anciennes, reléguées aux vitrines par ses prédécesseurs. Son investiture était un événement, un spectacle destiné à faire comprendre à un milliard de catholiques dans le monde entier qu'ils avaient un leader. Et il fallait qu'ils en soient fiers.

Il avait couché quelques notes pour son allocution. Avant tout, il invoquerait le respect de la tradition. Le rejet de toute innovation – le passé était la valeur refuge. L'Église redeviendrait l'arme du changement. Les grands de ce monde ne pourraient plus ignorer ses accusations. La ferveur religieuse serait le nerf de nouvelles orientations globales. Telles que décidées par le vicaire du Christ. Par le pape.

Il compta lentement les comprimés sur son bureau.

Vingt-huit.

S'il les prenait, il laisserait le souvenir d'un pape qui n'avait régné que quatre jours. Il serait considéré comme un chef déchu, rappelé bien trop vite à Dieu. Une mort subite avait toutefois quelques avantages. Cardinal, Jean-Paul Ier avait été insignifiant. Aujourd'hui on le vénérait parce qu'il avait disparu trente-trois jours après son élection. Il y avait eu des pontificats plus brefs que le sien, mais la situation de Valendrea était sans précédent.

Il pensa à la trahison d'Ambrosi. Il ne l'aurait pas cru si léger. Ils avaient si longtemps travaillé ensemble. Mais Ngovi et Michener avaient peut-être sous-estimé ce vieux Paolo. Celui-ci était bien capable de faire respecter la mémoire de Pierre II. Ngovi regretterait sans doute un jour de l'avoir laissé disparaître dans la nature. Enfin, espérons-le.

Les pilules étaient toujours là. Au moins il ne souffrirait pas. Ngovi s'opposerait à une autopsie. L'Africain était toujours camerlingue. Valendrea voyait déjà ce petit saint penché sur lui, le marteau en main, prêt à lui taper sur le front et lui demander trois fois s'il était mort.

Et s'il était vivant demain, Ngovi sans aucun doute porterait plainte. Jamais encore on n'avait destitué un pape mais, accusé de meurtre, Pierre II serait obligé de renoncer au trône.

Ce qui l'amena à d'autres préoccupations – en fait, les plus importantes.

S'il cédait au chantage, il aurait à répondre de ses actes. Que dirait-il pour sa défense ?

La preuve de l'existence de Dieu était à double tranchant. Elle impliquait qu'une force incommensurable s'ingéniait à corrompre l'esprit humain. La vie semblait continuellement déchirée entre ces deux extrêmes.

Comment justifierait-il ses péchés ? Lui accorderait-on le pardon, en sus du châtiment ? Malgré tout, il continuait de croire que la prêtrise devait être réservée aux hommes. L'Église de Dieu avait été fondée par des hommes, et ce sont des hommes qui, pendant deux millénaires, avaient versé leur sang pour la préserver. L'intrusion du principe féminin dans une institution mâle était sacrilège. Une épouse, des enfants, tout cela n'aurait d'autre conséquence que les détourner de leur mission. En outre, tuer un fœtus revenait à commettre un meurtre. Les femmes étaient faites pour donner la vie – qu'importe si l'enfant était voulu ou pas. Comment Dieu pouvait-il se tromper à ce point ?

Il rassembla les pilules sur son bureau.

L'Église aller changer. Plus rien ne serait pareil. Ngovi allait ouvrir les portes toutes grandes à l'extrémisme, à l'innommable. Rien que d'y penser, Valendrea en avait l'estomac retourné.

Il savait ce qui l'attendait. Il lui faudrait rendre compte de ses choix, mais ça ne lui faisait pas peur. Il regarderait Dieu en face, il lui dirait avoir agi pour le bien, en son âme et conscience. Si on le condamnait aux enfers, eh bien il y trouverait d'autres acolytes. Il n'était pas le premier pape à avoir défié le Ciel.

Il disposa ses comprimés en quatre rangées de sept. Il mit la première dans la paume de sa main et la soupesa.

Les derniers moments de l'existence révélaient les choses sous un certain jour.

Son image resterait intacte. Il était Pierre II, chef suprême de l'Église catholique romaine, et personne ne pourrait jamais lui enlever ça. Même Michener et Ngovi seraient tenus de respecter sa mémoire.

C'était réconfortant.

Il s'arma de courage.

Il enfourna les sept pilules et saisit le verre d'eau posé

à côté. Une deuxième rangée, puis la troisième. Et, tant qu'il était résolu, il rassembla le reste et finit le verre avec.

Aussi j'espère que vous ne serez pas aussi courageux que Clément l'a été.

Va te faire foutre, Michener.

Il se trouvait près d'un mur un prie-Dieu devant un tableau du Christ. Le pape s'agenouilla, se signa, pria le Seigneur de bien vouloir lui pardonner. Au bout de dix minutes, il sentit que sa tête commençait à tourner. On se souviendrait également qu'il était mort en prières.

La somnolence se transforma en ivresse. Il essaya un moment de lui résister. Au moins, jamais son nom ne serait associé à cette nouvelle Église qui représentait tout ce qu'il abhorrait. C'était un soulagement. Peut-être valait-il mieux reposer sous la basilique, et être le dernier pape à avoir respecté la tradition. Il imagina les Romains arriver en masse devant place Saint-Pierre, déplorer la perte de leur *Santissimo Padre*. Des millions de personnes suivraient ses obsèques à la télévision – l'événement serait couvert par les journaux du monde entier et l'on parlerait de lui dans des termes respectueux. Un jour ou l'autre, plusieurs livres lui seraient consacrés. Il espéra que les conservateurs se rallieraient autour de son souvenir pour combattre Ngovi. Et il y aurait toujours ce cher Ambrosi. Il était libre, lui, c'était rassurant de le savoir.

Son corps réclamait le sommeil et il ne pouvait qu'y succomber. Il accepta alors l'inévitable et s'effondra sur le sol.

Les yeux rivés sur le plafond, il laissa le somnifère prendre totalement possession de lui. La pièce vacillait. Il plongea dans un abîme.

Avec ce qui lui restait de conscience, il espéra que Dieu lui accorderait sa miséricorde.

71

Dimanche 3 décembre, 13 heures

Michener et Katerina suivaient la foule en direction de la place Saint-Pierre. Des hommes et des femmes pleuraient ouvertement autour d'eux. Beaucoup égrenaient un chapelet. Les cloches de la basilique sonnaient le glas.

La nouvelle avait éclaté deux heures plus tôt. Dans son style habituel, le Vatican avait émis un bref communiqué, établissant le décès du Saint-Père dans la nuit. Le camerlingue Maurice Ngovi avait pris l'intérim, et le médecin papal avait attribué la mort à un infarctus foudroyant. Le Saint-Siège étant déclaré vacant, les cardinaux étaient une fois de plus convoqués à Rome.

Michener avait préféré ne rien dire à Katerina de son intervention de la veille. S'il était dans un sens un meurtrier, il avait une tout autre idée de son rôle : c'était un juste retour des choses. Le sentiment qui s'imposait à lui était plutôt celui d'une réparation. L'assassinat du père Tibor ne restait pas impuni.

Dans quinze jours, un nouveau conclave serait réuni, puis un autre pape élu. Celui-ci serait le deux cent soixante-cinquième, et la liste de saint Malachie n'allait pas jusque-là. Le juge redoutable avait rendu sa sentence.

Les pécheurs étaient châtiés. Il incombait maintenant à Ngovi d'exécuter la volonté du Ciel. Son accession au trône papal était pratiquement acquise. Tandis que Michener quittait le palais, hier, Maurice lui avait demandé de rester à Rome et de participer aux transformations à venir. Mais Colin tenait à partir en Roumanie avec Katerina, et il avait décliné. Il voulait partager sa vie avec elle et Ngovi avait compris. En lui faisant part de ses vœux sincères, le camerlingue l'avait assuré que les portes du Vatican lui seraient toujours ouvertes.

La foule continuait à affluer entre les colonnades du Bernin. Michener n'était pas sûr de savoir quoi, mais quelque chose l'avait conduit ici. Il se sentait en paix avec lui-même. Cela ne lui était pas arrivé depuis longtemps.

— Ces gens n'ont pas idée de qui était Valendrea, murmura Kate.

— C'était leur pape, voilà. Ou plutôt non, il était italien, surtout. Rien ne sert de vouloir leur faire comprendre. Ils garderont l'image qu'il a donnée de lui, de toute façon.

— Tu ne veux pas me dire ce qui s'est passé hier, n'est-ce pas ?

Il avait bien remarqué comment elle l'avait observé, la veille au soir. Elle avait certainement compris qu'il n'était pas resté inactif dans la journée, mais il avait refusé de parler du pape et elle n'avait pas insisté.

Avant qu'il puisse répondre, une vieille femme terrassée par le chagrin s'agenouilla près d'une des fontaines. Plusieurs personnes lui vinrent en aide, et elle continua de se lamenter sur la perte de ce bon souverain. Michener la regarda repartir dans ses sanglots. Deux hommes la transportèrent dans un coin à l'ombre.

Des équipes de télévision faisaient des micros-trottoirs en différents endroits de la place. Bientôt les journaux et les caméras du monde entier reviendraient spéculer sur les conciliabules secrets de la chapelle Sixtine.

— Je parie qu'on va vite avoir des nouvelles de Tom Kealy, dit Kate.

— Je pensais exactement la même chose. L'homme qui sait toujours tout, ironisa Colin avec un sourire entendu.

Arrivant devant la basilique, ils s'arrêtèrent comme tout le monde devant les barrières en fer. L'église était fermée, le temps qu'on prépare à l'intérieur la cérémonie et le catafalque. Le fameux balcon de Saint-Pierre était drapé de noir. Michener jeta un coup d'œil vers sa droite. Les volets de la chambre papale étaient fermés. Le corps de Pierre II avait été retrouvé dans la bibliothèque privée – sous un portrait du Christ, disait-on. À en croire les journaux, il priait quand son cœur avait lâché. Une mise en scène qui avait amusé Michener.

Quelqu'un le saisit par le bras.

Il fit volte-face.

C'était un homme barbu, roux, avec un nez aquilin et des cheveux en broussaille.

— Dites-moi, mon père, qu'allons-nous faire ? Pourquoi le Seigneur nous a-t-il pris notre Saint-Père ? Qu'est-ce que cela veut dire ?

Michener se rappela qu'il portait la soutane. Voilà pourquoi on lui posait la question. C'était naturel. La réponse se forma rapidement dans son esprit :

— Pourquoi faut-il chercher un sens à tout ? Ne pouvez-vous accepter les décisions du Seigneur pour ce qu'elles sont ?

— Pierre serait devenu un grand pape. Nous avions enfin remis un Italien sur le trône. Nous fondions de grands espoirs sur lui.

— Beaucoup d'autres hommes d'Église peuvent faire de grands papes. Il n'est pas nécessaire d'être Italien.

Katerina et Colin étaient seuls dans cette foule à savoir une chose. Dieu existait. Il était là, vivant, à l'écoute.

Les yeux de Michener se posèrent une fois de plus sur la magnifique façade du grand édifice. Malgré toute sa splendeur, sa majesté, ce n'était rien de plus que des pierres réunies par du mortier. Le temps en viendrait forcément à bout. En revanche, ce qu'elle symbolisait ne s'éteindrait jamais. *Tu es Pierre, et sur cette pierre je bâtirai mon Église, et les portes de l'enfer ne prévaudront point contre elle. Et je te donnerai les clefs du royaume des cieux : tout ce que tu lieras sur la terre sera lié dans les cieux et tout ce que tu délieras sur la terre sera délié dans les cieux.*

L'homme lui parlait à nouveau. Michener se tourna vers lui.

— Tout est fini, mon père. Le pape est mort. Il n'a même pas eu le temps de régner.

Michener lui sourit :

— Vous vous trompez, monsieur. Rien n'est fini. Ça ne fait même que commencer.

NOTE DE L'AUTEUR

Les recherches que j'ai menées pour ce livre m'ont conduit en Italie et en Allemagne. J'ai par ailleurs grandi dans une famille catholique et, très jeune, j'ai été fasciné par le mystère de Fatima. L'origine de ce roman est peut-être là. Depuis deux mille ans, les apparitions mariales se répètent avec une régularité étonnante. Parmi les plus récentes, celles de La Salette, de Lourdes, de Fatima et de Medjugorje ont souvent fait la une des journaux, mais il en existe bien d'autres, moins connues. Comme dans mes deux premiers romans, j'ai cherché à la fois à distraire et à instruire. Dans celui-ci, le réel prend une importance plus grande.

La scène de Fatima décrite dans le prologue condense les récits de plusieurs témoins oculaires, au premier rang desquels celui de sœur Lucia, qui a publié sa version des faits dans la première moitié du XXe siècle. Les paroles de la Vierge sont dans l'ensemble celles qu'elle a transcrites. Les trois secrets cités au chapitre 7 sont reproduits fidèlement à l'original. Seules les modifications que j'ai apportées au chapitre 65 sont fictives.

Les destins de Francisco et de Jacinta, ainsi que la très curieuse histoire du troisième secret – confiné jusqu'en 2000 au Vatican, où seuls les papes pouvaient le lire –, sont conformes à la vérité. Il est exact, également, que l'Église a refusé de laisser sœur Lucia s'exprimer publiquement à propos du troisième secret. Elle est décédée en février 2005, à l'âge de quatre-vingt-dix-sept ans, peu avant la parution de cet ouvrage aux États-Unis.

Les visions de La Salette de 1846, mentionnées dans les chapitres 19 et 42, sont conformes aux récits existants – de même le destin des deux petits voyants et leurs commentaires publics. Bien qu'entachées de scandale et de doute, ces visions-là sont les plus étranges de toutes. Des secrets étaient liés à ces apparitions, et les documents initiaux qui s'y rapportent ont réellement disparu des Archives du Vatican – ce qui ne fait rien pour éclaircir le mystère.

Medjugorje, en Bosnie, a un statut à part dans l'histoire des apparitions mariales. Il ne s'agit pas d'un événement unique, ni de quelques visions réparties sur deux ou trois mois – mais de plusieurs milliers d'apparitions embrassant plus de deux décennies. Medjugorje est un célèbre lieu de pèlerinage. Pour l'instant, l'Église n'a toujours pas officiellement déclaré ces événements *dignes de foi*. Comme noté dans le chapitre 38, les secrets de Medjugorje sont au nombre de dix. Trouvant naturellement leur place dans l'intrigue, ils concourent avec « mon » troisième secret de Fatima à établir la preuve de l'existence de Dieu. On notera cependant, comme Michener, que la foi reste en la matière le seul juge compétent.

Les prédictions attribuées à saint Malachie, détaillées au chapitre 56, proviennent de documents authentiques. La pertinence des « blasons » relatifs aux différents papes est confondante. La prophétie finale concernant un cent douzième pape nommé Pierre II et l'affirmation « la cité aux sept collines sera détruite, et le juge redoutable jugera son peuple » sont également tirées de textes existants. Benoît XVI est actuellement le cent onzième pape de la liste de saint Malachie. Il en faudra encore un pour vérifier si la prophétie se réalise. Comme Rome, Bamberg en Allemagne a autrefois porté le nom de ville aux sept collines. Je l'ai appris sur place et j'ai su en visitant cet endroit ravissant qu'il fallait l'inclure dans le roman.

Malheureusement, les « maisons des naissances » irlandaises décrites au chapitre 15 ont bel et bien existé, sans parler des souffrances qu'elles ont causées. Des milliers de bébés y ont été enlevés à leur mère, et élevés loin d'elles par des parents adoptifs. On sait peu de chose du destin individuel de ces enfants. On peut toutefois supposer qu'ils ont dû faire face toute leur vie, comme Colin Michener, à de douloureuses incertitudes. Dieu merci, ces maisons n'existent plus.

Le sort des enfants roumains décrits au chapitre 14 est également affligeant – il n'est pas réglé pour autant. La maladie, la pauvreté, le désespoir sont toujours leur quotidien.

J'ai fait tout mon possible pour rapporter avec exactitude les procédures et le protocole ecclésiastiques. Seule exception, on ne frappe plus le front du pape mort avec un marteau en argent, comme aux chapitres 30 et 71, mais le romancier n'a pas résisté à inclure ce cérémonial, pour profiter de sa force dramatique.

Au sein de l'Église, les divisions entre les conservateurs et les réformateurs, entre les Italiens et les non-Italiens, entre les Européens et le reste du monde, sont réelles. Ces rapports de force sont toujours présents dans une Église catholique qui ressemble de plus en plus à une grande mosaïque. Il était donc normal qu'ils fassent partie des préoccupations de Clément XV et d'Alberto Valendrea.

Reproduites sans changements, les citations de la Bible utilisées au chapitre 57 ont une certaine saveur au regard de l'intrigue. De même l'extrait (chapitres 7 et 68) du discours de Jean XXIII lors de l'ouverture du concile Vatican II. Son espoir – de permettre *à la Cité terrestre de pouvoir être établie à la ressemblance de la Cité céleste dont le roi est la vérité* – semble d'autant plus significatif qu'il a été le premier pape à réellement prendre connaissance du troisième secret de Fatima.

Celui-ci a été publié dans le monde entier en mai 2000. Comme l'évoquent les cardinaux Ngovi et Valendrea au chapitre 17, l'Église a peut-être longtemps hésité à divulguer ce texte dans lequel un pape se fait assassiner. Cependant, les paraboles du troisième message paraissent plus mystérieuses que dangereuses, et bien des observateurs se sont posé la question de savoir s'il n'était pas, en l'état, incomplet.

L'Église catholique tient une place unique parmi les institutions humaines. Elle s'affirme depuis plus de deux millénaires, et elle n'a certainement pas fini. Nombreux sont ceux, toutefois, qui se demandent quel visage elle va revêtir au XXIe siècle. Certains, comme Clément XV, souhaitent des réformes radicales. D'autres, tel Alberto Valendrea, prônent le retour aux traditions. Peut-être la visée de Léon XIII, en 1890, était-elle la meilleure :

C'est la mission de l'Église de protéger la vérité.

REMERCIEMENTS

J'ai comme d'habitude bien des personnes à remercier. D'abord, Pam Ahearn, mon agent, pour ses conseils toujours épatants. Ensuite, toute l'équipe de Random House : Gina Centrello, merveilleuse éditrice qui s'est démenée comme un beau diable pour ce roman ; Mark Tavani, grâce à qui mon manuscrit imparfait est devenu un livre ; Cindy Murray, chargée de la publicité, qui a patiemment supporté mes petites manies ; Kim Hovey, qui gère le marketing avec précision et efficacité ; Beck Stvan, qui a réalisé cette couverture magnifique ; Laura Jorstad, réviseuse hors pair ; Carole Lowenstein, la reine du style ; enfin, le département entier de la promotion et des ventes, grâce à qui tout finit par arriver. Je ne voudrais pas oublier non plus Fran Downing, Nancy Pridgen et Daiva Woodworth.

Ma femme Amy et ma fille Elizabeth m'ont soutenu pendant toute la rédaction de ce livre. Je les remercie chaleureusement.

Ce roman est dédié à ma tante, merveilleuse femme qui, malheureusement, n'est plus. Je pense qu'elle en aurait été fière. Mais je sais qu'elle nous regarde en souriant.

S. B.

Collection Thriller

Des livres pour serial lecteurs

Profilers, détectives ou héros ordinaires, ils ont décidé de traquer le crime et d'explorer les facettes les plus sombres de notre société. Attention, certains de ces visages peuvent revêtir les traits les plus inattendus... notamment les nôtres.

Vos enquêteurs favoris vous donnent rendez-vous sur www.pocket.fr

THRILLER

LES MAÎTRES DU SUSPENSE
RIVALISENT D'IMAGINATION

Steve BERRY
L'héritage des Templiers

Et si ce n'était qu'un leurre

Depuis sept siècles le trésor des Templiers éveille les convoitises. Mais Jacques de Molay, grand maître de l'Ordre, semble bien avoir emporter son secret dans sa tombe. Aujourd'hui le trésor est sûrement perdu, s'il a jamais existé... Mais Cotton Malone, expert en manuscrits et livres rares, est à l'aube d'une découverte étonnante qui va raviver les passions autour de l'héritage des Templiers...

Pocket n° 13273

Patrick GRAHAM
L'Évangile selon Satan

Gloire au Très-Bas

L'Église catholique a pour fondation les quatre Évangiles. Mais il en existe un cinquième, maudit, qui donne une toute autre version de la mort du Christ et dont la révélation ouvrirait un nouvel âge de ténèbres : des nonnes bibliothéquaires, gardiennes du secret, sont sauvagement assassinées dans le monde entier. Aucun doute... Satan veut retrouver son livre !

Pocket n° 13368

Pour en savoir plus : www.pocket.fr

Collection Thriller

Éric GIACOMETTI & Jacques RAVENNE
Conjuration Casanova

La face cachée de Casanova

En Sicile, cinq couples sont immolés par le feu lors d'une cérémonie mêlant spiritualité et érotisme. Une seule femme, Anaïs, en réchappe. À Paris, un ministre franc-maçon sombre dans la démence après l'assassinat de sa maîtresse. Le commissaire Marcas, aidé par Anaïs, mène une troublante enquête qui le conduit à remonter la piste meurtrière d'un ancien manuscrit signé de la main du sulfureux Casanova...

Pocket n° 13152

Jérôme DELAFOSSE
Le Cercle de Sang

L'horreur ressuscitée

Nathan perd la mémoire lors d'un accident. Seul, sans attaches, il se sent pourtant traqué. Mais lorsqu'on découvre un manuscrit révélant l'existence d'une terrible malédiction, Nathan comprend qu'il se trouve au cœur d'un effroyable mystère qu'il est seul à pouvoir lever – à condition de retrouver la mémoire.

Pocket n° 13103

Pour en savoir plus : www.pocket.fr

Collection Thriller

Franck THILLIEZ
Deuils de miel

Cauchemar éveillé

Après la mort de sa femme et de sa fille, difficile pour le commissaire Sharko de se remettre au travail. Un meurtre atroce, à la limite du rite barbare, va cependant le ramener violemment à la réalité. Serial killer ? Secte apocalyptique ? Épuisé, blessé, Sharko entame alors un long voyage vers les tréfonds de l'âme humaine.

Pocket n° 13121

Thierry CARMES
Le chant des arcanes

Magie noire

Une carte, un meurtre. Une puissance secrète et maléfique choisit ses victimes en fonction des arcanes majeurs du tarot de Marseille : sept morts sont annoncées. Quand Matthias quitte Paris, il ne se doute pas qu'il a été choisi comme atout majeur pour contrer l'ennemi, qu'il sera initié à des rites mystérieux et magiques et qu'il devra parcourir le monde en quête d'une solution pour éviter l'apocalypse…

Pocket n° 13185

Pour en savoir plus : www.pocket.fr

Collection Thriller

Lisa UNGER
Cours ma jolie

Je est un autre

Jeune journaliste new-yorkaise, Ridley Jones reçoit un matin la photo d'une enfant de deux ans accompagnée de ces simples mots : « Es-tu ma fille ? ». Ridley presse de questions son entourage. Résultat : ses parents se ferment, ses amis doutent, et, peu à peu, toutes ses certitudes se dérobent. Et si sa vie n'était qu'un mensonge ?

Pocket n° 13412

John KATZENBACH
L'affaire du lieutenant Scott

Procès au Stalag n°13

1942, un camp de prisonniers en Bavière. Trois mille aviateurs alliés et... un seul Noir américain : le lieutenant Scott devient la cible des injures racistes de ses codétenus. Bedford, trafiquant officiel du camp, est de loin le plus virulent. Aussi, quand on le retrouve brutalement assassiné, tout accuse Scott. Pourtant, Tommy Hart, jeune avocat dans le civil, va braver les préjugés et prendre sa défense...

Pocket n° 13270

Pour en savoir plus : www.pocket.fr

Cet ouvrage a été imprimé en France par

C P I
Bussière

à Saint-Amand-Montrond (Cher)
en mai 2009

POCKET - 12, avenue d'Italie - 75627 Paris Cedex 13

— N° d'imp. : 90735. —
Dépôt légal : février 2008.
Suite du premier tirage : mai 2009.